JOHN BRUNNER

sur l'onde de choc

traduit de l'anglais par Guy Abadia

Éditions J'ai Lu

Ce roman a paru sous le titre original :

THE SHOCKWAVE RIDER

Remerciements

Les gens qui, comme moi, s'efforcent de décrire sur le mode romanesque quelques aspects de ce pays lointain, l'avenir, vers lequel nous sommes tous, bon gré mal gré, emportés, ne font pas leurs spéculations dans le vide. Ils sont fréquemment – et c'est ici mon cas – redevables à ceux qui analysent les possibilités illimitées du futur dans un but plus pratique... par exemple l'espoir mince mais admirable de laisser en héritage à nos enfants un monde où l'imagination et la prévoyance auront plus d'importance que dans le nôtre.

Le « scénario », pour employer un cliché à la mode, de *sur l'onde de choc,* s'inspire en grande partie de l'étude stimulante d'Alvin Toffler intitulée *Le choc du futur.* Par conséquent, je voudrais lui rendre ici hommage.

J.K.H.B.

LIVRE I

PETIT MANUEL D'OBSTRUCTION DE BASE

PENSÉE POUR AUJOURD'HUI

Otez-leur long comme l'ongle, ils vous mettront l'enfer en chair.

MODE DE RECOUVREMENT DES DONNÉES

L'homme assis au creux du fauteuil en acier massif était aussi nu que les murs blancs de la pièce. On lui avait rasé entièrement la tête et le corps. Il ne lui restait plus que les cils. Des languettes adhésives maintenaient des capteurs en position à une douzaine d'endroits de son crâne, sur ses tempes au coin des yeux, aux commissures de ses lèvres, sur sa gorge, à l'endroit du cœur et du plexus solaire ainsi qu'à l'emplacement de chaque ganglion majeur en descendant jusqu'aux chevilles.

De chacun des capteurs partait un fil arachnéen qui aboutissait au seul objet de la pièce – hormis le fauteuil en acier et deux autres sièges plus agréables d'aspect – qu'on aurait pu qualifier de meuble. Il s'agissait d'une console d'analyse de données qui devait faire deux mètres de large sur un mètre cinquante de haut. Sa surface inclinée, à portée de l'un des deux sièges, comportait plusieurs écrans cathodiques et une infinité de voyants lumineux.

En outre, le fauteuil en acier était muni dans son dossier de plusieurs tiges ajustables au bout desquelles étaient fixés des micros et une caméra trivi.

L'homme au crâne tondu n'était pas tout seul dans la pièce. Trois autres personnes étaient présentes : une jeune femme en blouse blanche, occupée à vérifier que les capteurs étaient en place, un homme de race noire au visage émacié, portant un élégant pourpoint grenat sur lequel était épinglée une carte avec un nom, Paul T. Freeman, et une photo, et enfin un homme blanc, trapu, quinquagénaire, muni d'une carte analogue au nom de Ralph C. Hartz.

Au bout d'un long moment de contemplation silencieuse, Hartz parla :

– Voici donc ce fameux insoumis qui est allé plus loin et qui a réussi à nous déjouer mieux et plus longtemps que tous les autres.

– La carrière de Haflinger, répondit doucement Freeman, est en effet assez impressionnante. Vous avez parcouru le dossier ?

– Evidemment. Je ne serais pas ici autrement. Peut-être que c'est chez moi une impulsion atavique, mais je voulais voir de mes propres yeux celui qui collectionne une telle panoplie de personnages différents. Il est plus facile de demander ce qu'il n'a pas été que ce qu'il a été. Créateur d'utopies, conseil en style-de-vie, spéculateur delphique, expert-saboteur en informatique, rationalisateur-système et Dieu sait quoi encore.

– Homme d'église aussi, ajouta Freeman. Nous entamons cette partie-là aujourd'hui. Moi, ce qui m'étonne le plus, ce n'est pas le nombre de professions qu'il a successivement occupées, mais l'ampleur du contraste entre toutes ces versions différentes de lui-même.

– Il est pourtant naturel qu'il ait cherché à brouiller les pistes le plus radicalement possible.

– Ce n'est pas ce que je veux dire. Le fait d'avoir

réussi à nous échapper si longtemps implique nécessairement qu'il a appris à vivre avec et sans doute, dans une certaine mesure, à maîtriser ses réflexes surchargés simplement en utilisant le genre de tranquillisants que vous et moi achèterions dans le commerce pour compenser le choc causé par un déménagement, par exemple, et encore, à très faible dose.

Le front de Hartz se plissa.

– Hum... vous avez raison. C'est assez surprenant, en effet. Etes-vous prêt à commencer la séance d'aujourd'hui ? Mon emploi du temps ne me permet pas de rester très longtemps à Randémont, vous savez.

La jeune femme en blouse blanche annonça sans lever la tête :

– Vous pouvez y aller, monsieur. Son statut est maxi.

Elle se dirigea vers la porte. Sur l'invitation de Freeman, Hartz prit un siège en demandant d'une voix sceptique :

– Vous n'allez pas lui faire une piqûre ? Il n'a pas l'air tellement en état.

Freeman s'installa confortablement face à son pupitre de commande avant de répondre.

– Nous n'utilisons pas de drogues. Nous agissons directement par courant induit sur les centres moteurs. Je n'ai qu'à tourner ce bouton et il reprendra conscience instantanément. Juste assez pour obéir aux stimuli que nous lui enverrons. Il restera incapable de faire le moindre mouvement, naturellement. Au fait, avant de le réactiver, il faut que je vous mette au courant. A la séance d'hier, je me suis arrêté après avoir commencé à sonder une image qui me paraissait exceptionnellement riche. Je vais donc le faire régresser à la date voulue et repasser la même chose. Nous verrons où cela mènera.

– Quelle sorte d'image ?

– Une petite fille d'une dizaine d'années en train de courir éperdument dans l'obscurité.

AUX FINS D'IDENTIFICATION

En ce moment je suis Arthur Edward Lazare, pasteur de profession, célibataire, quarante-six ans, fondateur et propriétaire de l'Eglise de la Pénétration Infinie, établie dans un drive-in reconverti (et quoi de plus prometteur comme début, pour une église nouvelle, qu'une reconversion réussie ?) des environs de Toledo, Ohio. L'endroit était à l'abandon depuis des années, pas tant à cause de la désaffection générale du public pour les salles de cinéma (on en construit encore, il y a toujours des spectateurs pour le porno sur grand écran du genre à faire dégommer en un rien de temps de son orbite un satellite pirate trivi) qu'en raison du fait qu'il est stratégiquement convoité à la fois par les Bidulistes, une tribu protestante, et les Servants du Graal, qui sont catholiques. Personne n'a envie de se faire tribaliser, mais normalement ils ont quand même le respect des églises, et le territoire de la tribu musulmane la plus proche, les Bébés du Djihad, se trouve à seize kilomètres à l'est.

Mon code personnel, évidemment, commence par 4 GH. Il en est ainsi depuis six ans.

Memo interne : essayer de découvrir si un changement quelconque est intervenu dans le statut des 4 GH, et particulièrement si des améliorations ont été introduites... Il convient de rester pieusement à l'affût de ces développements-là.

MAHER – CHALAL – HASCH – BAZ

Elle courait, aveuglée de chagrin, sous un ciel affichant glorieusement mille étoiles de plus qui se mouvaient avec plus de rapidité qu'une terminaison digitale. L'air de la nuit de juin lui râpait la gorge de poussière âcre et elle avait mal à chacun des muscles de ses jambes, de son abdomen et même de ses bras, mais elle continuait pourtant à détaler droit devant elle. Il faisait si chaud que les larmes qui perlaient à ses yeux séchaient avant d'avoir eu le temps de rouler sur ses joues.

A certains moments, elle courait sur la chaussée d'une route plus ou moins plane, à l'abandon depuis plusieurs années mais encore en assez bon état; à d'autres, elle coupait par des terrains plus difficiles, anciens sites, peut-être, d'usines maintenant transférées en orbite ou de demeures tribalisées au cours d'émeutes immémoriales.

Dans le noir devant elle se dessinèrent des halos de clarté puis des enseignes lumineuses bordant la route. Trois d'entre elles annonçaient une église et proposaient des pronostics delphiques gratuits aux membres cotisants de la congrégation.

Tournant la tête, effarée, de tous les côtés, clignant des yeux pour éclaircir sa vision, elle distingua les contours d'un monstrueux dôme multicolore qui ressemblait à un de ces poissons-lunes dont on fait des lampes, promu miraculeusement à une taille supérieure à celle d'une baleine.

Sur ses traces, à une distance discrète, guidé par un traceur dissimulé dans la robe en papier qui était le seul vêtement qu'elle portait à l'exception de ses sandales, un homme au volant d'une voiture électrique réprima un nouveau bâillement en souhaitant que ce dimanche-ci, la chasse ne fût ni trop longue ni trop ennuyeuse.

RECETTE MINEURE DANS LE VENTRE DU GROS POISSON

Non seulement le révérend Lazare officiait à l'église,

mais il y vivait. Sa demeure était une caravane stationnée derrière l'autel cosmoramique – l'ancien écran de projection, de vingt mètres de haut. Comment faire autrement, quand on a une vocation de ministre du culte, pour se protéger des indiscrétions et disposer d'autant d'espace ?

Environné du bruit ininterrompu du compresseur qui maintenait gonflé le dôme de plastique polychrome – trois cents mètres sur deux cents sur quatre-vingt-dix de haut – il était assis, solitaire, à sa table de travail à l'avant de la caravane et il comptait le produit des quêtes de la journée. Il était tracassé. Le groupe coley qui jouait de la musique pendant qu'il officiait était rémunéré au pourcentage, mais il devait leur garantir un minimum et l'assistance diminuait de façon inquiétante à mesure que l'intérêt de la nouveauté s'estompait. Aujourd'hui, il n'y avait eu que sept cents personnes. Il ne s'était même pas créé d'embouteillage quand toutes les voitures avaient regagné la route.

En outre, pour la première fois depuis neuf mois que l'église avait démarré, la quête avait donné plus de script que d'espèces. Les espèces ne circulaient plus tellement – du moins sur ce continent-ci – en dehors des zones de compensation légale, où les gens touchaient une allocation fédérale spéciale pour se passer de quelques-uns des gadgets les plus coûteux du XXIe siècle. Mais établir une liaison avec les ordinateurs de crédit fédéraux un dimanche, c'est-à-dire pendant leur temps d'arrêt normal, signifiait une lourde surtaxe que la plupart des églises, y compris la sienne, ne pouvaient se permettre de payer. Aussi les fidèles se souvenaient-ils généralement qu'il fallait se munir de pièces ou de billets, ou bien de ces livrets aux bons de script détachables qu'on remettait à chaque membre lors de son inscription.

L'ennui, avec ces bons de script, c'est que l'expérience montrait que le lundi matin, quand il les présentait à la banque, au moins la moitié d'entre eux revenaient avec la mention REJETÉ. Et plus la somme était importante, plus il y avait de chances pour qu'il en fût ainsi. Certains étaient émis par des personnes déjà si insolvables que l'ordinateur refusait systématiquement toute dépense qui ne servait pas à assurer la survie pure et simple de l'intéressé. Inévitablement, toute nouvelle église attirait à elle un grand nombre de victimes de chocs. Mais il y avait aussi ceux qui étaient annulés de toute urgence à la suite d'une scène de ménage : « Tu as cliché *combien ?* Qu'est-ce que j'ai fait au Bon Dieu pour épouser un froc pareil ! Fais-moi dévisser ce script, *en vitesse !* »

Certaines personnes avaient quand même été généreuses sans le savoir. Il y avait une pile de plus de cinquante pièces en cuivre d'un dollar chacune, mais n'importe quelle firme d'électronique les rachèterait au moins trois cents dollars le lot. Les astéroïdes étaient pauvres en métaux à haute conduction. Il était interdit de récupérer le métal des pièces de monnaie encore en circulation, mais personne ne se gênait pour le faire. Il suffisait de dire qu'on avait trouvé un lot de vieilles casseroles dans un grenier, ou un câble désaffecté en faisant un trou dans son jardin.

Une des prédictions les plus populaires en ce moment sur les tableaux delphiques était que la prochaine émission de pièces de un dollar se ferait sur support en plastique, avec une durée de vie n'excédant pas deux ans. Où va-t-on, si même les tirelires deviennent biodégradables !

Il versa les pièces dans son creuset sans les compter, car seul importait le poids du lingot final. Puis il s'absorba dans la seconde tâche qu'il avait à accomplir avant d'en avoir fini avec sa journée de travail : l'analyse des questionnaires delphiques remplis par les fidèles. Il y en avait considérablement moins qu'en avril. Il en attendait quatorze ou quinze cents, alors que pour cette semaine il y avait à peine la moitié du nombre escompté. Mais il ne fallait pas trop se plaindre. Même sept cents avis, c'était quand même mieux que ne pouvaient prétendre réunir la plupart des individus, particulièrement quand ils étaient aux prises avec une dépression aiguë ou quelque autre crise de style-de-vie.

Et par définition, ses fidèles étaient *tous* en crise de style-de-vie.

Les questionnaires comportaient une série de textes très simples résumant chacun un problème individuel. Ils étaient suivis d'espaces blancs où les membres de la congrégation à jour de leur cotisation étaient invités à fournir une solution. Aujourd'hui, il y avait neuf items. Douloureux contraste avec l'époque du printemps prospère où il avait dû utiliser le verso de la feuille pour continuer. Déjà, le bruit devait se propager dans le circuit de bouche en bouche : « La dernière fois, on nous a donné que neuf choses à delpher. Alors dimanche prochain... »

Quel est le contraire de neige qui gonfle? Gêne qui vous dégonfle?

Malgré le coup porté à ses anciens et fervents espoirs, il résolut d'accomplir les gestes nécessaires. Il le devait non seulement à lui-même, mais également à ceux qui assistaient régulièrement à ses offices, et surtout à tous ceux dont la souffrance avait été épiée au grand jour aujourd'hui.

Le premier item sur la liste, il n'en tint pas compte. Il l'avait inventé et mis là simplement comme un leurre un peu croustillant. Rien de tel qu'un bon fait divers susceptible peut-être de se retrouver dans les média pour retenir l'attention des gens. L'appât résidait dans le vague espoir qu'ils avaient de retrouver un de ces jours prochains quelque chose dans les nouvelles et de se dire : « Tiens, tu te souviens, ce pif qu'on vient de zigouiller parce qu'il avait fait des choses à sa fille... on l'a computé à l'église! »

Un lien avec le passé. Ténu, mais apprécié.

Ironiquement, il relut ce qu'il avait imaginé : *Je suis une fille de quatorze ans. Mon père est tout le temps ivre et veut me planter sa fiche mais il cliche tellement d'alcool, qu'il ne me reste plus rien pour ma jouissance quand je sors et ils m'ont repris ma...*

Les réponses étaient vraiment sans surprise. Il fallait que la fille se présente devant les tribunaux pour se faire émanciper, qu'elle raconte tout immédiatement à sa mère, qu'elle dénonce anonymement son père, qu'elle lui fasse couper son crédit avec un médibloc, qu'elle plaque la maison pour se réfugier dans un foyer d'ados... et ainsi de suite.

– Seigneur! fit-il en levant les yeux au ciel, si je programmais un ordinateur pour répondre au confessionnal, les gens auraient mieux que ça comme conseils!

Il n'y avait absolument rien qui marchait comme dans son programme de départ.

De plus, l'item suivant recelait un drame authentique. Mais que faire pour aider une femme encore jeune, la trentaine, ingénieur qualifiée en électronique, qui était partie en orbite avec un contrat de six mois, s'était aperçue trop tard qu'elle était sujette à l'ostéochalcose (perte de calcium et autres minéraux au niveau du squelette en état de gravité-zéro), avait dû laisser filer son boulot et se trouvait maintenant menacée de s'émietter les os si elle faisait un pas de travers? Sa corpo lui avait décerné sans appel le statut de briseuse de contrat et pour faire un procès pour être réintégrée il fallait qu'elle travaille pour se payer un avocat et pour travailler il fallait l'autorisation de la corpo et ainsi de suite...

Il y a beaucoup de misères nouvelles dans notre nouveau meilleur des mondes!

En soupirant, il prit les questionnaires et en fit une pile bien nette qu'il disposa sous le photolecteur de son ordinateur privé pour avoir un verdict. Pour une quantité si petite, cela ne valait pas la peine de se brancher sur le réseau public. Le *tchitt-tchitt* de la trieuse aux doigts de plastique vint s'ajouter au bourdonnement du compresseur.

L'ordinateur avait été acheté d'occasion et était d'un

modèle presque périmé. Cependant, il marchait la plupart du temps. Aussi, à moins qu'il ne tombe en panne pendant la nuit, lorsque les enfants timides, les parents inquiets, les médians en bonne santé mais inexplicablement malheureux, et les vieux abandonnés et désespérés reviendraient chercher leur ration de réconfort spirituel, ils repartiraient accrochés à un fétu de papier, un certificat exhalant un parfum d'autorité désuète et absolue, orné d'un en-tête aux caractères dorés imitation feuille d'or revendiquant une nature delphique légale et authentique fondée sur la contribution d'au moins ____________ ° personnes consultées ° Remplir l'espace blanc. (Ce document n'est valable que si le total dépasse 99) sous la foi du serment / devant plusieurs témoins adultes / sous sceau notarial °° (°° Rayer les mentions inutiles) le ____________ (jour) (mois) 20 ____________ (année).

Ce n'était là qu'un misérable pis-aller qui rappelait de loin l'écroulement de tous ses rêves du début où il convertissait la congrégation tout entière à son propre système de consultation « AMIC » qui lui donnait un rôle de levier propre à mouvoir la Terre. Il reconnaissait à présent qu'il avait choisi le mauvais registre, mais il ressentait toujours un léger pincement quand il repensait à l'époque de son arrivée dans l'Ohio.

Il se consolait en se disant qu'au moins, ce qu'il avait fait ici avait peut-être sauvé quelques personnes de la mort par drogue, suicide ou assassinat. Et même s'il ne servait à rien d'autre, un certificat delphique disait au subconscient : *J'importe, après tout, puisqu'il est dit ici que des centaines de gens se sont penchés sur mes problèmes.*

Sans compter qu'il avait tout de même réussi deux ou trois coups fumants sur le marché public en suivant les avis inintentionnels de la collectivité.

Sa journée de travail était terminée. Il gagna la partie arrière de la caravane, mais s'aperçut qu'il n'avait pas sommeil. Il songea un instant à appeler quelqu'un pour faire une partie de tringles, mais se souvint que le dernier de ses adversaires locaux contactés depuis son arrivée avait déménagé récemment, et il était trop tard pour essayer d'en trouver un autre en appelant la fédération de l'Etat de l'Ohio.

L'écran du jeu de tringles resta donc enroulé dans son cylindre, à côté du photostyle et du totalisateur de points. Il devrait se contenter d'une heure de trivi traditionnelle.

Dans un élan de générosité impulsive, un des premiers convertis à son église lui avait fait un cadeau horriblement coûteux : un moniteur qu'il pouvait programmer selon ses goûts et qui était capable de choisir automatiquement l'émission qui avait le plus de chances de lui plaire à un moment donné. Il s'affala dans son fauteuil et alluma le poste. Aussitôt, l'écran s'anima et il se trouva invité à donner son avis au parti de l'opposition de la Jamaïque sur ce qu'il fallait faire pour venir à bout de la famine qui sévissait partout dans l'île et par la même occasion battre le gouvernement aux élections prochaines. La tendance pour le moment était qu'il faudrait affréter un dirigeable de transport et parachuter des rations de nourriture synthétique au-dessus des régions les plus gravement touchées. Jusqu'à présent, il semblait que personne n'avait eu l'idée de faire remarquer que le coût d'une opération de ce genre se chiffrerait à l'aide de sept zéros au moins et que les finances de la Jamaïque étaient, comme d'habitude, au trente-sixième dessous.

Pas ce soir ! Je ne peux plus supporter toutes ces stupidités !

Mais quand il refusa le programme, l'écran devint opaque. Se pouvait-il qu'il n'y eût rien, sur la multitude de chaînes qu'offrait la trivi, qui fût de nature à intéresser le révérend Lazare ?

Il débrancha le moniteur et tourna manuellement le bouton. Il tomba d'abord sur un groupe coley, visages grimés de peinture bleue, comme il se doit, avec des plumes dans les cheveux. Ils ne jouaient d'aucun instrument mais se déplaçaient parmi d'invisibles colonnes de faibles micro-ondes, créant des perturbations qu'un ordinateur transposait en sons... en musique, il faut l'espérer. Ils étaient raides comme tout et leur coordination était lamentable. Les amateurs qui jouaient dans son église, des gamins à peine sortis du collège, tenaient mieux la tonalité et étaient beaucoup plus à l'aise dans leurs accords.

Il tourna encore et trouva une émission à sensation qui lançait des rumeurs tendancieuses, à la limite de la diffamation, mais juridiquement inattaquables grâce aux services sans défaillance d'un ordinateur autocenseur. Les rumeurs étaient destinées à faire plaisir aux gens en leur faisant croire que le monde se portait vraiment aussi mal qu'ils en avaient l'impression. Ainsi, à El Paso, Texas, le nom du maire avait été cité à la suite d'une nouvelle concernant l'arrestation d'un homme accusé d'avoir fait fonctionner illégalement une agence de jeux delphiques qui prenait des paris sur le nombre de morts, de membres rompus et d'yeux perdus, enregistrés au cours des matches de football américain et de hockey. Ce n'était pas le fait en soi de prendre des paris qui était condamnable, mais celui d'avoir restitué aux parieurs gagnants une partie des mises inférieures aux cinquante pour cent légaux. Que le nom du maire eût été prononcé plusieurs fois à propos de cette affaire, personne ne pouvait en douter. Et en Grande-Bretagne, le secrétaire du Mouvement pour la Purification de la Race avait invité la princesse Shirley et le prince Jim à assurer conjointement la présidence d'une de leurs manifestations, leurs opinions sur l'immigration dans leur malheureuse île n'étant un secret pour personne. Vu la rapidité avec laquelle la misère dépeuplait toutes les régions à l'exception des plus rapprochées du continent, on se demandait en quoi les Australiens ou les Néo-Zélandais allaient être impressionnés. Et puis était-il vrai que l'attaque de roquettes à longue portée de la semaine dernière sur un groupe d'hôtels des Seychelles avait été financée par une chaîne hôtelière rivale, et non par des membres irrédentistes du Parti de Libération des Seychelles ?

Oh, la barbe !

Il trouva ensuite une émission de cirque. Tout le monde appelait ça comme ça, malgré la dénomination officielle de « système d'apprentissage par la punition et la récompense ». Il avait dû tomber sur une émission vedette, peut-être la plus célèbre de toutes, celle qui venait des studios de Quemadura (Californie) où la loi n'avait pas encore interdit l'emploi d'animaux vivants à des fins de ce genre. Une demi-douzaine de gosses au regard fixe et apeuré attendaient leur tour de passer sur une planche d'environ cinq centimètres de large qui reliait les bords d'un bassin grouillant de crocodiles aux mâchoires claquantes. Leurs parents leur vociféraient des encouragements. Un panneau au coin de l'écran indiquait en grosses lettres rouges que chaque pas que chaque enfant réussirait à faire avant de tomber rapporterait mille dollars. Il tourna le bouton une nouvelle fois, avec un frisson de dégoût.

Le canal suivant aurait dû normalement être libre, mais un satellite pirate chinois en avait pris possession. Il s'adressait à une clientèle d'émigrés du Middle West. Lazare avait entendu dire qu'il y avait une tribu chinoise dans la région de Cleveland, ou peut-être de Dayton. De toute manière, comme il ne comprenait pas le chinois, il continua de tourner. C'était maintenant de la publicité. Il s'agissait d'un cabinet-conseil en style-de-vie dont Lazare savait qu'il disposait de plusieurs salons réservés aux clients dont l'état s'était aggravé au lieu de s'améliorer à la suite des suggestions coûteuses qui leur avaient été faites. Un autre spot présenta un euphorisant prétendument libre d'assuétude. En réalité, la société qui le commercialisait avait été poursuivie par le gouvernement fédéral, mais le bruit courait que le juge avait été soudoyé et que les stocks seraient écoulés et le produit retiré volontairement du marché avant que l'affaire ne passe en justice, ce qui ne ferait guère que quelques centaines de milliers d'adeptes de plus sur les bras des Services de Santé Fédéraux qui ne savaient déjà plus où donner de la tête.

Il accrocha ensuite une autre émission pirate, australienne, cette fois-ci, à en juger d'après l'accent, où une fille vêtue d'un costume formé de six bulles placées à des endroits stratégiques était en train de dire : « Vous savez... si tous les gens qui ont des problèmes avec leur style-de-vie s'étendaient bout à bout sur le gazon, qui s'étendrait sur la pauvre Suzon ? »

Il se laissa aller à esquisser un demi-sourire et, comme il était rare de capter une émission australienne, il avait presque décidé de la suivre un moment lorsqu'une puissante sonnerie retentit dans la caravane.

Il y avait quelqu'un au confessionnal de l'entrée principale. A cette heure-ci, il fallait supposer que le cas urgeait.

Il est vrai qu'être dérangé à n'importe quelle heure du jour ou de la nuit faisait partie des risques inévitables de son sacerdoce. Il poussa un soupir, se leva et éteignit le poste.

Memo interne : Ce ne serait pas une mauvaise idée de se lancer dans la trivi pendant quelque temps. Meilleur moyen de garder le contact avec les média. Mais si le sacerdoce m'avait conduit jusqu'aux limites où l'on peut aller avec un 4 GH dans le contact avec le public pour une période donnée ? De toute manière, il faudra bien que je sache combien de temps il me reste.

C'est capital pour moi. Capital !

Il se composa une expression de bénignité adéquate avant d'établir la liaison trivi avec le confessionnal. Il ressentait une certaine appréhension. Les quelques personnes qui maintenaient le contact n'ignoraient pas que les Bidulistes et les Servants du Graal avaient eu plusieurs morts dans leur rencontre de la semaine dernière et que les derniers avaient eu le dessus. Il fallait s'y attendre. C'étaient les plus brutaux. Alors que les

Bidulistes se contentaient en général d'estropier leurs prisonniers et de les laisser rentrer chez eux tant bien que mal, les Servants les ligotaient, leur mettaient un bâillon et les laissaient mourir de soif au fond de quelque vieille bâtisse abandonnée.

Le visiteur de ce soir n'était donc pas forcément une âme en peine de bons conseils ou tout simplement de soins, mais peut-être quelqu'un qui était venu pour repérer les lieux en vue d'une future razzia. Après tout, aux yeux des deux tribus, cette église n'était qu'une abomination païenne.

Mais l'écran ne releva qu'une petite fille probablement trop jeune pour appartenir à une tribu. A vue de nez, elle n'avait pas plus de dix ans. Ses cheveux étaient ébouriffés et ses yeux rouges d'avoir pleuré. Sur ses joues sales, les larmes avaient tracé des sillons. Cette enfant avait épuisé tout son pouvoir d'imitation des adultes. Elle était perdue dans le noir, seule et terrorisée. Mais... non ! Il y avait autre chose, et pire. Il voyait maintenant qu'elle tenait un couteau dans une de ses mains, et sur la lame ainsi que sur sa robe verte, il y avait des taches rouges qui pouvaient bien être du sang frais.

– Oui, petite sœur ? demanda-t-il d'une voix aussi neutre que possible.

– Mon père, il faut que je me confesse ou bien j'irai en enfer ! sanglota la petite fille. J'ai saigné ma propre mère ! Je l'ai tailladée de partout ! J'ai dû la tuer... Je suis sûre que je l'ai tuée !

Le temps sembla cesser de s'écouler pendant un long moment. Puis, rassemblant tout le calme dont il était capable, il prononça les mots qu'il était officiellement obligé de dire. Car si la cabine du confessionnal elle-même était un sanctuaire inviolable, il n'en était pas de même pour le circuit trivi qui la reliait à la caravane et qui, comme tous les circuits du même genre, était raccordé au réseau public de la police et par conséquent aux infatigables moniteurs fédéraux de Canaveral. Ou d'ailleurs. Il y en avait tellement, maintenant, qu'il était impossible qu'ils soient tous au même endroit.

Memo interne : Cela vaudrait le coup de découvrir l'emplacement des autres.

D'une voix aussi grinçante qu'une porte de prison, il lui dit :

– Mon enfant... (plus que jamais conscient de l'ironie du mot)... vous pouvez soulager votre conscience en vous confiant à moi, mais il faut que je vous explique que le secret du confessionnal ne joue pas lorsque vous parlez dans un micro.

Elle fixait son image avec une telle intensité que pendant un instant il se vit à travers la vision de la petite fille : un homme sombre et maigre, au nez cassé, au pourpoint noir surmonté d'un col blanc orné de deux petites croix dorées. Elle finit par secouer désespérément la tête, comme si son cerveau était si plein d'horreurs récentes qu'il n'y avait plus de place pour un nouveau choc.

Doucement, il répéta son explication et cette fois-ci elle parut revenir à la réalité.

– Vous voulez dire, articula-t-elle, que vous allez appeler les choucas ?

– Bien sûr que non. Mais ils doivent être à vos trousses, de toute manière. Et comme vous venez d'avouer ce que vous avez fait à ce micro... Vous comprenez ?

Son visage prit une expression de consternation. Elle laissa tomber son couteau dans un tintement de métal qui se répercuta comme un bruit de clochettes à travers le système de sonorisation. Une seconde plus tard, elle était de nouveau en train de pleurer.

– Attendez-moi, dit-il. J'arrive dans un instant.

SUSPENSION DE SÉANCE

Un vent cinglant porteur d'hiver soufflait sur les collines entourant Randémont et arrachait les feuilles rousses des arbres, mais le ciel était limpide et le soleil radieux. Tout en admirant le panorama, Hartz attendait son tour à l'entrée du meilleur des vingt restaurants de l'institut, au luxe un peu suranné.

– Magnifique, dit-il enfin. C'est tout simplement magnifique.

– Hmm ?... – Freeman, qui se tenait les tempes à deux mains en étirant la peau de son front comme pour en chasser une lassitude accablante, regarda le spectacle qu'offrait la grande baie vitrée et approuva... Oui. Vous avez raison. Je n'ai pas tellement le temps de faire attention à ce genre de choses, ces jours-ci.

– Vous semblez fatigué, dit Hartz, compréhensif. Et cela ne me surprend guère. C'est un méchant boulot que vous avez sur les bras.

– Lent, surtout. Neuf heures par jour, par tranches de trois heures chacune. Cela finit par devenir lassant.

– Il faut bien que quelqu'un le fasse.

– Oui, il faut bien que quelqu'un le fasse.

COMMENT FAIRE GERMER DES PIEDS D'ALOUETTES ?

Vous procédez, approximativement, ainsi :

Tout d'abord, vous vous arrangez pour coincer un grand – et même un très grand – nombre de gens qui, tout en n'ayant jamais véritablement étudié le sujet sur lequel vous allez les interroger, et donc étant incapables de vous fournir la réponse exacte, sont néanmoins branchés sur la culture à laquelle la question se rapporte.

Puis vous leur demandez, disons, de donner une estimation sur le nombre de gens qui sont morts à la suite de la grande épidémie de grippe de la fin de la Première Guerre mondiale, ou bien sur la quantité de pain retirée de la vente par les inspecteurs des services de contrôle alimentaire de la CEE comme impropre à la consommation humaine au cours du mois de juin 1970.

Ce qui est curieux, quand vous compilez leurs réponses, c'est qu'elles tournent à peu de chose près autour du nombre réel tel qu'il est mentionné dans les encyclopédies, almanachs et autres annuaires de statistiques.

Tout se passe comme si le paradoxe suivant était démontré : chacun ignore de quoi il retourne, mais tout le monde sait de quoi il s'agit.

Alors, si ça marche pour le passé, pourquoi pas pour l'avenir aussi ? Trois cents millions de gens ayant accès au réseau informatique intégré d'Amérique du Nord, cela fait un grand nombre de gens à consulter.

Malheureusement, la plupart d'entre eux prennent la fuite, épouvantés à la seule mention du spectre horrible de demain. Comment faire, alors, pour forcer la main à des gens qui ne veulent pas savoir ?

La cupidité, pour certains, fera très bien l'affaire, et pour d'autres, l'espoir. Quant au reste, pour la plupart, ils n'auront pour ainsi dire jamais aucun impact sur le monde.

Tout juste bons, comme on dit, à faire de la musique folklorique...

UNE MEULE QUI TOURNE LA TÊTE

Au moment de débrider la porte bloquée de la caravane et de déconnecter les systèmes d'alarme, il hésita.

Un dimanche. Une quête modérément bonne, sans être extraordinaire. (Il renifla. Une odeur d'air chaud. Le four à fusion.)

Rien ne disait qu'elle n'était pas une actrice précocement douée.

Il eut la vision d'une tribu surgissant de nulle part, saccageant, pillant et disparaissant avant l'arrivée des choucas en ne laissant sur les lieux qu'une mineure immunisée contre les interrogatoires de la police qui se trémoussait de rire à l'idée qu'elle était « bien bonne ».

C'est pourquoi, avant de neutraliser les systèmes d'alarme, il brancha tous les circuits électroniques de l'église à l'exception des appareils de musique coley et des perches de quête automatiques. Lorsqu'il contourna la base de l'autel-écran, on eût dit qu'un incendie faisait rage dans le ventre de la baleine. Des lumières jaillissaient, de toutes les couleurs de l'arc-en-ciel plus quelques autres, tandis qu'un capteur trivi, quelque part au-dessus de sa tête, non seulement reproduisait, monstrueuse, son image sur la façade de l'autel, mais la mémorisait aussi, minutieusement détaillée, dans un bloc-enregistreur enterré sous un mètre de béton. Si on l'attaquait, l'enregistrement aurait force de preuve.

Sans compter qu'il était armé... mais de toute façon, il ne se séparait jamais de son revolver.

Ces précautions, pour minces qu'elles fussent, étaient le maximum de ce que l'on pouvait attendre de la part d'un prêtre. Au delà de cette limite, les ordinateurs fédéraux risquaient de s'émouvoir et de le ranger dans la catégorie des paranoïaques en puissance. Ils étaient sensibilisés à ces choses-là depuis l'été dernier, où un rabbin de Seattle qui avait miné les abords de sa synagogue avait oublié de débrancher le système d'alarme avant de célébrer une bar-mitsva.

En général, les Orfeds préféraient les gens qui avaient de solides convictions religieuses. Ils étaient moins enclins que d'autres à causer des ennuis. Mais il y avait des limites. Sans parler des dissidents.

Quelques années auparavant, ses défenses auraient été largement suffisantes. Aujourd'hui, leur fragilité le faisait trembler tandis qu'il descendait la nef latérale en plein air définie simplement par les traces noires de pneus que les voitures avaient laissées au fil des ans. Naturellement, il y avait une clôture électrifiée à la base du dôme, sauf à l'endroit qui donnait accès au confessionnal, et celui-ci était à l'épreuve des bombes et possédait sa propre réserve d'air en cas d'attaque aux gaz. Mais même ainsi...

Memo interne : Pour la prochaine fois, un rôle où j'aurai plus de marge pour défendre ma peau. L'isolement, c'est bien, et j'en avais besoin quand je suis arrivé, mais ce genre d'endroit n'est pas fait pour être tenu par un type tout seul. Impossible de surveiller tous les recoins pour voir s'il n'y a pas un choureur embusqué dans l'ombre !

Au fait, cela me fait penser : je ne porte pas de verres. A quarante-six ans. Plausible, ça ? Sur trois cents millions de personnes, il doit bien y en avoir quelques-unes de cet âge qui n'ont jamais eu besoin d'acheter des verres correcteurs, surtout parce qu'elles n'en ont pas les moyens, mais en supposant que l'Office de la Santé ou je ne sais quel groupement pharmaco-médical décide qu'il y a assez peu de médians dans ce cas pour organiser une étude exhaustive ? En supposant que les types de Randémont se mettent dans la tête qu'il y a un effet génétique en jeu ? Pfff...

Memo interne, souligné trois fois : Rester plus près de l'âge chronologique !

Perdu dans ses méditations, il pénétra dans la cabine du confessionnal... et s'aperçut que de l'autre côté de la vitre de trois centimètres à l'épreuve des projectiles il n'y avait pas une petite fille en larmes à la robe tachée de sang, mais...

La partie extérieure du confessionnal était occupée par un personnage massif aux cheveux blonds bouclés striés de pointes de bleu. Il affichait une chemise carmin et rose à la mode et un sourire pacificateur.

– Navré que vous ayez été dérangé, mon père, dit-il. Bien que ce soit vraiment un coup de chance que la petite Gaïla soit tombée sur vous... Je m'appelle Shad Fluckner, à propos.

Ce pif avait l'air bien trop jeune pour être le père de la gamine : pas plus de vingt-cinq, vingt-six ans. Il est vrai que parmi ses fidèles, il avait des femmes qui en étaient à leur troisième ou quatrième mariage, avec parfois des hommes de vingt-cinq ans plus jeunes qu'elles. Son beau-père, alors ?

Dans ce cas, pourquoi ce sourire ? Parce qu'il s'était servi de la gosse, dont il se souciait autant que de sa première pantoufle, pour se débarrasser d'une épouse riche mais trop âgée à son goût ? De plus basses actions avaient été avouées dans ce confessionnal.

Perdu dans le brouillard, il demanda :

– Vous êtes... euh... un parent de Gaïla ?

– Pas vraiment, mais je crois qu'on peut dire qu'après tout ce que nous avons passé ensemble, nous sommes plus proches que si nous étions légalement parents. Je travaille à l'agence Anti-Trauma, voyez-vous. Quand les parents de la petite ont commencé à déceler chez elle un comportement déviant, ils sont venus, avec raison, nous trouver pour nous demander de lui faire subir un traitement complet. L'année dernière, nous l'avons guérie d'un syndrome de rivalité infantile : la classique « envie de pénis » dirigée contre son frère cadet. En ce moment, elle est en train de faire son complexe d'Electre. Avec un peu de chance, nous lui ferons atteindre le stade de Poppée à l'automne prochain... Au fait... Je ne sais pas ce qu'elle vous a raconté à propos des choucas. Ne vous inquiétez surtout pas. Les ordinateurs de la police ont instruction de ne pas intervenir.

– Elle m'a dit... qu'elle avait tué sa mère. A coups de couteau...

– Oh, pour elle, c'est effectivement ce qui s'est

passé ! Elle avait envie de le faire inconsciemment depuis que sa mère l'a trahie en la faisant venir au monde. Mais il ne s'agissait que d'une mise en scène, naturellement. Nous l'avons mise sous scotophobine, puis enfermée dans le noir pour neutraliser ses pulsions de retour à la matrice. Nous lui avons donné une arme de type phallique pour absorber le surplus de pulsion sexuelle, puis nous l'avons placée en présence de quelqu'un d'anonyme. Dès qu'elle a frappé, nous avons rallumé pour lui montrer sa mère gisant au milieu d'une mare de sang, et nous l'avons laissée s'enfuir affolée. Naturellement, je la suivais de loin. Nous n'aurions pas voulu qu'il lui arrive quelque chose.

Le ton légèrement blasé sur lequel il disait cela indiquait amplement que pour lui, il s'agissait d'une opération de simple routine. Mais lorsqu'il eut terminé son explication, son visage s'illumina comme s'il venait d'être frappé par une idée subite. Il sortit un enregistreur de sa poche.

– Dites, mon père; ce serait chic de votre part si vous acceptiez de dire un petit mot à l'intention de notre service de publicité, sur ce que vous pensez de nos méthodes. Venant d'un homme d'Eglise, cela aurait du poids. Vous pourriez dire, par exemple, qu'il vaut mieux permettre à un gosse de libérer ses pulsions de violence dans une situation contrôlée que de le voir commettre un tel crime dans la vie réelle, mettant ainsi en danger son âme immor...

– Oui, j'ai un commentaire à faire, et vous pouvez l'enregistrer ! S'il existe une chose plus écœurante que la guerre, c'est bien l'activité à laquelle se livre votre compagnie. Au moins, à la guerre, il y a l'excuse de la passion. Mais ce que vous faites est calculé froidement, par des machines sans doute plutôt que par des hommes !

Fluckner porta légèrement sa tête en arrière, comme s'il craignait d'être frappé à travers la paroi de verre du confessionnal. Il répondit, sur la défensive :

— Mais nous n'avons fait que mettre la science au service de la morale. Je suis sûr que vous voyez bien...

— Ce que je vois, c'est la première personne que j'aie jamais eu envie de maudire. Tu as scandalisé nos petits enfants. Qu'on t'attache une meule autour du cou et qu'on te précipite dans les profondeurs de la mer. Disparais dans les ténèbres éternelles !

Instantanément, le visage de Fluckner se marbra de rouge et la rage fit irruption dans sa voix.

— Vous regretterez d'avoir dit cela, je vous en donne ma parole ! En même temps que moi, vous venez d'insulter des milliers de bons citoyens qui comptent sur ma compagnie pour sauver leurs enfants des feux de l'enfer. Vous le payerez !

Il tourna les talons et s'en fut à grands pas sonores.

LA LUMIÈRE ET LE POUVOIR CORROMPENT

— Mais oui, bien sûr, Gaïla va très bien ! Quelle découverte plus heureuse pourrait faire une enfant — quel réconfort plus espéré peut-on lui apporter — que de s'apercevoir que la mère qu'elle aime consciemment mais qu'elle déteste inconsciemment est toujours vivante, bien qu'elle ait été tuée ? Mais nous avons déjà évoqué cela...

Il dut s'essuyer le front, en espérant que sa transpiration serait mise sur le compte de la chaleur estivale.

— Et maintenant, puis-je me servir de votre viphone ? En privé, si vous le permettez. Il vaut mieux que les parents ne sachent pas trop de détails sur les méthodes que nous employons.

La salle était illuminée par une dalle transparente dans le plancher d'où jaillissaient des rayons erratiques de toutes les couleurs qui balayaient la très œcuménique réunion d'un crucifix, d'un bouddha et d'une

Kali à six bras entourée de roses. Shad Fluckner composa le numéro de code du service de dénonciation anonyme de la Compagnie de Distribution de Puissance Electrique.

Quand il eut la tonalité, il ajouta le code de l'Eglise de la Pénétration Infinie, puis une combinaison signifiant « détournement frauduleux de donations charitables », et une autre équivalant à « mise sous séquestre en attente de jugement », ce qui aurait pour effet immédiat de dévisser tout le crédit dont le prêtre était bénéficiaire. Il termina en programmant : « Transmettre à tous les ordinateurs de crédits concernés. »

Cela suffirait en principe. Il se frotta les mains, satisfait, et quitta la salle. Il n'y avait à peu près aucune chance pour qu'on puisse faire remonter l'appel jusqu'à lui. Il ne travaillait plus pour la C.D.P.E. depuis deux ans, et de toute façon le personnel tournait à plus de soixante-cinq pour cent par an, ce qui donnait environ un demi-million de personnes qui auraient pu être l'auteur de la fausse programmation.

Avant que le révérend père Lazare ait réussi à trouver son chemin dans le labyrinthe des ordinateurs de crédit et à mettre la main sur la couleuvre qui venait d'être mise en circulation, il avait mille fois le temps de mourir de faim.

Tant pis pour lui.

EN LIGNE MAIS PAS EN TEMPS RÉEL

Mettant à profit une accalmie, pendant que l'assistante vaporisait un produit dans la gorge du sujet pour lui redonner de la voix, Hartz jeta un coup d'œil à sa montre.

– Je comprends que vous progressiez lentement, murmura-t-il. A ce train-là, vous ne couvrez même pas un jour en vingt-quatre heures.

Freeman lui adressa son habituel sourire en forme de tête de mort.

– Si c'était ça, je serais encore en train de l'interroger sur ses expériences de conseiller en style-de-vie. Mais n'oubliez pas ceci : dès que nous avons su où chercher, nous avons pu mettre en mémoire toutes les données concernant ses différentes personnalités antérieures. Nous savons tout ce qu'il a fait. Ce qui nous intéresse en ce moment, c'est de savoir ce qu'il ressentait. Il y a des cas où le rapprochement entre un souvenir clé et une réaction particulièrement intense de sa part se passe de commentaires, et vous avez eu la chance aujourd'hui d'assister à un tel rapprochement.

– Vous voulez parler de son identification à la petite fille qui courait dans le noir? Un parallèle à sa propre vie de traqué?

– Beaucoup plus que ça. Beaucoup plus, en vérité. Réfléchissez un peu à la malédiction qu'il a lancée à Fluckner, et au processus qui l'a déclenchée. Elle concorde parfaitement avec le personnage de Lazare, c'est certain. Mais ce qu'il nous faut découvrir, c'est à quel point elle est ancrée dans sa personnalité véritable. Mademoiselle, si vous avez fini, j'aimerais pouvoir poursuivre.

CHAUD ET COUVERT, UNE JOURNÉE POUR DÉMÉNAGER

Il faut il FAUT IL FAUT que j'apprenne à maîtriser ma colère même devant une insulte à l'humanité comme...

Qu'est-ce que c'est encore?

Il émergea en haletant d'un sommeil comateux. La veille, il était resté éveillé dans son lit pendant des heures tandis que les menaces de Fluckner résonnaient dans sa mémoire. Finalement, il avait eu recours à un somnifère. Il fallut un long moment pour qu'un fait de première importance se fasse jour à travers son esprit brumeux.

Le bourdonnement du compresseur s'était arrêté.

Il se tourna sur le côté pour jeter un coup d'œil au cadran lumineux du réveil à la tête de son lit. 7 h 45. Mais les vitres de la caravane étaient désespérément sombres et opaques. Pourtant, le soleil devait être déjà haut dans le ciel. La météo avait annoncé encore du beau temps, et quand elle était bien tendue, la membrane de plastique du dôme était parfaitement translucide.

Par conséquent, on avait dû couper le courant et le dôme s'était effondré. De toutes ses vingt-deux tonnes et demie.

Nu comme un ver, avec le sentiment d'être terriblement vulnérable, il s'assit au bord du lit et chercha à tâtons le bouton de la lampe pour confirmer ses déductions. L'obscurité l'oppressait. Pire encore, l'air était déjà vicié. Sans doute à cause des particules de poussière, de graisse et d'humidité qui, lorsque le dôme était gonflé, formaient une pellicule invisible, mais se concentraient maintenant en une couche visqueuse comparable au dépôt qui recouvre l'intérieur des conduites d'égouts.

Naturellement, la lumière ne fonctionnait pas.

Une grève ? Peu vraisemblable. Les travailleurs qui occupaient les postes clés où l'on pouvait encore empêcher les systèmes automatiques de distribution d'énergie de fonctionner attendaient toujours le gel et la neige pour déclencher leurs mouvements. Une coupure pour supercharge, alors ? Encore moins vraisemblable. Il n'y avait pas eu de coupures d'été depuis 1990. Les gens, apparemment, étaient guéris de leur habitude de considérer que l'énergie, comme l'air, était gratuite et illimitée.

Il est vrai que toute une nouvelle génération avait grandi depuis 1990... lui y compris.

Une fusion de réacteur ?

Après la triple catastrophe de l'année passée, les tableaux delphiques avaient de jolies sommes à afficher sur une période de deux années avant la prochaine. Il prit quand même son unique poste de radio à piles. La loi exigeait qu'une station mono entièrement consacrée aux informations émît vingt-quatre heures sur vingt-quatre dans toutes les conurbations de plus d'un million d'habitants, afin que le public pût être tenu au courant des émeutes, mouvements tribaux et autres calamités. Il ne restait plus beaucoup de puissance, mais en collant le poste à son oreille il comprit que le speaker de service était en train de commenter les paris sur les matches de l'après-midi. Si le réacteur était entré en fusion, on aurait diffusé sans arrêt des avis de radiations.

Alors qu'est-ce que ça pouvait bien... Oh... Fluckner?

Il sentit un frisson lui parcourir l'épine dorsale et se rendit compte que son regard était invinciblement attiré par le halo faiblement lumineux du réveil, comme si l'obscurité symbolisait la matrice originelle (pensée pour Gaïla et ses pareils, condamnés à grandir non comme des êtres humains mais comme des hybrides issus de l'accouplement bâtard de la psychanalyse freudienne et du behaviourisme) et que cette mystérieuse lueur présageait son entrée dans un monde nouveau et étranger.

Ce qui était, s'avoua-t-il avec une pointe de dépit, probablement l'exacte vérité.

Une mauvaise odeur flottait dans l'air, mais au moins il ne semblait pas y avoir d'excès de CO_2; il n'avait pas mal à la tête, tout juste un soupçon de nausée. Plus ou moins rassuré, il gagna en tâtonnant la pièce principale où il avait une grosse lampe à pile en réserve pour ce genre d'occasion. Elle avait une autonomie suffisante, car ses éléments étaient automatiquement rechargés sur le secteur. Quand il l'alluma, cependant, l'auréole de lumière jaune donna à tout ce qui l'entourait un aspect irréel et menaçant. Quand il bougea le bras, des ombres coururent sur la paroi de métal lisse, répliques fantasmagoriques de celles que la veille il avait imaginées donnant asile à des ados complices du baron Samedi, de saint Nicolas ou même de la déesse Kali.

Il s'aspergea le visage avec ce qui aurait dû normalement être de l'eau glacée au robinet du lavabo. Le courant devait être coupé depuis longtemps, car l'eau était désagréablement tiède. Il ouvrit la porte de la caravane et essaya de percer l'obscurité translucide. Sous la courbe gracieuse formée par l'enveloppe de plastique affalée sur l'autel, une lointaine couronne de lumière diffuse semblait indiquer qu'il pourrait peut-être s'en sortir sans aide.

Mais il valait mieux essayer de rétablir le courant.

Dans son bureau, le four à fusion était froid et le lingot de cuivre prêt à être retiré. L'ordinateur individuel, chargé d'une tâche plus compliquée, avait été surpris en pleine action. La quatrième – non, la cinquième – évaluation delphique de la journée pendait comme une langue raide et pâle, dûment revêtue de son sceau notarial automatique. Mais pour l'instant, cela importait peu. Ce qu'il fallait découvrir avant tout, c'était si c'était bien Fluckner (et qui d'autre aurait pu ou voulu lui enlever ainsi son crédit du jour au lendemain?) qui s'était arrangé pour lui faire couper aussi bien le viphone que l'électricité.

La réponse était positive. Un répondeur automatique l'informa d'une charmante voix que son crédit était suspendu dans l'attente du résultat d'un procès qui le mettait sous le coup d'une saisie-arrêt. S'il voulait que sa ligne soit rétablie, il devait fournir la preuve qu'il avait gagné son procès.

Procès? Quel procès? On ne peut tout de même pas traîner les gens devant les tribunaux simplement parce qu'ils ont proféré une malédiction?

Mais la réponse véritable ne tarda pas à s'imposer à lui, et il faillit éclater de rire. Fluckner, c'était certain, avait dû recourir au vieux truc consistant à mettre en circulation sur tout le réseau continental une couleuvre autopropagatrice, probablement sous le couvert d'un groupe de dénonciation « emprunté » à une grande compagnie. Il se glisserait d'un secteur nodal à l'autre chaque fois que son code-crédit serait pointé sur un clavier. Il fallait des semaines, parfois des mois, pour éliminer un serpent de cette sorte.

A moins que... la victime ne possédât le moyen de passer par-dessus la programmation originale. Ce qui était précisément le cas. N'importe quel détenteur d'un code 4 GH...

Son rire velléitaire s'éteignit aussitôt. Et, si, depuis la dernière fois qu'il avait eu à l'utiliser, le 4 GH avait été rétrogradé ou même dévissé ?

Il n'y avait qu'un seul moyen de le savoir. Sagement, la machine attendait qu'il lui fournisse la preuve demandée. Il pointa son numéro de code complet sur le cadran du viphone, ajouta le groupe standard signifiant : « entrée erronée résultant de manipulations frauduleuses » et termina par l'ordre de lui communiquer le numéro de référence du procès dont il faisait prétendument l'objet.

Quelques secondes plus tard, il entendit la tonalité normale.

Il avait retenu sa respiration sans s'en rendre compte. Il souffla si fort que le bruit résonna bizarrement dans le silence inaccoutumé. Combien de petits bourdonnements familiers s'étaient arrêtés pendant la nuit ? L'ordinateur, les systèmes d'eau chaude et froide, la climatisation, les moniteurs d'alarme... et tant d'autres. Impossible d'énumérer tous les appareils en service jour et nuit dans une maison.

Sans plus perdre de temps, il programma une couleuvre vengeresse destinée à chasser celle de Fluckner. Il faudrait de trois à trente minutes pour régler les problèmes immédiats, selon qu'il tomberait ou pas sur les inévitables encombrements de lignes du lundi matin. Il y avait peu de chances pour qu'il leur échappe. D'après un rapport récent, il y avait en ce moment tant de serpents et de contre-serpents en circulation dans le réseau que les machines avaient pour instructions de leur accorder un ordre de priorité très bas, sauf urgence de caractère médical.

Enfin... il verrait bien quand la lumière reviendrait.

C'était maintenant le moment pour le révérend père Lazare d'effectuer son suicide. Après s'être fortifié d'un verre de jus d'orange tiède et synthétique, au goût douceâtre mais aux propriétés inoffensives pour son métabolisme – il choisissait avec soin la marque des produits qu'il achetait – il médita sur sa prochaine réincarnation.

Trente minutes plus tard, le courant était revenu. Soixante, et le dôme était regonflé. Quatre-vingt-dix, et sa nouvelle naissance était en train.

Ce n'était jamais une très agréable expérience que cette parturition par ordinateur. Aujourd'hui, parce qu'il n'avait pas eu l'intention d'abandonner si vite son rôle de Lazare et que par conséquent son esprit n'était pas tout à fait préparé, c'était pire que jamais. Il avait des frissons, son cœur palpitait à se rompre, ses mains étaient moites de transpiration et ses fesses – nues car il n'avait pas voulu perdre de temps à s'habiller – lui démangeaient sur toute la zone qui était en contact avec le fauteuil.

Même après avoir eu l'assurance que son code était toujours valide, il dut s'interrompre deux fois en programmant sa nouvelle série de mensonges aux Orfeds. Ses doigts tremblaient tellement qu'il avait peur de se tromper de touches. Les viphones d'intérieur comme celui-ci n'étaient pas équipés de la fonction de mémorisation des cinq derniers chiffres affichés.

Finalement, il réussit à composer le dernier groupe, celui qui allait libérer le datophage chargé de faire disparaître toute trace de Lazare, macro-serpent à côté duquel celui de Fluckner était quantité négligeable. Il put alors se gratter à loisir et faire toutes les choses qu'il avait négligées afin de ne pas interrompre la gestation de sa nouvelle personnalité.

Au-dessous du niveau parlementaire, personne n'était autorisé à demander l'affichage des données concernant un 4 GH. Ce code devait être réservé à des personnes ayant l'autorisation officielle de mener plusieurs existences légales. Plus d'une fois, il avait eu la tentation de rechercher à quel groupe le 4 GH l'assimilait en théorie. Représentants du FBI en service commandé, agents du contre-espionnage, envoyé secret de la Maison-Blanche chargé de nettoyer le gâchis fait par son patron... Mais jamais il n'avait été jusqu'à commettre pareille folie. Il était comme un rat qui rôdait dans les murs de la société moderne. Dès l'instant où il montrait le bout de son nez, c'en était fait de lui. La dératisation viendrait l'exterminer.

Il s'habilla de manière inhabituelle et prit avec lui ce qu'il ne jugeait pas utile d'abandonner derrière lui : une sacoche d'affaires hétéroclites, parmi lesquelles des tickets delphiques en blanc et le lingot de cuivre tout neuf. Il mit également dans sa poche deux bâtonnets de tranquillisants, dont il savait qu'il aurait besoin avant la fin de la journée.

Enfin, il plaça une bombe sous sa table de travail et coupla le détonateur au téléphone afin de pouvoir provoquer l'explosion au moment de son choix.

La destruction de l'église figurerait peut-être dans la liste des faits divers quotidiennement établie par les media : tel nombre de meurtres, tel nombre de vols, tel nombre de viols... Elle s'étendait rarement jusqu'aux incendies criminels, faute de place, tout simplement. Du moment que personne ne réclamait l'argent de l'assurance, il y avait de fortes chances pour que les choses en restent là. La police, débordée comme toujours, accuserait les Bidulistes ou les Servants du Graal, qui étaient des suspects bien commodes, et serait bien contente de classer l'affaire.

Il jeta un dernier coup d'œil autour de lui avant de quitter pour la dernière fois le dôme de plastique. Il y avait pas mal de circulation sur la route, mais il ne vit personne aux alentours qui semblât s'intéresser spécialement à lui. Dans un sens, médita-t-il, c'était un siècle beaucoup moins difficile à vivre que n'avait dû l'être le vingtième.

Si seulement on pouvait se fier aux apparences.

SANS NOMBRE D'UN PROBLÈME

A l'époque où il y avait encore la télé au lieu de la trivi, un célèbre, cynique et bourru historien du nom d'Angus Porter, qui avait survécu assez longtemps pour devenir un Grand Ancien et dont les vues gauchistes de toute une vie pouvaient par conséquent être maintenant tolérées comme une excentricité pardonnable, avait donné un raccourci de la chose.

Coursé un rat donneur, s'était empressé de dire quelqu'un qui se croyait spirituel.

Invité par un journaliste à faire une déclaration sur le traité de désarmement nucléaire mondial de 1989, il avait annoncé : « Nous entrons dans la troisième phase de l'évolution sociale humaine. Il y a d'abord eu la course à pied. Ensuite, la course aux armes. Maintenant, c'est la course aux cerveaux. Et si nous avons de la chance, le stade final sera la race humaine(1). »

LE TALENT D'ACHILLE

– C'est donc ainsi qu'il s'y prenait ! s'exclama Hartz en regardant l'homme assis dans le fauteuil d'acier comme s'il le voyait pour la première fois. Je n'aurais jamais cru qu'il était possible de programmer une nouvelle identité dans le réseau à partir d'un simple

(1) Suite de jeux de mots intraduisibles sur *arm* = « bras » ou « arme » et *race* = « course » ou « race ». (N.d.T.)

viphone privé, et avec l'aide d'un ordinateur aussi limité que le sien !

– Question de talent, répondit Freeman sans quitter des yeux les écrans et les voyants lumineux de son pupitre. Comparez cela au don d'un pianiste, si vous voulez. Avant l'époque de la bande magnétique, il y avait des solistes qui étaient capables de retenir de tête une vingtaine de concertos, note pour note, et qui en plus pouvaient improviser pendant une heure sur un thème de quatre notes. Cela n'existe plus, de même qu'il n'existe plus de poètes capables de réciter des milliers de vers d'affilée, comme c'était le cas, semble-t-il, à l'époque d'Homère. Mais je ne crois pas que ce soit particulièrement remarquable.

– Vous savez? fit Hartz au bout d'un moment, depuis que je suis ici à Randémont, j'ai vu pas mal de choses assez troublantes, et j'en ai entendu encore plus. Mais je ne crois pas avoir été... – Il faisait un effort visible pour parvenir jusqu'à la fin de son aveu –... avoir été plus effrayé que par ce que vous venez de dire.

– Je ne suis pas sûr de bien vous comprendre.

– Eh bien, lorsque vous qualifiez ce talent étonnant de « pas particulièrement remarquable... »

– Mais c'est la vérité, insista Freeman en se laissant aller en arrière sur son siège. Selon nos critères, en tout cas.

– Précisément, murmura Hartz. *Vos* critères. Parfois, j'ai l'impression qu'ils ne sont pas tout à fait...

– Humains ?

Hartz hocha la tête en silence.

– Mais je puis vous assurer qu'ils le sont, reprit Freeman. La race humaine est très douée. Ce que nous essayons de faire à Randémont, c'est de retrouver une partie des talents négligés jusqu'ici. Nous nous sommes trop contentés de rester dans l'ignorance coupable de quelques-unes de nos plus précieuses ressources mentales. Tant que nous n'aurons pas comblé ces lacunes de la connaissance humaine, nous ne pourrons pas prétendre poursuivre notre marche vers l'avenir. (Il regarda sa montre :) Je crois que ça suffit comme ça pour aujourd'hui, reprit-il. Je vais appeler une assistante pour le nourrir et lui faire sa toilette.

— Il y a autre chose qui m'ennuie. C'est de vous entendre parler de cet homme en termes si... impersonnels. Croyez bien que j'admire votre compétence et votre dévouement, mais j'aurais des réserves à faire sur vos méthodes.

Freeman se leva, tout en étirant légèrement ses membres engourdis.

— Les méthodes que nous utilisons ont déjà fait leurs preuves. En outre, n'oubliez pas que nous avons affaire à un délinquant, un déserteur qui, s'il en avait eu l'occasion, serait facilement devenu un traître. Nous ne sommes pas les seuls à expérimenter dans ce domaine. D'autres que nous, en plus de la détermination, ont la brutalité. Vous ne voudriez pas, j'en suis sûr, que nous nous laissions surpasser par cette sorte de gens.

— Bien sûr que non, admit Hartz en passant le doigt à l'intérieur de son col comme s'il était soudain devenu trop petit.

Freeman eut un sourire qui le fit ressembler à un croquemitaine noir.

— Aurai-je le plaisir de votre compagnie demain ?

— Non. Il faut que je rentre à Washington. Mais...

— Oui ?

— Qu'a-t-il fait après avoir quitté Toledo si précipitamment ?

— Oh, il a pris quelques vacances. Très intelligent de sa part. C'est le mieux qu'il avait à faire, en vérité.

AUX FINS DE RÉIDENTIFICATION

A présent je m'appelle Sandy (de Lysandre, ne vous en déplaise, et non Alexandre) P. (comme Périclès, eh oui !) Locke. Trente-deux ans, libratair et probablement dévio vu mon état imberbe actuel. Pourtant, j'essaye de laisser tomber et ne serai pas contre le matrimono une de ces quatre saisons.

Je resterai Sandy pour quelque temps au moins, même après avoir achevé mes vacances dans cet hôtel des îles de la baie Géorgienne à peu près dans le vent même s'il n'est pas de la dernière rafale comme certaines stations balnéaires qui voudraient bien posséder la même chambre sous-marine de thérapie matricielle. Ici, bien que le directeur soit un psychologue diplômé, les séances de relaxothérapie ne sont pas obligatoires.

C'est ma deuxième tranche de vacances pour cette année et j'envisage d'en prendre au moins une troisième à la fin de l'automne. Il est vrai que je suis entouré de gens qui ne risquent pas de confondre « prendre encore des vacances » avec « être surpé et inembauchable », comme feraient certainement des personnes de ma connaissance. Un grand nombre de vacanciers qui sont ici avec moi remettent ça pour la troisième fois cette année et envisagent de prendre cinq périodes en tout. Il faut dire quand même qu'ils sont bien plus âgés que moi et libérés du coût et des contraintes des enfants. Prendre trois fois des vacances à trente-deux ans n'est pas loin de me signaler comme un débauché... dans tous les sens du mot. Et pour l'instant, c'est bien cela qui compte; j'ai besoin de trouver du boulot.

Je crois que j'ai choisi le bon âge. Moins difficile à assumer que quarante-six ans quand on n'en porte physiquement que vingt-huit (voir les lunettes par exemple) et qu'on fait assez jeune pour attirer encore les médians tout en ayant la maturité nécessaire pour impressionner les ados.

Memo interne : Ne pourrait-on pas faire durer ces trente-deux ans jusqu'à ce que j'en aie disons trente-six en réalité ? Garder yeux et oreilles à l'affût des renseignements adéquats.

DE LA COUPE AU LIÈVRE

A quarante ans passés, mais de combien, mystère, belle et décidée à l'être quelque temps encore, avantagée par un magnifique bronzage et des cheveux blondis par le soleil et pas par la teinture, forte d'une heure de sommeil quotidien de plus que ce qu'elle pouvait s'offrir depuis une éternité, Ina Grierson était ce qu'il est convenu d'appeler une femme de tête. La preuve : elle était responsable du département d'embauche des cadres temporaires au siège de Kansas City de la Ground-to-Space Industries Inc., le plus gros fabricant mondial d'usines orbitales.

La question, c'était : Pour combien de temps ?

Elle songea au dicton selon lequel chacun mérite d'être promu à son propre niveau d'incompétence, et à sa fille qui n'en finissait pas de continuer ses études, s'inscrivant chaque année à des cours plus invraisemblables les uns que les autres, et toujours à la même université. Si elle acceptait seulement de changer de ville !

Ina Grierson se sentait des boulets aux pieds. Elle aurait voulu partir, n'importe où : dans le Colorado, le golfe du Mexique ou même la baie de San Francisco, à condition toutefois que les techniques antisismiques soient aussi au point que le prétendaient les sismologues et qu'il n'y ait pas un autre tremblement de terre qui fasse des millions de victimes... au moins pendant les cinquante années à venir.

Et que ce soit elle, et personne d'autre, qui pose les conditions, bien sûr.

L'année dernière, elle avait repoussé cinq propositions. Cette année, jusqu'ici, une seule. Et l'an prochain ?

Avoir une fille impossible comme Kate... merde ! Pourquoi cette petite clitouille ne se conduisait-elle pas normalement, comme tout le monde, en ramassant ses racines et en allant les planter dans un autre trou – de préférence sur un continent différent ?

Si seulement l'agence Anti-Trauma avait existé plus tôt...

Des gens sans tact demandaient parfois en public pourquoi Ina tenait à demeurer dans la même ville que sa fille qui avait, après tout, vingt-deux ans, possédait son propre studio depuis qu'elle fréquentait l'université et ne paraissait pas particulièrement désireuse de rester dans les jupons de sa mère. Ina avait horreur de ce genre de curiosité.

Elle détestait qu'on lui pose des questions auxquelles elle était incapable de répondre.

Une semaine de vacances était déjà passée sur les deux qu'elle s'était accordées et elle avait besoin qu'on lui remonte le moral, mais l'homme qui lui tenait compagnie depuis son arrivée était parti aujourd'hui. Cela signifiait qu'elle dînerait toute seule. De plus en plus réjouissant. Finalement, au prix d'un gros effort, elle passa sa belle robe du soir rouge et or et gagna la terrasse en plein air où le bruit assourdi des vagues se mêlait à la musique tamisée. Elle se sentit mieux au deuxième cocktail. Pour retrouver l'habituel pétillement de son existence, quoi de mieux qu'un dîner au champagne ?

Moins d'une minute plus tard, elle était en train de hurler au sommelier de l'établissement de luxe (en cela différent d'autres lieux faits au moule que ce n'étaient pas des machines, toujours déréglées, qui faisaient le service, mais des êtres humains – sans garantie d'ailleurs que ce soit beaucoup mieux) :

– Qu'est-ce que ça signifie, il n'en reste plus ?

Le son perçant de sa voix fit se retourner plusieurs têtes.

– Ce monsieur là-bas (en le montrant du doigt) vient de commander la dernière bouteille que nous avions.

– Appelez-moi le directeur !

Qui vint aussitôt expliquer avec des regrets sans doute non feints (qui donc accepterait de gaieté de cœur de voir son amour-propre dévissé par un vulgaire assemblage de circuits électroniques ?) les raisons pour lesquelles il ne pouvait rien y faire. L'ordinateur chargé de l'approvisionnement au siège de la chaîne hôtelière dont cet établissement faisait partie en même temps qu'une centaine d'autres avait décidé de réserver le contingent de champagne disponible aux zones touristiques où il pouvait se vendre deux fois plus cher qu'ici. La décision datait d'aujourd'hui. Demain, la carte des vins serait modifiée.

Entre-temps, le sommelier s'était éclipsé pour répondre à un signe venu d'une table voisine. Quand il reparut devant elle, Ina se crispait pour ne pas hurler de rage.

Il déposa devant elle un carré de papier plié en deux. Il contenait un message manuscrit d'une écriture ferme et nette telle qu'on n'en voyait plus depuis que les gosses apprenaient à écrire à la machine dès l'âge de sept ans. Elle le lut d'un seul coup d'œil.

L'heureux choureur à la bouteille de champagne vient d'avoir une idée géniale. On la vide ensemble ? – Sandy Locke.

Elle leva les yeux et vit en train de lui sourire un homme qui portait une chemise corsaire à la mode ouverte jusqu'à la taille, un bandeau de tête agressif, des bracelets dorés aux poignets et avait le bout de son index effilé pointé, le bras tendu, sur le bouchon.

Elle sentit sa rage fondre comme brume à l'aurore.

C'était un drôle de pif que ce Sandy. Il ne la laissa pas terminer sa diatribe sur la direction de l'hôtel qui avait l'intention de laisser désormais ses clients sans champagne et orienta la conversation sur une autre voie. Ce qui eut pour effet de ranimer sa mauvaise humeur et de l'envoyer se coucher toute seule.

Mais le lendemain matin à 9 heures, quand le chariot du déjeuner roula automatiquement jusqu'à son chevet, il y avait dessus une bouteille de champagne attachée avec un ruban et accompagnée d'un bouquet. Quand elle revit Sandy à la piscine à 11 heures, il lui demanda si elle l'avait apprécié.

– C'était donc vous ? Vous travaillez pour cette chaîne hôtelière ?

– Ce truc minable ? Vous m'offensez. Je ne fais pas dans les opérations de quatrième catégorie. On va nager ?

La question suivante mourut sur les lèvres d'Ina. Elle aurait voulu savoir sur quoi il était branché, si c'était le gouvernement ou une hypercorpo. Mais il pouvait y avoir aussi une autre raison, et si c'était la bonne les implications étaient tellement riches qu'elle n'osait pas s'engager là-dedans sans préparation. Elle répondit : « D'accord. » Et fit glisser ses vêtements.

La carte des vins demeura inchangée et le directeur paraissait plutôt dépassé par les événements. Ce qui ne fit que renforcer Ina dans ses spéculations. Le lendemain matin, pendant qu'ils prenaient leur petit déjeuner au lit, elle aborda carrément le sujet.

– J'ai idée que mon petit choureur est un ESI.

– Peut-être, mais à condition qu'il n'y ait pas de micros sous le lit.

– Il y en a ?

– Non. J'ai vérifié. Il y a certaines choses que je préfère que les ordinateurs ignorent.

– Je te comprends... (Elle frissonna :) Certains de mes collègues de GTS habitent Trianon, tu sais, l'endroit où ils expérimentent les nouveaux styles-de-vie. Et ils se targuent de ce que la moindre de leurs actions est épiée électroniquement jour et nuit; ils discutent entre eux des mérites respectifs des différents systèmes ultra-modernes... Je ne sais pas comment ils peuvent marcher.

– Marcher ? répéta sardoniquement Sandy. Il ne s'agit pas pour eux de marcher... sauf s'il s'agit du pied sur lequel ils vivent, sans doute. C'est surtout de béquilles qu'ils ont besoin. Encore quelques années, et ils oublieront qu'ils ont des jambes.

Toute la journée, Ina trembla presque d'excitation. Dire que c'était le plus pur hasard qui l'avait mise au contact d'un membre authentique et combien tangible de cette élite prestigieuse, cette tribu minuscule et secrète des experts-saboteurs en informatique... dont l'art était parfaitement légal, du reste, à condition que ses adeptes ne se frottent pas de trop près aux informations réservées, protégées par la loi McBann-Krutch votée au nom du sacro-saint « intérêt public ». Mais les experts-saboteurs n'avaient pas l'habitude de crier leur vocation sur les toits, pas plus que les espions industriels, par exemple, et elle aurait peut-être fait preuve de plus de tact en lui demandant s'il appartenait au RID, ou « recouvrement des informations difficiles ». Heureusement, il ne semblait pas s'être formalisé.

Avec diplomatie, elle fit allusion à la question qui la tracassait. Combien de temps encore allait-elle pouvoir grimper, au lieu de faire du sur-place, quand elle changerait d'emploi ?

Tout d'abord, sa réponse fut indifférente :

– Pourquoi ne fais-tu pas comme moi ? Mets-toi à ton compte, ce n'est pas tellement différent du style-de-vie banane que tu mènes actuellement. Une fois qu'on s'y habitue...

Se mettre à son compte : ces mots faisaient résonner dans sa tête des échos d'indépendance aventurière, de vie romantique et mouvementée.

– J'y ai pensé, naturellement. Mais j'aimerais beaucoup savoir ce que GTS a ajouté à mon dossier avant de prendre une décision.

– Tu pourrais essayer de me demander de le découvrir.

– Tu veux dire... – elle osait à peine espérer – ... tu veux dire que tes services sont à louer ?

– En ce moment ? (Plantant ses dents qu'il avait nettes et pointues, au bout du mamelon offert.) Pour le service d'entretien, ce n'est pas la bonne porte. Ce genre de chose, je le fais gratis.

– Que tu es bête! Tu sais bien ce que je veux dire!

Il se mit à rire.

– Ne te fais pas plus glissante que tu ne dois. Bien sûr que je le sais. Ce serait rigolo de fourrer mon nez dans ton GTS.

– Tu parles sérieusement?

– Pourquoi pas? Une fois que mes vacances seront finies, naturellement. Ce qui n'est pas encore le cas!

Pensive, à 2 heures du matin – son temps de sommeil commençait à être sérieusement érodé, mais bof! – elle murmura :

– Ce n'est pas tellement le fait de savoir que des machines savent sur toi des choses que tu ne dirais pas à un redresseur, encore moins à un chef ou à un conjoint... C'est de ne pas savoir quelles choses, au juste, elles savent...

– Sweedack. Si tu savais le nombre de gens qui sont déroutés par cette forme d'incertitude! La seule issue pour certains est la parano.

– « Sweedack? »

– Ah, tu ne t'intéresses pas au hockey, je vois.

– Une fois de temps en temps. Je ne suis pas ce qu'on appellerait une « afi ».

– Moi non plus, mais il faut bien rester dans le circuit. Ça vient du français. Ce sont les joueurs de hockey canadiens qui l'ont apporté. C'est la contraction de *je suis d'accord.* Je croyais que tout le monde l'utilisait maintenant.

Avant d'avoir pu retenir sa langue, elle avait dit :

– Oh, oui! Je me souviens d'avoir entendu Kate le dire à une amie.

– Kate?

– Euh... c'est ma fille...

Elle tremblait, imaginant la suite inévitable :

– *Je ne savais pas que tu avais une fille. Elle est au lycée?*

– *Non... euh... à la fac de Kansas City...*

Après quoi s'instaurerait une brève période de silence pleine de soustraction qui la situerait sans difficulté sur l'échelle des âges.

Mais cet homme doté d'un tact infini se contenta de rire.

– Ne te tracasse pas. Je sais tout ce qui te concerne. Crois-tu que j'aurais fait surgir tout ce champagne sur la foi de simples spécus ?

Cela tenait debout. Quelques secondes, et elle riait aussi. Quand ce fut fini, elle demanda :

– Tu viendras vraiment à K.C. ?

– Si vous en avez les moyens.

– GTS a tous les moyens. Quel est ton cric habituel ?

– Rationalisateur-système.

Elle eut un sourire épanoui :

– Formidable ! Nous venons de perdre le responsable de ce service. Il vient de rompre son contrat pour... Dis, tu n'étais pas au courant de ça, aussi ?

Elle était soudain devenue soupçonneuse.

Il secoua la tête, réprimant un bâillement.

– Avant de te connaître, quelle raison aurais-je pu avoir d'aller fouiner chez GTS ?

– Oui, c'est vrai, bien sûr... Sandy ? Qu'est-ce qui t'a attiré dans ce genre de boulot ?

– Mon papa était un dingue du viphone. J'ai dû hériter du gène.

– Je veux une vraie réponse.

– Je ne sais pas... Peut-être que c'est l'insidieux sentiment que la plupart des gens se gourent quand ils disent que l'homme est dépassé par le monde actuel, et qu'il faut laisser les machines assurer la relève. Je n'ai pas envie de me dessécher sans rien faire sur un rameau mort de l'arbre de l'évolution.

– Moi non plus. D'accord, je t'emmène avec moi à K.C., Sandy. Je trouve que ton attitude est saine. Un peu d'air pur nous fera du bien.

VENDU À L'HOMME AU SOMMET

– Je ne débraille pas. Ce froc, c'est un véritable neutron rapide. Sans compter qu'il nous manque un ratio S depuis que Kurt nous a laissés en plan. Alors, ce n'est pas pour lui lancer des capucines, mais Gina ne m'a pas tellement raboté la planche à clous – et à toi non plus je crois ?

» ... Je sais, c'est lui-même qui a demandé à faire une période d'essai. Deux mois, peut-être trois, pour voir un peu comment il s'harmonise avec l'équipe.

» ... Je te l'ai dit. Il est en vacances en ce moment. J'ai fait sa connaissance aux Iles. Tu peux le toucher sur place, si tu veux.

» ... Parfait. Bon. Tu veux noter son code ? 4 GH...

PROGRAMME DE DÉLOGEMENT

La barrière de tours de mille mètres qui ceinturait l'Aéroport Continental offrait au regard deux brèches mémorialisant non pas – pour une fois – la tribalisation ou l'explosion après émeute de deux buildings, mais la catastrophe survenue récemment à deux adaves qui avaient dévissé de leurs répulseurs, l'un à l'atterrissage et l'autre au décollage. Le bruit courait que l'accident était en rapport avec le lancement de la dernière usine orbitale de la Ground-to-Space, qui avait eu lieu juste de l'autre côté du fleuve, dans le Kansas. Quelqu'un avait paraît-il omis de prévenir les responsables de l'aéroport du volume et de la portée de l'onde de déflagration. Une enquête était en cours, mais de toute manière la GTS était bien trop puissante dans le pays pour qu'une sanction quelconque pût en résulter.

Cela n'empêchait pas que l'éventualité et l'issue d'un procès étaient en ce moment parmi les plus prisées des sujets à court terme de paris delphiques illégaux. Les paris légaux, naturellement, ne pouvaient en aucun cas spéculer sur l'issue d'une affaire qui était entre les mains de la justice.

Les façades des tours qui restaient, qu'elles fussent constituées de bureaux ou d'appartements, étaient aussi muettes et aussi sinistres que d'anciennes tombes. Elles avaient été pour la plupart construites durant la période archi KK qui avait sévi en Amérique au début des années 90. Il existait un terme plus flatteur pour ce style – antidéco – mais sans doute n'était-il pas assez pittoresque pour s'être imposé. De tels édifices étaient aussi déshumanisés que les cercueils qui avaient servi à enterrer les victimes du grand Tremblement de Terre de la baie de San Francisco, et découlaient de la même cause. L'ensemble des pertes subies quand San Francisco et une bonne partie d'Oakland et de Berkeley avaient été subitement dévastés par le cataclysme avait littéralement mis le pays au bord de la faillite. A la suite de cela, dans tous les domaines sans exception, l'habitude avait été prise de concevoir les choses avec le moins possible de fioritures.

Dans un louable mais tardif espoir de faire de nécessité vertu, toutes les constructions de ce genre avaient été rendues « écotarciques », c'est-à-dire largement autonomes et pourvues d'équipements complexes pour le recyclage des ordures ménagères. Chaque appartement disposait d'une annexe extérieure dont la surface et les conditions d'ensoleillement étaient étudiées pour permettre la culture hydroponique de fruits et légumes en quantité suffisante pour répondre aux besoins théoriques d'une famille moyenne. Le résultat était que, dans l'esprit du grand public, toute unité d'habitation véritablement fonctionnelle et souhaitable devait être obligatoirement dépourvue de tout ornement, laide et inesthétique au plus haut point.

Apparemment, la nécessité était devenue si haïssable

que personne ne pouvait plus éprouver le moindre plaisir à être vertueux.

Grâce à une habile modification de parcours de dernière minute computée par les ordinateurs de la compagnie d'aviation, son appareil se posa avec quelques minutes d'avance sur l'horaire. Il était convenu qu'Ina devait l'attendre dans le hall de l'aérogare, mais quand il émergea, encore vibrant de partout, du sas de décharge électrostatique, il ne l'aperçut nulle part.

Il ne seyait pas à son personnage de perdre ces quelques minutes à ne rien faire. Tout en se frottant les bras et en se disant que le système électrique de lancement et de récupération des adaves, pour économique, efficace et non polluant qu'il fût, représentait quand même une contrainte irritante pour les passagers obligés de se débarrasser de leurs volts en surnombre, il aperçut une flèche indiquant la direction des tableaux delphiques publics.

La plus grande partie de ses bagages, récemment acquis en accord avec sa nouvelle identité, seraient acheminés directement chez GTS, mais il gardait avec lui un sac de voyage qui pesait neuf kilos. Sous le nez d'une femme revêche qui le gratifia d'une bordée d'injures, il attrapa au passage un autoporteur et, après avoir consulté la plaque lumineuse indiquant les différents tarifs, clicha le minimum : 35 dollars pour une heure de service. C'était un peu plus cher qu'à Toledo, mais il n'y avait rien d'étonnant à cela; le coût de la vie à Trianon, qui se trouvait à cent kilomètres d'ici seulement, était l'un des plus élevés du monde.

Pendant une heure, jusqu'à l'expiration de son crédit, la machine porterait son sac dans ses mâchoires en plastique et le suivrait aussi fidèlement qu'un chien bien dressé, dont elle s'inspirait d'ailleurs au point d'être programmée pour émettre un bref jappement à la cinquante-cinquième minute et un aboiement plus insistant à la cinquante-huitième.

A la soixantième, elle lâcherait le sac et se perdrait dans la foule.

Sans plus s'occuper d'elle, il leva la tête pour parcourir les alignements de chiffres en mouvement d'un regard exercé. Il examina d'abord son secteur de prédilection, celui de la législation sociale, et fut heureux de constater qu'il avait remporté deux paris, qu'il toucherait bientôt. Malgré toutes les pressions exercées, le président n'allait pas réussir à faire passer la loi prévoyant des peines d'emprisonnement pour quiconque se risquerait à calomnier ses proches collaborateurs. S'il insistait, cela lui coûterait son mandat. Et dans un tout autre domaine, les méthodes soviétiques d'enseignement des mathématiques allaient sans aucun doute être adaptées aux Etats-Unis étant donné que l'argent continuait à arriver alors que la cote était descendue à cinq contre quatre. Eh bien, si l'équipe nationale voulait faire bonne figure aux prochaines Olympiades mathématiques, il fallait sans doute en passer par là.

En général, les cotes n'étaient pas très spectaculaires dans ce secteur. Il y avait toutefois une exception : on donnait à dix contre un le rejet du nouveau projet d'amendement à la constitution qui se proposait de réorganiser le système des zones électorales selon des critères non plus géographiques mais d'appartenance à des groupes d'âges et de professions. Ce n'était peut-être pas si bête que ça, mais les gens n'étaient pas encore assez mûrs pour ce genre de changement. A la prochaine génération, peut-être.

Son attention se porta sur l'analyse sociale, qui affichait un grand nombre de cotes à deux, et même parfois à trois chiffres. Il risqua mille dollars sur l'hypothèse que le nombre d'attentats par adulte pour la ville de New York dépasserait le seuil de dix pour cent avant la fin de l'année. Le chiffre stagnait depuis bien trop longtemps autour de huit et les gens commençaient à perdre de leur enthousiasme, mais on venait de nommer dans le Bronx un nouveau chef de la police qui avait une réputation de dur à cuire, et cela devrait suffire à remporter le morceau.

Du côté des techniques de pointe, il y avait aussi des cotes pharamineuses à faire. Nostalgique du bon vieux temps, il plaça mille autres dollars sur la création d'un gravicanal Lune-Terre avant 2025. Jusqu'à présent, toutes les tentatives avaient été décevantes. L'idée consistait à arracher des objets à l'attraction lunaire en les hissant à l'aide d'un câble tendu au delà du point neutre et à les lâcher directement dans le puits de gravité de la Terre pour qu'ils puissent être récupérés sans trop de frais. Deux tentatives avaient déjà échoué. Mais un chercheur en Nouvelle-Zélande croyait être sur le point de découvrir un nouveau type de filament cristallin de près de deux kilomètres de long. Alors...

Deux vieillards au visage famélique, l'un noir et l'autre blanc, qui visiblement n'étaient pas là pour prendre l'avion mais pour passer le temps, l'avaient vu clicher son pari. Ayant considéré ses vêtements de bonne coupe ainsi que son air de prospérité financière, ils se concertèrent un instant à voix basse et se décidèrent à risquer cinquante dollars chacun.

– C'est mieux que les courses de chevaux, dit l'un d'eux.

– Moi, j'aimais les chevaux! rétorqua l'autre, et ils s'éloignèrent en continuant à parler d'une voix renfrognée, comme si chacun des deux ne demandait qu'à résorber la tension qui le liait à l'autre par une bonne dispute libératrice, mais n'osait commencer de peur de perdre son seul ami.

Hum! Je me demande si les jeux delphiques en Union soviétique et en Allemagne de l'Est sont aussi visiblement calqués sur le marché boursier et le pari mutuel que les nôtres. Je sais qu'en Chine ils...

Mais à ce moment-là, une cote qui venait d'être affichée attira son regard et il en resta ébahi. Trois contre un pour que l'optimisation génétique devienne avant 2020 un service accessible au grand public au lieu d'un privilège réservé jusqu'ici aux personnalités du gouvernement, aux cadres des hypercorpos et aux milliardaires ? La dernière fois qu'il avait consulté les tableaux, la cote devait être à deux cents contre un, malgré toute l'envie qu'en avait le public. Un tel effondrement ne pouvait être dû qu'à une fuite. L'un des mille et quelques « étudiants » et instructeurs qui travaillaient à Randémont avait dû finir par céder à la tentation de vendre les renseignements qu'il détenait et il y avait bien quelque part un groupe de chercheurs attachés à une grande compagnie qui essayaient de transformer un vague espoir en une prophétie accomplie.

A moins que...

Non ! Il est impossible qu'ils aient appris que quelqu'un leur a échappé ! Après tant d'années, après six ans d'angoisse mortelle, le secret de ma fuite aurait été découvert ?

Il ne pouvait pas y avoir de rapport... mais tout de même...

Tout sembla vaciller autour de lui, l'espace de quelques battements de cœur qui résonnèrent comme un tambour dans sa poitrine. Quelqu'un le bouscula assez rudement. Il gardait juste assez de lucidité pour se rendre compte qu'il s'agissait d'un « économiste », arborant en pleine poitrine un badge vert et blanc qui proclamait : MOINS D'ÉNERGIE ! selon la doctrine du mouvement auquel il appartenait, qui lui demandait de refuser d'utiliser la totalité de son contingent d'énergie et d'inciter le plus possible de gens à faire de même. On disait toujours qu'il y avait un grand nombre d'économistes à K.C.

A cet instant, une voix au timbre clair l'appela :

– Sandy ! Comme je suis contente... Mais qu'est-ce qu'il y a ?

Il fit un gros effort pour redevenir lui-même, calme, souriant, en mesure de remarquer combien l'image que donnait Ina d'elle-même avait changé depuis qu'elle avait quitté la station balnéaire. Elle portait une combinaison-pantalon noire et blanche, légère mais austère, et ses longs cheveux étaient serrés dans une résille.

Elle était tout le portrait du directeur de département faisant une faveur spéciale à la nouvelle recrue qui venait s'insérer à un niveau privilégié de la hiérarchie.

Par conséquent, il ne l'embrassa pas. Il ne lui prit même pas la main, mais répondit simplement :

– Bonjour. Ce n'est rien. Je viens seulement de lire la cotc qu'ils donnent sur mon meilleur pari à long terme. Un de ces quatre, je vais me réveiller pour m'apercevoir que mon crédit est complètement à sec, et ce sera bien fait pour moi.

Tout en parlant, il avait commencé à se diriger vers la sortie. Ina et l'autoporteur suivaient.

– Tu as des bagages ? demanda-t-elle.

– Seulement ce sac. J'ai fait partir le reste directement. Je crois que vous avez une grande aire de peuplement, là-bas ?

– Assez grande, oui. Elle a une bonne réputation. Depuis une dizaine d'années qu'elle fonctionne, nous n'avons pas eu un seul cas de névrose environnementale. Justement, je voulais te demander si tu comptais amener une maison avec toi. Nous avons un emplacement libre en ce moment. La construction de notre nouvelle usine ne débutera qu'en septembre.

– Non, mon ancienne maison avait déjà quatre ans, aussi j'ai décidé de la revendre. Mais il se peut que j'en fasse construire une nouvelle ici. On m'a dit qu'il y a de bons architectes à K.C.

– Je ne sais pas. Personnellement, je préfère me planter dans un appartement. Peut-être que quelqu'un pourra te conseiller ce soir pendant la réception.

– Je demanderai. C'est prévu pour quelle heure ?

– 8 heures. La salle est au rez-de-chaussée. Tous tes futurs collègues y seront.

LES ŒUFS SONT FAITS

– Ce n'est pas parce que ma décision est déjà prise que je vous demande de m'épargner vos faits.

» ... C'est parce qu'elle n'est pas prise. Des faits nouveaux, j'en ai déjà jusque-là.

» ... Alors TAISEZ-VOUS, vous m'entendez? TAISEZ-VOUS!

DANS LE COLLIMATEUR

Bien que ses quartiers fussent strictement provisoires, ils différaient subtilement d'une simple suite dans un hôtel. Il nota avec satisfaction les quelques détails qui lui donnaient l'impression d'être dans un petit appartement privé. Une série de cloisons mobiles pouvaient restructurer la pièce principale d'une demi-douzaine de manières différentes, selon ses goûts. La décoration, à son arrivée, était dans les tons neutres : beige, blanc, bleu pâle. Il transforma cela en vert foncé, bordeaux et or brûlé en se servant du bouton qui était près de la porte. L'effet était réalisé par des lumières situées derrière des panneaux translucides. Les appareils comme la trivi, le nettoyeur de vêtements à inversion de polarité ou l'électrotonyl incorporé à la baignoire n'étaient pas du modèle qu'on trouve couramment dans les chaînes de grands hôtels, mais des versions plus luxueuses, plus élaborées, à l'usage des particuliers. Le détail le plus révélateur, peut-être, c'était que non seulement on pouvait tirer les tentures, mais que même les fenêtres s'ouvraient. Ce luxe-là, aucun hôtel n'était plus en mesure de l'offrir.

Par pure curiosité, il ouvrit une des fenêtres, pour s'apercevoir aussitôt qu'il regardait, par-delà la cime d'un bouquet d'arbres, dans la direction d'où semblait provenir un grand bruit, inaudible l'instant d'avant à cause des panneaux vitrés super-isolants.

Quelle peut être la nature... ?

Pensée immédiatement suivie de cette froide antinomie :

Quelle peut être la contre-nature... ?

Une lumière violente, aussi éblouissante qu'un flash au magnésium, avait éclaté au-dessus des arbres, s'ajoutant au vacarme de la déflagration précédente. Il réussit à peine à distinguer la silhouette-aiguille d'un vaisseau orbital monoplace avant d'être obligé de fermer les yeux pour éviter d'être aveuglé et de se détourner en cherchant à tâtons la poignée de la fenêtre.

Il s'agissait sans aucun doute d'une fusée de dépannage de GTS. La compagnie était particulièrement fière de la rapidité et de l'efficacité de son service après-vente. Comme encore maintenant trois usines orbitales sur quatre étaient des modèles à la demande – de nouvelles industries décidaient sans cesse d'émigrer là-haut – il s'agissait d'un élément essentiel pour préserver la réputation de GTS en tant que leader incontesté du marché.

Réputation qui était loin, en fait, d'être aussi solidement établie que le conseil d'administration de GTS voulait le faire croire au public. Il avait fait son enquête. Au nombre des travaux qu'il s'attendait à se voir confier, bien qu'Ina n'y eût jamais fait la moindre allusion, figurerait inévitablement l'infiltration du programme de recherches d'une société rivale sur ce qu'il était convenu d'appeler les « oliviers », ces alter ego électroniques conçus pour épargner à leur propriétaire l'ennui d'avoir en tête toutes les coordonnées concernant ses relations de personne à personne. Une sorte de contrepartie du XXIe siècle, en somme, à l'ancien « nomenclator » des Romains qui, discrètement, soufflait à l'oreille de l'empereur les informations dont celui-ci avait besoin et qui lui valaient la réputation de posséder une mémoire phénoménale. GTS avait sérieusement besoin de se diversifier, mais avant de lever l'option qu'elle détenait sur les travaux dans ce domaine d'une petite firme indépendante, elle voulait s'assurer que personne d'autre n'avait déjà atteint le stade du lancement commercial.

Quelle perle à sa couronne, s'il pouvait leur apporter la réponse quelques jours seulement après avoir commencé à travailler pour eux!

Poursuivant son tour d'inspection, il découvrit, soigneusement rangé sous le lit, un libérateur de tension à trompe réversible, côté extérieur pour une femme, intérieur pour un homme... ou vice versa, selon les goûts de chacun. L'appareil comprenait également un écran, petit mais de bonne définition, dont la programmation – disait une petite plaque – était différente chaque jour, avec une période de rotation de huit jours. Il y avait aussi des écouteurs, ainsi qu'un masque olfactif qui proposait un choix de vingt effluves différents.

Il replaça l'appareil dans son coffret stérilisateur tout en décidant de l'essayer au moins une fois ou deux. Après tout, il faisait partie intégrante du style-de-vie banane. Mais pas plus de deux ou trois fois, surtout. Les compagnies du genre de GTS avaient tendance à se méfier des gens qui comptaient trop sur les machines au détriment de leurs contacts humains. Il allait être surveillé.

Il poussa un soupir. Dire qu'il y avait des gens qui se satisfaisaient (besoin ou nécessité ?) de plaisirs mécaniques... Mais peut-être que, dans certains cas, c'était aussi bien ainsi. Par exemple, chez ceux qui n'étaient capables que d'établir des liens affectifs profonds, ou rien du tout; qui souffraient atrocement quand un changement d'emploi ou une mutation dans une autre ville émiettaient leurs attaches; qui se sentaient plus en sécurité quand il y avait une certaine distance entre leurs collègues de rencontre et eux.

Une fois de plus il songea au bienfait – soigneusement déguisé – que représentait l'atrophie de sa propre faculté de se donner à fond affectivement. En cela, il se sentait bien supérieur à ce qu'il était durant son enfance à Randémont, où il avait été soumis à un possessivisme éphémère dominé par la plus stricte impersonnalité.

Mais il valait mieux ne pas penser à Randémont.

Tout en prenant sa douche, il fit le point de tous les avantages de sa nouvelle situation. Beaucoup allait dépendre des gens qu'il rencontrerait ce soir, mais il n'avait guère de surprise à redouter de ce côté. La plupart de ses collègues seraient du type ultra-stable, conformes au moule banane. Sans compter que l'emploi cadrait parfaitement avec la nature de ses talents. Presque tous les systèmes commerciaux avaient la caractéristique d'être sublogiques et redondants à souhait. Il n'aurait aucun mal à clarifier quelques sacs d'embrouilles qui lui permettraient de faire économiser un ou deux millions par an à GTS, histoire de prouver qu'il était un véritable ratio-système. D'ici quelques semaines, on le considérerait comme une inappréciable recrue.

Pendant ce temps, grâce au statut de la compagnie, il aurait accès à des réseaux de données habituellement protégés. C'était l'unique raison de sa présence à K.C. Il désirait se procurer – c'était un besoin vital – des informations qu'il n'avait jamais osé essayer d'avoir quand il était prêtre. Six ans, c'était le maximum de ce qu'il avait pu prévoir quand il s'était enfui de Randémont. Après ça...

Au moment où il sortait de la douche, séché par des jets d'air chaud, il entendit, amplifié démesurément, le bruit de son propre cœur : clomp, clomp, clomp-clomp-clomp-clomp, un peu plus vite à chaque seconde. Etourdi, furieux, il s'appuya au bord du lavabo et aperçut dans la glace qui lui faisait face le visage de Sandy Locke : hagard, vieilli en un instant de plusieurs dizaines d'années. Puis il se rendit compte qu'il n'arriverait jamais jusqu'aux tranquillisants qu'il avait laissés dans la pièce à côté. Il lui faudrait lutter sur place, en utilisant une technique respiratoire inspirée du yoga.

Il avait la bouche desséchée. La peau de son ventre était tendue comme un tambour. Si ses dents ne claquaient pas, c'était parce que les muscles de ses mâchoires étaient contractés à se rompre. Sa vision était floue. Il avait une crampe qui lui lacérait le mollet droit comme un coup de couteau. Et il était glacé.

Heureusement, la crise n'était pas trop grave. Moins de dix minutes plus tard, il put mettre la main sur ses inhalants. Lorsqu'il sortit pour se rendre à la réception, il n'avait pas plus de trois minutes de retard sur son programme.

DE CINQ CENTS À DEUX MILLE FOIS PAR JOUR

Quelque part une maison. Un appartement. Une chambre d'hôtel ou de motel. Agréable et confortable. Joie de vivre dans un enfer.

Paumé, sonné ou simplement en train de perdre la raison, quelqu'un décroche son téléphone et compose le numéro le plus célèbre de tout le continent : les neuf qui permettent d'obtenir le *Pavillon d'Eustache.*

Il parle devant un écran qui s'allume mais reste vide. C'est un service public. Il n'impose pas de pénitence : mieux que le confesseur. Il est gratuit : mieux que le psychothérapeute. Il ne donne pas de conseils : mieux que n'importe quel (ou quelle) enfant de salope qui croit connaître toutes les réponses et discute, discute, discute, jusqu'à ce que vous ayez envie de HURLER.

Dans un sens, c'est mieux que d'avoir recours au Yi-king. C'est une manière de concentrer votre attention sur la réalité. Par-dessus tout, cela fournit un exutoire aux frustrations qui vous nourrissent et que vous essayez de digérer de peur que vos amis, en apprenant leur existence, ne vous classent parmi les *ratés.*

Cela doit aider quelques-uns des plus malheureux. Le pourcentage des suicides demeure stationnaire.

EN CHAIR MAIS PAS À LA NOCE

Aujourd'hui, disaient les impersonnels instruments, il serait souhaitable de réveiller pleinement le sujet. Une prolongation de l'état de transe mnémonique où il est plongé depuis quarante-deux jours risquerait de mettre en danger sa personnalité consciente. Recommandation que Paul T.Freeman était prêt à suivre sans se faire prier. Il était de plus en plus intrigué par cet homme dont le passé avait été tracé selon un cours si impossible.

Mais d'un autre côté, il y avait dans l'air un diktat du Bureau Fédéral de l'Informatique qui le sommait de lui soumettre son rapport dans les plus brefs délais. D'où la visite surprise de Hartz, qui avait duré, en plus, une journée entière, alors que d'habitude c'était « bonjour, comme c'est intéressant, au revoir ». Quelqu'un à Washington devait avoir sa petite idée de derrière la tête... ou à tout le moins devait être tellement engagé sur la pente savonneuse qu'il lui fallait des résultats quels qu'ils soient.

Il adopta un compromis. Pour aujourd'hui exceptionnellement, il s'accommoderait d'un entretien avec le sujet conscient au lieu de puiser à la source de sa mémoire.

Un peu de changement n'était d'ailleurs pas fait pour lui déplaire.

— Savez-vous où vous êtes ?

L'homme au corps entièrement épilé se passa la langue entre les lèvres. Du regard, il fit rapidement le tour de la salle nue aux murs blancs.

— Non, mais je suppose que c'est Randémont. J'ai toujours imaginé des endroits comme celui-ci derrière la façade aveugle des bâtiments secrets à l'est du campus.

— Quelle impression vous fait Randémont ?

– Je voudrais avoir très peur. Mais vous avez dû me droguer, alors c'est impossible.

– La première fois que vous êtes venu ici, ce n'est pas ce que vous ressentiez.

– Bien sûr que non. Au début, tout me paraissait merveilleux. Normal, pour un gosse qui avait mes antécédents, non ?

Ce n'était pas peu dire. Le père avait disparu quand il avait cinq ans. La mère avait tenu le coup un an, puis elle avait sombré dans les brumes de l'alcool. Mais l'enfant avait de la ressource. On décida qu'il ferait un enfant-loue idéal : intelligent, tranquille dans l'ensemble, relativement propre et bien élevé. De sa sixième à sa douzième année, il vécut dans une succession de demeures modernes, élégantes, luxueuses parfois, appartenant à de grandes compagnies et occupées par des couples mariés sans enfants venus d'une autre ville pour remplir une fonction transitoire. Il était généralement bien accueilli par ces « parents » et l'un des couples envisagea sérieusement de l'adopter avant de renoncer devant l'idée de se lier définitivement à un enfant d'une autre couleur qu'eux. Ils se consolèrent en se disant qu'au moins il était en train de recevoir la meilleure initiation possible au style-de-vie banane.

Il parut accepter leur décision de bonne grâce. En réalité, à plusieurs reprises par la suite, quand on le laissait seul, le soir, à la maison (ce qui arrivait fréquemment, car il était sage et on pouvait lui faire confiance), il décrochait le viphone – avec un sentiment de culpabilité atroce – et appuyait neuf fois sur le 9, comme il avait vu faire sa mère – la vraie – pendant les terribles derniers mois, avant que quelque chose ne se détraque dans sa tête. Face à l'écran muet, il proférait une volée ininterrompue de jurons et d'obscénités. Puis il attendait, tremblant, la voix anonyme qui disait : « Je suis le seul à vous avoir entendu. J'espère que cela vous a fait du bien. »

Paradoxalement, oui, cela aidait.

– Et l'école, Haflinger?

– C'était vraiment mon nom...? Inutile de me répondre. Je disais ça comme ça. Je ne l'ai jamais aimé. Cette consonance en « half »... comme si j'étais condamné à rester toujours quelqu'un d'inachevé... Et je n'aimais pas non plus « Nick », d'ailleurs.

– Savez-vous pour quelle raison?

– Evidemment. Malgré tout ce que peut vous dire mon dossier, j'ai des souvenirs précis de mon enfance. Et même de ma petite enfance. Très tôt, j'ai su qu'Auld Nick était le nom que donnent les Ecossais au diable. Et le verbe « To nick » signifie arrêter quelqu'un, ou parfois voler. Mais par-dessus tout, il y a saint Nick. Je n'ai jamais pu découvrir comment la même fiction avait pu donner naissance à la fois à Santa Claus et à saint Nicolas, le patron des voleurs.

– Peut-être à cause de la notion de reprendre d'une main ce qu'on a donné de l'autre. Saviez-vous qu'en Hollande, Sinter Klaas apporte des cadeaux aux enfants en compagnie d'un Noir qui fouette ceux qui n'ont pas été assez sages pour mériter un présent?

– C'est très intéressant, ce que vous m'apprenez là, monsieur... Freeman, je crois?

– Vous étiez sur le point de me parler du genre d'impression que vous a laissée l'école.

– J'aurais dû me douter qu'il était inutile d'essayer de bavarder gentiment avec vous. Eh bien, revenons à l'école... Ce n'était guère différent. Les professeurs défilaient encore plus vite que mes parents intérimaires, et chaque nouvel arrivant semblait avoir une théorie différente sur l'enseignement. Alors, naturellement, nous n'apprenions pas tellement de choses. Dans l'ensemble, disons que c'était bien pire que... la *maison*.

Les grands murs. Le portail gardé jour et nuit. Les salles de classe où s'alignaient contre le mur les machines à enseigner toujours en panne, attendant un technicien qui ne venait jamais, inévitablement malmenées au point de devenir irréparables au bout de quelques jours. Les couloirs nus, où bien souvent la sciure rencontrait la semelle de vos souliers en un baiser gluant, marquant l'endroit où du sang avait été versé. Une fois seulement, le sang avait été le sien. Il était prudent et malin, suffisamment pour être jugé bizarre, lui qui s'obstinait à essayer d'apprendre alors que tous les autres savaient que la seule chose à faire était de ne pas bouger en attendant peinardement d'avoir dix-huit ans. Il s'était débrouillé pour éviter couteaux, matraques et revolvers sauf une seule fois, et encore la blessure avait-elle été peu profonde, sans lui laisser de marque.

La seule chose qu'il n'avait pas été assez malin pour accomplir, c'était la fuite. Péremptoirement, le Conseil de l'Education avait statué qu'il devait y avoir au moins un élément marquant de stabilité dans l'existence d'un enfant-loue. Par conséquent, il fallait qu'il continue à fréquenter cette école, quel que soit son domicile du moment. Aucun de ses parents temporaires ne s'était suffisamment attardé dans le voisinage pour mener à bien un combat victorieux contre cet édit.

Quand il fut âgé de douze ans, un nouveau professeur arriva qui s'appelait Adèle Brixham et qui comme lui n'avait pas encore renoncé à essayer. Elle le remarqua tout de suite. Avant de se faire piéger, supercharger, violer collectivement, elle avait dû envoyer une sorte de rapport. Le fait est qu'une semaine plus tard, la salle de classe et les couloirs avoisinants furent investis par une section de gouvernementaux, hommes et femmes en uniforme, armés de revolvers, lance-résilles et entraveurs. Pour une fois, lorsque l'appel fut fait, tout le monde était là, sauf une fille qui se trouvait à l'hôpital.

Il y eut des tests qui, pour une fois également, ne purent être ignorés car il y avait quelqu'un qui veillait, le regard mauvais et l'arme sur la hanche. Nick Haflinger déversa tous ses désirs frustrés de réussite dans les six heures imposées : trois avant, trois après un déjeuner surveillé pris dans la classe même. Si on voulait aller aux chiottes, il fallait se faire escorter. C'était une nouveauté pour ceux des gosses qui n'avaient encore jamais été arrêtés.

Après la détermination des QI et QE – ou quotient d'empathie – vinrent les tests perceptuels et sociaux. Rien de très inhabituel. Mais ce fut ensuite l'artillerie lourde : tests de latéralité, de réaction tardive, tests à dilemmes ouverts, tests de jugement de valeur, tests de sagacité... encore ceux-là étaient-ils marrants ! Pendant les trente dernières minutes de la séance, il planait littéralement à l'idée que le jour où il se produirait quelque chose qui ne s'était jamais produit avant, un seul être humain serait capable de prendre la bonne décision sur ce qu'il conviendrait de faire, et cette personne serait sans doute Nick Haflinger !

Les types du gouvernement avaient apporté avec eux un ordinateur portatif. Peu à peu, il se rendit compte que chaque fois que l'imprimante fonctionnait, il y avait un peu plus d'inconnus en gris dont le regard s'attardait sur lui plutôt que sur les autres enfants. Ceux-ci finirent par comprendre ce qui se passait, également, car une expression que depuis longtemps il avait appris à reconnaître se dessinait sur leurs visages : *Ce soir, après la classe, on lui fait la peau du cul !*

Il tremblait autant de terreur que d'excitation quand les six heures prirent fin, mais il n'avait pas pu s'empêcher de mettre dans les tests tout ce qu'il savait et tout ce qu'il avait pu deviner.

Il n'y eut pourtant ni attaque, ni ordalie, le soir, entre l'école et sa maison du moment, pour la bonne raison que la femme qui commandait le détachement, après avoir arrêté l'ordinateur, hocha la tête dans sa direction, ce qui semblait être un signal attendu par trois de ses hommes qui, revolver au poing, s'avancèrent vers lui, l'un d'eux lui disant d'une voix douce : « Ne bouge pas, mon garçon, et ne t'inquiète pas. »

Ses condisciples quittèrent la classe, non sans jeter

des regards en arrière intrigués et donner des coups de pied de frustration indignée dans le chambranle de la porte. Ce soir-là, quelqu'un d'autre se fit ordaliser – le terme venait de l'expression « Objectif Rejoint – Destruction Accomplie » – et y laissa un œil. Mais à ce moment-là, une limousine gouvernementale l'avait déjà raccompagné chez lui.

On lui expliqua soigneusement ainsi qu'à ses « parents » qu'il était réquisitionné au service de la nation en vertu du décret spécial numéro tant du secrétaire d'Etat à la Défense, autorisé par la loi Machin-Chose du Congrès en date de... De toute manière, sa mémoire n'enregistra pas les détails. Il était groggy. Pour la première fois de sa vie, on était en train de lui dire qu'il allait pouvoir rester aussi longtemps qu'il voudrait à l'endroit où il irait.

Le lendemain, il se réveilla à Randémont, et crut qu'il avait accompli la moitié du chemin qui mène au paradis.

– Aujourd'hui, je me rends compte qu'en réalité c'était l'enfer. Pourquoi êtes-vous tout seul ? J'avais comme l'impression que quand vous me réveilleriez, je trouverais deux personnes à côté de moi, bien que ce soit vous qui parliez tout le temps. Il n'y a pas quelqu'un d'autre ici, d'habitude ?

Freeman secoua négativement la tête, le regard en alerte.

– Mais il y en a eu deux. J'en suis sûr. Il disait quelque chose sur la manière dont on me traite ici. Il disait que ça l'effrayait.

– C'est exact. Vous avez eu un visiteur, qui est resté toute une journée pendant un interrogatoire, et il a bien dit une chose de ce genre. Mais il ne travaille pas à Randémont.

– L'endroit où l'improbable et le quotidien ne font qu'un.

– Pour ainsi dire.

– Je vois. Il me revient à l'esprit une de mes histoires drôles favorites de l'époque où j'étais gosse. Avec un peu de chance, elle sera assez démodée pour ne pas trop vous barber. C'est une compagnie pétrolière, aux environs de... disons les années trente, au siècle dernier, qui désirait impressionner un certain cheik. Ils firent venir un avion, chose rarissime dans cette partie du monde...

– Je sais. Quand le cheik fut à dix mille pieds, parfaitement calme et serein, ils dirent : « Ça ne vous impressionne pas ? » et il leur répondit : « Vous voulez dire que cet appareil n'est pas conçu pour ça ? » Je connais l'histoire. Je l'ai lue dans votre dossier.

Il y eut une courte pause, chargée de tension voilée. A la fin, Freeman demanda :

– Qu'est-ce qui vous a convaincu que vous étiez en enfer ?

D'abord la course à pied, ensuite la course aux armes, et maintenant...

L'épigramme d'Angus Porter était plus qu'un bon mot destiné à être exploité dans les salons mondains. Mais en réalité, il y avait peu de gens qui se rendaient compte à quel point il était devenu d'actualité.

A Randémont, à Val-Crédit, dans un trou perdu des Rocheuses qu'il n'avait jamais réussi à identifier autrement que sous le nom de code de « Chaudron Electrique » et en d'autres endroits disséminés de l'Oregon à la Louisiane, il y avait des centres secrets chargés d'une tâche particulière. On y pratiquait l'exploitation du génie. L'origine de ces centres remontait aux « think tanks » primitifs du milieu du XXe siècle(1), mais plutôt dans le sens où un ordinateur moderne descendrait de l'analyseur de cartes perforées imaginé par Hollerith.

Toutes les grandes puissances, de même qu'un bon

(1) « Think tanks » ou « cuves à matière grise » : Instituts de recherche prospective pluridisciplinaire, comme le *Hudson Institute* et la *Rand Corporation*. (N.d.T.)

nombre de nations de deuxième ou troisième catégorie, possédaient des centres analogues. La course aux cerveaux durait depuis des décennies, mais certains (disait une répandue et pardonnable plaisanterie) avaient pris le départ avec une bonne tête d'avance.

En Union soviétique, par exemple, les Olympiades mathématiques faisaient depuis longtemps l'objet d'une grande publicité. Faire ses études à Akadiemgorodok était considéré comme un insigne honneur. En Chine, également, la seule pression démographique avait imposé l'abandon d'une improvisation ad hoc, selon des lignes mao-marxistes préétablies, au profit de la recherche délibérée de techniques d'administration optimales par l'utilisation d'une forme d'analyse matricielle à impact croisé qui correspondait particulièrement bien à la langue chinoise. Bien avant la fin du XXe siècle, l'utilisation systématique de telles méthodes avait rendu des services inestimables. Dans chaque commune, dans le plus petit village, on avait fait parvenir un paquet de cartes ornées d'idéogrammes se rapportant à des réformes envisagées, tant sur le plan technologique que social. En mélangeant les cartes et en redistribuant les symboles selon des combinaisons originales, des idées créatrices se trouvaient automatiquement formulées. Les gens pouvaient en discuter les implications à loisir dans une série de réunions publiques. Ils déléguaient ensuite l'un d'eux à Pékin pour résumer leur point de vue. Le système était économique et étonnamment efficace.

Mais il ne fonctionnait dans aucune langue occidentale hormis l'espéranto.

Les Etats-Unis avaient fait dans la course une entrée en force très tardive. Ce n'est que lorsque le pays se retrouva chancelant sous l'impact du grand Tremblement de Terre de la baie de San Francisco que la leçon fut enfin acceptée. L'économie américaine n'était pas en mesure d'absorber des désastres de cette amplitude – sans parler d'une guerre nucléaire où les victimes se chiffreraient par millions. Malgré cela, il fallut des années pour que le passage du muscle au cerveau devînt effectif en Amérique du Nord.

Sous certains aspects, le changement demeura incomplet. A Chaudron Electrique, par exemple, le principal souci était encore l'armement. Mais du moins mettait-on l'accent sur la défense, au sens littéral du terme, et non sur les stratégies de riposte ou de dissuasion. (Naturellement, le nom de l'institut faisait allusion au principe du feu et de la poêle à frire.)

A Val-Crédit, toutefois, c'étaient de nouveaux concepts qui se trouvaient mis en œuvre. Une équipe d'observateurs spécialisés y étudiait en permanence l'évolution des jeux delphiques nationaux afin de maintenir un indice élevé de « mollification » sociale. A trois reprises depuis l'année 1990, des provocateurs avaient failli causer une révolution sanglante, mais chaque fois leur tentative avait avorté. Les aspirations profondes du public pouvaient être aisément déduites de l'ensemble des paris. Si besoin était, des mesures étaient prises pour que ce qui semblait faisable fût accompli. Pour le reste, on le dévissait de manière discrète et efficace. C'était une tâche qui requérait toute l'habileté des experts de l'AMIC, chargés de s'assurer que lorsque le gouvernement réduisait artificiellement les cotes delphiques pour détourner l'opinion publique de quelque élément jugé indésirable, aucune réaction en chaîne imprévue n'entraînait la chute des éléments voisins.

A la pointe de tout cela, il y avait les recherches ultra-secrètes menées à Randémont et dans les autres centres, dont le public connaissait l'existence mais non le nom réel.

Leur objet ?

Mettre la main avant que ce ne fût fait par quelqu'un d'autre sur les composantes génétiques de la sagesse.

– Vous utilisez le mot sagesse comme si c'était un gros mot, Haflinger.

– Peut-être suis-je, là aussi, en avance sur mon époque. Ce que vous êtes en train de faire ici conduira immanquablement à avilir le terme, et dans pas longtemps encore.

– Je ne perdrai pas mon temps à vous dire que je ne suis pas d'accord. Dans le cas contraire, je ne serais pas ici. Mais peut-être accepteriez-vous de me donner votre propre définition ?

– La même que la vôtre, je suppose. La seule différence, c'est que je pense ce que je dis, alors que vous manipulez le concept. Ce qui différencie un sage d'un homme seulement intelligent, c'est que le premier est capable de porter un jugement sain dans une situation entièrement nouvelle. Quelqu'un de sage ne se laisserait jamais supercharger par le style-de-vie pousse-banane. Il n'aurait pas besoin d'aller de temps en temps se faire réajuster dans une clinique psychiatrique. Il s'adapterait aux fantaisies de la mode, au carrousel des expressions à succès, à toute la confusion supersonique qui caractérise notre civilisation du XXIe siècle, exactement comme un dauphin qui chevauche la lame d'étrave d'un navire, toujours en tête, mais toujours dans la bonne direction. Et tout en s'amusant comme un petit fou.

– A vous entendre, ce serait quelque chose d'éminemment souhaitable. Alors, pourquoi vous opposer à ce que nous faisons ici ?

– Parce que ce que vous faites ici – et ailleurs – n'est pas motivé par l'amour de la sagesse, ni par le désir de la rendre accessible au plus grand nombre. Vous êtes motivés par la peur, la méfiance et la convoitise. Vous-même et tous ceux qui se trouvent au-dessus et au-dessous de vous, à commencer par le concierge jusqu'à... oh ! sans doute jusqu'au président et encore au delà, ceux qui tirent les ficelles du président... vous êtes tous terrorisés à l'idée que quelqu'un ait déjà pu trouver sans vous l'élixir de sagesse, alors que vous êtes au niveau des balbutiements. Vous avez si peur qu'ils ne possèdent la réponse aux Philippines, au Brésil ou au Ghana, que vous n'osez même pas aller le leur demander. Vous m'écœurez. S'il existe une personne sur la planète qui connaît la réponse, s'il y a seulement l'ombre d'une chance pour qu'elle la connaisse, alors, la seule chose intelligente à faire, c'est d'aller frapper à sa porte jusqu'à ce qu'elle veuille bien venir vous ouvrir.

– Vous êtes persuadé qu'il y a une réponse, et rien qu'une ?

– Bien sûr que non. Il est probable qu'il y en a des milliers. Mais ce qui ne fait pour moi aucun doute, c'est que tant que vous serez décidés à être les premiers à découvrir la – ou une – solution, vous ne trouverez rien du tout. Et pendant ce temps, d'autres gens, confrontés avec d'autres problèmes, se déclareront humblement satisfaits, parce que cette année les choses sont peut-être un peu moins catastrophiques qu'elles ne l'étaient l'année dernière.

En Chine... On commençait toujours par la Chine. C'était le pays le plus peuplé du globe, et par conséquent le point de départ logique.

Jadis, il y avait eu Mao. Suivi du Consortium, qui était plutôt une sorte d'interrègne, surcontre sans-atout de la Révolution culturelle (mis à part le côté ridiculement impropre de la traduction d'une expression qui signifiait plutôt pour les intéressés quelque chose comme « révision déchirante »), puis de Feng Sou-yat... de manière soudaine et sans avertissement, de telle sorte que sur les tableaux delphiques consacrés à la politique étrangère surgirent en trois jours les cotes fantastiques de trois cents contre un en faveur du glissement de la Chine vers l'anarchie et la violence. Cet homme était un raccourci de toute la sagesse extrême-orientale. Jeune, moins de quarante ans, disait-on, et cependant capable de diriger un gouvernement par touches si délicates et perspicaces qu'il n'avait jamais besoin d'expliquer ni de justifier ses décisions. Cela marchait toujours.

Tout se passait comme s'il avait été formé spécialement à l'exercice de ses facultés de jugement. Peut-être même avait-il été génétiquement désigné pour les posséder. Une seule chose était certaine : il n'avait pas vécu assez longtemps pour les acquérir de manière normale. Pas s'il avait débuté comme tout le monde, en tout cas.

Au Brésil, les conflits religieux avaient cessé depuis que Lourenço Pereira – dont on ne savait quasiment rien – s'était emparé du pouvoir. Le contraste était frappant avec la période du début du siècle, où catholiques et macumbiens avaient livré des batailles rangées dans les rues de São Paulo. Aux Philippines, également, les réformes accomplies par Sara Castaldo, la première femme à assurer la présidence du pays, avaient abaissé de moitié le taux de criminalité jusque-là effarant. Au Ghana, quand le Premier ministre Akim Gomba avait demandé de donner un coup de balai, tout le monde avait commencé à faire place nette en riant et en se congratulant. En Corée, après le putsch d'Inn Lim Pak, il y avait eu une nette diminution du nombre des charters de fric et de cul qui, jusque-là, affluaient au rythme de trois ou quatre par jour en provenance de Sydney, Melbourne, Honolulu... et à part ça, d'une manière générale, la sagesse semblait fleurir dans les endroits les plus inattendus.

– Vous êtes donc impressionné par ce qui se passe dans les autres pays. Pourquoi, alors, ne pas accepter que votre patrie bénéficie aussi, disons... d'une petite injection de sagesse ?

– Ma patrie ? Je suis né ici, c'est vrai, mais... Peu importe. Ce genre de discussion est démodé, je suppose. Quoi qu'il en soit, ce que vous voudriez faire passer pour de la sagesse n'en est pas.

– Je sens que le débat sera long... Peut-être ferions-nous mieux de reprendre tout ça demain.

– Sur quel mode allez-vous me traiter ?

– Le même qu'aujourd'hui. Nous approchons du point où vous avez superchargé la dernière fois. Je voudrais comparer vos souvenirs conscients et inconscients des événements qui ont précédé la crise.

– N'essayez pas de débrailler. Vous en avez assez de dialoguer avec un automate. Vous me trouvez plus intéressant quand je suis éveillé.

– Au contraire. Votre passé est bien plus intéressant que votre présent ou votre avenir. Ces deux derniers sont entièrement programmés. Bonsoir. Il est inutile que je vous dise : « dormez bien »; cela aussi, c'est programmé.

FACTEURS CONNUS AYANT CONTRIBUÉ À LA DÉSERTION D'HAFLINGER

Le petit garçon timide et réservé qui était arrivé à Randémont avait passé une si grande partie de sa jeunesse à être ballotté d'un couple de « parents » à l'autre qu'il possédait une facilité d'adaptation de caméléon. Il avait éprouvé une véritable affection pour presque tous ses « pères » et « mères » – rien d'étonnant à cela, vu le soin apporté par les ordinateurs aux appariements enfants-adultes – et s'était trouvé exposé à un extraordinaire éventail de centres d'intérêt. Si le « papa » en titre s'intéressait au sport, il passait des heures avec un ballon de football ou une batte de baseball. Si la « maman » avait l'esprit musical, il chantait tandis qu'elle l'accompagnait, ou bien explorait lui-même le clavier... et ainsi de suite.

Mais il ne s'était jamais laissé entraîner à fond dans aucune de ces activités. C'eût été bien trop dangereux, aussi dangereux que d'aimer quelqu'un. A son foyer suivant, il ne lui aurait peut-être pas été possible de continuer.

Au début, par conséquent, il resta circonspect. Il se méfiait des autres enfants, dont la plupart étaient plus âgés que lui, et gardait une distance prudente dans ses rapports avec les instructeurs. Il avait de vagues idées préconçues sur les établissements d'Etat, nourries d'émissions de trivi et de films retraçant l'existence des « cadets » dans les bases militaires. Mais il n'y avait absolument rien qui évoquât l'armée à Randémont. Bien sûr, il y avait des règles. Et bien que l'institut n'eût guère plus d'une dizaine d'années d'existence, quelques traditions solides avaient commencé à s'y implanter. Elles n'étaient cependant pas suivies avec beaucoup de rigueur. Dans l'ensemble, si l'atmosphère de Randémont n'était pas exactement « cordiale », on pouvait du moins dire qu'il y régnait un certain esprit de camaraderie. Ceux qui y travaillaient avaient l'impression d'accomplir une tâche commune, d'œuvrer pour le bien général. En somme, il y avait dans l'air un sentiment de solidarité.

C'était si nouveau pour Nickie qu'il lui fallut des mois pour comprendre à quel point il aimait cela.

Par-dessus tout, il adorait être mêlé à des gens, pas seulement les adultes, mais les gosses aussi, qui manifestaient un tel amour pour la connaissance. Habitué à rester toujours bouche cousue en classe par imitation de l'obstination renfrognée des autres, qui savaient bien ce qui arrivait à ceux qui faisaient étalage de leurs connaissances, il en avait d'abord été surpris, puis troublé pendant quelque temps. Ici, personne n'essayait jamais de le bousculer. On l'observait, il le savait, mais c'était tout. On lui disait quelles possibilités s'offraient à lui, mais cela n'allait pas plus loin. Du moment qu'il choisissait une matière parmi la douzaine ou la vingtaine disponibles, cela paraissait leur suffire. Plus tard, il ne serait même pas obligé de choisir dans une liste. Il pourrait étudier ce qui lui plairait.

Soudain, un déclic s'était fait en lui. Son esprit, comme une ruche, avait commencé à bourdonner de nouveaux concepts, tous plus fascinants les uns que les autres. Moins un possède une racine carrée. Il y a près d'un milliard de Chinois. Un arbre de Shannon comprime de quinze pour cent l'anglais écrit. Tiens, c'est comme ça que les tranquillisants agissent. L'expression « O.K. » vient de l'ouolof *ouoh-ki*, qui signifie : « avec plaisir », ou : « certainement »...

Sa chambre, confortable, était pourvue d'un terminal d'ordinateur. Il y en avait des centaines, un peu partout sur le campus, plus que d'êtres humains. Il s'en servait abondamment, pour absorber l'équivalent d'encyclopédies entières.

Très vite, il devint convaincu de la nécessité pour son pays – et aucun autre – d'être le premier à infuser la sagesse dans les affaires du monde. Tout évoluait si vite et si radicalement qu'il n'y avait pas d'autre moyen. Et si une culture répressive, appartenant au camp opposé à celui de la liberté, devait y parvenir avant...

Il frissonnait en se rappelant ce que l'existence dans un système dépourvu de sagesse avait failli faire de lui. Dans ces moments-là, il était prêt à se laisser persuader.

Il ne s'émouvait même pas des prélèvements de tissu cérébelleux qu'il devait subir deux fois par an en même temps que les autres étudiants. (Ce n'est que plus tard qu'il commença à mettre le mot « étudiant » entre guillemets, pour le remplacer de plus en plus par « cobaye ».) Ils faisaient cela à l'aide d'une microsonde. La perte de quelque cinquante cellules était bien sûr négligeable.

Il était par contre impressionné jusqu'à un certain point de fascination par la constance des biologistes qui travaillaient dans les bâtiments anonymes situés à l'est du campus. Leur détachement était extraordinaire, un peu alarmant, même, mais leurs intentions semblaient admirables. Les greffes d'organes n'avaient aucun secret pour eux : cœur, rein, poumon, ils opéraient toutes les transplantations de manière aussi impersonnelle qu'un mécanicien qui change une pièce dans un moteur. Ils avaient présentement des ambitions plus vastes : remplacement de membres au complet avec fonctions motrices et sensorielles, restauration de la vue chez les aveugles, développement de l'embryon in vitro... A quelques reprises, sans savoir ce que ces slogans signifiaient, Nickie avait eu sous les yeux des placards publicitaires portant pour titre en lettres capitales : EMBARQUEZ POUR BABY-CYTHÈRE ou bien AVORTEZ, NOUS FERONS LE RESTE ! Mais ce n'est que quelque temps après son arrivée à Randémont qu'il vit pour la première fois un des fourgons de fœtus du gouvernement faire sa livraison de bébés inachevés, les laissés-pour-compte de la semaine.

Il se sentit un peu troublé, mais n'eut pas de mal à décider qu'il valait mieux pour ces malfinis être apportés ici pour rendre service à la recherche que de se retrouver à l'intérieur d'un incinérateur d'hôpital.

Après cela, toutefois, il n'eut plus autant d'intérêt pour la génétique qu'il avait commencé à en éprouver. C'était peut-être une coïncidence, naturellement. Il occupait la plus grande partie de son temps à parfaire l'image incomplète qu'il avait du monde moderne, en faisant porter ses efforts sur l'histoire, la sociologie, la géographie politique, les religions comparées, la linguistique et la littérature sous toutes ses formes. Ses instructeurs étaient contents de lui, et ses condisciples envieux. Il faisait partie des veinards qui seraient certains de monter haut, très haut.

Il y avait maintenant à l'extérieur quelques anciens « élèves » de Randémont. Pas beaucoup, cependant. Il avait fallu neuf années pour porter l'effectif de l'institut à son chiffre actuel de sept cents et quelques. Une très grande partie des efforts initiaux avait été perdue en tâtonnements, inévitables dans tout système aussi novateur que celui-ci. Mais cette période était maintenant révolue. De temps à autre, un ancien venait faire une brève visite et déclarait sa joie de voir à quel point les choses étaient maintenant rodées. Avec une certaine nostalgie, il racontait quelques anecdotes comiques sur les erreurs commises de son temps. La plupart provenaient du préjugé alors en vigueur selon lequel une certaine dose d'émulation est nécessaire pour obtenir des gens un maximum d'efficacité. Alors qu'au contraire, ce qui caractérise une personne douée de sagesse, c'est qu'elle voit tout de suite que l'émulation est une source de gaspillage de temps et d'énergie. Bien des contradictions grotesques avaient surgi avant que le problème ne fût réglé.

La vie à Randémont était isolée du monde extérieur. Mais naturellement, il y avait des vacances. Beaucoup d'étudiants avaient de la famille, au contraire de Nickie. Souvent, un de ses camarades l'invitait chez lui, à Noël ou pour une autre occasion. Mais il était parfaitement conscient du danger qu'il y avait à parler librement avec quelqu'un de l'extérieur. A aucun moment, on ne leur avait fait prêter serment, ni exprimé de recommandations, mais tous savaient, et ils en étaient fiers, que le salut de leur patrie pouvait dépendre de ce qu'ils feraient. De plus, être invité chez quelqu'un lui rappelait des souvenirs désagréables. Il n'acceptait donc jamais de rester plus d'une semaine absent, et retrouvait chaque fois avec plaisir ce qu'il considérait maintenant comme l'environnement idéal pour lui : un lieu où l'atmosphère était continuellement chargée d'idées nouvelles, mais où pourtant la vie de tous les jours se déroulait selon un rythme parfaitement stable.

Naturellement, il y avait aussi de l'imprévu. Parfois, un étudiant, ou plus rarement un instructeur, s'en allait sans prévenir. Il y avait une expression pour ça. On disait qu'il avait « fléchi ». Au sens où une poutre surchargée peut fléchir, ou encore un arbre sous la tempête. Un instructeur avait ainsi disparu parce qu'il n'avait pas été autorisé à assister à un symposium à Singapour. Personne ne l'avait plaint. Les gens de Randémont n'assistaient jamais à des congrès étrangers. A peine se déplaçaient-ils pour ceux qui avaient lieu en Amérique du Nord. Il y avait des raisons sur lesquelles il n'était pas bon de poser des questions.

Lorsqu'il eut atteint l'âge de dix-sept ans, Nickie avait le sentiment que tout ce dont l'enfance l'avait frustré avait été largement compensé. Par-dessus tout, il avait appris à aimer. Pas seulement en ayant des filles – c'était maintenant un jeune homme séduisant, beau parleur et entreprenant – mais surtout parce que la stabilité de Randémont lui avait permis de surmonter sa méfiance des adultes. Il s'était ainsi profondément attaché à plusieurs de ses instructeurs. C'était un peu comme s'il était né, sur le tard, au sein d'une grande famille. Le fait est qu'il se sentait plus d'attaches familiales, sur qui il pouvait compter, que quatre-vingt-dix pour cent de la population du continent.

Puis arriva le jour où...

L'enseignement imparti à Randémont consistait principalement en ce qu'on y apprenait tout seul, avec l'aide des ordinateurs et des machines à enseigner. Logique. Les connaissances qu'on désire acquérir avant de savoir où on peut les trouver sont mieux assimilées que celles qui vous tombent directement du ciel. Lorsqu'un problème spécifique surgissait, évidemment, il était essentiel d'être aidé personnellement. Ainsi, cela faisait deux ans qu'il n'avait pas touché à la biologie et il avait actuellement besoin, dans le cadre d'une étude qu'il avait entreprise sur la psychologie de la communication, de conseils éclairés sur les aspects physiologiques des processus de réception sensorielle. Le terminal d'ordinateur qui se trouvait dans sa chambre n'était pas le même que celui qu'il avait quand il était arrivé. C'était un modèle plus récent et plus efficace, qu'il avait baptisé Roger en manière de « private joke », à cause de frère Bacon et de sa « tête parlante ».

Au bout de quelques secondes à peine, l'ordinateur lui répondit qu'il pouvait se présenter chez le Dr Joel Bosch, de la section de biologie, le lendemain matin à 10 heures. Il ne connaissait pas le Dr Bosch, mais il avait entendu parler de lui. C'était un Sud-Africain qui avait immigré aux Etats-Unis sept ou huit ans auparavant et avait été accepté à Randémont après une longue et minutieuse vérification de ses sentiments de loyauté. On disait qu'il faisait du bon travail.

Nickie avait des doutes. Tout ce qu'on disait sur les Sud-Africains... mais d'un autre côté, il n'en avait jamais rencontré de sa vie. Mieux valait attendre avant de juger.

Il arriva juste à l'heure. Bosch le fit entrer et s'asseoir. Il obéit en se dirigeant plus au toucher qu'à la vue, car son attention s'était immédiatement rivée sur... quelque chose qui se trouvait dans un coin du bureau aéré et spacieux.

Cette chose avait un visage. Elle avait aussi un tronc. Elle possédait une main d'apparence normale articulée à même l'épaule, une autre, atrophiée, au bout d'un bras fin comme du fil de fer, et n'avait pas de jambes. Elle reposait sur une sorte de support complexe qui maintenait à peu près droite sa tête hypertrophiée. Elle le regardait en ce moment avec une expression de jalousie indescriptible. On eût dit une parodie grotesque de petite fille à la thalidomide.

Digne et affable, Bosch sourit de la réaction de son visiteur.

– C'est Miranda, expliqua-t-il en se laissant tomber au creux de son fauteuil. Vous pouvez y aller, regardez-la un bon coup. Elle a l'habitude. Ou bien, si elle ne l'a pas encore, il faudra bien qu'elle la prenne un jour ou l'autre.

– Qu... qu'est-ce que...? Les mots s'étranglaient dans la gorge de Nick.

– Notre fierté et notre joie. C'est notre plus grande réussite. Le hasard fait de vous un des premiers privilégiés à connaître son existence. Nous ne l'avons pas trop ébruitée jusqu'à présent parce que nous ne savions pas au juste combien Miranda pouvait encaisser d'agressions venues de l'extérieur. Si le plus petit bruit s'était répandu, les gens auraient fait la queue pour la voir d'ici jusqu'au Pacifique. C'est ce qui risque de se produire, d'ailleurs, mais seulement lorsque nous jugerons que le moment est venu. Pour l'instant, nous nous efforçons de la préparer au monde extérieur par petites étapes. C'est vraiment une créature consciente. En fait, elle possède probablement un Q.I. au moins égal à la moyenne. Mais il nous a fallu pas mal de temps avant de découvrir un moyen qui lui permette de parler.

Le regard hébété, comme hypnotisé, Nickie remarqua qu'il y avait une sorte de mécanisme à soufflets qui se gonflait et se dégonflait lentement le long de la créature difforme et qui était directement relié à sa gorge par un prolongement en forme de tuyau.

– Evidemment, poursuivit Bosch, même si elle n'avait pas survécu aussi longtemps, elle n'en aurait pas moins été un sujet d'émerveillement. D'où son nom, Miranda.

Il fit un large sourire et continua :

– Nous l'avons fabriquée ici de toutes pièces. C'est-à-dire que nous avons associé les gamètes en laboratoire et sélectionné les gènes dont nous avions besoin en leur donnant un petit coup de pouce durant la phase de l'enjambement. Puis nous l'avons amenée à terme au sein d'une matrice artificielle. Oui, on peut dire littéralement que nous l'avons fabriquée. Déjà, grâce à elle, nous avons appris un nombre incroyable de choses. La prochaine fois, le résultat devrait être viable en toute indépendance, au lieu d'avoir à reposer sur ces gadgets.

Il eut un geste délicat de la main.

– Mais venons-en à vos problèmes. J'espère que vous ne voyez pas d'inconvénient à ce qu'elle reste. Elle ne comprendra pas ce que nous dirons. Elle est ici, comme je vous l'ai dit, pour s'habituer à l'idée que le monde est peuplé d'un grand nombre de gens en dehors des trois ou quatre assistants qui prennent soin d'elle. Voyons. D'après les ordinateurs, vous auriez besoin d'un topo rapide sur...

Comme un automate, Nickie exposa les raisons de sa visite. Bosch lui fournit obligeamment les titres d'une douzaine de travaux récents sur le sujet qui l'intéressait. C'est à peine s'il l'écoutait. Il regagna sa chambre en ayant tout juste la force de poser un pied devant l'autre.

Cette nuit-là, seul et incapable de trouver le sommeil, il se posa une question qui n'était pas au programme et dont il trouva la réponse après des tortures sans nom.

Au niveau conscient, il se rendait compte que tout le monde n'aurait pas eu la même réaction que lui. La plupart de ses meilleurs copains auraient partagé l'enthousiasme de Bosch, dévisagé Miranda avec intérêt et non avec détresse, posé des dizaines de questions pertinentes et complimenté l'équipe responsable de sa création.

Mais pendant la moitié de ses douze premières années de formation, Nickie Haflinger avait été lui aussi moins qu'une personne, un meuble, et bon gré mal gré, il avait dû aimer cela.

Il aurait pu tomber sur ce problème au cours de n'importe quel test surprise du genre de ceux qui faisaient désormais partie de son éducation à Randémont – où l'accent était mis sur la rapidité et la justesse de réaction des étudiants face à des stimuli entièrement inattendus. Il voyait déjà, en esprit, la forme que cela prendrait. Papier jaune. En tête, la mention : « Répondre aux questions de cette section en termes d'analyse morale », par opposition à la couleur verte, réservée aux techniques administratives ou à la politique, au rose, apanage de la prospective sociale, et ainsi de suite.

Il imaginait même le genre de typographie utilisé. Cela donnait quelque chose comme ça :

Etablissez une distinction entre (a) l'affinage, en vue de fabriquer une arme, du minerai qui aurait pu servir à la confection d'un outil et (b) la modification, en vue de fabriquer un outil, du plasma germinatif qui aurait pu servir à la confection d'une personne. Votre réponse ne doit pas dépasser la ligne noire horizontale.

Et la réponse, l'affreuse et haïssable réponse, qui se résumait à ceci.

Pas de différence. Pas de distinction. Les deux sont mauvais.

Il ne voulait pas croire à cette conclusion. La prendre pour argent comptant impliquait qu'il devait renoncer à tout ce qu'il avait reçu de plus précieux au cours de sa brève existence. Randémont était devenu pour lui un foyer dans un sens plus total et plus absolu que tout ce qu'il avait jusqu'ici cru possible.

Cependant, il se sentait offensé, souillé jusqu'à la moelle de ses os.

Je croyais que j'étais ici pour devenir moi-même de la manière la plus parfaite possible. Si je m'étais trompé ? Si j'étais seulement ici afin de devenir la personne la plus utilisable possible... ?

Miranda trépassa. Ses compléments mécaniques étaient plus qu'imparfaits. Mais elle connut de nombreux avatars et, même quand aucun d'eux ne fut plus en circulation, son image continua à hanter secrètement Nickie Haflinger.

Il n'en souffla mot à personne. Il redoutait, s'il se confiait à ses amis, d'être incapable de leur expliquer la nature de son problème aux ramifications tentaculaires.

Le terme « mauvais » avait surgi sans préméditation dans son esprit conscient. Il le tenait de sa petite enfance, de sa vraie mère, très probablement, dont il se rappelait vaguement qu'elle était pieuse et qu'elle appartenait à l'Eglise baptiste, ou pentecôtiste, ou quelque chose comme ça. Plus tard, ses parents temporaires s'étaient bien gardés d'utiliser des mots aussi affectivement chargés devant un enfant. Il est vrai qu'ils possédaient tous des terminaux qui leur donnaient accès aux toutes dernières données sur l'éducation des enfants.

Que signifiait donc ce mot ? Quel était l'équivalent, dans le monde moderne, de ce qui pouvait être qualifié de mal, d'abominable ou de *contre nature ?* Après avoir laborieusement cherché une définition, il finit par trouver la clé dans le souvenir de sa visite à Bosch. Lorsqu'ils s'étaient aperçus que Miranda était une créature sensible dotée d'un Q.I. moyen, ils n'avaient pas pensé à une délivrance miséricordieuse. Ils n'avaient pas pensé non plus à la tenir dans l'ignorance du monde, afin qu'elle n'ait pas de point de comparaison entre son existence et celle des individus mobiles, actifs et libres. Au lieu de tout cela, ils l'avaient exposée en public, pour qu'elle « s'habitue à être regardée ». Comme si leur conception de la personnalité commençait et se terminait avec ce que l'on peut mesurer en laboratoire. Comme si, capables de souffrir eux-mêmes, ils n'accordaient aucune réalité aux souffrances des autres. « Le sujet a été le siège d'une réaction de douleur. »

Mais jamais, mais en aucun cas, *nous ne lui avons fait du mal.*

Extérieurement, son comportement durant sa seconde période de cinq ans à Randémont était en concordance avec la manière dont il avait agi jusque-là. Il prenait des tranquillisants, mais c'était le cas de presque tout le monde dans son groupe d'âge. Quelquefois, il était convoqué chez le psychologue après une discussion avec un instructeur, mais c'était chose courante au moins pour la moitié des étudiants. Lorsqu'une fille le laissa tomber, il faillit pendant un moment devenir dévio, mais les tempêtes émotionnelles typiques de l'adolescence étaient amplifiées par la vie en vase clos. Tout restait largement dans les limites des paramètres établis.

Une seule fois – littéralement – voyant qu'il n'allait plus pouvoir supporter la tension, il fit une chose qui, si elle avait été découverte, lui aurait valu non seulement l'expulsion, mais très probablement aussi une opération qui lui aurait ôté la mémoire. (C'était un bruit qui courait... mais que personne n'avait pu vérifier.)

A partir d'un viphone public à la gare d'autorails qui reliait Randémont à la ville voisine, il avait fait le numéro du *Pavillon d'Eustache* pour la première fois depuis de nombreuses années, et durant une heure sinistre et solitaire avait épanché les secrets de son cœur. Ce fut une purge, une catharsis. Mais bien avant d'avoir regagné sa chambre, il tremblait, hanté par la terreur que la fameuse affirmation pavillonnaire (« Je suis le seul à vous avoir entendu ») ne fût qu'un vil mensonge. D'ailleurs, comment pouvait-il en être autrement ? Les oreilles tentaculaires des Orfeds de Canaveral tapissaient le moindre recoin de cette société. Aucun endroit ne pouvait être hors de leur portée. Toute la nuit, il resta éveillé avec la certitude que la porte allait brusquement s'ouvrir pour livrer passage à des hommes sinistres et silencieux venus pour l'arrêter. Lorsque l'aube arriva, il avait presque décidé de se suicider.

Par miracle, aucune catastrophe ne se produisit. Une semaine plus tard, son geste impulsif n'avait pas plus de réalité qu'un rêve enfoui au plus profond de sa mémoire. Une chose qu'il n'était pas près d'oublier, cependant, c'était la terreur qu'il avait éprouvée.

Il résolut que c'était bien la dernière fois qu'il se conduisait aussi stupidement.

Peu de temps après, il commença à se spécialiser dans les techniques de l'informatique, au détriment de tous ses autres sujets d'étude. Là encore, un sur quatre des étudiants du même âge que lui en faisait autant, et c'était une des branches les plus demandées. On lui avait expliqué que suivant la théorie du cheminement moyen à n variables, administrer les trois cents millions de personnes qui peuplaient l'Amérique du Nord était un problème aux contours définis. Néanmoins, comme pour les tringles ou les échecs, à quoi bon s'entendre dire qu'il doit nécessairement exister une partie parfaite, si l'univers ne dure pas assez longtemps pour qu'on puisse la découvrir empiriquement ?

Il était renfermé et distant à son arrivée. Quoi d'étonnant si, après une période d'ouverture, il retournait à ses premières habitudes ? Ni ses instructeurs ni ses camarades ne pouvaient se douter qu'il avait changé de trajectoire pour une raison précise. Il voulait trouver une issue, mais aucune issue n'était censée exister.

C'était un point sur lequel personne n'insistait jamais, mais il était souvent rappelé que l'incidence moyenne de l'entretien d'un étudiant de Randémont sur le budget fédéral était de l'ordre de trois millions de dollars par an. Les sommes dépensées au siècle dernier dans les missiles, les sous-marins ou les bases à l'étranger étaient à présent généreusement affectées aux instituts secrets. Tacitement, il était entendu que tous ceux qui entraient dans un de ces établissements devaient plus tard payer leur dette au gouvernement en travaillant pour lui. Les anciens de Randémont qui venaient en visite de temps à autre ne faisaient pas autre chose.

Graduellement, dans l'esprit de Nickie, la conviction s'était établie que quelque chose allait de travers. Tous ces gens étaient-ils vertueux, ou... insensibles ? Patriotes, ou... assoiffés de pouvoir ? Persévérants, ou... aveugles ?

Il était décidé, tôt ou tard, d'une manière ou d'une autre, avant de consacrer son existence au paiement de la dette qu'on ne manquerait pas d'exiger de lui, à se ménager une période de liberté qui lui donnerait le recul suffisant pour se faire une idée des bons et des mauvais côtés de la course aux cerveaux.

C'est ainsi qu'il fut mis sur la piste qui devait aboutir au code 4 GH.

Des principes premiers dont il disposait, il déduisit qu'il y avait nécessairement pour les personnes autorisées un moyen de troquer une ancienne identité contre une neuve, sans qu'aucune question soit posée. Le pays était couvert par un réseau de canaux d'information étroitement liés les uns aux autres. Un voyageur temporel venu du siècle passé eût été horrifié de voir à quel point des informations classées « top-secret » avaient été rendues accessibles à n'importe quel étranger capable d'additionner deux et deux. (Les machines qui rendent difficile de tricher dans une déclaration fiscale peuvent aussi s'assurer que l'ambulance qui vient vous ramasser après un accident de la route contient bien du sang de votre groupe. *Alors ?*)

Il était bien connu, cependant, que ce n'étaient pas seulement les indics ou les agents du F.B.I. et du contre-espionnage qui continuaient à vaquer à leurs opérations secrètes, mais aussi des espions commerciaux, agents de partis poussant devant eux des pots-de-vin d'un million de dollars et autres entremetteurs fournissant en chair fraîche les hyper-corporations. Il était toujours aussi vrai qu'avant que si vous étiez riche, et si vous frappiez à la bonne porte, vous pouviez frauder et dissimuler. La plupart des gens étaient résignés à avoir leur vie étalée au grand jour. Haflinger, lui, ne l'était pas. Il trouva le code qu'il lui fallait.

Le 4 GH comportait un datophage reproducteur, c'est-à-dire un élément qui automatiquement et *sans laisser de trace* faisait disparaître toutes les données concernant l'identité d'une personne quand une autre identité lui était substituée. Avec ce code, un individu pouvait se reformuler entièrement à partir de n'importe quel viphone relié aux banques de données fédérales. Ce qui signifiait, depuis 2005, tous les viphones y compris les cabines publiques.

C'était là la plus précieuse de toutes les libertés : le style-de-vie pousse-banane élevé à la énième puissance. La possibilité de devenir qui vous vouliez au lieu d'être ce que vous étiez dans la mémoire des ordinateurs. Pour acquérir cette liberté, Nickie Haflinger avait passé cinq années de sa vie à faire semblant d'être quelqu'un qu'il n'était plus. Il avait ainsi conquis son épée enchantée, son bouclier magique, ses bottes de sept lieues, sa cape d'invisibilité. C'était le moyen de défense ultime.

Du moins, c'était ce qu'il semblait.

C'est pourquoi, un samedi matin ensoleillé, il quitta Randémont. Et le lundi matin, il était conseiller en style-de-vie à Little Rock, apparemment âgé de trente-cinq ans et – c'était garanti par le réseau – habilité à exercer dans toute l'Amérique du Nord.

LA TOILE ENCHEVÊTRÉE

– Votre première carrière se déroula sans accroc pendant un certain temps, dit Freeman, puis elle se termina de manière abrupte et violente.

– C'est vrai. (Il eut un gloussement amer.) J'ai failli me faire tuer par une femme à qui j'avais conseillé de baiser avec quelqu'un d'une autre couleur qu'elle. Tous les ordinateurs de la moitié d'un continent étaient du même avis que moi, mais pas elle. J'en conclus que je m'étais montré trop optimiste, et je me recyclai.

– C'est à ce moment-là que vous êtes devenu instructeur dans un établissement d'enseignement trivi. Je note que pour ce nouveau poste, vous êtes redescendu à vingt-cinq ans, c'est-à-dire plus près de votre âge réel, bien que la plus grande partie de la clientèle eût été âgée de quarante ans ou plus. Je me demande pour quelle raison.

– C'est simple. Réfléchissez aux motivations de ces gens. La plupart venaient là parce qu'ils avaient le sentiment de perdre le contact avec le monde. Ils voulaient des informations fournies par des gens de quinze ou vingt ans plus jeunes qu'eux, sans doute parce qu'ayant fait ce qu'ils croyaient être le plus possible pour leurs enfants, ils n'avaient été payés en retour que de refus et de sarcasmes. Ils étaient pathétiques. Ce qu'ils voulaient entendre, ce n'était pas ce qu'ils croyaient être venus demander. Ils voulaient qu'on leur dise oui, le monde est resté à peu près ce qu'il était quand vous étiez jeune, il n'y a pas vraiment de différence objective, il existe une formule magique que vous pouvez réciter et immédiatement le décor dingue et foisonnant du monde se figera dans un moule plus familier... Lorsque pour la troisième fois un client porta plainte contre le contenu de mes bandes, je m'avouai surpé malgré les preuves rigoureuses que j'avais d'être dans le vrai. Mais avoir raison n'était pas, dans ce contexte-là non plus, forcément un avantage.

– Vous avez donc tenté votre chance comme spéculateur delphique professionnel.

– Et fait fortune en un rien de temps. Seulement, ce n'était pas marrant du tout. Ce que j'avais fait, n'importe qui aurait pu l'accomplir aussi à condition d'avoir compris que le gouvernement manipule les cotes delphiques pour maintenir à un certain niveau l'indice de mollification sociale.

– Et d'avoir accès comme vous aux informations détenues par les ordinateurs.

– Tout le monde, en théorie, a accès aux ordinateurs. Il suffit d'avoir un dollar à glisser dans un viphone public.

Il y eut un instant de silence. Puis ce fut Freeman qui reprit d'une voix claire :

– Aviez-vous en tête une idée bien précise qui vous guidait dans le choix de vos personnages ?

– Ne m'avez-vous pas déjà extirpé ce renseignement ?

– Oui, mais vous étiez sur le mode régressé. Je voudrais connaître votre opinion consciente actuelle.

– Elle n'a pas changé. Je n'ai jamais trouvé de meilleure manière de la formuler. J'étais à la recherche d'un endroit d'où je pourrais mouvoir la terre.

– Avez-vous envisagé de quitter le continent ?

– Non. La seule chose que je soupçonnais le 4 GH de n'être pas capable de me procurer, c'était un passeport. Si je trouvais ce que je cherchais, il faudrait que ce soit en Amérique du Nord.

– Je vois. Cela situe dans une perspective plus nette la carrière que vous avez adoptée ensuite. Vous avez travaillé pendant une année entière dans un cabinet de création d'utopies.

– Oui. J'étais naïf en ce temps-là. Je ne m'étais pas encore rendu compte qu'il n'y a que les gens très riches ou bien très stupides qui s'imaginent que le bonheur peut se faire faire sur mesure. De plus, j'aurais dû m'apercevoir tout de suite qu'il fallait introduire le plus de variété possible d'un projet à l'autre. J'ai conçu trois communautés autonomes qui étaient réellement intéressantes. En fait, à ma connaissance, elles fonctionnent encore toutes les trois. Mais ce qui m'a fait rebondir une fois de plus, c'est que j'avais voulu inclure dans chaque utopie les éléments qui m'avaient paru les plus prometteurs dans l'utopie précédente. Vous savez, il y a des jours où je me demande ce que sont devenus ces hypothétiques laboratoires de style-de-vie, où ils devaient faire un effort pour déterminer la meilleure manière pour les êtres humains de vivre en commun.

– Il y a les cités de simulation. Sans parler des zones de compensation légale.

– Je sais. Il y a aussi des endroits comme Trianon, qui sont faits pour vous donner un avant-goût de l'avenir. Mais ne débraillez pas. Trianon n'existerait pas si GTS ne lui versait pas une subvention d'un million de dollars par an. Les cités de simulation sont juste pour les gosses des riches. Cela coûte aussi cher d'envoyer des enfants séjourner un an dans le passé que de les faire vivre à Amherst ou à Bennington. Quant aux zones de compensation, elles étaient à l'origine un moyen d'économiser sur les dépenses publiques après la catastrophe de la baie de San Francisco. Cela coûtait moins cher de payer les sinistrés pour qu'ils se passent de tout un équipement ultramoderne, que de toute manière ils n'auraient pas pu acheter.

– Peut-être l'humanité a-t-elle plus de facilité

d'adaptation qu'on ne le croyait. Peut-être pouvons-nous faire face en nous passant de tous ces accessoires.

— A une époque où les media ont cessé de parler des crimes individuels, où la trivi vous annonce : « Aujourd'hui il y a eu tant de centaines de personnes assassinées » avant de passer froidement au reste de l'actualité ? Vous appelez ça faire face ?

— Vous ne semblez pas avoir tellement fait face, vous non plus. Chacune de vos réincarnations s'est soldée par un échec. Du moins, aucune n'a conduit à la réalisation de vos ambitions.

— Vous avez raison en partie; mais en partie seulement. Dans l'environnement clos de Randémont, je n'avais pas compris à quel point la plupart des gens sont devenus apathiques et résignés, à quel point ils se sentent coupés du processus de décision central. Mais vous ne devez pas oublier que je faisais à vingt-cinq ans ce que beaucoup doivent attendre encore dix, ou même vingt ans, pour réaliser. Vous, vous me donniez la chasse avec toutes les immenses ressources dont vous disposez. Pourtant, vous n'étiez pas capables de me repérer, pas même à mes moments les plus vulnérables, lorsque je changeais de rôle.

— Vous faites endosser aux autres la responsabilité de vos échecs, et vous trouvez une consolation dans quelques réussites futiles.

— Vous devez être humain, après tout. Du moins, j'ai eu l'impression que vous disiez cela pour me mettre en boule. Vous pouvez économiser votre salive. Je reconnais mon erreur la plus grave.

— Laquelle ?

— Ce fut de croire que le tableau ne pouvait réellement pas être aussi sombre qu'on le décrivait. De m'imaginer que je pouvais entreprendre seul une action constructive. Je vais vous donner un exemple. Au moins une douzaine de fois, j'avais entendu cette histoire selon laquelle l'achat d'un ordinateur effectué par l'une des hypercorpos uniquement — selon son propre aveu – pour trouver un moyen de faire des versements exonérés d'impôts à des fonctionnaires du gouvernement en échange de services rendus, avait été légalement passé dans les frais généraux. J'étais convaincu que c'était du folklore. Mais j'ai découvert par la suite qu'il existait au moins un dossier sur une affaire de ce genre. (Il eut un sourire amer avant de continuer :) Dans ces conditions, j'en suis arrivé à admettre que je ne pouvais pas continuer sans partisans, amis, sympathisants.

– Que vous espériez obtenir par l'intermédiaire de votre Eglise ?

– J'ai encore joué deux rôles avant d'avoir eu cette idée. Mais en gros, oui, c'est ça.

– N'étiez-vous pas exaspéré d'avoir à vous reformuler sans cesse à cause de circonstances extérieures ?

Il y eut un nouveau moment de silence, beaucoup plus long, cette fois-ci.

– Pour être franc, il y avait des moments où j'avais l'impression d'avoir abouti dans ma fuite au centre de la plus grande prison de la planète.

LE DOYEN A DIT

– Il y a deux catégories d'imbéciles. Ceux qui disent : « Cela est ancien, donc bon », et ceux qui affirment : « Cela est nouveau, donc meilleur. »

RÉCEPTION AUJOURD'HUI DE QUALITÉ MOYENNE

– Je te présente Seymour Schultz, un de nos dépanneurs orbitaux.

Un type mince et brun, souriant, portant sur sa poitrine, selon l'usage, un carton indiquant son nom et son code. Image projetée : homme d'action, efficace.

– Ah, je viens de voir s'envoler un de vos collègues.

– Oui, ce doit être Harry Leaver.

– Et voici Vivienne Ingle, qui dirige le service d'hygio mentale.

Un peu grosse. En vert et gris. Jamais été jolie. Image proj : c'est grâce à mes mérites que je suis là. J'en connais un bout que vous ne connaissez pas sur vous-même.

– Et Pedro Lopez, Charlie Verrano, et...

Moule banane, comme prévu, ce qui voulait dire qu'il pouvait déconnecter une moitié de son attention et être quand même sûr de dire et faire les choses conformistes qu'il fallait.

– ... Rico Posta, vépé, chargé de la plani à long terme.

Reviens sur terre. Les vice-présidents ne sont pas à traiter par-dessous la jambe. Souvent ce sont des types stables qui savent résister au vent. Alors, pour ce grand barbu en jaune et en noir, une poignée de main spécialement chaleureuse et :

– Heureux de vous connaître, Rico. Vous et moi, je pense que nous allons être souvent en circuit à propos de ces changements que vous avez en tête.

– Et... ah, oui ! Voici ma fille, Kate, et là, c'est Dolorès van Bright, qui s'occupe des contrats au service juridique. Il faut absolument que tu la voies maintenant, parce que...

Mais pour une raison quelconque, il n'était plus à côté d'Ina quand elle traversa la salle pour faire les présentations. Il se retrouva en train de sourire à Kate, ce qui était absolument ridicule. Car outre qu'elle n'était même pas jolie, elle était du genre osseux – et même maigre – qu'il détestait. De plus, son visage était bien trop anguleux : nez, pommettes, menton. Et ses cheveux : mal peignés, sans couleur spéciale, châtain-souris.

Mais elle le regardait avec un degré d'intensité spéculative qu'il trouva proprement inquiétant.

C'est dingue. Je n'aime pas du tout les maigres. Je les préfère potelées. Ina, par exemple. Et c'est valable pour toutes les versions de moi-même.

– Ainsi, vous êtes Sandy Locke.

Son intonation était curieusement rauque et voilée.

– Uhu. Grandeur nature et deux fois plus.

Suivit un silence évaluateur. Il eut vaguement conscience du regard d'Ina qui, arrivée de l'autre côté de la salle – qui était vaste, naturellement – se retournait, surprise, pour le resituer.

– Non. Plus grand, et deux fois moins, fit Kate, hermétiquement, en faisant une mimique amusante qui lui plissait le nez comme un lapin. Je vois Ina qui vous fait des signaux désespérés. Vous feriez mieux d'y aller. Normalement, je ne devrais pas être ici... Je n'avais rien à faire ce soir. Mais tout à coup, je suis heureuse d'être venue. On se verra tout à l'heure.

– Hé, Sandy ! – dominant la musique omniprésente et douce, aussi mièvre que le décor et calculée pour ne heurter personne – Viens par ici !

Mais que s'est-il donc passé il y a un instant ?

La question ne cessa de rebondir dans son esprit, même lorsque l' « instant » fut devenu une heure. Elle le détournait continuellement sans prévenir de l'intérêt qu'il était censé porter aux affaires de ses nombreux collègues, devant qui il lui fallut quelques efforts pour continuer à faire montre de courtoisie.

– Dis donc, j'ai appris que ta gosse avait dû aller se faire redresser, la pauvre petite. Comment va-t-elle, maintenant ?

– Nous allons la reprendre samedi. Mieux que neuve, comme ils disent.

– Tu aurais dû la mettre chez Anti-Trauma, comme nous. Tu ne crois pas, Sandy ?

– Hein ? Oh ! Ce n'est pas la peine de me demander,

je suis un libratairé inconditionnel. Pour moi, tu es sur une voie no-go.

– Ah ? Dommage. J'allais te demander ton point de vue sur les écoles mitch-mitch... tu sais, celles où les gosses choisissent la moitié du programme, et les profs l'autre moitié. Compromis valable côté figure; mais côté ventre, je me demande...

– A Trianon ?

– Non, non. Essayer de vivre dans l'avenir aujourd'hui, ce n'est pas comme ça qu'il faut faire.

Et aussi :

– ... viendrait l'idée de prendre une maison d'occasion. Quelle motte, de reprogrammer tous les systèmes automatiques ! De quoi terminer court une amitié : tu invites quelqu'un chez toi et tu le retrouves résillé sur la chaussée parce que cette machinerie idiote a mal interprété tes ordres.

– La mienne, on ne peut la moderniser qu'à concurrence du code du pif. Dommage que ce ne soit pas Trianon. Toi, Sandy, tu es un vrai choureur. N'empêche que tu as le même genre de problème, hein ?

– Pour l'instant, je suis entre deux maisons. La prochaine fois, peut-être que je monterai vous rejoindre. Ou bien que je redescendrai carrément. Je ne sais pas. Je slirte toujours l'arôme.

Et puis :

– Tu avais une tribu quand tu étais ado, Sandy ? Hein ? J'ai un fils qui voudrait entrer chez les Assegaïs ! Je sais, je sais, ils ont beaucoup d'enthousiasme et d'esprit de corps, mais... euh...

– Un taux d'adversité plutôt élevé ? Je l'ai entendu dire aussi. Depuis qu'ils ont délaissé le baron Samedi au profit de Kali. Moi, j'essaye plutôt de planter Donna chez les Aigles Chauds. Vous comprenez, à quoi bon avoir obtenu la garde d'une gosse issue d'un mariage croisé, si elle doit prêter serment à n'importe quel sachem de chourer le premier Blanc qu'il lui désigne ?

– Les Aigles Chauds ? Pas la moindre chance. Il faut inscrire les gosses à la naissance, maintenant. J'essaierais plutôt de trouver une gentille petite tribu adepte de saint Nick. Les primes d'assurance sont moins chères, d'abord.

Et ainsi de suite.

Mais à intervalles dangereusement rapprochés, il s'apercevait que son regard s'égarait au-dessus de l'épaule de l'Important Personnage avec qui il était en train de parler pour se poser sur les cheveux dépeignés ou le profil pointu de la fille d'Ina.

Mais pourquoi ?

A la fin, Ina lui fit remarquer d'un ton caustique :

– On dirait que Kate t'a hypé, Sandy.

Hypnotisé, oui, ce serait bien le mot.

– Elle tient de sa mère, à cet égard, répondit-il en plaisantant. Mais c'est surtout que je suis un peu étonné de la voir ici. Je croyais que c'était juste une soirée de présentations.

Il avait touché juste. La fille était le seul élément disparate dans un environnement par ailleurs entièrement prévisible. Ina se radoucit un peu.

– Je n'avais pas compris. Je devrais demander pardon. Mais elle connaît presque tout le monde ici. Elle m'a appelée tout à l'heure pour me demander si je faisais quelque chose ce soir; elle voulait dîner avec moi. Je lui ai dit qu'elle pouvait venir dans ma foulée.

– Elle ne travaille donc pas pour la corpo. Je me demandais justement. Que fait-elle dans la vie ?

– Rien.

– Comment ça ?

– Oh, rien d'important. Elle remet ça à l'université à la rentrée prochaine. Et toujours ici, à Kansas City. Elle a quand même vingt-deux ans, quoi !

Elle avait prononcé ce dernier nombre dans un souffle, mais Sandy était au courant; le mal était déjà fait. Elle ajouta :

– Je fricherais à la rigueur si elle voulait partir étudier en Australie, ou même en Europe, mais... elle dit que c'est à cause de cette bête dont son père lui a fait cadeau !

A ce moment, elle aperçut Rico Posta qui lui faisait de grands signes d'aller le rejoindre en compagnie de Dolorès van Bright, et elle le quitta en s'excusant.

Quelques secondes plus tard, tandis qu'il essayait de se décider à rendre une autre visite à l'autobar, Kate le rejoignit. La salle était bondée maintenant. Il y avait plus d'une cinquantaine d'invités. Lorsqu'il l'avait aperçue pour la dernière fois, elle se trouvait à l'endroit le plus éloigné de lui. Il s'ensuivait qu'elle avait dû garder sur lui un œil aussi tenace que Vivienne. (Non, plus maintenant. Ouf! L'hygio mentale s'accordait une pause.)

Qu'est-ce que je fais... je prends la fuite?

– Combien de temps comptez-vous rester à Kansas City? demanda Kate.

– Comme d'habitude. Tant que GTS et moi trouverons cela utile.

– Vous prétendez être du type à rebonds?

– Il faut rebondir ou s'écraser, dit-il en s'efforçant de donner au cliché la seule valeur qu'il était censé avoir : celle d'une boutade désinvolte qui lui évitait de répondre.

– Vous êtes la première personne que je rencontre qui soit capable de dire ça comme si c'était vrai, murmura Kate dont les yeux sombres et perçants ne quittaient pas un seul instant son visage. J'ai tout de suite compris quand vous êtes entré dans cette salle que vous n'étiez pas quelqu'un comme les autres. Et d'où rebondissez-vous donc? (Le voyant hésitant, elle ajouta :) Oh, je sais que ce n'est pas bien élevé de chercher à connaître le passé des autres. Ina me le répète depuis que j'ai appris à parler. Il ne faut pas dévisager, ne pas montrer du doigt, ne pas faire de remarques personnelles. Mais il se trouve que les gens ont un passé, et qu'il est fiché à Canaveral. Alors, pourquoi tous ces mystères? Pourquoi laisser une machine savoir ce que vos amis ne savent pas?

– Les amis ne sont plus de mode, dit-il, peut-être plus sèchement qu'il ne l'aurait souhaité...

Depuis combien de temps ne s'était-il ainsi laissé prendre au dépourvu ? Même lorsqu'il avait proféré cette malédiction à ce type, Fluckner – comme cela paraissait loin de lui, déjà – il n'avait pas été aussi troublé que dans cette banale conversation de salon. Mais pourquoi ? Pourquoi ?

– Ce qui ne signifie pas qu'ils n'existent plus, murmura Kate. Je sens que vous feriez un ami précieux, par exemple. Chose qui fait de vous un oiseau rare.

Une soudaine possibilité le frappa. Il n'était pas impossible que cette fille somme toute laide, maigre et peu attirante eût trouvé ce moyen d'approche pour se signaler à des hommes qui autrement ne l'auraient même pas regardée. La perspective d'établir un sentiment plus profond que la plupart de ceux que permettait la société pousse-banane avait de quoi tenter ceux qui étaient à la recherche de quelque chose d'émotionnellement nouveau à se mettre sous la dent.

Il faillit formuler ses accusations à haute voix, mais eut l'impression de sentir par avance le goût des mots sur sa langue. Un goût de cendre. Il se contenta de répondre, avec une certaine réticence :

– Merci. Je prends cela comme un compliment, mais je connais des milliers de gens qui ne le feraient pas. En ce moment, je songe davantage à l'avenir qu'au passé. Ma dernière situation ne me plaisait pas tellement. Mais vous-même. Vous étudiez. Quoi donc ?

– N'importe quoi. Vous savez être énigmatique, moi aussi.

Il attendit.

– Oh... l'année dernière, l'écologie aquatique, la musique médiévale et l'égyptologie. L'année d'avant, le droit, la mécanique céleste et l'artisanat. L'année prochaine, sans doute... Ça ne va pas ?

– Très bien. J'essaye seulement de prendre l'air impressionné.

– Sans débrailler. On voit tout de suite que vous n'êtes pas en train de vous demander comment on peut bien perdre son temps à de pareilles insanités. C'est une expression que j'ai l'habitude de voir tout le temps sur le visage d'Ina et de ses soi-disant amis, ici, à la corpo. Vous, je ne sais pas... Oui, peut-être... de l'envie?

Mon Dieu! Comment a-t-elle fait pour saisir si vite? Avoir sa chance... sans être paralysé par les contraintes de Randémont... sans s'entendre insidieusement rabâcher toute la journée que chaque année qui passe accroît de trois millions votre dette envers le pays...

Il était 21 h 30. Une série de bruits sourds annonça l'apparition d'un buffet froid dans les alvéoles muraux. Ina revint lui demander s'il voulait qu'elle lui apporte une assiette. Il fut heureux de ce répit, qui lui donna le temps de formuler non sa réponse, mais celle de Sandy Locke.

– C'est que personne n'est obligé de tout savoir. Il suffit de connaître l'endroit où trouver la réponse.

Kate poussa un soupir. Tandis qu'elle se détournait, une étrange expression passa dans son regard. Il n'avait pas besoin de l'observer de très près pour savoir la définir exactement.

Quelle déception!

PARMI LES PLUS PRISÉS DE TOUS LES FILMS PUBLICITAIRES TRIVI

1. Silence profond, noirceur du vide spatial trouée par l'éclat ponctuel des étoiles. Dérivant lentement dans le champ, les ruines d'une usine orbitale qu'une explosion a apparemment éventrée comme une boîte de conserve. Des silhouettes en costume spatial flottent autour d'elle, rattachées comme des fœtus au cordon ombilical de leur système de survie. Temps d'arrêt. Panoramique lent d'une usine en plein fonctionnement, étincelante sous les rayons d'un soleil cru, grouillante d'un essaim d'hommes et de femmes en train de charger des capsules automatiques à destina-

tion de la Terre. Voix du commentateur : « Par contre, cette usine-ci a été construite par GTS. »

2. Sans transition, nous plongeons à travers les couches supérieures de l'atmosphère, d'abord régulièrement puis avec des secousses et des vibrations au moment où le cône d'ablation du nez de la capsule commence à flamboyer. Elle tournoie dans tous les sens, puis bascule complètement. Grande explosion. Coupe franche sur un groupe de six ou sept hommes en train de contempler, furieux, un trait lumineux qui s'éteint piteusement dans la nuit. Nouveau passage immédiat vers un groupe semblable qui traverse d'un pas décidé une aire d'atterrissage en béton en direction d'une capsule encore fumante qui s'est posée si près du but qu'ils n'ont même pas eu besoin de prendre un véhicule pour la rejoindre. Voix du commentateur : « Par contre, cette capsule-ci a été assemblée par GTS. »

3. De nouveau le vide spatial. Plan d'ensemble sur un astéroïde rocheux aux contours rugueux et irréguliers dérivant en direction d'une usine de fusion, reconnaissable à son énorme miroir de mylar translucide. Des vapeurs fusent du côté rapproché de l'astéroïde tandis que des hommes et des femmes en combinaison spatiale gesticulent de manière frénétique. En bruit de fond, appels au secours et ordres confus : « Faites quelque chose ! » Mais l'astéroïde poursuit imperturbablement son chemin jusqu'au miroir qu'il fracasse en mille morceaux flottant dans le néant. Coupe franche sur une deuxième usine de fusion dont le miroir est orienté vers un bloc de minerai encore plus gros. Des capteurs magnétiques canalisent systématiquement les gaz à mesure qu'ils se vaporisent. Des séparateurs, chacun avec sa nuance propre de blanc rougeoyant, distribuent le précieux métal pur dans des chambres de refroidissement situées du côté obscur de l'astéroïde.

Voix du commentateur : « Par contre, cette orbite-ci a été calculée par GTS. »

LES ROYAUMES D'ICI-BAS

– Aimiez-vous votre travail à GTS ? demanda Freeman.

– Plus que je ne l'aurais imaginé au début. Etant en fait une sorte d'agence d'exportation de technologie avancée, ils attiraient à eux une foule de cerveaux éminents venus de tous les horizons. Il est toujours intéressant de côtoyer de grands esprits. Personnellement, j'étais surtout en contact avec Rico Posta. C'est d'ailleurs grâce à mes recherches sous sa direction que GTS a évité un énorme fiasco en ne se lançant pas dans l'aventure des « oliviers » en même temps que National Panasonic. Ils auraient sorti un modèle qui aurait coûté deux fois plus cher sans posséder la moitié des avantages de l'autre, et surtout, ils n'auraient pas accepté d'amortir leurs recherches en vingt-sept ans !

– C'est sans doute en rapport avec la structure de la société japonaise, fit remarquer Freeman d'un ton acerbe. Pour les Nippons, je pense qu'il s'agit d'une découverte irremplaçable.

– C'est exact !

L'atmosphère aujourd'hui était relativement détendue. Il y avait un élément de conversation dans l'interrogatoire.

– Et vos autres collègues ? Vous avez commencé par détester Vivienne Ingle.

– J'ai commencé par être prêt à les détester tous. Mais bien qu'en théorie ils aient été conformes au moule banane, en pratique ils représentaient le dessus du panier de leur catégorie. Ils déménageaient moins souvent que la moyenne des cadres, ils étaient prêts à demeurer là où s'effectuaient les recherches les plus intéressantes plutôt que de changer d'endroit par la seule force de l'habitude.

– Je suppose que vous ne vous êtes pas gêné pour prendre des renseignements sur eux grâce au réseau informatique ?

– Naturellement. Souvenez-vous du prétexte que j'avais utilisé pour me faire embaucher.

– C'est exact. Mais il n'a pas dû vous falloir longtemps pour découvrir ce dont à l'origine vous vouliez vous assurer : que votre 4 GH était toujours utilisable. Alors, pourquoi vous êtes-vous accroché à eux, au point qu'ils vous proposent un poste fixe ?

– C'est... c'est difficile à expliquer. Je pense que je n'avais jamais rencontré auparavant tant de personnes travaillant si bien en équipe. Dans tous mes rôles précédents, j'avais surtout été en contact avec des insatisfaits. Il y a une sorte de paranoïa légère qu'on rencontre partout et tout le temps parce que les gens savent qu'il y a des gens qu'ils ne connaissent pas qui peuvent découvrir sur eux des choses qu'ils préfèrent taire. Je ne sais pas si vous me suivez ?

– Parfaitement. Mais à GTS, vos collègues étaient différents ?

– Mmm. Pas dans le sens où ils n'avaient rien à cacher, ou bien où ils se sentaient en parfaite sécurité – voyez l'exemple d'Ina, si vous voulez. Mais disons que généralement, ils appréciaient l'onde de changement. Bien sûr, ils rouspétaient souvent, mais c'était plutôt une soupape de sécurité. Une fois que la pression était libérée, ils recommençaient à utiliser le système, au lieu de se laisser utiliser par lui.

– C'est ce que vous trouvez admirable.

– Ma foi, oui. Pas vous ?

Il y eut un silence, mais pas de réponse.

– Excusez-moi. La prochaine fois, je ne m'oublierai plus. Mais vous ne croyez pas que vous exagérez quand vous dites qu'ils m'ont offert un poste fixe ? Ils étaient seulement prêts à me faire semi-perm.

– Vous auriez fini par avoir le poste fixe.

– Non. Je n'aurais pas accepté. J'étais tenté, mais cela aurait voulu dire que je me serais installé dans le rôle de Sandy Locke pour le restant de mes jours.

– Je vois. On dirait que le changement de personnage peut engendrer l'accoutumance.

– Pardon ?

– Ne faites pas attention. Dites-moi plutôt ce que vous avez fait pour créer une si bonne impression.

– Oh, à part l'histoire des oliviers, je leur ai montré quelques nodules qui leur ont économisé quelques millions par an. Simple question de routine. N'importe qui peut faire un bon ratio-système pourvu qu'il soit capable de fourrer son nez dans le réseau fédéral.

– Pour vous, c'était facile ?

– Pas tout à fait, mais ce n'était pas difficile non plus. Le code GTS précédant une demande d'information est une clé qui ouvre pas mal de portes. C'est que, voyez-vous, la corpo bénéficie d'un indinat hyperprio à Canaveral.

– Avez-vous fait ce que vous aviez promis à Ina Grierson ?

– Je m'y suis mis quand j'ai eu un moment. J'avais perdu mon enthousiasme en découvrant la véritable raison pour laquelle elle n'avait pas largué sa fille en la laissant vivre sa vie. Tant que son horrible progéniture demeurait à portée de la main, elle pouvait se sentir sécurisée, sachant qu'elle était de loin, selon les critères conventionnels, la plus belle des deux... Comme elle devait haïr son ex-mari !

– Naturellement, vous avez découvert son identité.

– Seulement lorsque, cédant à son insistance, je suis allé consulter son dossier. Pauvre choureur ! Cela a dû être pour lui une fin horrible.

– Certains diraient qu'il l'avait un peu cherchée.

– Pas à Randémont.

– C'est possible. Quoi qu'il en soit, vous étiez en train de dire que vous vous plaisiez à GTS.

– Oui. J'y étais très heureux. Mis à part un problème. Qui s'épelait K-A-T-E, comme vous vous en doutez.

TRAQUÉ

L'université avait fermé ses portes pour l'été, mais au lieu de s'envoler vers une lointaine contrée du globe ou même, comme certains étudiants, faire un voyage organisé sur la Lune, Kate était restée à K.C. Peu de temps après la soirée de bienvenue, il la rencontra au club de musique coley fréquenté par les plus en vue des cadres de GTS.

– Oh ! Sandy ! Viens danser ! (Elle l'avait saisi par le bras et elle le traînait presque.) Tu ne m'as jamais vue exercer mon talent !

– Lequel ?

Mais elle était déjà en action, et il fut réellement surpris. Les projecteurs du plafond étaient invisibles. Il fallait posséder une sensibilité kinesthésique extraordinaire pour danser un chorus entier d'un morceau très simple sans détonner, et encore plus pour remettre ça au chorus suivant. C'est pourtant exactement ce qu'elle fit. L'atmosphère de discordance bruyante créée par les autres danseurs était écrasée par son improvisation aux gestes sûrs et énergiques, principalement dans le registre grave, comme un orgue céleste qui aurait perdu toutes ses pédales d'accouplement dans l'alto et le soprano, mais aurait conservé son volume intact. L'*Ode à la Joie* interprétée sur un tempo solennel et majestueux. Du coin de l'œil, il remarqua quatre touristes européens assis, perplexes, à une table voisine, visiblement en train de se demander s'ils devaient se lever ou pas en l'honneur de leur hymne continental.

– Mais qu'est-ce que...

– Ne parle pas ! Harmonise !

Bon... Si la dernière note venait de ce projecteur, et si celui d'à côté envoie maintenant celle-ci... Il ne s'était jamais beaucoup intéressé à la musique coley, mais l'enthousiasme de Kate était contagieux. Ses joues brillaient, ses yeux étincelaient. Elle était presque belle, dans un autre monde.

Il essaya un mouvement, puis un autre et un autre encore... Soudain résonna un accord, une quinte juste. Qui dérapa un peu, dut être corrigée et... *ça y est !* Une phrase entière de la mélodie, en deux parties méticuleusement harmonisées.

– Merde, dit-elle d'une voix décontractée. Je n'avais jamais rencontré quelqu'un de plus de vingt-cinq ans qui soit capable de danser correctement le coley. On devrait se voir plus souvent !

Puis quelqu'un de l'autre côté de la piste, qui ne devait pas avoir beaucoup plus de quinze ans, enleva la musique de Beethoven et mit à la place quelque chose d'autre, acide et anguleux – probablement japonais.

Après le concert de madrigaux où il la rencontra aussi, et le pique-nique au bord du lac, où il la rencontra aussi, et le concours de tir à l'arc, où il la rencontra aussi, et le concours de natation, où il la rencontra aussi, et la conférence sur les applications nouvelles de la topologie à la gestion commerciale, où il la rencontra aussi, il ne put s'empêcher de donner voix à son indignation :

– Tu me suis partout exprès, ou quoi ?

Ce soir-là, elle portait quelque chose de sexy et de diaphane, et ses cheveux avaient été coiffés à la machine. Mais elle était toujours aussi peu jolie, aussi osseuse et aussi inquiétante.

– Non, répondit-elle. Simples déductions. Mais je ne t'ai pas encore complètement friché. Hier soir, je me suis trompée d'endroit. Néanmoins, je fais des progrès. Mon pauvre Sandy Locke, tu fais tellement d'efforts pour coller à la norme que ça me rend malade. Je déteste voir tant de talent gâché.

Sur quoi elle tourna les talons et s'en alla – presque triomphalement – rejoindre son cavalier, un jeune homme dodu qui le regarda en plissant le front comme s'il était terriblement jaloux.

Il resta sans bouger, l'estomac contracté comme une peau de tambour, les mains soudain moites de transpiration.

Etre pourchassé par des agents fédéraux, passe encore. Il en avait pris l'habitude, depuis six ans, et ses précautions étaient devenues une seconde nature. Mais voir son personnage de Sandy Locke percé avec une telle rapidité par une fille qu'il connaissait à peine...!

Il faut que je la chasse de mes circuits ! A cause d'elle j'éprouve la même impression que lorsque j'ai quitté Randémont : celle d'être à peu près certain d'être reconnu chaque fois que je croise quelqu'un dans la rue, celle de me trouver sous une résille qui va m'emprisonner pour le restant de mes jours... Et moi qui croyais que la pauvre Gaïla avait des problèmes qui... NON ! NON ! NON ! Je suis Sandy Locke ! Aucun enfant n'est sorti de la nuit pour implorer mon aide !

DANS ISAÏE, 8, 1-2

Vite au butin, qu'on hâte le pillage.

NETTOYAGE PRINTANIER

– Je croyais que tu ne viendrais jamais, dit Kate en s'effaçant pour le laisser entrer. (Elle ne portait rien d'autre qu'un short aux grosses poches flasques et une couche de poussière que la transpiration transformait par endroits en crasse épaisse.) Mais tu as bien choisi ton moment, poursuivit-elle. J'étais en train de me débarrasser des choses de l'année passée. Tu peux me donner un coup de main, si tu veux.

Il entra, circonspect, appréhendant vaguement ce

qu'il allait trouver à l'intérieur de cette demeure, constituée par l'étage de ce qui, au tournant du siècle, avait dû être une maison familiale individuelle assez recherchée. A présent, elle était divisée et le quartier était sur le point de devenir un ghetto. Les rues étaient couvertes d'ordures et les signes tribaux se voyaient partout. Pas n'importe quelles tribus, en plus. Les plus mauvaises : les Kickapoos et les Esprits Tordus.

Quatre chambres avaient été réunies en transformant les portes en arcades. Seule la salle de bains restait isolée. Comme il faisait du regard le tour des lieux, son attention fut immédiatement captée par un splendide puma empaillé qui se trouvait sur une étagère basse au bout du corridor, réchauffé par un rayon de soleil oblique...

Empaillé ?

Il se souvint, aussi clairement que si Ina était là pour prononcer les mots : « C'est à cause de cette bête dont son père lui a fait cadeau... »

Tout en le regardant aussi impassiblement que son inattendu compagnon à quatre pattes, Kate lui fit remarquer :

— Je me demandais quelle réaction tu allais avoir devant Bagheera. Toutes mes félicitations. Tu gagnes le gros lot. La plupart des gens s'enfuient sans se retourner. Tu as juste pâli un peu. Pour répondre d'avance à tes questions, Bagheera est entièrement apprivoisée; elle ne fait jamais de mal à personne, sauf si je décide le contraire. C'est mon père qui m'en a fait cadeau. Pour lui éviter d'être exhibée dans un cirque. Je suppose que tu sais qui était mon père.

La bouche sèche, il hocha affirmativement la tête.

— Henry Lilleberg, bredouilla-t-il d'une voix mal timbrée. Neurophysiologiste. A contracté une myélite dégénérative au cours d'un programme expérimental. Décédé il y a quatre ans.

— Exact. (Elle se dirigea, la main tendue devant elle, vers l'animal toujours immobile.) Je vais te présenter. Après, tu n'auras rien à craindre.

Il se retrouva, sans savoir comment, en train de gratter le puma derrière l'oreille, et la menace qu'il avait lue précédemment dans les yeux opale disparut. Quand il retira sa main, Bagheera poussa un long soupir, posa le menton sur ses pattes repliées et s'endormit paisiblement.

– Parfait, dit Kate. J'étais sûre que tu lui plairais. Mais ne va pas t'imaginer que ça fait de toi quelqu'un de spécial... C'est Ina qui t'avait prévenu, hein ? C'est pour cela que tu n'as pas été surpris ?

– Tu crois que je ne l'ai pas été ? Elle avait juste parlé d'une bête. Je ne m'attendais pas à... Mais qu'importe. Tout s'éclaire, à présent.

– Quoi, par exemple ?

– La raison pour laquelle tu t'obstines à rester à K.C. au lieu d'essayer d'autres universités. Tu dois être très attachée à elle.

– Pas tant que ça. Parfois, elle est plutôt encombrante. Mais quand j'avais seize ans, j'ai promis d'en assumer la responsabilité, et je tiens parole. Elle a vieilli, depuis. Elle peut vivre encore dix-huit mois, à tout casser. Alors, tu vois... Mais tu as raison. Papa avait un permis spécial pour transporter des espèces protégées d'un Etat à un autre. Moi, je n'aurais aucune chance d'en obtenir un, sans parler des difficultés pour trouver un logement où on l'accepterait. Je n'ai pas tout à fait pieds et poings liés, cependant. Si j'ai envie de prendre une ou deux semaines de vacances, les voisines du bas lui donnent à manger et lui font faire sa promenade. Mais c'est à peu près sa limite. Après ça, elle devient nerveuse et elles sont obligées de me rappeler. Les garçons avec qui je sors n'aiment pas ça... Viens, suis-moi.

Elle le précéda dans le living-room. Sur un mètre de hauteur à partir du sol, des hiéroglyphes égyptiens libres tapissaient trois murs de la pièce. Sur le quatrième, on venait de passer de la peinture blanche.

– J'enlève tout ça, dit Kate. C'est du *Livre des*

Morts, chapitre quarante. J'avais trouvé que c'était de circonstance.

— Je regrette, mais je n'ai jamais lu le...

Sa voix s'éteignit dans un souffle.

— Budge Wallis l'intitule « Chapitre de la répulsion du mangeur de l'âne. » Sans débrailler. Mais je trouve ça repoussant maintenant... (Elle lui fit un sourire moqueur...) N'importe comment, tu comprends, maintenant, pourquoi je t'ai demandé un coup de main.

Pas étonnant qu'elle ait été couverte de poussière. Tout l'appartement était cataclysmé. Par terre, trois tas d'objets étaient en train de pousser, séparés par des lignes tracées à la craie. Le premier était fait d'articles de charité, par exemple des vêtements encore mettables. Le deuxième était bon pour le marché aux puces, par exemple une platine stéréo de l'année passée, une machine à écrire usagée et ainsi de suite. Le troisième ne contenait que des ordures, bien qu'il fût subdivisé en deux catégories : ce qui était recyclable et ce qui était à jeter.

Partout, les rayons étaient nus, les armoires béantes, les coffres ouverts. La pièce avait une exposition sud, et le soleil entrait à flots par les grandes baies ouvertes. L'odeur de la ville arrivait, portée par une brise chaude.

Désireux de jouer le jeu, il tomba sa chemise et la posa sur un fauteuil.

— Je fais quoi ? demanda-t-il.

— Je te dirai. Surtout, tu m'aides à déplacer les trucs trop lourds. Oh, et puis autre chose. Tu me parles de toi, tant qu'on y est.

Il prit sa chemise et fit le geste de la remettre.

— Ça va, ça va, fit-elle avec un soupir exagéré. J'ai compris. Tu m'aides et puis c'est tout.

Après avoir transpiré pendant deux heures pour finir le travail, il en savait quand même un peu plus sur elle qu'il n'avait pu deviner précédemment. C'était le dernier en date des cinq ou six nettoyages annuels qu'elle entreprenait pour conserver un présent qui menaçait régulièrement de se transformer en passé, avec tout ce que cela impliquait : une suite contraignante, paralysante, de préoccupations pour les objets au détriment des souvenirs. Tout en rangeant, ils échangeaient quelques paroles, lui surtout pour demander s'il fallait conserver tel ou tel objet, et elle pour répondre oui ou non. D'après la forme de ses choix, il pouvait faire le paradigme de sa personnalité... et n'était pas peu effrayé quand tout fut terminé.

Cette fille n'est jamais allée à Randémont. Cette fille a six ans de moins que moi, et pourtant...

La pensée s'arrêta là. Continuer aurait été l'équivalent de laisser son doigt au contact d'une flamme pour savoir ce qu'on peut éprouver en étant brûlé vif.

– Après ça, on peint, dit-elle en battant des mains de satisfaction. Mais tu aimerais peut-être une bière avant de changer de mode. Je sais faire de la vraie bière et il y en a six à refroidir.

– De la vraie bière?

Maintenant coûte que coûte l'image de Sandy Locke, il avait donné un ton ironique à sa voix.

– Une personne plastique comme toi ne peut sans doute pas croire que ça existe, fit-elle en s'éloignant vers la cuisine avant qu'il ait eu le temps d'imaginer une réplique.

Quand elle revint avec deux chopes couronnées de mousse, il avait une remarque déjà toute prête. Montrant du doigt les hiéroglyphes, il murmura :

– Quel dommage de peindre par-dessus ça. Je les aime beaucoup.

– Ils sont là depuis janvier, répondit-elle sèchement. Ils m'ont agrémenté l'esprit, c'est la seule chose qui compte. Quand tu auras fini de boire, prends ce nébuliseur et viens peindre.

Il était arrivé vers 5 heures de l'après-midi. A dix heures moins le quart, ils se trouvèrent dans un local fraîchement repeint, débarrassé de tout ce que Kate ne jugeait pas absolument nécessaire, vidé de ce que le camion de ramassage municipal viendrait enlever lundi matin, non sans créditer Kate de la valeur correspondante. Il y avait maintenant de l'espace. Ils s'y installèrent pour manger une omelette et boire le reste de la bière véritable, qui n'était pas mauvaise. A travers l'arcade de la cuisine, ils apercevaient Bagheera qui grignotait un os de ses vieilles dents émoussées en poussant de temps à autre un grondement de contentement.

– Et maintenant, dit Kate en repoussant son assiette vide, venons-en aux explications.

– Que veux-tu dire ?

– Je suis pratiquement une étrangère pour toi. Malgré tout, tu passes cinq heures à m'aider à déplacer des meubles, à remplir des poubelles et à repeindre les murs. Qu'est-ce que tu veux ? Me planter ta fiche en guise de paiement ?

Il restait sans rien dire, immobile.

– Si c'était ça... – Elle le regardait d'un air songeur – ... je ne crois pas que je dirais non. Ce ne serait pas désagréable, avec toi, je n'en doute pas. Mais ce n'est pas pour ça que tu es venu.

Un silence emplit, aussi dense que les plumes à l'intérieur d'un traversin, la pièce aux murs éclatants de blancheur.

– J'ai l'impression, dit-elle finalement, que tu es venu pour me calibrer. Eh bien, as-tu toutes les mensurations ?

– Non, grogna-t-il avant de se lever pour s'en aller.

RAPPORT EN DIFFÉRÉ

– Bureau de l'Informatique, bonjour.

– Le Directeur adjoint, je vous prie. M. Hartz attend mon appel... Monsieur Hartz ? Je voulais vous prévenir que nous approchons d'un point critique. Si vous voulez venir...

» ... Je vois. Je suis vraiment navré. En tout cas, je vais prendre des dispositions pour qu'un enregistrement complet soit effectué directement à partir de chez vous.

» ... Oui. Comme vous voudrez. Vous disposerez d'un circuit absolument sûr.

WATERPROOF

Il y avait de la nervosité dans l'air, beaucoup de nervosité. Aujourd'hui, ils allaient l'aborder. Pas seulement Rico, Dolorès, Vivienne et les autres dont il avait fait la connaissance, mais d'augustes et lointains personnages au niveau intercontinental. Peut-être avait-il mal fait de réagir positivement quand Ina avait évoqué l'intention de l'hypercorpo de le faire passer semiperm, avec la possibilité pour plus tard de lui donner un poste fixe.

La stabilité, pour un temps tout au moins, était chose tentante. Il n'avait pas de plan défini pour l'instant et du présent contexte il avait la ferme intention de sortir au moment de *son* choix et non sous l'impulsion du premier Shad Fluckner venu. Pourtant, un sentiment de danger de plus en plus aigu grandissait en lui. Etre le point de mire de tous ces gens puissants et influents... Rien ne pouvait lui faire courir un plus grand risque. Randémont n'avait-il pas lâché après lui des limiers chargés de retrouver sa trace et de ramener couvert de chaînes un Haflinger ingrat pour l'éducation, le conditionnement, l'entraînement de qui le gouvernement avait prodigué ses millions ? (Qui sait si maintenant il n'y avait pas d'autres fugitifs que lui. Il n'osait pas essayer de prendre contact avec eux. Si seulement... !)

Affronter l'entrevue était pourtant le moindre d'une quantité de maux. Il était occupé à se préparer pour y aller, s'efforçant de soigner son image conformiste jusqu'au moindre de ses cheveux plaqués sur son front, lorsqu'une sonnerie l'appela devant le viphone.

Le visage qui apparut sur l'écran était celui de Dolorès van Bright, avec qui il s'entendait bien depuis qu'il était ici.

– Salut, Sandy ! fut sa cordiale entrée en matière. Je voulais te souhaiter bonne chance avant ton entrevue avec le conseil. Tout le monde ici t'apprécie beaucoup, tu sais, et trouve que tu mérites un poste à long terme.

– Je te remercie, répondit-il tout en espérant que la caméra ne capterait pas la lueur de la transpiration qu'il sentait perler à son front.

– Je peux peut-être aussi déposer une fleur sur ton passage.

– Hum ?...

Instantanément, ses réflexes avaient basculé sur le mode défense/attaque.

– Je suppose que je ne devrais pas, mais... Enfin, advienne que pourra. C'est Vivienne qui m'a mis la puce à l'oreille, et j'ai vérifié ensuite. Le conseil de sélection comprendra un membre extraordinaire. Tu savais que Vivienne te considère comme une sorte de ressource nationale ignorée ? Le résultat, c'est que je ne sais quel froc fédéral va venir ici. J'ignore comment il s'appelle, mais je pense que c'est une grosse tête de Randémont. Tu ne te sens pas flatté ?

Comment il réussit à arriver au terme de la conversation, il ne le sut jamais. Mais il finit par raccrocher, et il se retrouva...

Au plancher ?

Il lutta contre lui-même, et il perdit. Il gisait, les jambes écartées, la bouche desséchée, le crâne vibrant comme si un glas venait de résonner neuf fois dans sa tête, l'estomac en baratte, les doigts crispés au creux des poings et les orteils essayant de les imiter. Tout tournait autour de lui, le monde avait rompu ses amarres, tout, absolument tout, se dissolvait en brume et il n'avait conscience que d'une seule chose :

Il faut se lever, il faut partir d'ici.

Les membres en coton, le ventre douloureux, à demi aveuglé par une terreur à laquelle il ne pouvait plus résister, il sortit en chancelant de son appartement (*Mon appartement ? Non ! Le leur !*) et se dirigea vers son rendez-vous en enfer.

DÉLIT DE PRÉSOMPTION

Après avoir appuyé sur les touches appropriées, Freeman attendit patiemment que le sujet repasse du mode régressé au mode réel. Puis il finit par dire :

– J'ai l'impression que l'expérience demeure particulièrement douloureuse. Il va falloir que nous reprenions cela demain.

La réponse lui parvint, faible mais assez ferme pour traduire une haine virulente :

– Démon ! Qui vous a donné le droit de me torturer de cette manière ?

– Vous-même.

– Admettons que j'aie commis ce que vous appelez un crime ! Mais il n'y a pas eu de procès et je n'ai jamais été condamné !

– Vous n'avez pas le droit d'avoir un procès.

– N'importe qui a ce droit !

– C'est absolument vrai. Mais, voyez-vous, c'est que vous n'êtes *pas* n'importe qui. Vous n'êtes *personne*. Et vous avez choisi de l'être en toute liberté. Légalement – officiellement – vous n'avez tout simplement pas d'existence.

LIVRE II

LE CORACLE DE DELPHES

PEUREUX HOMME AU SOMMET DE SA CHAIR N'EUT POINT DE CRAINTE DEVANT L'UN D'EUX

Ne pensez pas au lendemain; c'est votre droit le plus absolu. Mais ne vous plaignez pas si, quand il survient, vous êtes pris au dépourvu.

ARARAT

Avec une partie lointaine... Mot trop faible. Avec une partie *reculée* de son esprit conscient, il s'observait en train de faire tout ce qu'il ne fallait pas : aller dans une direction qu'il n'avait pas choisie; courir alors qu'il aurait dû et pu utiliser la voiture électrique de la compagnie; en somme se rendre complètement ridicule.

En principe, il avait pris la décision correcte. Il irait à son rendez-vous devant le conseil de l'hypercorpo; il défierait le visiteur venu de Randémont; il aurait gain de cause, parce qu'il est impossible, tout simplement impossible, de mettre en état d'arrestation quelqu'un à qui une corpo aussi puissante que GTS allait offrir un emploi permanent. Pas, en tout cas, sans soulever un raz de marée continental. Et s'il y avait une chose que ceux de Randémont craignaient, c'était de voir les media percer leur carapace d'innocence feinte.

Le chemin de l'enfer est pavé de bonnes intentions. Les siennes étaient sans reproche. Seulement, elles n'eurent aucun effet sur sa conduite.

– Oui, qui est-ce ?

La voix brusque venait du haut-parleur couplé à la caméra de viphone. Puis, presque dans le même souffle :

– Oh, Sandy ! Mais qu'est-ce que tu as ? Tu es malade ? Monte vite !

Léger déclic de la serrure de sécurité passant au mode neutre.

Malade ?

Il retourna ce mot dans l'étrange partie de sa pensée consciente qui à présent était complètement isolée de son corps mais continuait à le commander comme si elle était un ballon attaché à lui par une ficelle qui le faisait grimper dans l'escalier non seulement avec ses jambes mais avec ses bras aussi, en s'aidant de la rampe pour ne pas tomber en arrière. La course à pied débouche sur la course aux âmes et la course aux cerveaux faisait du sien un cerf-volant. Un bandeau invisible lui enserrait la tête au niveau des tempes. La douleur le rendait groggy. Il voyait double. Il vit deux portes s'ouvrir, deux Kate en paréo rouge miteux et sandales brunes... mais ce n'était déjà pas si mal, car elle portait sur son visage une éloquente expression de sollicitude inquiète, et il avait besoin de ça. Il transpirait des torrents et s'imaginait qu'il aurait pu entendre le bruit de succion de ses pieds à l'intérieur de ses souliers s'il n'avait été couvert par les battements de son cœur, qui noyèrent aussi la question qu'elle lui lança.

Répétée plus fort, cela donna :

– Je te demande ce que tu as avalé !

Il pourchassa sa voix, tapie dans les replis d'un gosier aussi desséché que le lit d'un torrent par un été torride, jusqu'aux cavernes rauques de ses poumons endoloris.

– Euerrh-hien !

– Mon Dieu ! Dans ce cas, c'est que c'est grave. Viens vite t'allonger.

Aussi irréellement que dans un rêve, avec autant de détachement que s'il observait ces événements par les yeux placides de la vieille Bagheera, il se vit moitié conduit, moitié traîné vers un lit au dessus beige. Au début du pléistocène, il s'y était assis pour manger une omelette en buvant de la bière. C'était une belle matinée d'été. Il laissa retomber ses paupières pour la bannir et se concentrer sur le meilleur usage possible de l'air, qui était teinté d'un léger parfum citronné.

Elle fit glisser d'épaisses tentures contre le soleil en effleurant un bouton, puis vint dans la pénombre s'asseoir à son côté en lui prenant la main. Ses doigts cherchèrent son pouls aussi expertement qu'une infirmière patentée.

– Je savais bien que tu te surmenais, fit-elle. Je ne comprends toujours pas pourquoi... mais il faut récupérer, maintenant. Ensuite, tu pourras m'en parler. Si le cœur t'en dit.

Un certain temps passa. La galopade effrénée de son cœur ralentit. La sueur qui coulait à flots de ses pores devint glacée, rendant moites ses beaux vêtements. Il commença à frissonner puis, sans transition, s'aperçut qu'il sanglotait. Sans larmes : ses yeux étaient secs. Il sanglotait à grandes saccades hoqueteuses, comme si son ventre était cruellement et régulièrement martelé par un poing invisible.

A un moment, elle lui apporta une grosse couverture d'hiver, et l'étendit sur lui. Cela faisait des années qu'il n'avait pas éprouvé le contact rugueux de la laine. Aujourd'hui, on dormait sur des couches pneumatiques, isolées par des matelas d'air dirigé. Elle évoquait des milliers de souvenirs d'enfance inexprimés. Il recroquevilla ses doigts comme des serres pour la remonter au-dessus de sa tête, ses genoux se replièrent en position fœtale, il se tourna sur le côté et miraculeusement sombra dans le sommeil.

Quand il se réveilla, il se sentit, curieusement, relaxé. Comme s'il était purgé. Pendant les... combien, au fait ? Il regarda sa montre. Pendant les soixante minutes maximum qu'il avait passées à dormir, autre chose que le calme avait habité son esprit.

Il essaya muettement un mot et aima le goût qu'il avait.

Sérénité.

Mais... !

Il se redressa d'un sursaut. Il n'y avait pas de paix – il ne devait pas, il ne *pouvait* pas y avoir de sérénité dans ce monde-ci. Au Q.G. de GTS, l'envoyé de Randémont devait en ce moment – rectification : avait déjà dû – tirer les conclusions qui s'imposaient. Ce Sandy Locke, « ressource nationale ignorée », ne faisait qu'un avec le Nickie Haflinger qui avait disparu !

Il repoussa la couverture et se leva, en s'avisant au dernier moment que Kate n'était nulle part en vue et qu'elle avait peut-être laissé Bagheera de garde en lui donnant pour instructions...

Ses pensées imbriquées se noyèrent dans une vague de vertige. Avant d'avoir fait un pas, il dut tendre le bras pour s'appuyer contre le mur.

A ce moment, la voix de Kate lui parvint de la cuisine.

– Tu tombes à point, Sandy, ou je ne sais qui. Je t'ai préparé un peu de bouillon. Tiens.

Le bol fumant s'approcha de lui et il le saisit prudemment par l'anse, moins chaud, mais sans le regarder. Il regardait Kate. Elle avait mis un chemisier d'été bleu et jaune ainsi qu'un pantalon de culte à mi-genoux, également jaune avec en bleu en travers des fesses d'énormes idéogrammes chinois. Il s'entendit lui demander :

– Qu'est-ce que ça veut dire, « ou je ne sais qui » ?

Tout en pensant au même moment : *J'avais raison. Il n'y a pas de place pour la sérénité dans notre monde moderne. C'est une notion illusoire. En une minute, tout peut être détruit.*

– Tu as babillé dans ton sommeil, fit-elle en s'asseyant sur une vieille chaise rafistolée que, contrairement à ses attentes, elle avait perversement conservée au moment du grand nettoyage. Mais arrête de tordre les yeux comme ça, par pitié! Si tu te demandes ce qu'est devenue Bagheera, je l'ai laissée aux voisines d'en bas qui vont s'en occuper pendant quelque temps. Si tu cherches une voie par où t'échapper, c'est trop tôt. Prends ton bouillon tant qu'il est chaud.

Dans l'alternative qui s'offrait, l'idée d'obéir lui parut la plus constructive. Au moment même où il levait le bol, il s'aperçut qu'il avait une faim de loup. Son taux de sucre devait être particulièrement amoindri. Il avait toujours froid. La chaleur du breuvage parfumé lui procura un bien-être savouré.

Un long moment plus tard, il se sentit capable de formuler une question d'un mot :

– Babillé?

– J'exagère peut-être. Tout n'était pas incohérent. En tout cas, ça m'a permis de répondre à GTS que tu n'étais pas là.

– *Hein?*

Il avait failli renverser le bol.

– Ne me dis pas que j'ai mal fait. Parce que ce ne serait pas vrai. C'est Ina qui leur a dit d'appeler ici quand tu ne t'es pas pointé pour l'entrevue. J'ai répondu que je ne t'avais pas vu. Il ne m'aime pas tellement, ai-je même précisé. Ina est toute prête à croire ça. Elle ne comprend pas que je puisse plaire à un homme : je suis tout le contraire de ce qu'elle voulait que soit sa fille. Par exemple studieuse, intelligente et pas tellement jolie. Elle n'a jamais fouillé dans la personnalité d'un homme beaucoup plus loin que l'endroit où elle en est restée avec toi : bonne tête, bonnes paroles, bon tout le reste et puis il peut toujours servir.

Elle eut un rire âpre d'où l'amertume n'était pas tout à fait bannie. Mais il ne tint pas compte de sa réaction.

– Qu'est-ce que... euh... j'ai laissé échapper? demanda-t-il.

Et il trembla un peu plus en attendant la réponse.

Elle hésitait.

– Tout d'abord... Eh bien, j'ai eu l'impression que tu n'avais jamais superchargé avant. Est-ce que ce serait possible?

D'autres personnes lui avaient déjà demandé cela, et il avait toujours répondu : « Oui, je suppose que je fais partie de l'heureuse minorité. » Il était convaincu, d'ailleurs, qu'il disait vrai. Il avait vu plus d'une fois des victimes de surpercharge. Ils essayaient de se cacher, ils bafouillaient quand on leur adressait la parole, ils poussaient des hurlements et voulaient tout casser autour d'eux. Ces espèces de crises de nerfs, qu'un tranquillisant faisait avorter en quelques minutes, ne pouvaient pas vraiment mériter leur nom de supercharge!

Mais maintenant qu'il avait ressenti toute cette violence dans son propre corps, il comprenait que, vue de l'extérieur, sa conduite avait dû être le reflet exact de celle d'un certain membre de sa congrégation de Toledo, ou de son ex-patron au cabinet de création d'utopies, ou de deux de ses collègues de l'établissement d'enseignement trivi, ou de... beaucoup d'autres, en fait. Pris au piège du mode défense/attaque alors qu'ils n'avaient aucun moyen d'atteindre l'une ou l'autre solution.

Il soupira, posa le bol à côté de lui et se résigna à faire une réponse honnête.

– Jusqu'ici, les médicaments m'ont toujours redressé en un rien de temps. Aujourd'hui... je ne sais pas pourquoi... je ne me suis pas senti d'humeur à en prendre... Si tu vois ce que je veux dire.

– Tu n'étais jamais allé jusqu'au bout? Pas même une fois? Ça ne m'étonne pas que tu te retrouves dans cet état!

Piqué au vif, il rétorqua :

– Toi, ça t'arrive tout le temps, hein? C'est pour ça que tu en sais plus que les autres!

Elle secoua un visage impassible.

– Non. Ça ne m'est jamais arrivé. Mais je ne prends pas de tranquillisants non plus. Si j'ai envie de pleurer le soir dans mon lit, je le fais. Et si j'ai envie de sécher un cours parce qu'il fait une belle journée, je ne me gêne pas pour le faire aussi. Un jour, quand j'avais cinq ans, Ina s'est superchargée. Papa et elle venaient de se quitter. Après ce jour-là, elle n'a pas cessé de veiller jalousement sur ma santé mentale comme sur la sienne. Mais une association indélébile s'était faite dans mon esprit entre les cachets qu'elle avait pris et la manière dont elle s'était comportée quand elle avait craqué – ce qui n'avait pas été très beau à voir. Alors, plus tard, j'ai pris l'habitude de faire semblant d'avaler ceux qu'elle me donnait, pour les recracher dès qu'elle me laissait toute seule. J'étais très forte pour dissimuler pilules et comprimés sous ma langue. Je crois que c'est ce qu'il y avait de plus raisonnable à faire. Si je vois mes amies, la plupart d'entre elles ont flanché au moins une fois, et plusieurs deux ou trois fois depuis l'école primaire. Comme par hasard, il s'agit de filles dont les parents se sont... comment dirais-je... particulièrement occupés. Au point qu'elles ne s'en remettront sans doute jamais.

Une mouche solitaire avait réussi à passer, contre toute attente, les systèmes de défense de la cuisine. Repue, le vol lourd et bourdonnant, elle cherchait un endroit où se poser pour digérer. Ce bruit insistant accompagna comme un contrepoint inquiétant la question qu'il posa alors :

– Tu veux parler du genre de trucs que fait l'agence Anti-Trauma ?

– Le genre de trucs que les parents *font faire* à leurs malheureux gosses !

Il y avait quelque chose de venimeux dans sa voix. C'était la première fois qu'il la voyait s'emporter.

– Mais l'agence Anti-Trauma n'est pas la seule, poursuivit-elle. Sans doute la plus connue et la plus importante, mais elle n'a même pas été la première à exploiter le filon. Ina et moi, nous nous sommes disputées, l'année dernière, et elle m'a dit qu'elle regrettait de ne pas m'avoir fait subir un traitement de ce genre. Il fut un temps où j'avais beaucoup d'affection pour ma mère. Maintenant, je ne sais plus très bien.

Il répondit, avec un manque de ferveur né de son récent et douloureux réajustement de personnalité :

– Je pense que les parents croient bien faire. Ils veulent que leurs enfants soient équipés pour affronter le monde, et ces traitements doivent leur permettre de s'insérer plus facilement dans la vie moderne.

– Là, c'est Sandy Locke qui parle encore. Je ne sais pas qui tu es au juste, mais je suis sûre maintenant que tu n'as rien de commun avec ce personnage dont tu t'affubles comme d'une vieille cape. Au fond de ton cœur, tu sais très bien que ce que fait Anti-Trauma est monstrueux... tu ne veux pas le dire ?

Il hésita une infime fraction de temps avant de hocher gravement la tête :

– Oui. C'est vrai. Ce qu'ils font est mal, et c'est sans rémission.

– Merci de redescendre enfin à côté de moi. J'étais certaine que quelqu'un qui a subi ce que tu as subi ne pouvait penser autrement.

– Et que suis-je censé avoir subi ?

– Eh bien, dans ton délire, tu as prononcé plusieurs fois le nom de Randémont, et comme tout le monde sait qu'à Randémont...

Il eut un sursaut, comme s'il avait été mordu par un serpent.

– Attends, attends ! Ce n'est pas vrai ! La plupart des gens ne savent même pas que Randémont existe !

Elle haussa les épaules.

– Bah, tu sais très bien ce que je veux dire. J'ai connu plusieurs soi-disant diplômés qui venaient de là-bas. Des gens qui auraient pu être des individus, mais qui au lieu de cela avaient été standardisés... bananisés... encamisolés !

– Mais c'est incroyable !

Ce fut à son tour d'être surprise et déconfite.

– Quoi donc ?

– Que tu aies connu tous ces gens de Randémont.

– Pas si incroyable que ça. Kansas City en grouille. Sous chaque pierre moisie... J'exagère un peu, mais disons qu'il y en a cinq ou six.

Les sensations dont il avait été victime à son arrivée menaçaient de revenir en force. Sa bouche était de nouveau aussi desséchée que s'il avait avalé un paquet de coton. Son cœur battait à un rythme infernal. Il avait besoin d'aller immédiatement à la salle de bains. Mais il lutta avec toutes les ressources dont il disposait. Dompter sa voix fut un exercice aussi exténuant que grimper au sommet d'une montagne.

– Et où se cachent-ils ?

– Nulle part. Tu n'as qu'à passer à l'Institut des Sciences du Comportement, et... Sandy ! s'écria-t-elle soudain, l'air anxieux. Tu ferais mieux de t'allonger, maintenant. On parlera de ça plus tard. Tu ne te rends pas compte que tu as subi un choc, exactement comme si tu étais rescapé d'un accident d'adave.

– Je sais ! hurla-t-il d'un trait. Mais il y a un envoyé de Randémont en ce moment chez GTS. Si jamais ils ont l'idée de venir fouiller chez toi... Ils ont bien pensé t'appeler...

Elle se mordit la lèvre inférieure, pâle, scrutant son visage à la recherche d'un indice qu'elle ne trouvait pas.

– De quoi as-tu si peur ? dit-elle enfin. Qu'est-ce qu'ils t'ont fait ?

– Ce n'est pas tant ce qu'ils m'ont fait. C'est ce qu'ils me feront s'ils me mettent la main dessus.

– C'est toi qui leur as fait quelque chose, alors ? Quoi ?

– J'ai tout plaqué alors que le gouvernement avait investi trente millions pour faire de moi ce type de choureur que tu décris si bien.

Pendant les quelques secondes qui suivirent, il se demanda comment il avait pu être assez idiot pour lui dire ça. Puis, avec une intensité d'étonnement qui éclipsait presque ce qui s'était passé avant, il s'aperçut qu'il n'avait pas été si idiot que cela. En effet, elle se tourna immédiatement vers la fenêtre et se posta derrière les tentures légèrement entrouvertes pour surveiller la rue.

– Je ne vois personne de suspect pour l'instant, dit-elle. Quelle est la première chose qu'ils vont faire s'ils soupçonnent qui tu es ? Dévisser ton code ? Je veux parler de celui que tu utilisais à GTS.

– J'ai parlé de ça aussi ? s'écria-t-il, horrifié de plus belle.

– Tu as parlé de beaucoup de choses. Tout ça a dû s'accumuler dans ta tête pendant des années. Alors ?

– Euh... oui, je suppose.

Elle regarda sa montre et compara avec une vieille horloge à affichage numérique qui figurait au nombre des rares objets décoratifs dont elle ne s'était pas débarrassée.

– Il y a un vol pour Los Angeles dans quatre-vingt-dix minutes. Je l'utilise de temps à autre. On peut le prendre sans réservation. Avant ce soir, on pourrait être...

Il mit sa tête dans ses deux mains. Les vertiges le reprenaient.

– Tu vas trop vite pour moi.

– Il faut faire vite. Qu'est-ce que tu peux être, à part ratio-système ? N'importe quoi ?

– Je... – faisant un énorme effort sur lui-même – à peu près, oui.

– Parfait. Viens.

Il demeurait hésitant.

– Ecoute, Kate. Tu ne peux pas...

– Laisser tomber les cours à la rentrée, abandonner amis, maison, mère, Bagheera ? ironisa-t-elle. Pas jusque-là quand même. Mais comment vas-tu faire si tu ne peux pas utiliser un code pour te maintenir à flot pendant que tu en fabriques un nouveau qu'ils ne connaissent pas ? Parce que c'est comme ça que tu procèdes, je suppose, hein ?

— Euh... plus ou moins, oui.

— Alors, remue-toi, merde ! J'ai un code qui marche bien. Les voisines d'en bas s'occuperont de Bagheera pendant une semaine au lieu d'une soirée, et à part ça tout ce que j'ai à faire c'est laisser un message à Ina pour lui dire que je vais chez des amis.

Elle alla devant le viphone et composa le numéro de boîte aux lettres enregistreuse de sa mère.

— Mais je ne peux pas te demander de...

— Tu ne demandes rien. J'offre. Et tu ferais mieux de saisir ta chance. Parce que si tu ne le fais pas, tu es un homme mort. Ce n'est pas vrai ?

Elle lui fit signe de garder le silence pendant qu'elle dictait les mots nécessaires pour mettre Ina sur une fausse piste. Lorsque ce fut fini, il répondit :

— Pas seulement mort. Pire que ça.

Et ils sortirent ensemble.

AU COMMENCEMENT ÉTAIT LE TROUPEAU

A Randémont, ils expliquaient cela si raisonnablement !

Bien sûr qu'il fallait que chacun reçoive un numéro de code personnel ! Sinon, comment le gouvernement ferait-il pour assurer le bien-être de ses citoyens, recenser les désirs, besoins, préférences, achats, engagements et, par-dessus tout, les déplacements d'un continent entier d'individus mobiles et libres ?

D'accord, il existe d'autres façons d'aborder le problème. Mais voudriez-vous vraiment les voir adoptées ici ? Aimeriez-vous que votre marge de choix soit restreinte jusqu'au point où le comportement collectif de la population deviendrait entièrement prévisible ?

Ne repoussez donc pas l'ordinateur comme un nouveau type de fers aux pieds. Considérez-le rationnellement comme la plus libératrice de toutes les machines jamais inventées, comme le seul outil capable de servir les multiples exigences de l'homme moderne.

Pensez-y comme à un ami. Pensez à un facteur qui fait en sorte que vos lettres vous parviennent quelle que soit la fréquence ou la longueur de vos déplacements. Pensez à une fidèle secrétaire qui paie vos échéances même si vous les avez oubliées. Pensez à un médecin de famille qui est toujours à vos côtés si vous êtes transporté d'urgence à l'hôpital, prêt à fournir au spécialiste tous les renseignements dont il aura besoin pour opérer. Ou bien, si vous préférez un plan plus social et moins personnel, voyez dans l'ordinateur un remède contre la monstrueuse monotonie des méthodes primitives de production en série. Déjà, au siècle dernier dans les années soixante, il était devenu rentable de produire sur une chaîne de montage une centaine d'articles qui étaient tous légèrement différents les uns des autres. Cela demandait le salaire d'un programmeur supplémentaire et... naturellement, un ordinateur pour faire le travail. Mais de toute façon, tout le monde avait déjà un ordinateur, dont la capacité était en général si colossale que les données additionnelles représentaient une quantité négligeable.

(Quand il méditait sur cette question, il se sentait toujours ballotté entre le passé et le présent, tant l'équilibre était subtil entre ce qui avait été prévu, espéré, en fait, et le résultat final. On avait l'impression que certains problèmes cruciaux se résolvaient encore aujourd'hui, alors que des générations s'étaient écoulées depuis qu'ils avaient été formulés.)

La courbe des déplacements dans l'Amérique de la fin du XXe siècle représentait déjà le plus grand flot de migration humaine de toute l'histoire du monde. Chaque année, à l'époque des vacances, il y avait plus de mouvements de foules que ceux de toutes les armées de tous les conquérants de l'histoire ajoutées à la masse de réfugiés qu'elles chassaient devant elles. Quel soulagement, il est vrai, que de n'avoir qu'à pointer son numéro de code sur un cadran public – ou mieux, depuis 2005, sur le viphone public le plus proche de vous, c'est-à-dire la plupart du temps dans la pièce même où vous vous trouviez – et expliquer *une fois pour toutes* que, comme vous serez à Rome pendant les quinze prochains jours, ou à Bondi pour faire du surf, ou n'importe où, votre maison doit être surveillée un peu plus attentivement que d'habitude par la police, votre courrier doit être conservé tant de jours, à moins qu'il ne porte la mention « urgent », auquel cas il faut qu'il soit réexpédié à tel ou tel endroit, le camion de ramassage hebdomadaire des ordures n'a pas besoin de passer à sa prochaine tournée et... ainsi de suite. Les muscles de la nation pouvaient ainsi jouer avec une toute nouvelle liberté.

Oui, sauf que...

En théorie, cela avait toujours été : voilà une chose dont le plein citoyen n'aura plus à se préoccuper.

Mais, question importante, de plus en plus fondamentalement importante, et le citoyen creux ?

Parce que, une fois libérée, la populace avait pris son essor comme autant de ballons de baudruche gonflés de vent.

Allons-y, ne nous gênons pas ! Déménageons, acceptons cet emploi dans un autre Etat, allons passer l'été au bord du lac, installons-nous pour travailler l'hiver dans une station des Rocheuses, prenons l'adave tous les jours pour aller travailler à deux mille kilomètres, voyons si la vie d'insulaire nous convient, et si ça ne va pas on recommence ailleurs...

Ou bien plus subtil, plus recherché : troquons nos femmes et nos enfants sur une base de rotation mensuelle, c'est très bon pour les gosses de s'habituer à de multiples parents puisque de toute façon tu as déjà été mariée deux fois et moi trois, et il vaut mieux quitter la ville en vitesse avant que le patron ne s'aperçoive que c'est moi qui lui ai fait passer sous le nez ce contrat mirobolant, et mettons-nous hors de portée des cris d'orfraie de ce froc dont tu t'es entichée afin de te laisser le temps de refroidir un peu, et partons plutôt dans un endroit où ne circule pas le bruit que tu es dévio, sinon tu n'auras aucune chance de renoncer aux hommes, et pourquoi ne pas aller voir si c'est vrai, ce qu'on dit sur ces magnifiques filières de drogue de Topeka, et aussi... aussi... aussi...

Sans compter, partout et tout le temps, cette insidieuse suspicion : *Ne te retourne pas, mais je crois qu'on nous observe.*

Deux ans après que le service viphonique intérieur eut été relié au réseau informatique continental, le système hurlait de douleur muette comme les membres d'un coureur de fond qui sait qu'il est capable de pulvériser tous les records du monde pourvu qu'il tienne le coup jusqu'à la fin du dernier kilomètre.

Mais, disait-on à Randémont, toujours sur le même ton mais-enfin-soyons-raisonnables : Qu'est-ce que nous aurions pu faire d'autre ?

FAISONS TOUS COMME MOI
SOYONS DIFFÉRENTS

– On dirait, murmura songeusement Freeman, que c'est là une question à laquelle vous n'avez toujours pas trouvé de réponse.

– Oh, foutez-moi la paix. Remettez-moi sur le mode régressé, pour l'amour de Dieu. Je sais que vous n'appelez pas ça de la torture, je sais que vous appelez ça méthode d'évaluation de réponse à un stimulus, mais pour moi c'est de la torture et je préfère qu'on en finisse le plus tôt possible. Puisqu'il faut en passer par là.

Freeman consulta ses écrans et ses cadrans.

– Je regrette, mais il serait dangereux de vous faire régresser de nouveau pour l'instant. Il faudra attendre un jour ou deux que votre système élimine les effets recréés de votre supercharge à K.C. C'est l'expérience la plus violente que vous ayez connue en tant qu'adulte. Très traumatisante.

– Je vous remercie infiniment de cette information. Je dois dire que je m'en doutais, mais il est satisfaisant de voir que mon diagnostic est confirmé par vos machines.

– Sweedack. De même qu'il est bon de faire confirmer ce que les machines indiquent par votre personnalité consciente.

– Etes-vous un afi de hockey ?

– Pas dans le sens où je serais *supporter* d'une équipe particulière, mais ce sport est un microcosme de notre société moderne, vous ne trouvez pas ? Avec ses engagements de groupe, ses rebuffades contre des règles restrictives, ses agressions spectaculaires plus liées à des conditions de statut qu'à la peur ou la haine, et l'usage du bannissement comme moyen de renforcement de la conformité. Sans compter l'emploi de l'arme la plus primitive qui soit, la massue, bien qu'elle soit un peu stylisée.

– C'est donc ainsi que vous voyez la société ? Je me demandais aussi. Comme vos comparaisons sont mesquines ! Simplifiées à l'extrême ! Vous parlez de règles restrictives... mais une règle ne devient restrictive qu'une fois qu'elle est dépassée. A chaque stade de notre évolution sociale, depuis que nous savons parler, nous avons appris à réajuster nos règles. Nous en inventons continuellement de nouvelles qui sont mieux adaptées à ce que nous sommes. Et nous continuerons à le faire tant que des imbéciles de votre espèce ne réussiront pas à nous en empêcher !

Freeman se pencha en avant en déposant son menton pointu dans la paume de sa main droite.

– Nous nous trouvons ici dans une zone d'opinions fondamentalement différentes, dit-il au bout d'un moment. Je vous soutiens qu'aucune règle consciemment inventée par l'homme depuis que celui-ci a acquis l'usage de la parole ne possède la force de celles dont nous avons hérité au bout de cinquante ou peut-être cent mille générations d'évolution à l'état sauvage. Je me permets de suggérer aussi que la principale raison pour laquelle la société moderne se trouve en proie aux convulsions est que, depuis bien trop longtemps, nous n'avons cessé de prétendre que nos talents humains particuliers pouvaient nous affranchir de l'héritage inscrit dans nos gènes.

– C'est parce que vous et vos pareils ne savez plus penser qu'en termes strictement binaires – ou l'un, ou l'autre – comme si vous aviez décidé que les machines sont supérieures à nous et que vous désirez les imiter, que je suis obligé de croire que non seulement vous ne connaissez pas la réponse, mais encore que vous ne pourrez jamais la trouver. Vous traitez les êtres humains selon le principe de la boîte noire. Agissez sur tel réflexe, vous obtenez telle réaction. Tel autre, et vous avez quelque chose de différent. Il n'y a aucune place, dans votre cosmos, pour ce que vous appelez les talents particuliers.

– Allons, allons, dit Freeman en esquissant un sourire. Vous vous exprimez dans des termes qui ont au moins deux générations de retard. Avez-vous effacé de votre esprit conscient toute référence au raffinement de notre méthodologie depuis les années 60 ?

– Et vous, êtes-vous incapable de voir à quel point elle est devenue rigide, tout comme la théologie médiévale, avec votre insistance à mettre vos brillants cerveaux collectifs à la recherche exclusive des moyens propres à annihiler tout point de vue qui ne correspond pas au vôtre ? Mais ne vous donnez pas la peine de répondre. La réalité de votre système, je suis en train de la subir. Vous me testez jusqu'à la mort, non pas en tant qu'individu mais en tant qu'échantillon susceptible ou pas de correspondre à votre modèle idéal. Si je ne réagis pas comme prévu, vous réviserez le modèle et vous ferez un autre essai. Mais de *moi,* vous ne vous soucierez jamais.

– *Sub specie aeternitatis,* dit Freeman avec un autre de ses demi-sourires, je ne trouve aucune raison de croire que je compte plus que n'importe quel être humain présent, passé ou futur. Ni qu'aucun d'entre eux puisse compter plus que moi. Nous sommes les éléments d'un processus qui a débuté dans un passé obscur et se prolongera dans je ne sais quelle sorte d'avenir.

– Ce que vous dites ne fait que renforcer l'image que j'ai de Randémont : une charogne puante pullulant d'asticots indiscernables dont le seul objet dans la vie est de grignoter un peu plus de viande en putréfaction et un peu plus vite que leurs rivaux.

– Oui, je vois. Le ver conquistador. Ce qui m'étonne le plus, c'est que vous ayez finalement penché vers une tournure d'esprit religieuse, compte tenu du cynisme avec lequel vous avez exploité les prérogatives de votre habit de prêtre à Toledo.

– Mais je ne suis pas religieux. Principalement parce que le point d'aboutissement de toute foi religieuse équivaut à votre type de crédulité aveugle.

– De mieux en mieux. Un paradoxe. Veuillez le démontrer.

Freeman se renversa dans son fauteuil, croisa ses jambes maigres et joignit le bout de ses doigts décharnés en laissant reposer ses coudes sur les bras du siège.

– Vous êtes convaincu que l'homme est compréhensible par l'homme, ou tout au moins vous agissez comme si vous l'étiez. Pourtant, vous vous référez continuellement à des processus qui remontent à la nuit des temps et se perpétueront *ad vitam æternam amen.* Ce que vous essayez de faire en réalité, c'est de vous tenir en dehors du courant, exactement comme faisaient – ou font ! – les sauvages superstitieux, en invoquant des forces divines qui échappent aux limitations humaines. Vous n'avez que ce processus à la bouche, mais vous refusez d'en accepter les implications.

Au contraire, vous essayez de le dominer. Et pour ce faire, vous êtes obligé de rester à l'extérieur.

– Hum ! Vous êtes vous-même un phénomène atavique, n'est-ce pas ? Vous avez l'étoffe d'un érudit. Pourtant, cela ne vous empêche pas d'avoir tort. Nous nous efforçons de ne pas vouloir nous tenir en dehors du courant, sous prétexte que nous avons reconnu la nature et l'inévitabilité du processus. Le mieux que nous puissions espérer, c'est de l'orienter vers les voies les plus tolérables que nous sommes capables d'imaginer. Ce que nous sommes en train d'accomplir à Randémont, c'est peut-être le plus grand service qu'un petit groupe ait jamais rendu à l'humanité tout entière. Nous faisons le diagnostic de nos problèmes sociaux, puis nous nous mettons délibérément en devoir de créer le genre d'individu capable de leur apporter une solution.

– Et jusqu'à présent, combien de problèmes ont été résolus ?

– Nous ne nous sommes pas encore exterminés.

– Vous vous en attribuez le mérite ? Je savais que vous aviez du culot, mais ça dépasse tout ! Vous pourriez aussi bien soutenir que dans le cas de l'être humain, il a fallu l'invention de l'arme nucléaire pour que se déclenche le réflexe de protection manifesté par la plupart des autres espèces lorsqu'elles sont affrontées aux griffes et aux crocs d'une espèce rivale plus dangereuse.

– C'est à peu près vrai, en fait.

– Si vous en étiez réellement convaincu, vous ne vous donneriez pas tout ce mal pour universaliser la nouvelle conformité.

– L'expression est de vous ?

– Non. Je l'ai empruntée à quelqu'un dont l'œuvre n'est pas particulièrement appréciée à Randémont : Angus Porter.

– Elle sonne bien. Mais signifie-t-elle grand-chose ?

– Je ne me fatiguerais même pas à vous répondre s'il ne valait pas encore mieux parler sur le mode présent plutôt que vous observer passivement du fond de ma tête pendant que vous interrogez de force ma mémoire... Vous savez très bien ce qu'elle signifie. Regardez-vous. Vous en faites partie. Elle a un siècle. Elle a commencé à être valable la première fois qu'un peuple riche s'est mis en tête de réduire les autres cultures à son plus petit dénominateur commun : des gens qui avaient de l'argent à dépenser mais qui, par peur de nourritures inconnues, demandaient au restaurateur de leur servir des hamburgers au lieu d'*enchiladas,* ou bien des *fish and chips* au lieu d'un couscous; des gens qui voulaient rapporter chez eux quelque chose de beau à accrocher au mur, mais pas n'importe quel objet d'artisanat local où l'artiste avait mis tout son cœur et toute son âme; des gens qui trouvaient qu'il faisait trop chaud à Rio et trop froid à Zermatt, mais qui s'obstinaient à vouloir y aller quand même.

– Nous serions à blâmer parce que c'est ainsi que réagissaient les gens bien avant la création de Randémont ? s'insurgea Freeman en secouant la tête. Vous ne m'avez pas encore convaincu !

– Mais c'est votre concept de départ, celui auquel vous n'avez cessé de vous raccrocher ! Vous avez foncé tête baissée dans une souricière. Vous avez voulu créer un modèle d'humanité passe-partout, et c'était le plus commode que vous aviez sous la main : plus universel que la classe régnante européenne d'avant la Première Guerre mondiale, malgré son caractère authentiquement cosmopolite, et plus homogène que l'archétype culturel paysan, qui est général mais individualisé. Ce à quoi vous avez abouti finalement, c'est un état de choses où les gens qui obéissent aux anciens principes évolutionnaires auxquels vous faites si profusément allusion – par exemple en prenant racine dans un endroit une fois pour toute leur vie – sont considérés par leurs semblables comme « un peu bizarres ». Avant peu, ils seront persécutés. Comment justifierez-vous alors votre affirmation selon laquelle le message contenu dans nos gènes serait plus fort que les changements modernes décidés consciemment ?

– Voulez-vous parler des soi-disant « économistes », qui refusent d'utiliser les avantages offerts par la technologie ? Ce sont des imbéciles; ils ont choisi eux-mêmes d'être diminués.

– Non, je veux parler de ceux qui sont environnés d'une telle pléthore de possibilités qu'ils ne savent plus où donner de la tête et sombrent finalement dans la névrose d'angoisse. Leurs amis et voisins accourent pour leur montrer les dernières merveilles du jour et comment s'en servir, puis ils s'en vont en ayant l'impression d'avoir vertueusement accompli leur devoir. Mais si le même processus doit recommencer le lendemain, et le surlendemain, et ainsi de suite... ? Non; du stade du paternalisme à celui de la persécution, il n'y a jamais eu qu'un tout petit pas à franchir.

Après un bref instant de silence, Freeman répondit :

– Je rétablirai facilement mon vrai point de vue, dont vous vous ingéniez à donner des versions déformées. L'humanité était à l'origine une espèce nomade, qui suivait le gibier en changeant de terrain selon les saisons. Nous n'avons rien fait d'autre que de restituer une mobilité du même ordre à notre culture, au moins pour ce qui concerne les nations favorisées. Mais il y a en plus les avantages inhérents à une société urbaine. Les conditions sanitaires, par exemple, ou la facilité des communications, ou bien les transports relativement bon marché. Grâce à notre emploi judicieux des ordinateurs, nous n'avons pas eu besoin de sacrifier ces privilèges.

– Autant vouloir prétendre que le mouvement de la mer qui polit les galets sur la grève leur rend un grand service parce qu'il est préférable pour un galet d'avoir des contours lisses plutôt que rugueux. Le galet ne se soucie pas de la forme qu'il a. Mais pour une personne, c'est une chose très importante. Et chaque vague que vous produisez réduit la variété de formes qu'un être humain peut revêtir.

– Vos métaphores prolongées sont tout à votre honneur, repartit Freeman, mais je note, ainsi que mes moniteurs, que vous vous essoufflez à parler comme quelqu'un qui, dans une conversation de salon, veut à tout prix montrer qu'il n'est pas encore tout à fait ivre. La séance d'aujourd'hui devait se terminer dans quelques minutes. Nous allons y mettre fin tout de suite et reprendre cet interrogatoire demain matin.

JUSTE RAISON POUR UN FAUX-SEMBLANT

C'était exactement comme si on était assis dans une voiture dont le conducteur, apercevant devant lui un tronçon de route en mauvais état, parsemé de nids-de-poules, écrasait l'accélérateur au lieu de ralentir. On entendait en fond sonore un grondement de tambour et on remarquait certains signes au bord de la chaussée, mais l'important était de se trouver là et ici, alors et maintenant, presque simultanément.

On avait juste assez de perception du temps pour se rendre compte qu'à la place du chauffeur *on* n'aurait pas roulé si vite sur une route si cahoteuse... et pour se demander pourquoi pas, en fin de compte, puisque la méthode donnait d'excellents résultats.

Mais tout s'arrêta soudain, abruptement.

– Où donc m'as-tu amené ?

Son regard embrasse une pièce aux murs beiges et rugueux. Lit ancien à ressorts. Au sol, un tapis mal ajusté. La vue du coucher du soleil par la fenêtre basse a attiré son attention avant qu'il ait pu détailler les autres objets : une table, des chaises, etc. Instinctivement, il les a déjà assimilés au contenu d'une de ces brocanteries dont le propriétaire n'hésite pas à intituler « Antiquités » n'importe quoi de plus vieux que lui.

– Pauvre choureur, dit Kate, qui était là aussi. Ça ne va réellement pas bien. Je t'avais demandé si tu croyais que c'était une bonne idée d'aller à Giron-des-Dieux, et tu m'as répondu oui.

Il s'était assis sur le siège qui était le plus proche de lui. Il referma ses mains sur les accoudoirs jusqu'à ce que ses doigts deviennent blancs. Avec effort, il murmura :

– J'étais vraiment fou, alors. Il y a longtemps que j'avais pensé me réfugier dans une ville comme ça, mais je savais très bien que c'était le premier endroit où ils iraient me chercher.

En théorie, pour quelqu'un qui cherchait à se débarrasser de son identité précédente, il n'y avait pas sur tout le continent de meilleur endroit que Giron-des-Dieux ou l'une des autres colonies fondées par les réfugiés de la Californie du Nord après la Grande Catastrophe de la Baie. Des millions de survivants littéralement traumatisés avaient alors envahi le sud du pays. Des années durant, ils avaient vécu sous des tentes ou dans des bidonvilles, en ne comptant que sur les subsides fédéraux parce qu'ils étaient mentalement trop commotionnés pour gagner leur vie en travaillant et, dans la plupart des cas, physiquement incapables de rester sous un toit dur de peur qu'il ne s'écroule sur leur tête. Ils étaient désespérément à la recherche d'un sentiment de stabilité qu'ils croyaient pouvoir trouver en s'adonnant à des centaines de cultes plus irrationnels les uns que les autres. Les chevaliers d'industrie et les prédicateurs bidon trouvaient en eux une proie facile. Ce fut bientôt une attraction pour les touristes de visiter leurs camps le dimanche et voir se battre les tenants des croyances rivales – assurance non comprise, naturellement.

Il n'y avait rien de comparable dans toute la civilisation occidentale depuis le tremblement de terre de Lisbonne qui secoua les fondations de la chrétienté dans une bonne moitié de l'Europe en 1755.

Un semblant de gouvernement était pourtant installé dans ces régions et fonctionnait depuis un quart de siècle. Aujourd'hui, des cités nouvelles s'étaient créées, aux noms en forme de cicatrices de la Grande Catastrophe : Précipice, Insécurité, Pro tempore, Escale, Transit et... Giron-des-Dieux.

Inévitablement, dans un pays où la tradition des pionniers de l'Ouest ne datait somme toute que de quelques siècles, ces cités nouvelles avaient attiré tout un ramassis d'insatisfaits, d'aventuriers, de dissidents, voire de criminels, venus des quatre coins de la nation. Les cartes les plus récentes les montraient comme des taches d'encre accidentellement éparpillées de Monterey à San Diego, parfois jusqu'à trois cents kilomètres de la mer. C'était une nation à l'intérieur de la nation. Rien n'empêchait les touristes de continuer à y aller, mais la plupart du temps ils s'abstenaient. Ils se sentaient bien plus chez eux à Istanbul.

– Sandy ! s'écria Kate, assise sur un siège face à lui, en lui donnant une série de tapes sur le genou. C'est fini, maintenant. Tu ne vas pas recommencer ! Sandy ! Dis quelque chose ! Et tâche que ça ait un sens, cette fois-ci. Dis-moi ! Pourquoi as-tu si peur de Randémont ?

– S'ils me reprennent, ils me feront ce qu'ils voulaient faire depuis le début. Ce qui m'a fait prendre la fuite.

– C'est-à-dire ?

– Ils me transformeront en une version de moi-même que je n'approuve pas.

– Mais c'est ce qui arrive à tout le monde, constamment. Ceux qui ont de la chance s'en tirent, les autres souffrent. Il y a quelque chose d'autre. De pire, de plus profond.

Il hocha la tête avec lassitude.

– Tu as raison. Ma conviction, en réalité, c'est que si jamais ils ont l'occasion de faire ce qu'ils veulent de moi, je n'aurai pas la moindre chance de leur résister.

Il y eut un silence lourd de signification. A la fin, Kate murmura gravement :

– J'y suis. Tu aurais conscience de ce qu'ils seraient

en train de te faire et, plus tard, tu serais fasciné par l'enregistrement de tes réactions.

– Tu as dû me mentir à propos de ton âge, dit-il avec un sourire sans expression. On ne peut pas être si jeune et en même temps si cynique. Mais c'est à peu près cela, oui.

Il y eut un nouveau silence, meublé de morosité. Ce fut elle qui le rompit en disant :

– J'aurais préféré que tu aies pu parler avant notre départ de K.C. Tu devais être dans un état second. Mais ça ne fait rien. Je crois qu'on a bien fait quand même de venir ici. Si tu dis que tu évites ce genre d'endroit depuis... combien ? Six ans ?... ils ne vont pas penser tout de suite à passer la Californie au peigne fin.

C'était extraordinaire, le calme avec lequel il prenait tout cela, se dit-il. Entendre son plus précieux secret mentionné juste comme ça, en passant... Mais par-dessus tout, il lui était presque impossible de croire que quelqu'un, finalement, était avec lui.

D'où son calme ? Probablement.

– Nous sommes dans un hôtel ? demanda-t-il.

– Si l'on veut. Ils appellent ça des chalets de vacances. Ils te donnent la clé et tu te débrouilles. Il y a une petite cuisine – un geste vague en direction d'une porte – et on peut rester tant qu'on veut. Ils ne posent pas de questions non plus à la réception, heureusement.

– Tu t'es servie de ton code ?

– Tu préférais que je me serve du tien ? J'ai tout le crédit qu'il faut. Je ne suis pas à proprement parler une « économiste », mais j'ai la bonne fortune de posséder des goûts simples.

– Dans ce cas, les choucas vont arriver d'un moment à l'autre.

– Tu déconnes ? Cesse de penser en termes contemporains. Ici, ce n'est pas la même chose. Tu arrives dans un hôtel, tu remplis ta fiche et dix secondes plus tard elle est dans les ordinateurs de Canaveral, c'est ça ? Eh bien, non ! Ici, on fait encore tout à la main. Il peut très bien se passer une semaine avant que mon compte soit débité.

Un espoir auquel il n'avait pratiquement jamais osé croire bourgeonna dans ses yeux.

– Tu en es sûre ?

– Enfin, non. C'est peut-être aujourd'hui que le gérant envoie ses relevés. Je veux seulement dire que ça ne se fait pas automatiquement. Tu as déjà entendu parler de cette ville, sans doute ?

– Il y a tellement de zones de compensation légale... (Il se frotta le front du dos de la main.) Ce n'est pas une de celles qui se sont constituées aux environs de 1960 ?

– Ce doit être à peu près ça, effectivement. Je n'y suis jamais venue avant, mais j'ai connu Pro tempore et tout le monde dit qu'elles se ressemblent beaucoup. C'est pourquoi j'ai pensé à Giron-des-Dieux. Je ne voulais pas te conduire dans un endroit où je risquais d'être reconnue. (Elle se pencha vers lui avant de poursuivre :) Essaye de te concentrer, veux-tu ? On n'a pas encore les dobers aux fesses, et il serait grand temps que j'apprenne le reste de ton histoire. Tu sembles avoir passé pas mal de temps à Randémont. Crois-tu être soumis à un blocage post-hypnotique ?

Il prit une profonde inspiration.

– Non. Je me suis déjà posé la question, naturellement. Ma conclusion est que c'est impossible. D'une part, l'hypnotisme n'est pas pour eux un outil de prédilection. Et d'autre part, même s'il l'était, le blocage se serait manifesté depuis longtemps, au moment même où j'ai quitté Randémont. Naturellement, il est possible qu'aujourd'hui ils utilisent cette technique pour empêcher qu'il y en ait d'autres qui suivent mon exemple, mais... mes inhibitions, je les ai en moi.

Kate se mordit la lèvre inférieure, exhibant une rangée de petites dents d'un blanc éclatant. Elle répondit au bout d'un certain temps :

– C'est drôle. En présence de ces anciens de Randémont dont je te parlais, j'avais l'impression qu'ils avaient subi un traitement hypnotique ou para-hypnotique. Ils me donnaient le frisson, tu comprends. On croirait à les voir qu'ils ont tout appris, qu'ils ne peuvent jamais se tromper. Comme s'ils étaient inhumains. Dans mon idée, Randémont a toujours été une sorte de centre d'éducation intensive à l'usage de gosses doués privés d'affection, dans lequel on utilisait comme incitation à apprendre un type de stimulation hautement spécialisée. Degré zéro de distraction. Drogue, peut-être... Je ne sais pas, moi.

Il releva une des idées clés :

— Pourquoi dis-tu : « privés d'affection » ?

— C'est une chose que j'ai remarquée tout de suite. Ils étaient orphelins, ou bien ils ne se faisaient pas scrupule de clamer qu'ils détestaient père et mère. Cela créait entre eux une sorte de solidarité. Un peu comme les aides de camp de la Maison-Blanche. Ou comme Jésus-Christ, plutôt : « Qui êtes-vous, ô mon père, ô ma mère ? »

Elle écarta les mains dans un geste évocateur.

— Quand as-tu entendu parler de Randémont pour la première fois ? demanda-t-il.

— Oh, c'était dans l'air quand je suis entrée à l'université de K.C. il y a quatre ans. Ce n'était pas une publicité tapageuse, mais plutôt le genre : « Ils ont Akadiemgorodok, nous avons notre matière grise. » Tout dans la tonalité, quoi.

— Merde alors, ils sont drôlement habiles ! s'écria-t-il farouchement. Si je ne les détestais pas, je serais obligé de les admirer.

— Quoi ?

— C'est le compromis idéal. Tu as décrit tout à l'heure l'image précise qu'ils veulent que le monde ait de Randémont. Comment disais-tu ? Un centre d'éducation intensive à l'usage de gosses doués privés d'affection ? C'est extraordinaire !

— Mais ce n'est pas ça ? fit-elle en posant sur son visage la double pointe acérée de son regard.

– Non, ce n'est pas ça. C'est l'endroit où ils élèvent l'élite qui prendra le continent en charge.

– J'aimerais, dit-elle, ne pas te soupçonner de parler au sens littéral.

– Moi aussi ! Mais... Ecoute. Tu es au pouvoir. Quel danger représente pour toi un gosse qui n'a pas de famille mais un Q.I. très développé ?

Elle le fixa des yeux un long moment, puis suggéra :

– Il n'aura pas le même point de vue que ceux qui sont aux commandes. Mais il se trompera moins souvent qu'eux.

Il se donna une grande claque d'exultation sur la cuisse.

– Kate, je t'assure que tu m'impressionnes ! Tu as tapé dans le mille. Qui sont les pensionnaires de Randémont, Val-Crédit et autres lieux secrets ? Ceux-là mêmes qui auraient pu se trouver un camp à eux si le gouvernement n'avait pris les devants en les enrôlant dans le sien pendant qu'ils étaient encore malléables. Bon, d'accord ! Mais en plus de ça... Dis donc, tu es sûre qu'il n'y a pas de micros ?

Question un peu tardive. Une fois de plus, il s'était laissé aller à oublier les précautions les plus élémentaires. Il s'était à moitié levé de son fauteuil lorsqu'elle lui dit avec une trace de condescendance :

– J'ai vérifié, ne crains rien. J'ai un détecteur extra. C'est un copain qui me l'a fabriqué. Il est à l'école d'espionnage industriel de Kansas City. Détends-toi, continue à parler.

Il se laissa aller au creux de son fauteuil en s'épongeant le front.

– Tu dis que ces anciens élèves de Randémont dont tu as fait la connaissance sont presque tous à l'Institut des Sciences du Comportement. Est-ce qu'il y en a également en biologie ?

– J'en connais deux, mais pas à l'université de K.C. Ils sont à Lawrence, dans le Kansas. Du moins, ils y étaient. Je ne pouvais pas les voir. J'ai perdu le contact.

– Est-ce qu'ils t'ont parlé de ce qui fait la fierté et la

joie de Randémont... les enfants handicapés qu'ils fabriquent avec un cerveau de génie ?

– *Hein ?*

– J'ai connu la première. Elle s'appelait Miranda. Ce n'était pas un génie, bien sûr. Ce ne fut pas une grande perte quand elle est morte à l'âge de quatre ans. Mais ils ont amélioré la technique. La dernière dont j'ai entendu parler avant mon départ ne pouvait toujours pas marcher, ni même s'alimenter mais, dans l'usage d'un clavier d'ordinateur, elle rivalisait avec les meilleurs d'entre nous, et parfois elle était plus rapide que ses professeurs. Ils se spécialisent dans les filles, naturellement. Comme chacun sait, l'homme, sur le plan embryonnaire, n'est qu'une femme imparfaite.

Il n'y avait jamais beaucoup de couleurs sur le visage de Kate. Mais en quelques secondes, le peu qu'elle possédait fut drainé de son front et de ses joues qui prirent l'apparence de la cire. Elle demanda d'une voix tendue :

– Donne-moi tous les détails. Ce n'est certainement pas tout ce que tu sais.

Il s'exécuta de bonne grâce. Quand il lui eut exposé toute l'histoire, elle secoua la tête avec une expression incrédule.

– Il faut qu'ils soient complètement fous. Les changements ultrarapides que nous avons connus nous font souhaiter un répit, et non une accélération. La moitié de la population a déjà renoncé à essayer de faire face, et l'autre moitié est groggy sans même le savoir.

– Sweedack, fit-il, sombrement. Mais, naturellement, leur point de vue, c'est que tôt ou tard, ici ou ailleurs, quelqu'un finira bien par le faire. Alors...

Il eut un haussement d'épaules désabusé.

– D'accord. Peut-être que ceux qui viendront après profiteront de nos erreurs. Peut-être qu'ils ne les répéteront pas. Mais... Est-ce que les gens de Randémont ne se rendent pas compte qu'ils sont en train de pousser notre société vers l'hystérie ?

– Apparemment non. C'est un exemple fondamental d'application du Principe de Porter, n'est-ce pas? Ils ont transféré leurs attitudes de l'ère de la course aux armes dans celle de la course aux cerveaux. Ils veulent multiplier entre elles des valeurs incommensurables. Tu as dû entendre dire que si on essaye d'appliquer la stratégie du minimax au problème du réarmement, la conclusion est invariablement qu'il faut réarmer. Dire que leurs ancêtres spirituels n'ont cessé d'agir ainsi, même après que la bombe H eut introduit le facteur infini dans l'équation de la puissance militaire! Ils essayaient de trouver la sécurité en accumulant de plus en plus d'armes *inutiles!* Et aujourd'hui, à Randémont, ils commettent une erreur analogue. Ils prétendent être à la recherche du facteur génétique de la sagesse. La plupart d'entre eux sont réellement persuadés que c'est ce qu'ils font. Mais ils se trompent, évidemment. Ce qu'ils finiront par atteindre, c'est le Q.I. au delà de 200. Mais l'intelligence et la sagesse, ce sont des choses différentes. (Il serra les poings avant de continuer.) C'est une perspective qui me terrifie! Il faut qu'on les arrête. Par n'importe quel moyen et à n'importe quel prix. Mais cela fait six ans que je me débats pour trouver une issue, en espérant que les trente millions de dollars investis sur moi par le gouvernement ne l'auront pas été en pure perte, et je n'ai pas accompli la moindre foutue chose!

– Est-ce que tu n'es pas retenu par la crainte d'être... euh... puni?

Il sursauta.

– Tu comprends vite, toi, hein? Oui, je suppose que c'est ça.

– Parce que tu t'es enfui?

– Oh, j'ai commis une brochette de crimes fédéraux. Usage de fausses identités, détention d'un sceau notarial obtenu par des moyens illégaux, introduction de fausses données dans le réseau continental... Tu peux être sûre qu'ils ne manqueraient pas de raisons de me foutre au trou.

– Ce qui me surprend, c'est qu'ils t'aient laissé partir d'abord.

– Ils n'emploient pas la force quand ils peuvent convaincre. Ils ne sont pas stupides. Ils savent qu'un seul volontaire qui se crève pour eux au travail vaut bien une vingtaine de recrues réticentes.

– Je vois, dit Kate, le regard fixé dans le vague. Croyant que tu méritais leur confiance, ils t'ont donné un peu trop de mou. Bon, et quand tu t'es enfui, qu'est-ce que tu as fait ?

Il lui donna un résumé de ses différentes carrières.

– Hum ! Faute d'autre chose, tu auras eu au moins une vue transversale intéressante de la société. Qu'est-ce qui t'a fait te décider pour un emploi à GTS, après tout ça ?

– Je voulais avoir accès à certaines zones réservées du réseau. En particulier, il fallait que je sache si mon code était toujours valide. Il l'était. Mais maintenant qu'ils sont sur ma piste à K.C., il serait grand temps pour moi de l'utiliser une dernière fois pour me reformuler entièrement. Cela coûte cher, bien sûr, mais j'ai un lot de certificats delphiques gagnants à encaisser. Je pourrai me recycler pour un temps dans une profession qui paye. Tu ne crois pas que le mysticisme doit valoir de l'or, par ici ? Je pourrais faire des horoscopes sur ordinateur, ouvrir un cabinet de consultation génétique... Je suis sûr qu'on n'a pas besoin de licence pour exercer en Californie. Et puis... Oh, à peu près n'importe quoi qui demande l'usage d'un terminal.

Elle le regarda sans ciller.

– Mais tu es dans une zone de compensation, dit-elle.

– Merde, c'est vrai ! s'écria-t-il en se sentant soudain très seul et indiciblement vulnérable. Est-ce que ça va très loin ? Je veux dire, en admettant qu'on ne puisse pas utiliser de viphone public branché au réseau, est-ce qu'il n'y a vraiment pas moyen de trouver un ordinateur ?

– C'est faisable, mais il faut déposer une demande à

l'avance pour pouvoir s'en servir. Il y a plus d'argent liquide qui circule à Giron-des-Dieux que n'importe où ailleurs sur le continent. De plus, l'usage du viphone est à sens unique. Tu ne peux pas appeler l'extérieur. Tu dois envoyer un télégramme pour demander qu'on t'appelle. Uniquement des trucs comme ça.

– Mais si je ne peux pas reformuler mon code, qu'est-ce que je vais devenir ? fit-il en se levant tout tremblant.

– Sandy ! (Elle s'était levée aussi et le toisait calmement.) As-tu jamais essayé de regarder l'ennemi en face ?

– Hein ? fit-il en battant stupidement des paupières.

– J'ai l'impression que chaque fois qu'un de tes projets a commencé à tourner court, tu l'as laissé tomber – en même temps que l'identité qui allait avec – pour te réfugier dans quelque chose d'autre. C'est peut-être pour ça que tu échoues toujours. Tu comptes trop sur ton talent de prestidigitateur pour te tirer d'affaire au bon moment, au lieu d'essayer d'aller jusqu'au bout de ce que tu as commencé. Ta supercharge d'aujourd'hui devrait être un avertissement. Il y a une limite au nombre de réajustements de personnalité que tu peux supporter. Il y a une limite à la charge que tu peux imposer à tes facultés de raisonnement. Ton organisme vient de te dire clairement que tu as fini par aller trop loin peut-être.

– En théorie, ça ne fait aucun doute, tu as raison, fit-il d'une voix très malheureuse. Mais merde, on n'a pas le choix, quoi !

– On a toujours le choix. Pour commencer, une des meilleures choses qu'on puisse trouver dans une zone de compensation légale, c'est la cuisine préparée manuellement. Je ne sais pas comment c'est ici, mais à Pro tempore c'était délicieux. Allons à la recherche d'un restaurant et d'un pichet de vin.

COMMENT TRIANGULER SANS ÊTRE TRINGLÉ ?

Inter alia, le livret de la Fédération nationale du jeu de Tringles, stipule :

Le jeu se joue manuellement ou électroniquement.

La grille consiste en 101 lignes parallèles équidistantes appelées AA, AB, AC... BA, BB, BC... et ainsi de suite jusqu'à EA (en omettant la lettre I), coupées perpendiculairement par 71 lignes parallèles équidistantes numérotées de 01 à 71.

Le principe du jeu consiste à essayer d'inclure dans des triangles un plus grand nombre de points d'intersection que l'adversaire.

Les joueurs tirent au sort la couleur rouge ou bleue. C'est le rouge qui commence.

Chaque joueur à son tour prend possession de deux intersections : la première en la signalant directement à sa couleur sur la grille, la seconde en notant ses coordonnées dans une liste dissimulée au regard de l'adversaire (mais soumise au contrôle de l'arbitre, s'il s'agit d'une partie de compétition).

Dès que 10 intersections (5 de chaque couleur) ont été revendiquées sur la grille, chaque joueur à son tour, après avoir marqué son point apparent, peut, au lieu de choisir un deuxième point secret, essayer de former un triangle en réunissant trois points de sa couleur. Préalablement, il doit demander à son adversaire d'étaler ses points secrets, c'est-à-dire de les porter sur la grille. Il forme alors le ou les triangles de son choix, à condition qu'ils ne renferment aucun des points revendiqués par l'adversaire.

Tout point d'intersection porté sur une liste secrète qui, après confrontation, se trouve avoir été revendiqué comme point apparent par l'adversaire, doit être retiré de la liste secrète.

Un triangle peut inclure un point de la même couleur que lui.

Un point compris dans un triangle ne peut être revendiqué. Si un joueur le revendique par erreur, il doit, comme gage, renoncer à la fois à son point apparent et à son point caché correspondant à ce mouvement.

Si un joueur s'aperçoit, lorsque son adversaire a étalé ses points secrets, qu'il ne peut former aucun triangle, il doit aussitôt étaler lui aussi tous ses points secrets, après quoi la partie peut reprendre normalement.

Tout côté d'un triangle doit avoir au moins deux sections de long. Autrement dit, deux intersections adjacentes ne peuvent constituer les sommets d'un même triangle, bien qu'elles puissent servir de sommet à deux triangles de couleur semblable ou différente.

Une intersection ne peut servir de sommet qu'à un seul triangle.

Un triangle ne peut inclure de point contenu dans un autre triangle.

Un point adverse situé sur une ligne verticale ou horizontale de la grille comprise entre deux sommets d'un triangle que l'on envisage de former doit être considéré comme inclus dans la zone de ce triangle, dont il rend la formation impossible.

Toutefois, si ce point adverse est situé sur une diagonale (45° par rapport à la verticale) comprise entre deux sommets d'un triangle dont on envisage la formation, il doit être considéré comme extérieur au triangle.

On calcule le score en comptant le nombre d'intersections contenues dans les triangles validés au cours de la partie.

On utilisera un calculateur homologué capable, au moment de la validation de chaque triangle, d'inscrire dans sa mémoire les coordonnées de chacun des sommets. Dès l'enregistrement du troisième sommet, l'appareil devra obligatoirement et sans ambiguïté possible afficher le nombre de points d'intersection inclus. La responsabilité de l'exactitude de son score incombe à chaque joueur, qui ne devra pas le dissimuler à son adversaire, sauf dans le cas où il y a un enjeu ou des paris, ou bien à la suite d'un accord préalable entre les joueurs, lorsque les points peuvent être comptabilisés au fur et à mesure par un arbitre, ou par des moyens mécaniques ou électroniques. Dans l'un de ces derniers cas, les joueurs ne pourront contester sous aucun prétexte les résultats affichés à la fin ou à un moment quelconque de la partie.

En général, mais sans qu'il y ait aucune obligation à cela, dès que le score d'un joueur dépasse de cent points celui de son adversaire, ce dernier abandonne la partie.

METONYMIA

D'après ce qu'affichaient les instruments, le niveau métabolique du sujet demeurait satisfaisant. Toutefois, sa voix s'affaiblissait et son temps de réaction ralentissait. Il devenait nécessaire de lui faire quitter le mode régressé à des intervalles de plus en plus courts. Cela était très probablement dû au manque de stimulus de son environnement, peu indiqué surtout dans le cas de quelqu'un dont les capacités d'adaptation à des changements extrêmes et rapides avaient été graphiquement établies au cours des semaines passées. Par conséquent, Freeman commanda tout un matériel spécial pour remédier à la situation : un grand écran de projection trivi, un électrotonyl et un personnificateur pour donner l'illusion qu'une, deux ou trois autres personnes étaient présentes.

En attendant la livraison de ces nouveaux appareils, il fallait bien quand même continuer, comme précédemment, à converser avec le sujet sur le mode présent.

– Vous êtes un très bon joueur de tringles, je crois.

– On fait une partie, histoire de tuer le temps ?

Le spectre d'un défi avait teinté sa voix.

– Je joue trop mal. Je ne serais pas de taille contre vous. Mais qu'est-ce qui vous a attiré vers les tringles plutôt que... disons vers le go, ou les échecs ?

– Les échecs ont été automatisés, fut la réponse cinglante. Savez-vous depuis combien de temps un champion du monde ne s'est passé de l'aide d'un ordinateur ?

– Je vois. Je sais que personne n'a encore jamais écrit un programme de tringles. Mais pourquoi ne l'avez-vous pas tenté ? Vous aviez les capacités nécessaires.

– Jouer aux échecs en utilisant un programme, c'est du travail. Ce n'est plus du jeu. Je suppose que j'aurais pu gâcher les tringles, si je m'étais attelé un an ou deux au problème. Mais je n'en avais aucune envie.

– Vous préfériez que ce jeu continue de rappeler l'indétermination de votre propre situation, avec des résonances de capture, enclos, zones de sécurité et ainsi de suite... c'est bien cela ?

– Expliquez-le comme vous voudrez, je m'en fiche. Une des choses les plus navrantes, chez les gens de votre sorte, c'est leur incapacité de s'amuser. Vous détestez l'idée qu'il puisse y avoir des processus qui ne se prêtent pas à l'analyse. Vous êtes les descendants directs – par la branche sociologique – de ces chercheurs qui s'obstinaient à sacrifier des chiens et des chats en leur ôtant la moelle épinière parce que même la personnalité d'un chien ou d'un chat était trop déroutante pour eux. C'est une bonne méthode pour étudier la formation des synapses, mais pas tellement pour étudier un chat.

– Vous êtes un holiste.

– J'aurais dû me douter que tôt ou tard ce mot se transformerait en insulte dans votre bouche.

– Au contraire. Après avoir étudié, comme vous le dites si bien, les composantes distinctes du système nerveux, nous nous sentons finalement capables de nous attaquer à leurs interactions. Nous avons refusé d'accepter la personnalité comme une donnée. Votre attitude ressemble à celle d'un homme qui se contente de contempler une rivière sans s'intéresser à sa source, ni à son bassin, ni aux variations de pluie saisonnières, ni à la quantité de limon qu'elle charrie.

– Je constate que vous ne parlez pas des poissons qui sont dans la rivière. Ni de la soif qu'elle étanche.

– Est-ce que c'est en restant assis sur la rive que vous saurez pourquoi il n'y a pas de poisson cette année ?

– Est-ce que c'est en mesurant le débit horaire que vous saurez pourquoi la rivière est belle ?

– Nous aboutissons toujours au même genre d'impasse, soupira Freeman. Je considère votre attitude comme complémentaire de la mienne. Par contre, vous refusez toute validité à mon point de vue.

– Erreur. Ou, au mieux, demi-vérité. Votre problème est le suivant : vous voudriez classer mon attitude comme sous-catégorie de la vôtre. Mais ça ne marche pas, car le tout ne peut être inclus dans la partie.

PARTIE SANS LAISSER D'ADRESSE

Quand il s'aventura dans les rues de Giron-des-Dieux, il eut un peu la même impression que quelqu'un qui, élevé dans une famille à inhibitions, affronte pour la première fois une plage de naturistes. Mais cette sensation ne dura pas longtemps. La petite ville était étonnamment attrayante. L'architecture était disparate, car elle avait surgi du sol en catastrophe, c'est le cas de le dire, et pourtant de cette précipitation avait résulté une unité fondamentale que rehaussait en ce moment la lumière pourprée du coucher de soleil.

Les trottoirs étaient encombrés, mais pas la chaussée. Les seuls véhicules qu'ils voyaient circuler étaient des bicyclettes et des autobus électriques. Il y avait partout des arbres, des buissons et des massifs de fleurs. La plupart des passants ne semblaient pas accorder beaucoup d'importance à l'habillement. Leurs vêtements étaient ternes, de couleur beige ou marine la plupart du temps, et certains étaient en mauvais état. Mais tout le monde souriait, même à des étrangers comme Kate et lui, à peu près tous les six ou sept pas.

Ils arrivèrent bientôt devant un restaurant décoré à la manière d'une taverne grecque, avec une terrasse et quelques tables abritées sous une tonnelle de plantes grimpantes. Trois ou quatre parties de tringles étaient en cours, sous l'œil attentif de petits groupes de curieux.

– Ce serait une idée, murmura-t-il à Kate en s'arrêtant. S'ils jouent pour de l'argent, je pourrai peut-être me refaire un peu de crédit.

– Tu es très fort ? Excuse-moi. La question est idiote, mais il paraît que la concurrence est assez raide dans le coin.

– Regarde donc ! Ils jouent manuellement !

– Est-ce que ça en fait nécessairement de mauvais joueurs ?

Il la regarda sans rien dire un long moment. Finalement, il murmura :

– Tu sais, Kate, je crois que tu es la fille qu'il me faut.

– J'espère bien, répondit-elle avec une aigreur feinte, en faisant la même grimace qu'à leur première rencontre, le nez froncé et les dents de devant découvertes, comme un lapin. En outre, ajouta-t-elle, je savais que je te plaisais avant que tu ne le saches toi-même, ce qui est une chose rare et à cultiver. Bon, viens, allons ajouter le titre de tringleur professionnel à la liste déjà longue de tes activités.

Ils trouvèrent une table d'où ils pouvaient suivre le jeu tout en mangeant une pizza et en buvant un vin local épais. A peu près au moment où ils finissaient leur repas, un des joueurs voisins se rendit compte qu'il venait de laisser son adversaire franchir la ligne fatidique des cent points d'écart avec un seul triangle très aplati qui couvrait presque toute la largeur de la grille. Pestant contre sa propre incompétence, il abandonna la partie et s'éloigna en grommelant.

Le vainqueur, un petit homme gros et chauve qui portait un tricot de peau d'un rose délavé, se lamenta pour qui voulait l'entendre :

– On n'a pas idée d'être si mauvais perdant, hein ? (Et comme il voyait que Kate lui souriait en hochant la tête :) Dire que j'ai encore une heure à tuer avant de m'en aller... mais... peut-être que l'un de vous voudrait prendre sa place ? J'ai remarqué que la partie vous intéressait.

Le ton et la manière ne laissaient aucun doute. C'était un habitué, l'équivalent de ces joueurs d'échecs qui fréquentaient les salles spécialisées en faisant comme s'ils n'étaient bons à rien jusqu'à ce qu'ils trouvent un pigeon prêt à risquer de l'argent dans une partie.

Eh bien, on y est...

– Volontiers, nous allons faire une partie. Je vous présente Kate, à propos, et je m'ap... – il espérait que son hésitation passerait inaperçue; de toute manière, ce n'était qu'un diminutif courant, et puisque Kate y était habituée... – je m'appelle Sandy.

– Et moi Hank. Asseyez-vous. Vous voulez un handicap ? Je me débrouille pas mal, comme vous avez pu voir.

Il termina sa phrase sur un sourire qui découvrit ses dents.

– Nous jouerons à égalité. Nous verrons pour le handicap quand nous aurons plus d'arguments.

– Très bien, très bien ! Et qu'est-ce que vous diriez... euh... d'un peu de liquidité pour agrémenter la partie ? demanda Hank avec une lueur de convoitise dans le regard.

– Liquidité ? C'est que... Nous venons d'arriver en ville, vous savez. Il faudrait que vous acceptiez du script... si vous êtes d'accord, naturellement... Oui ? Parfait. On pourrait fixer l'enjeu à cent dollars, ça vous va ?

– Absolument, roucoula Hank en se frottant les mains sous la table. Et je propose qu'on fasse les premières parties sur un tempo à tout casser.

La première partie avorta presque tout de suite, chose qui se produisait de temps à autre. Après quelques tentatives infructueuses de triangulation de part et d'autre, ils se trouvèrent dans une impasse et, selon la coutume plutôt que le règlement, décidèrent d'un commun accord de recommencer depuis le début. La seconde fut serrée et Hank la perdit. La troisième fut encore plus serrée. Il perdit encore. L'expiration de son délai d'une heure lui donna une excuse pour se retirer, ennuyé, allégé de deux cents dollars. Entre-temps, plusieurs autres clients étaient arrivés, certains pour jouer – il y avait maintenant une douzaine de parties en cours –, certains pour regarder et évaluer la force des adversaires en présence. L'une des personnes qui venaient d'arriver, une fille dodue avec un bébé dans les bras, s'offrit à prendre la place de Hank et fut battue en douze coups. Deux autres spectateurs, un jeune Noir maigre et un Blanc âgé, sifflèrent d'admiration et le Blanc se glissa promptement à la place de la fille.

Pourquoi est-ce que je me sens si drôle ce soir? Merde, j'y suis. C'est parce que pour une fois je ne joue pas au jeu de Lazare, ni même à celui de Sandy Locke, mais au mien; et je suis bien meilleur que je ne l'aurais jamais soupçonné!

La sensation était vertigineuse. Il avait l'impression de gravir des marches à l'intérieur de sa tête jusqu'au moment où il atteignait un endroit où il n'y avait plus rien d'autre qu'une lumière blanche et pure, qui lui montrait comme s'il avait un don de télépathe ce que son adversaire projetait. Des triangles en puissance se dessinaient sur la grille comme si leurs côtés étaient des tubes de néon. Le Blanc âgé succomba au bout de vingt-huit coups. Il n'était pas encore battu, mais il s'estimait heureux d'abandonner avec un écart de cinquante points qu'il n'avait aucune chance de combler, et céda sa place au jeune Noir en lui disant :

– Morris, je crois que cette fois-ci nous avons trouvé quelqu'un qui peut te donner du fil à retordre.

Des clochettes d'alarme commencèrent à tinter à ce moment-là, mais il s'amusait trop pour y prêter attention.

Le nouveau venu était plus que bon. Il obtint un écart de vingt points dès la première triangulation, et s'appliqua à le préserver. Il y réussit pendant six tours, en manifestant de plus en plus de confiance en soi. Mais au quinzième tour, il dut déchanter. Il avait tenté une nouvelle triangulation, et quand les points secrets furent étalés il ne restait plus rien à faire. Il fut obligé d'afficher sa liste secrète, et au coup suivant il se trouva diminué de toute une section qui valait quatre-vingt-dix points. Son visage tourna au vinaigre et il regarda la totalisatrice en fronçant les sourcils comme s'il la soupçonnait de truquer le score. Puis il rassembla toutes ses ressources pour regagner le terrain perdu.

Il n'y réussit pas. La partie se poursuivit jusqu'à la fin et il perdit de quatorze points. Il se leva, furieux, en faisant claquer son poing au creux de sa main, et s'éloigna en se frayant un passage parmi la vingtaine de spectateurs maintenant rassemblés autour de leur table.

– Ça alors ! s'exclama celui qui était âgé. Ecoutez, euh... Sandy, je sais que je n'ai pas été très brillant devant vous, mais croyez-le ou pas, je suis le secrétaire régional de la Fédération du jeu de Tringles. Si vous êtes capable de vous servir d'un photostyle et d'un écran aussi bien que vous vous servez d'une grille manuelle ! (Radieux, il écarta les mains en un geste qui englobait tout.) Je suppose que vous avez une licence dans la ville d'où vous venez ? Si vous comptez vous établir à Giron-des-Dieux et si vous défendez les couleurs de notre club, je sais qui remportera la coupe fédérale l'hiver prochain. Avec Morris, vous feriez une équipe indestruc...

– Vous voulez dire que c'était *Morris Fagin ?*

Il y eut quelques mouvements de surprise dans le groupe de spectateurs qui les entourait : *Ce pif-là prétend qu'il ne le savait pas ?*

– Sandy, murmura Kate, arrivant à sa rescousse, il se fait tard; encore plus tard pour nous que pour tous ces braves gens.

– Euh... Oui, tu as raison. Veuillez nous excuser, mes amis; nous avons fait une longue route, aujourd'hui.

Il se leva en ramassant les billets sales et peu familiers accumulés sur un coin de la table. Cela faisait des années qu'il n'avait eu en main une si grande quantité de monnaie de papier. A l'église de Toledo, elle était recueillie et comptée par des moyens automatiques. Pour la plupart des gens, les paiements comptant ne dépassaient pas le nombre de pièces d'un dollar qu'on pouvait glisser dans sa poche sans en sentir le poids.

– Je suis flatté, dit-il à l'homme âgé. Mais il faudra me laisser le temps d'y réfléchir. Nous ne faisons peut-être que passer. Nous n'avons pas encore décidé de nous fixer ici.

Il prit Kate par le bras et la guida vers la sortie, horriblement conscient de la sensation qu'il venait de créer. Il entendait déjà son exploit se propager de bouche à oreille.

Pendant qu'ils se déshabillaient, il murmura d'une voix misérable :

– J'ai fait un beau gâchis, n'est-ce pas ?

Admettre qu'il avait gaffé était chose nouvelle pour lui. L'expérience était exactement aussi désagréable qu'il avait imaginé qu'elle le serait. Mais dans sa mémoire résonnait l'écho de ce qu'avait dit Kate sur les gens de Randémont : convaincus qu'ils étaient incapables de se tromper.

Ce n'est pas une réaction humaine. C'est une réaction

de machines dont les vues du monde sont si bien circonscrites qu'elles continuent envers et contre tous à faire la seule chose qu'elles savent, même si ce n'est pas la bonne.

– J'en ai bien peur, dit-elle d'un ton normal, dépourvu de toute critique. Ce n'est peut-être pas ta faute, mais te faire repérer du premier coup par un secrétaire régional de la fédération et battre ensuite le champion en titre de la Côte Ouest... Il faut avouer que tu ne pouvais pas trouver mieux pour faire parler de toi. Excuse-moi, je ne m'étais pas rendu compte que tu n'avais pas reconnu Fagin.

– Tu savais que c'était lui ? s'exclama-t-il, surpris en enlevant son pantalon, une jambe dedans, une jambe dehors. Et tu ne m'as rien dit ?

– Veux-tu me rendre un service ? Avant de me faire ta première scène de ménage, si tu faisais un peu plus connaissance ? Après, tu auras peut-être de quoi mieux justifier tes griefs.

Sa colère s'effaça aussitôt. Il finit de se déshabiller en même temps qu'elle et la prit dans ses bras.

– En tant que personne, je t'aime beaucoup, dit-il en déposant gravement un baiser sur son front. Et je crois qu'en tant que femme, je vais t'aimer tout autant.

– J'espère bien, répondit-elle avec la même gravité. Nous allons peut-être avoir du chemin à parcourir ensemble.

Il s'écarta d'elle, la tenant à bras tendus, les mains posées sur ses épaules.

– Où ça ? Quand ça ?

Il lui était aussi rare d'avouer ses erreurs que de demander un conseil. Et tout aussi désagréable. Mais il faudrait bien qu'il se fasse une raison, s'il voulait se maintenir en surface.

– On y pensera demain, dit-elle en secouant la tête. Il faudra changer de coin, c'est sûr. Mais déjà, nous sommes dans la bonne direction... écoute, il s'est passé trop de choses aujourd'hui. Laissons-nous supercharger, et après une bonne nuit on verra pour les décisions.

Avec une violence abrupte et féline qu'elle semblait avoir empruntée à Bagheera, elle referma ses bras sur lui et planta sa langue acérée – autant que son regard – entre ses lèvres.

UN CHARGEMENT DE BOULES DE CRISTAL

Au XXe siècle nul n'avait besoin d'être un pontifiant pandit pour prédire que, la réussite engendrant le succès, les nations qui avaient eu dès le début la chance d'associer des ressources matérielles considérables à un savoir-faire technologique avancé seraient les premières où les transformations sociales s'accéléreraient au point de se rapprocher dangereusement de la limite de l'endurance humaine. En 2010, dans les pays riches, une des formes les plus courantes de troubles mentaux atteignait des garçons et des filles de seize à dix-huit ans qui, revenant pour la première fois de l'université passer des vacances « à la maison », découvraient que celle-ci était devenue méconnaissable, soit parce que leurs parents avaient déménagé dans un nouveau cadre, en changeant de ville et d'emploi, soit tout simplement parce que – comme ils l'avaient fait des dizaines et des dizaines de fois – ils avaient changé les meubles et la décoration... sans se rendre compte qu'ils ouvraient la porte à ce qu'on appela plus tard « le syndrome de la goutte d'eau ».

Il n'était pas non plus difficile de prévoir que, quelle que fût la quantité de biens matériels dont elles disposaient, les nations où la Révolution industrielle était survenue tardivement connaîtraient des transformations proportionnellement plus lentes. Après tout, les riches font de l'argent et les pauvres des enfants. Ce qui est très bien du moment que beaucoup de ceux-ci crèvent de faim dans les premières années de leur vie.

Ce que beaucoup de gens par ailleurs très bien informés préféraient ne pas prendre en considération, c'était le phénomène baptisé par Angus Porter « le coin et la masse », qui conserva son nom bien après que les pays pauvres eurent cessé, au profit de moyens plus économiques, de fendre leurs bûches par cette méthode. Même si une scie circulaire doit être actionnée par une pédale, c'est tout de même beaucoup plus rationnel. De plus, la ligne de partage est moins aléatoire.

A force de se ramasser des coins en travers de la figure, la société finit par se fendre. Certains firent leur possible pour résister aux coups. D'autres, en grand nombre, préférèrent prendre la tangente. Quelques-uns s'agrippèrent et se laissèrent enfoncer. Les fissures qui résultèrent étaient imprévisibles.

Une chose et une seule préserva l'illusion de l'intégrité nationale. Les fils arachnéens du réseau informatique se montrèrent étonnamment résistants.

Malheureusement, il n'y avait rien de plus solide pour les renforcer.

Les gens avaient l'habitude de trouver une consolation à l'idée que certains objets étaient à portée de la main, aux U.S.A., en Union soviétique, en Suède ou en Nouvelle-Zélande, dont ils pouvaient tirer orgueil : « Nous avons le plus grand... le plus beau... le plus rapide... frammistan de la terre ! » Hélas ! rien n'est durable, et demain cela peut changer. Paradoxalement, donc, ils trouvaient encore plus de réconfort moral à pouvoir dire : « Vous savez, nous avons le protfuck le plus primitif encore en service de tout le monde industrialisé ! »

C'était tellement précieux de pouvoir établir la jonction avec le calme et la stabilité du passé.

Les fissures s'agrandirent. Du plan national, elles passèrent au plan régional, puis municipal, et là, elles rencontrèrent d'autres fissures, qui allaient en sens opposé, et qui étaient nées dans le sein des familles.

— Dire qu'on a sué tout notre sang pour envoyer cet

enfant de salaud à l'université et qu'au lieu de nous remercier il va se faire bronzer le cul dans le Nouveau-Mexique !

(Au lieu de Nouveau-Mexique, lisez à volonté la station de Varna, sur la mer Noire, ou les plages de Quemoy et Matsu où les jeunes Chinois par milliers se plaisaient à passer le temps en s'exerçant à la calligraphie, en jouant au *fan-tan* ou en fumant de l'opium, ou bien encore l'un des cinquante autres endroits où *la dolce vita* avait vidé le contenu de son chalut après l'avoir traîné à travers une nation, un groupe ethnique ou même, dans le cas de l'Inde, un subcontinent tout entier, car pratiquement il n'y avait plus de gouvernement digne de ce nom à Sri Lanka depuis une génération.)

Autant que n'importe quelle autre raison, c'était le sentiment d'un gaspillage énorme de talents exploitables qui avait poussé à la création, sur une échelle précédemment réservée aux seuls armements, d'instituts du génie comme Randémont. Cela dépassait la compréhension de quiconque avait été élevé selon des moules traditionnels de pensée, que des ressources d'une quelconque nature ne fussent pas canalisées et exploitées en vue d'assurer une croissance toujours plus rapide.

Secrets, ces instituts – comme les points invisibles revendiqués dans une partie de tringles – entraînaient nécessairement des conséquences qui de temps à autre se montraient désastreuses.

LA FUITE AU PROCHAIN NUMÉRO

Même après avoir passé deux jours entiers en sa compagnie, Ina Grierson n'en revenait pas de voir à quel point l'émissaire de Randémont lui rappelait le baron Samedi, avec sa peau très noire, son corps squelettique et son visage comme du parchemin tendu sur une tête de mort, à tel point qu'on s'attendait constamment à voir surgir sur ses talons une tribu de Noirs prêts à tout saccager.

Il avait consacré, naturellement, une partie de son temps à interroger Dolorès van Bright, qui avait avoué sans se faire prier l'aide qu'elle avait apportée à Sandy Locke en le prévenant que la commission aurait un membre de plus. Après ça, même l'influence de GTS risquait de n'être pas suffisante pour lui éviter d'aller en prison.

Mais c'était surtout Ina que l'émissaire voulait interroger. C'était elle qui avait fait engager Sandy Locke, et le reste coulait de source.

Elle était terriblement fatiguée de répéter à cet homme inquiétant (qui disait s'appeler Freeman, mais c'était sans doute uniquement pour cette mission) :

– Bien sûr, que je couche avec des hommes dont je ne sais absolument rien! Si je ne couchais qu'avec des hommes que je connais, où serait ma vie sexuelle? Ils finissent toujours par être des salauds.

Tard dans l'après-midi de la seconde journée d'interrogatoire, le sujet de Kate fut abordé. Ina prétendit qu'elle ignorait que sa fille avait quitté la ville. Freeman fut bien obligé de la croire, puisqu'elle n'avait pas encore eu l'occasion de rentrer chez elle pour vérifier le contenu de sa boîte aux lettres enregistreuse. En outre, les voisines de l'appartement du dessous, qui s'occupaient de Bagheera, étaient formelles pour dire que jusqu'au dernier moment, Kate n'avait absolument pas parlé de son intention de partir en voyage.

Mais elle était quand même partie. Envolée vers l'ouest, et qui plus est avec son compagnon. Très probablement un de ses copains d'université, bien sûr : beaucoup de ses amis étaient californiens. Et puis, elle ne s'était jamais cachée pour parler à ses voisines d'un « Sandy Locke » qu'elle qualifiait de « plastique », d' « artificiel », et de quantité d'autres termes péjoratifs. Sa mère confirmait qu'elle avait dit des choses de ce genre, dans des circonstances aussi bien publiques que privées.

Comme il n'y avait aucune trace d'Haflinger, toutefois, ni aucun indice sur l'endroit où il pouvait bien se trouver, et surtout, comme on ne trouvait aucune trace de la moindre utilisation par Kate de son code – ce qui signifiait qu'elle se trouvait probablement dans une zone de compensation légale – Freeman, qui était un homme méthodique, mit les rouages de la machine en action et ne tarda pas à en être récompensé en se trouvant en mesure d'indiquer au FBI que les orcreds avaient débité Kate Lilleberg à Giron-des-Dieux d'une note d'hôtel pour deux personnes.

Très intéressant. On ne peut plus intéressant vraiment.

MENU MILITOURISTE

Il se réveilla comme un ressort, avec en mémoire sa gaffe de la veille plus un certain nombre de détails qu'il eût préféré continuer à ignorer concernant les mœurs des résidents des zones de compensation légale. Leurs allocations fédérales faisaient que peu d'entre eux étaient obligés d'avoir un emploi à plein temps. Ils pouvaient augmenter leurs maigres ressources en louant leurs services – il pensa aux restaurants, qui avaient des cuisiniers et des serveuses – ou en se consacrant à des travaux d'artisanat. Le tourisme dans ce genre d'endroit, cependant, était en déclin, comme si les gens répugnaient maintenant à se rappeler que la plus riche nation de l'histoire n'avait pas été capable de transcender un simple tremblement de terre. Aussi une grande partie des loisirs de Giron-des-Dieux était-elle consacrée à échanger des potins. Dans ces conditions, quelle meilleure aubaine que l'arrivée d'un pif surgi brusquement de nulle part pour écraser le champion de tringles local ?

— Tôt ou tard, tu devras apprendre à coexister avec un fait fondamental de ta personnalité, lui dit Kate par-dessus son épaule tout en se brossant les cheveux devant le seul miroir éclairé de la chambre.

Machinalement, il plia doucement les doigts. Ces cheveux avaient peut-être une couleur très quelconque, mais leur texture était quelque chose de superbe. Ses mains s'en souvenaient, indépendamment de son esprit.

— Lequel ?

— Tu es une personne très spéciale. Autrement, pourquoi t'auraient-ils recruté à Randémont ? Où que tu ailles, tu attireras nécessairement l'attention.

— Je ne peux pas me le permettre !

— Tu n'y peux rien.

Elle posa sa brosse et pivota pour lui faire face. Il était assis, l'air morose, au bord du lit.

— Réfléchis un peu, continua-t-elle. Crois-tu que GTS t'aurait proposé un poste permanent si elle ne t'avait pas trouvé spécial, même déguisé en Sandy Locke ? Et... et *moi !* J'ai tout de suite vu que tu avais quelque chose de particulier, également.

— Toi... grommela-t-il... ton intuition risque de te jouer des tours.

— Plutôt à toi, tu ne crois pas ?

— Tu as sans doute raison.

Il se leva finalement, en s'imaginant qu'il entendait craquer ses jointures. Un tel sentiment de frustration, se dit-il, devait ressembler au poids de la vieillesse : avoir le souvenir précis de ce que signifie agir sans contrainte et jouir de la vie comme elle se présente, tout en étant prisonnier d'un carcan qui vous interdit tout sauf un certain nombre de mouvements mesurés et un régime dicté par les docteurs.

— Je ne veux pas passer ma vie avec des fers, dit-il abruptement.

— Encore le langage de Randémont ! lança-t-elle.

— Qu'est-ce que ça veut dire ?

— Des fers ? Quels fers ? Je n'ai jamais entendu proférer de telles inepties. Y a-t-il un seul cas dans toute l'histoire du monde où quelqu'un d'exceptionnellement doué a pu se persuader que ses dons étaient un handicap ?

– Bien sûr, répliqua-t-il aussitôt. Tu oublies les conscrits qui préféraient se mutiler plutôt qu'obéir à un gouvernement qui leur donnait l'ordre d'aller se battre contre quelqu'un qu'ils ne connaissaient pas ? Leurs dons n'étaient peut-être rien de plus que la jeunesse et la santé, mais c'étaient des dons.

– Je n'appelle pas ça se persuader. J'appelle ça être contraint. Par l'intermédiaire d'un sergent recruteur, revolver sur la hanche...

– C'est pareil ! Ils n'ont fait qu'affiner leurs méthodes !

Il y eut un bref silence chargé d'électricité. A la fin, elle soupira :

– C'est bon. J'abandonne. Je n'ai pas le droit de discuter de Randémont avec toi. Tu y es allé, moi pas. De toute manière, nous n'allons pas nous disputer déjà. Va te doucher et te raser. Ensuite, on tâchera de trouver un endroit pour le petit déjeuner et on parlera de ce qu'on va faire ensuite.

ÊTES-VOUS CETTE PERSONNE ?

Avez-vous eu du mal à vous endormir hier soir ?

Même si vous étiez fatigué bien que vous n'ayez rien fait pour l'être ?

Avez-vous entendu votre cœur ? Battait-il à un rythme anormal ?

Souffrez-vous de maux d'estomac ? Avez-vous l'impression que votre œsophage est noué au milieu de vos omoplates ?

Etes-vous déjà furieux parce que cette annonce enfonce le clou qui est planté sur votre tête ?

Alors, venez à Calm Springs avant de commettre un meurtre ou de devenir fou.

COMPTE À REVERS

– Vous commencez à être troublé par moi, annonça la voix rauque et desséchée.

Les coudes posés sur les bras du fauteuil, comme à son habitude, Freeman joignit le bout de ses doigts.

– Comment cela ? répliqua-t-il.

– Pour commencer, vous avez pris l'habitude de discuter avec moi sur le mode présent chaque jour pendant la dernière séance de trois heures.

– Petite faveur dont vous devriez être reconnaissant. Nos cadrans indiquent qu'il serait risqué de vous maintenir trop longtemps sur le mode régressé.

– Demi-vérité. L'autre moitié réside dans votre oubli d'utiliser le coûteux équipement trivi que vous avez fait installer. Vous vous êtes aperçu que je me portais bien sous des stimuli élevés, mais vous essayez tant bien que mal de vous diriger vers mon seuil inférieur. Vous ne voulez pas me voir fonctionner à plein rendement. Vous pensez que même épinglé comme un papillon sur une plaque de liège, je pourrais être dangereux.

– Je ne pense jamais que mes semblables sont dangereux. Je sais seulement qu'à l'occasion ils peuvent commettre des erreurs dangereuses.

– Vous vous incluez dans le lot ?

– Je suis constamment sur mes gardes contre une telle possibilité.

– Etre sur ses gardes de cette manière constitue en soi un comportement aberrant.

– Comment pouvez-vous dire une chose pareille ? Tant que vous êtes resté pleinement sur vos gardes, nous n'avons pas réussi à vous rattraper. Dans l'optique de vos objectifs, ce n'était pas un comportement aberrant, mais fonctionnel. Finalement, cependant... vous vous retrouvez ici.

– Je me retrouve ici, oui. Fort d'une leçon que vous êtes incapable de méditer.

– Grand bien vous fasse, dit Freeman en se renversant sur son siège. Vous savez, hier soir, je pensais à une nouvelle manière d'aborder le problème – un argument qui peut-être aura raison de votre obstination. Réfléchissez. Vous parlez de Randémont comme si nous avions entrepris brutalement et arbitrairement de faire en sorte que tous les meilleurs cerveaux de la génération actuelle soient recrutés au service du gouvernement. Ce n'est pas cela du tout. Nous ne sommes que la dernière manifestation d'une succession de sous-groupes culturels qui ont évolué de manière autonome pendant la deuxième moitié du siècle dernier. Peu d'entre nous sont équipés pour affronter l'immense diversité et la complexité de l'existence au XXIe siècle. Nous préférons nous identifier à de petites fractions, facilement isolables, de la culture totale. Mais de même que certains individus ne sont capables de faire face qu'à un éventail assez restreint de stimuli, et préfèrent se diriger vers une communauté de montagne, une zone de compensation légale ou même un pays étranger sous-développé, de même certains autres non seulement acceptent parfaitement, mais ont absolument besoin de stimuli à haute dose pour que leurs facultés puissent s'épanouir pleinement. Nous disposons aujourd'hui d'une plus grande variété de choix de styles-de-vie que jamais auparavant dans l'histoire de l'homme. C'est précisément pour cette raison que nos problèmes d'administration sont infiniment plus complexes. Qui doit gérer cette société multiplex ? N'est-il pas logique que la responsabilité échoie à ceux qui s'épanouissent dans les situations compliquées ? Préférez-vous que ce soient des gens de toute évidence incapables de gérer leur propre existence qui se voient chargés d'organiser celle de leurs concitoyens ?

— Vos arguments élitistes sont des plus conventionnels. De vous, j'aurais attendu mieux.

— Elitistes ? Ridicule. Le terme qu'il vous faut, c'est « esthétique ». Une oligarchie consacrée par simple préférence personnelle à la recherche du plaisir artistique de gouverner, voilà ce que nous voulons. Ce serait un assez bon système, ne trouvez-vous pas ?

— A condition de faire partie de l'oligarchie. Vous imaginez-vous au bas de l'échelle, recevant les ordres au lieu de les donner ?

— Parfaitement. C'est même la raison pour laquelle je travaille à Randémont. J'ai l'espoir que de mon vivant se manifesteront des gens si aptes à comprendre la société moderne que je pourrai, ainsi que d'autres comme moi, leur céder la place la conscience nette. En un sens, ce que je désire, c'est contribuer à me mettre au chômage le plus rapidement possible.

— On cède les rênes à des enfants infirmes, hein ?

— Vous êtes obsédé par ces enfants à gestation artificielle ! soupira Freeman. Peut-être serez-vous soulagé d'apprendre que le dernier lot – six en tout – est en parfaite condition physique. Ils courent et sautent, se nourrissent et s'habillent eux-mêmes. Si vous les rencontriez par hasard vous ne les distingueriez pas des enfants ordinaires.

— Alors, pourquoi me le dire ? Tout ce que j'ai enregistré, c'est qu'ils ressemblent peut-être à des enfants ordinaires... mais ils ne le seront jamais.

— Vous avez le don de déformer les choses. Quoi que je puisse vous dire...

— Je trouve le moyen d'appliquer une optique différente. Comme pour votre dernier argument : vous et les autres dont vous parlez, reconnaissez avoir des imperfections. Vous vous cherchez donc des continuateurs supérieurs. Très bien : donnez-moi donc des arguments pour m'empêcher de croire que ces continuateurs ne seront pas tout simplement une projection agrandie de vos propres imperfections présentes.

– Cela m'est impossible. Seuls les résultats peuvent parler.

– Quels résultats avez-vous eus jusqu'à présent? Pourtant, ce ne sont ni le temps ni l'argent qui vous ont manqué.

– Oh, quelques-uns. Dont un ou deux propres à impressionner même les plus sceptiques.

– Ces gosses qui ressemblent à des gosses normaux?

– Non, non. Des adultes en bonne santé comme vous, capables d'accomplir des choses jamais accomplies avant, par exemple se réécrire dans le réseau une identité complètement nouvelle, à partir d'un simple viphone. N'oubliez pas qu'avant d'essayer d'inventer de nouveaux talents, nous avions décidé de rechercher ceux qui avaient jusque-là été négligés. Là, les chances étaient en notre faveur. Nous avons les archives du passé : des descriptions de calculateurs foudroyants, de musiciens capables d'improviser sans faire de fausse note pendant des heures d'affilée, de mnémo techniciens qui retenaient des livres entiers par cœur après les avoir lus une seule fois... Oh! il y a des exemples dans tous les domaines de l'activité humaine, depuis la stratégie jusqu'au bateau dans une bouteille. En nous servant de ces repères, nous essayons de créer des conditions où des talents modernes correspondants puissent s'épanouir.

Il changea nonchalamment de position dans son fauteuil; de minute en minute, sa voix paraissait plus confiante. Il reprit :

– La forme la plus répandue de trouble mental que nous connaissions actuellement, c'est le choc de la personnalité. Nous disposons d'un moyen efficace pour en venir à bout sans drogues ni machines. Nous laissons le malade faire quelque chose qu'il avait envie d'accomplir depuis longtemps mais qu'il n'avait jamais trouvé le courage ou bien l'occasion de placer dans sa vie. Nierez-vous ce résultat?

– Bien sûr que non ! Le continent fourmille d'une côte à l'autre de gens qu'on a forcés à étudier le droit ou la gestion alors qu'ils auraient dû peindre des fresques sur les murs ou faire du violon, ou cultiver leur jardin potager, et qui finalement ont eu leur chance vingt ans trop tard pour que cela puisse les mener où que ce soit.

– Sauf au sentiment d'une identité retrouvée, murmura Freeman.

– Dans quelques cas privilégiés, peut-être. Mais bon, admettons.

– Dans ce cas, laissez-moi vous demander une chose. Supposons que vous n'ayez jamais rencontré Miranda... que jamais vous n'ayez su que nous étions en train de vérifier expérimentalement nos conceptions sur les composantes génétiques de la personnalité... auriez-vous quand même déserté ?

– Je crois que tôt ou tard je me serais enfui de Randémont. La déconnexion se serait faite obligatoirement dans un environnement spirituel capable de conduire à l'utilisation d'enfants infirmes à des fins expérimentales.

– Vous raisonnez comme une girouette. Vous n'avez fait que répéter, ou insinuer, qu'à Randémont les gens sont conditionnés pour ne pas se révolter. Vous ne pouvez pas soutenir en même temps que nous vous aurions encouragé à le faire. (Freeman fit un de ses sourires en forme de tête de mort et se leva pour étirer ses membres engourdis.) Nos méthodes sont expérimentées dans le seul laboratoire possible : celui de la société entière. Jusqu'à présent, elles ont donné d'excellents résultats. Au lieu de les condamner sommairement, vous devriez réfléchir aux autres éventualités. Elles sont toutes bien pires. Vous êtes bien placé, après ce que vous avez enduré l'été dernier, pour comprendre ce que je veux dire. Demain matin, nous repasserons quelques souvenirs adéquats pour voir s'ils peuvent contribuer à vous redresser.

Il fallait qu'ils restent dans une zone de compensation légale. Aussi, pour suppléer les déficiences de leur mémoire, ils se procurèrent un guide touristique vieux de quatre ans qui disait contenir toutes les informations voulues sur les colonies établies après le tremblement de terre. La plupart de ces dernières avaient droit à quatre ou même six pages de texte, plus un grand nombre de photos en couleurs. Précipice était expédié en une demi-page. La carte dépliante comprise dans la brochure n'indiquait qu'une seule route – en mauvais état – qui y passait. Elle reliait Quemadura, au sud, à Pro tempore, situé à une cinquantaine de kilomètres au nord-ouest. Il y avait également une ligne d'autorails électriques, dont les horaires étaient qualifiés d'« irréguliers ». Les différentes communes étaient classées selon le nombre de facilités modernes qu'elles offraient. En queue de liste était Précipice. Parmi les choses que les Précipiciens refusaient, on citait : le réseau informatique, les viphones, les véhicules de surface, à l'exception de ceux qui roulaient sur rails, les aéronefs de toute espèce (à part les dirigeables à hélium ou à air chaud, seulement tolérés), les méthodes modernes de commercialisation et le gouvernement fédéral. Ce dernier point étant déduit du compromis qui leur permettait de payer une taxe annuelle uniforme au lieu de l'impôt sur le revenu, quoique la somme parût ridiculement élevée en regard de l'absence totale d'industrie sur le territoire de la commune, exception faite d'un artisanat naturellement non exporté.

– On dirait une colonie de mennonites, commenta Kate en fronçant les sourcils devant les parcimonieuses explications du guide.

– Impossible. Ils disent qu'ils n'acceptent pas les églises ni les locaux à usage religieux.

Des faits rencontrés par hasard depuis bien longtemps commençaient à lui revenir en mémoire. Il poursuivit, le regard fixé dans le néant :

– J'ai eu l'occasion de m'inspirer des zones de compensation légale lorsque j'étais créateur d'utopies. Il fallait que je trouve le moyen d'introduire une religion dogmatique dans une communauté sans courir le risque de favoriser l'intolérance. Je me suis documenté sur plusieurs de ces villes, mais je me rappelle distinctement avoir ignoré Précipice parce que de toute manière ce n'était pas très important et je n'avais pas le temps de creuser pour chercher des données qui ne paraissaient exister nulle part. Oui, il y avait une chose : une limite de population de trois mille habitants.

– Hein ? Une limite légale de peuplement, c'est ce que tu veux dire ?

Il hocha la tête et elle poursuivit :

– Imposée par qui ? Les citoyens ou le gouvernement de l'Etat ?

– Les citoyens.

– Contrôle de natalité obligatoire ?

– Je n'en sais rien. Je te l'ai déjà dit : Comme il n'y avait pas grand-chose à tirer des banques de données, je n'ai pas pris la peine de chercher plus loin.

– Est-ce qu'ils réexpédient les visiteurs d'où ils viennent par le rail ?

Il eut un demi-sourire.

– Non, c'est une autre chose dont je me souviens. Il s'agit d'une communauté libre, administrée par une espèce d'assemblée municipale, je pense, et tout le monde peut y aller ou même y rester indéfiniment. Simplement, ils n'aiment pas la publicité, et apparemment le simple fait de parler de leur existence à l'extérieur est pour eux de la publicité.

– On y va, dans ce cas, dit Kate d'un air décidé en refermant bruyamment le guide.

– J'aurais la réaction inverse. Se fourrer dans un cul-de-sac... Mais explique-moi pourquoi.

– Précisément parce qu'il y a très peu d'informations dans les banques. Il est impensable que le gouvernement n'ait pas tenté – sans doute par des moyens extrêmement violents – d'assujettir Précipice au réseau, au moins dans la même proportion que Pro tempore et Giron-des-Dieux. Si les citoyens de Précipice sont assez têtus pour résister à de telles pressions, ils sympathiseront peut-être avec tes malheurs de la même manière que moi.

– Hein? sursauta-t-il. Tu voudrais que j'aille leur annoncer ça comme ça?

– Tu n'as pas fini, non? dit Kate, le regard fulgurant, en frappant le sol avec son talon. Par pitié, sors un peu de cette mégalomanie! Cesse de raisonner uniquement en termes de : « Sandy Locke contre le monde entier! » et mets-toi dans le crâne qu'il n'y a pas que toi qui désapprouves l'état de choses actuel. Sinon... – avec un regard plein d'une perçante assurance – sinon, je vais finir par croire que si tu n'as jamais demandé d'aide à personne, c'est par peur de devenir en fin de compte celui qui aide. Tu aimes bien être responsable, n'est-ce pas? Particulièrement de toi-même!

Il prit une profonde inspiration puis vida lentement l'air de ses poumons en prenant soin d'évacuer de force son embryon d'irritation. Il articula finalement :

– Je savais que ce qu'on m'offrait à Randémont sous la dénomination de « sagesse » n'avait rien à voir avec la chose authentique. C'était même tellement loin de la vérité qu'il m'a fallu jusqu'à maintenant pour me rendre compte que je l'ai enfin rencontrée. Kate, tu es la première personne réellement sage que je connaisse.

– Ne m'encourage pas à croire une chose pareille. Si jamais je te prenais au sérieux, j'en tomberais raide en mettant un pied devant l'autre.

OUBLIETTE

A peu près à ce moment-là, le sinistre émissaire de Randémont en avait terminé avec Ina Grierson et la laissa rentrer chez elle, trébuchante de lassitude. Avant de se coucher, toutefois, il y avait une chose qu'il fallait qu'elle sache et que Freeman avait refusé de lui dire :

Qu'est-ce que Sandy Locke avait de si cataclysmique ?

Elle n'était pas la plus experte des souris d'informathèque; néanmoins, sa situation à la tête du département d'embauche des cadres temporaires lui donnait accès aux dossiers des employés de GTS. Fébrilement, elle composa le code qui commençait par 4 GH.

L'écran demeura vide.

Elle essaya tous les moyens auxquels elle put penser pour se donner accès aux données qu'elle cherchait, y compris certains qui étaient au bord de l'illégalité bien qu'ils n'enfreignissent à proprement parler aucun des règlements édictés par le Bureau Fédéral de l'Informatique, qui en général fermait les yeux sur ce genre de chose.

Le résultat, invariablement, fut le même écran vide.

Au commencement, elle se mordilla l'ongle; un peu plus tard, elle commença à le ronger. A la fin, elle dut s'enfoncer deux doigts pliés entre les dents pour s'empêcher de geindre de terreur et d'accablement.

Si toutes ses tentatives avaient échoué, cela ne pouvait signifier qu'une seule chose : Sandy Locke, du moins en ce qui concernait le réseau informatique, avait été rayé du genre humain.

Pour la première fois depuis qu'elle avait connu sa première peine de cœur à dix-sept ans, Ina Grierson s'endormit en pleurant.

POUR TOUS LES PLEURS DU MONDE UNE ÉPAULE

Ils se rendirent donc à Précipice, où il n'y en avait pas le moindre. La ville était bâtie sur un terrain on ne peut plus plat pendant des kilomètres, une étendue de limon meuble mais stable apporté par quelque rivière depuis longtemps disparue. Aujourd'hui, deux ou trois cours d'eau de modeste taille sinuaient à travers la plaine entourée sur trois côtés de collines érodées. Leur versant était si doux que pour les tirer de leur sommeil géologique, il eût fallu la violence d'un cataclysme capable de déchiqueter la Californie tout entière.

Ils étaient montés à Transit dans l'autorail « irrégulier ». Pour cause! Comme ils l'apprirent de la bouche même du conducteur, un homme corpulent, toujours le sourire aux lèvres, portant short, sandales et lunettes de soleil, une ordonnance locale enjoignait de céder le passage à tout ce qui était à pied, à cheval ou à bicyclette, sans oublier les animaux de ferme ni les véhicules agricoles. En outre, en faisant la dernière boucle qui contournait Précipice proprement dit, l'engin devait s'arrêter à la demande pour laisser monter ou descendre les voyageurs. Ceux-ci, il va sans dire, ne se faisaient pas faute d'utiliser le privilège tous les cent mètres et quelques.

Les gens du coin dévisageaient sans vergogne les deux étrangers. Ceux-ci, de moins en moins à l'aise, s'apercevaient qu'ils avaient négligé un problème de taille qui se posait à ceux qui voyageaient dans les zones de compensation légale. Comme tout le monde, ils étaient habitués à toutes sortes de commodités du style-de-vie banane qui, en théorie, rendaient superflu le besoin d'emporter des bagages. Dans n'importe quel hôtel, on trouvait des nettoyeurs ultrasoniques de vêtements capables de débarrasser en cinq minutes même le plus encombrant des habits du mélange de crasse et de poussière qui le recouvrait. Et comme, au bout d'un certain nombre de traitements énergiques de ce genre, le tissu commençait à être sérieusement élimé, il y avait d'autres appareils qui récupéraient les fibres, vous créditaient dûment pour cela et vous livraient un autre vêtement exactement de la même taille mais d'une couleur et d'un style légèrement différents, puis vous débitaient de la somme correspondant au textile et au travail fournis. A Giron-des-Dieux, ils n'avaient trouvé rien de semblable.

Avant leur départ de K.C., Kate avait raflé au passage quelques objets de toilette, y compris un vieux rasoir à têtes alternatives oublié chez elle par un de ses amis, mais ils n'avaient pas pensé à se munir de vêtements de rechange. Le résultat, c'est qu'ils avaient l'air, et bien pis, le sentiment d'être sales. Avec en plus tous ces regards continuellement posés sur eux, ils commençaient à devenir nerveux.

En fait, cela aurait pu être pire. Dans beaucoup d'autres endroits, les gens se seraient sentis obligés de poser des questions hostiles à des vagabonds dont les vêtements fripés comme s'ils avaient dormi avec semblaient constituer la seule possession. Les bagages avaient beau être en voie de disparition, la liste des objets jugés indispensables par la plupart des gens avait depuis longtemps atteint le stade où les représentants des deux sexes devaient emporter avec eux, presque dans tous leurs déplacements, une bourse de bonne taille.

Jusqu'à la fin du voyage, cependant, aucun des occupants de l'autorail, à l'exception du conducteur qui les avait renseignés, ne leur adressa la parole autrement que pour les saluer.

Ils avaient eu le temps d'admirer la région et le spectacle les impressionnait. Les riches terres alluviales étaient efficacement cultivées. Irrigués par des canaux que surmontaient des pompes éoliennes, des vergers, des champs de maïs et des parcelles d'un demi-hectare de cultures maraîchères scintillaient au soleil. Cela, à la rigueur, on aurait pu le voir partout. Mais ce qui semblait bien plus extraordinaire, c'étaient les constructions. Elles étaient virtuellement invisibles. Comme des perdrix dissimulées dans l'herbe, certaines éludaient totalement le regard jusqu'à ce qu'un subtil changement d'angle révèle une ligne trop droite pour ne pas être artificielle, ou un reflet de soleil sur le verre noir d'un capteur d'énergie solaire. Le contraste avec les fermes modernes typiques, qui ressemblaient à des usines autour desquelles les granges standard et les silos préfabriqués en béton et aluminium étaient répartis au petit bonheur, était véritablement sidérant.

Il se pencha vers Kate pour murmurer :

– J'aimerais savoir qui a conçu ces fermes. Ce ne sont pas des baraques construites en vitesse par des réfugiés paniqués. On dirait plutôt le genre de paysage dont rêverait un milliardaire misanthrope, mais qu'il ne pourrait se payer ! As-tu déjà vu quelque part quelque chose d'aussi bien fait ?

– Même pas à Pro tempore, que j'ai pourtant beaucoup aimé, fit-elle en secouant la tête. Je suppose que leurs premières installations de fortune n'ont pas tenu le coup, et qu'ils ont décidé de bien faire les choses la seconde fois, quand ils étaient plus calmes.

– Mais ce n'est pas seulement *bien*. C'est *extraordinaire*. Il est impossible que la ville elle-même réponde à des critères de cette qualité ! Est-ce qu'on l'aperçoit déjà, à propos ?

Kate tendit le cou pour regarder par-dessus l'épaule du conducteur. En la voyant faire, une femme d'âge mûr, vêtue de bleu marine, assise sur la rangée de sièges qui était en face d'eux, demanda :

– C'est la première fois que vous venez à Précipice ?

– Euh... oui, la première fois.

– Je me disais bien que je ne vous avais jamais vus. Vous restez, ou bien vous ne faites que passer ?

– On peut rester si on veut? Je croyais que vous aviez une limite de population.

– Oh, bien sûr; mais nous sommes à moins deux cents pour l'instant. Et malgré tout ce que vous avez pu entendre dire, fit-elle en accompagnant cette remarque d'un large sourire, nous aimons bien voir de nouvelles têtes de temps en temps. Point trop n'en faut, bien sûr. A propos... Je m'appelle Polly.

– Et moi Kate. Lui c'est...

– Alexandre, glissa-t-il habilement. Sandy pour les amis. Mais dites-moi. J'étais juste en train de me demander qui a construit ces fermes. Je n'ai jamais vu de bâtiments qui s'intégraient si magnifiquement dans le paysage.

– Ah! Justement, j'allais vous le conseiller, il faudrait que vous alliez voir la personne qui s'occupe de presque toutes les constructions. C'est notre shérif en même temps. Il se nomme Ted Horovitz. Vous n'avez qu'à descendre à la Route des Moindres Carrés et vous diriger vers le sud jusqu'à ce que vous arriviez Place de l'Ecart-Type. Demandez simplement Ted. S'il n'est pas dans le coin, voyez notre maire, Suzy Dellinger. Vous vous rappellerez? Parfait. Bon, il faut que je descende. On se reverra bientôt, j'espère.

Elle alla se mettre près de la porte.

– Route des Moindres Carrés? Place de l'Ecart-Type? répéta Kate malgré elle. C'est quoi, c'est une plaisanterie?

Il y avait à ce moment-là quatre autres voyageurs avec eux. Ils sourirent tous. Le conducteur lui expliqua par-dessus son épaule :

– Vous ne saviez pas? On aime beaucoup la plaisanterie, ici. Il y en a plein les rues.

– Un peu savantes, ces plaisanteries, vous ne trouvez pas?

– Sans doute. Mais elles commémorent la manière dont Précipice a débuté. De toutes les personnes que la Catastrophe de la Baie a poussées à l'exode, ce sont celles qui sont venues ici qui ont eu le plus de chance. Vous avez déjà entendu parler de Claes College ?

Kate explosa juste au moment où il allait répondre non.

– Vous ne voulez pas dire que c'était *ici,* la fameuse *Catastropheville, U.S.A.* ?

Elle s'était à moitié levée de son siège tant elle était remplie d'excitation. Au détour de la large courbe que décrivait la voie ferrée, on apercevait maintenant les premières maisons de la ville. Même de prime abord, il semblait que la promesse établie par les fermes de tout à l'heure fût tenue. En tout cas, rien ne rappelait pour le moment l'inorganisation indifférente que l'on trouvait à la périphérie de tant d'agglomérations modernes. Ici, il y avait une véritable démarcation : zone rurale d'un côté, urbaine de l'autre. Ou plutôt non, après tout. La frontière était plus subtile. Comme... comme...

Une vieille expression lui vint à l'esprit : *un tableau fondant.*

Mais il n'avait aucune chance de démêler ses premières impressions confuses, car Kate était en train de le secouer par la manche :

– Sandy... ! Tu as sûrement déjà entendu parler de Claes... ? Jamais ? Ça c'est incroyable ! (Elle se rassit sur la banquette et lui fit un topo rapide.) Claes College a été fondé vers 1981 pour raviver la tradition médiévale du nom, c'est-à-dire créer une communauté de savants partageant leurs connaissances sans tenir compte des frontières arbitraires entre les disciplines. L'expérience n'a pas duré. Seulement quelques années. Mais un monument est resté. Quand le Tremblement de Terre de la Baie s'est déchaîné, ils ont laissé tomber toutes leurs activités et sont partis en bloc aider les survivants. C'est là que l'un d'entre eux a eu l'idée de proposer une étude collective des différentes forces sociales en jeu dans la période postcataclysmique, de sorte que si un événement de ce genre devait se reproduire un jour, les pires tragédies puissent être évitées. Le résultat fut une série de monographies connues sous le titre : *Catastropheville, U.S.A.* Je suis étonnée que tu n'en aies jamais entendu parler. (Elle se pencha brusquement vers le conducteur :) En fait, presque personne n'en a entendu parler ! Chaque fois que je mentionne ce nom, les gens restent sans réaction. Pourtant, ce n'est pas seulement quelque chose de vital... c'est quelque chose d'unique !

– On voit que vous ne connaissez pas Précipice, dit le conducteur. Ici, on n'apprend que ça à l'école. Demandez un peu à Brad Compton, le bibliothécaire, de vous montrer nos éditions originales. (Il serra brusquement les freins.) On est arrivés Route des Moindres Carrés !

Cette route devait peut-être aussi son nom aux arbres rabougris qui bordaient le chemin serpentant au milieu des... maisons ? Il fallait bien que ce soient des maisons, mais elles n'étaient pas que cela. Elles avaient un toit (mais jamais à quatre côtés), des murs (pour autant qu'on pût les entrevoir au milieu des masses de plantes grimpantes) et sans doute des portes, qu'on ne voyait pas de l'endroit où ils étaient descendus de l'autorail... déjà hors de vue et d'ouïe, malgré sa lenteur, perdu dans un tunnel de verdure.

– Elles sont comme les fermes ! souffla Kate.

– Non, dit-il en faisant claquer ses doigts. Il y a une différence, et je viens de voir ce que c'est. Les fermes... elles sont un élément du paysage. Mais ces maisons *constituent* le paysage.

– Tu as raison, dit Kate, dont la voix était empreinte de respect. J'ai une impression totalement ridicule... je serais prête à croire que l'architecte qui a été capable de faire cela...

Les mots s'éteignirent dans sa gorge.

– Un architecte capable de faire cela pourrait bâtir une planète, dit-il brièvement en lui prenant le bras pour la faire avancer.

Le chemin sinuait mais était assez plat pour qu'on puisse y circuler à bicyclette ou y pousser une charrette. Il était revêtu de grosses dalles en pierre de la région. A un moment donné, ils passèrent devant une pelouse dont le vert était mordoré par les rayons obliques du soleil. Elle la lui montra.

– Pas un jardin, dit-elle. Mais une clairière.

– Exactement !

Il porta la main à son front, comme s'il allait tout d'un coup vaciller. Alarmée, elle lui agrippa le bras.

– Sandy, tu ne te sens pas bien ?

– Oui... non... oui... Je ne sais pas; mais ce n'est rien, rassure-toi, bredouilla-t-il, les bras pendants, clignant des yeux dans une direction puis dans l'autre. Ça vient de me frapper. Nous sommes dans une *ville,* c'est bien ça ? Pourtant, on n'en a pas l'impression. Je sais seulement que c'est une ville parce que... Dis-moi... Quand tu étais dans l'autorail et que tu as vu cet endroit, est-ce que tu aurais pu le confondre avec un autre ?

– Pas la moindre chance. Hmmm..., réfléchit-elle, les yeux ronds d'étonnement. C'est un drôle de truc, hein ?

– Oui, et si je ne comprenais pas que l'effet est thérapeutique, je crois que cela me rendrait furieux. Les gens n'aiment pas qu'on se moque d'eux, hein ?

– Thérapeutique ? fit-elle en fronçant les sourcils. Je ne te suis plus.

– Désintégration des ensembles. Nous avons l'habitude de nous servir d'ensembles intégrés au lieu de percevoir ce qui se trouve devant nos yeux – ou nos oreilles, ou nos mains, à vrai dire. Nous intégrons un ensemble appelé « ville », un autre « cité », un autre « village »... en oubliant la plupart du temps qu'il existe une réalité dont s'inspiraient ces ensembles à l'origine. Nous sommes trop pressés. Si cet effet est représentatif de Précipice, pas étonnant qu'ils lui consacrent si peu de place dans ton guide. Les touristes seraient incapables d'absorber des doses aussi massives de perception à retardement. J'ai vraiment hâte de rencontrer ce froc, Horovitz. En même temps qu'un bâtisseur et un shérif, je crois que ce doit être un...

– Un quoi ?

– Un quelque chose d'autre. Quelque chose, peut-être, que je n'ai pas de mot pour décrire.

La Place de l'Ecart-Type n'était pas tout à fait carrée. Elle formait plutôt un quadrilatère circulaire déformé, mais qui comprenait tous les éléments nécessaires à un espace public urbain. Elle était bien plus étendue qu'ils ne l'avaient cru au début, c'est ce qu'ils constatèrent en la traversant. Une partie, en ce moment déserte, était dallée et décorée de grandes urnes fleuries; une autre, qui faisait penser à un parc austère, avait des allées miniatures; une troisième section descendait en pente douce jusqu'à un plan d'eau, un bassin plus qu'un lac, situé à trois ou quatre mètres au-dessous du niveau moyen du terrain. De sa rive montait un escalier aux courbes élégantes. Il y avait là de l'animation : quelques vieillards assis sur un banc au soleil, deux ou trois parties de tringles avec l'inévitable cercle de curieux autour des joueurs, et tout en bas, au bord de l'eau, un couple d'ados surveillant d'un regard indulgent mais attentif quelques enfants tout nus qui s'ébattaient joyeusement à la poursuite d'une balle plus grosse que deux de leurs têtes réunies.

Tout autour de la place, il y avait des maisons de hauteurs différentes reliées les unes aux autres par leurs toitures en pente, et trouées de passages sans lesquels elles auraient formé une façade d'un seul tenant. Ces passages eux-mêmes étaient surmontés de ponts à hauteur du premier étage, et chaque pont était orné de délicates sculptures sur pierre ou sur bois.

– Mon Dieu, fit Kate en retenant son souffle. C'est incroyable. Ici, ce n'est plus une ville. C'est un village !

– Qui pourtant contient implicitement les éléments de la cité... la Grand-place, Plaza Mayor, le Pont de Londres... c'est véritablement fantastique... et regarde un peu les maisons... elles sont écotarciques, tu ne vois pas ? Toutes, sans exception. Je ne serais pas surpris d'apprendre qu'elles fonctionnent à l'énergie géothermique.

– Tu as raison ! fit-elle en pâlissant un peu. Je ne l'avais pas remarqué. Ce terme, écotarcique... il fait penser à une série de cellules, toutes les mêmes, dans un rayon de miel. Nous avons plusieurs communautés écotarciques autour de K.C. Elles n'ont pas plus de caractère qu'une fourmilière.

– Essayons de voir le shérif le plus vite possible. Il y a tant de questions que j'aimerais lui poser... Excusez-moi ! fit-il en s'approchant d'un groupe autour d'une partie de tringles. Où pourrions-nous trouver Ted Horovitz ?

– Au bout de cette allée, répondit un des spectateurs. Première porte sur votre droite. S'il n'est pas là, voyez le bureau du maire. Je crois qu'il a une réunion avec Suzy aujourd'hui.

De nouveau, lorsqu'ils s'éloignèrent, ils sentirent les regards posés sur leur nuque. Comme si les visiteurs étaient rares à Précipice. Alors qu'au contraire il aurait dû y en avoir des milliers, des millions même. Pourquoi cette petite ville n'était-elle pas connue du monde entier ?

– Bien que évidemment, si elle était célèbre...

– Tu m'as dit quelque chose ?

– Non, pas exactement... Je crois que nous sommes arrivés. Monsieur Horovitz ?

– Donnez-vous la peine d'entrer !

Ils obéirent et se retrouvèrent dans une salle assez extraordinaire, d'au moins dix mètres de long, meublée plutôt conventionnellement d'une table et de quelques sièges, avec un peu partout des supports divers bourrés de livres et de cassettes. Ce qui était extraordinaire, c'était qu'on se serait cru dans une clairière entourée de fougères lumineuses ou encore au milieu d'une caverne située derrière une cascade et tapissée de rideaux de végétation phosphorescente plutôt que dans un bureau. Une lumière viride, renvoyée par des panneaux doucement balancés par le vent derrière des baies polygonales, miroitait sur des surfaces floquées douces comme de la mousse.

Un homme aux épaules massives, vêtu d'un bleu aux larges poches d'où émergeaient des outils, travaillait à un établi dont la surface était lustrée par un long usage. Il se retourna à leur arrivée en déposant sur l'établi un objet en bois aux contours d'abord mystérieux puis soudain familiers : un tympanon.

Au même instant, quelque chose bougea, émergeant de l'ombre de l'établi. C'était un chien, un énorme animal aux mouvements lents et gracieux, qui peut-être avait compté parmi ses ancêtres un danois ou un lévrier irlandais, peut-être un esquimau ou un indien... avec en plus quelque chose d'étrange, car sa calotte crânienne était anormalement arrondie en hauteur et ses yeux, enfoncés, paraissaient bizarrement peu canins.

Les doigts de Kate se refermèrent comme un étau sur son bras et il l'entendit pousser un petit cri étouffé.

– Inutile de vous inquiéter, fit une voix retentissante, une demi-octave plus bas que la conformation physique du personnage n'aurait pu le laisser deviner. Vous n'avez jamais vu de chien comme ça, hein ? Vous êtes bons pour une petite expérience éducative. Il s'appelle Natty Bumppo. Restez sans bouger un instant pendant qu'il vous contrôle. Désolé, mais c'est la procédure habituelle pour tous les étrangers. Qu'est-ce que tu en dis, Nat ? Drogue... excès d'alcool... quelque chose d'anormal, à part une légère frousse ?

Le chien retroussa ses babines pendantes, prit une longue et lente inspiration et secoua la tête d'un mouvement brusque en émettant un faible grondement. Gracieusement, il posa sur le sol son arrière-train massif, sans quitter des yeux les nouveaux arrivants.

Les doigts de Kate se décrispèrent, mais elle était tremblante.

– Il dit que ça peut aller, annonça Horovitz. Je comprends assez bien ce sacré froc, voyez-vous, mais sans doute pas aussi bien qu'il comprend les humains. Bon, asseyez-vous ! fit-il en indiquant d'un geste une banquette voisine. (Il se laissa tomber dans un fauteuil qui lui faisait face et sortit d'une de ses immenses poches une pipe au fourneau noirci.) Que puis-je faire pour vous ? reprit-il.

Ils se regardèrent, gênés. Soudain décidée, Kate parla :

– Nous sommes arrivés jusqu'ici plus ou moins par hasard. Nous étions à Giron-des-Dieux, et avant cela j'ai connu Pro tempore. Aucune de ces villes ne soutient la comparaison avec Précipice. Nous aimerions rester ici quelque temps.

– Mmm... D'accord... probablement. (Il fit un geste à l'intention du chien :) Nat, sois gentil, va dire aux conseillers municipaux que nous avons des candidats.

Natty Bumppo se dressa, renifla une dernière fois les étrangers et se dirigea tranquillement vers la porte. Celle-ci était munie d'une poignée qu'il savait ouvrir tout seul. Il la referma aussi soigneusement.

Tout en suivant des yeux l'animal, Sandy déclara :

– Nous avons oublié de nous présenter.

– Kate et Sandy, murmura Horovitz... J'étais au courant de votre visite. Polly Ryan m'a dit qu'elle vous avait rencontrés dans l'autorail.

– Elle a dit... euh... ?

– Je suppose que vous avez entendu parler du téléphone. Nous l'avons. Malgré les apparences. Peut-être que vous avez lu ce qu'ils disent de nous dans cet ignoble guide – il pointa un doigt accusateur sur la brochure qui dépassait de la poche de Kate – mais ce que nous n'avons pas, c'est le viphone public. Les feds sont derrière nous depuis des années pour nous raccorder au réseau sur la même base de redevance que les autres communautés de compensation légale. Cependant, pour faire plaisir à leurs ordinateurs, il faut leur offrir des circuits dont la bande passante correspond à celle du viphone. Oh, ils donnent toutes sortes de raisons persuasives... ils ne cessent de nous rappeler comment Transit a failli tomber entre les mains d'un syndicat du crime; comment presque tout le monde a Ararat s'est fait duper par un faux prédicateur recherché dans sept Etats différents pour escroquerie et abus de confiance... mais nous préférons rester en dehors et résoudre tout seuls nos problèmes. Ils ne peuvent pas nous forcer à nous raccorder tant que les impôts que nous leur versons dépassent nos allocations de compensation. Alors, en principe, pas de viphone. Mais ne croyez pas que nous soyons pour autant à la traîne. Si nous avons grosso modo la taille d'une cité marchande de la fin du Moyen Age, nous disposons à peu près de cent fois plus de commodités.

– Ainsi, vous avez réussi à prouver que le système écotarcique est rentable! fit Sandy en se penchant en avant avec animation.

– Tiens, vous l'avez remarqué? Très intéressant. La plupart des gens ont des idées préconçues sur l'architecture écotar; il faut que les matériaux soient de série, qu'il y ait une taille et une forme standard. Si vous en voulez de plus grands, vous en mettez deux bout à bout. En réalité, comme vous dites, une fois que vous avez vraiment compris le principe, vous vous apercevez que vous avez éliminé sans le vouloir la plupart de vos frais généraux. Est-ce que l'un de vous a déjà visité Trianon?

– Seulement pour aller chez des amis, dit Kate.

– Ils se vantent de fonctionner avec un taux de rendement énergétique de soixante-quinze pour cent, et il leur faut quand même une subvention annuelle de GTS parce que le gaspillage est inhérent à leur structure. Nous avons un taux de quatre-vingts à quatre-vingt-cinq pour cent. Il n'existe pas une seule autre communauté sur la planète qui fasse mieux.

En appendice à cette remarque, Horovitz avait ajouté un sourire à moitié gêné, comme pour écarter toute suspicion d'outrecuidance.

– Et c'est vous qui avez réalisé tout cela? demanda

Sandy. Cette femme à qui nous avons parlé – Polly – nous a dit que vous étiez responsable de l'architecture.

– Bien sûr, mais le mérite ne m'en revient pas. Ce n'est pas moi qui ai inventé les principes, ni trouvé le moyen de les mettre en œuvre. C'est...

– Oh, oui ! intervint Kate. Le conducteur de l'autorail nous a dit que *Catastropheville, U.S.A.*, c'était ici à l'origine !

– Vous avez entendu parler de cela aussi ? fit Horovitz en laissant presque tomber la blague à tabac qu'il venait de sortir pour bourrer sa pipe. Eh bien ! Ils n'ont donc pas tout à fait réussi à revisser le couvercle !

– Euh... Que voulez-vous dire ?

Il eut un grognement bourru, puis un haussement d'épaules :

– D'après ce que j'avais compris, si vous interrogez le réseau sur *Catastropheville* ou sur quoi que ce soit qui touche à Claes College, ils font tout pour vous dissuader d'insister. Par exemple, en vous répondant : « Données réservées aux étudiants spécialisés. » Du moins, c'est ce que m'a dit Brad. Notre bibliothécaire, Brad Compton.

– Mais c'est affreux ! s'écria Kate en ouvrant de grands yeux. Je n'ai jamais pensé, moi-même, à demander ces informations. Mon père avait une série complète de monographies. Je les ai lues très tôt. Mais est-ce que ce n'est pas important, qu'un des projets dont ils avaient rêvé à Claes ait donné naissance à une communauté qui fonctionne ?

– Oh ! je ne dirai pas le contraire. Quel shérif ne serait pas de cet avis, avec un taux de criminalité pratiquement égal à zéro ?

– Parlez-vous sérieusement ?

– Uhu. Nous n'avons encore jamais eu de meurtre, et cela fait deux ans que personne n'a dû être hospitalisé à la suite d'une bagarre. Quant aux vols... disons qu'ils ne font pas partie des coutumes locales. De temps en temps, il y a quelques bavures d'importation, mais je puis vous assurer qu'il n'y a pas d'avenir là-dedans, ni dans un sens ni dans l'autre.

Kate articula lentement :

– Ne me dites rien. Laissez-moi deviner. Cet endroit où nous sommes est la raison pour laquelle Claes a été abandonné ? Les gens qui avaient quelque chose dans la cervelle sont restés ici au lieu de rentrer chez eux ?

Horovitz fit un large sourire :

– Ma petite, vous êtes la première personne de passage que je connaisse qui ait compris ça sans qu'on ait eu besoin de lui faire un dessin. Vous avez touché juste. Précipice a écrémé Claes College de ce qu'il avait de meilleur. Le reste s'est dissous dans la nature. Si vous me demandez pourquoi, je pense que c'est parce que seuls les gens qui prenaient leurs propres idées suffisamment au sérieux étaient prêts à faire réellement face à leurs responsabilités. Et au ridicule qui risquait de s'y attacher, également. N'oubliez pas qu'à la même époque, d'autres colonies de réfugiés étaient en butte aux agissements d'escrocs sans scrupules et de prédicateurs bidon – comme nous le disions tout à l'heure – et qu'il fallait avoir une foi spéciale pour croire qu'une folle mixture composée de petits morceaux de Ghirardelli, de Portmeirion, de Valencia, de Taliesin et Dieu sait quoi encore avait la moindre chance de réussir là où tout le reste échouait !

– Vous devez nous trouver particulièrement sympathiques, dit brusquement Sandy.

Horovitz le dévisagea sans comprendre.

– Vous dites ?

– Je n'ai jamais vu une façade s'écrouler si vite. Le genre : « hospitalité champêtre », je veux dire. Ça ne vous allait pas, de toute manière. Ce n'est pas une grande perte. Mais à part shérif et bâtisseur, qu'êtes-vous réellement ? C'est-à-dire, comment avez-vous débuté ?

Horovitz abaissa les coins de sa bouche en une lugubre parodie de désespoir :

– Je plaide coupable, Votre Honneur, dit-il au bout

d'un instant de silence. Bien sûr, je me considère comme un enfant du pays, mais je possède un doctorat d'interaction sociale de l'université d'Austin, Texas, et une maîtrise de technologie structurelle de celle de Columbia. Ce qui n'est pas une chose que j'admets volontiers devant des étrangers, particulièrement quand ils sont un peu trop brillants, car ils ont tendance à venir ici pour toutes sortes de mauvaises raisons. Ce qui nous intéresse, c'est d'être fonctionnels, et non d'être disséqués sans arrêt par des hordes d'anthropologistes culturels.

– Combien de temps allez-vous attendre avant de devenir célèbres ?

– Hum ! Vous ne manquez pas de perceptivité, hein ? Mais une bonne question appelle une bonne réponse. Disons qu'un demi-siècle sera suffisant.

– Survivrons-nous aussi longtemps ?

Horovitz secoua pesamment la tête.

– Cette question-là, mon cher ami, personne ne pourrait y répondre.

La porte s'ouvrit brusquement. Natty Bumppo était de retour. Il donna au passage un coup de mufle affectueux à Horovitz. Derrière lui arrivait une grande femme noire imposante, vêtue d'un chemisier voyant et d'un pantalon serré, qui donnait le bras à un Blanc corpulent, très bronzé, en short et sandales comme le conducteur de l'autorail.

Horovitz présenta Suzy Dellinger, le maire, et Brad Compton. Ils remplissaient pour un an l'office de conseillers municipaux. Ils écoutèrent dans un silence attentif la version condensée mais précise que leur donna Horovitz de sa conversation avec Kate et Sandy. Quand ce fut terminé, Brad Compton posa une question surprenante :

– Est-ce que Nat est d'accord ?

– On dirait, grogna Horovitz.

– Dans ce cas, fit Brad Compton, je pense que nous

avons trouvé des locataires pour la maison Thorgrim. N'est-ce pas, Suzy ?

– Mais bien sûr, fit cette dernière en se tournant vers Kate et Sandy. Pourquoi pas ? Bienvenue à Précipice ! Quand vous retournerez vers la Place, prenez la deuxième allée sur votre droite, c'est le Chemin des Ecoliers. Continuez tout droit jusqu'à ce que vous tombiez sur la Route du Grand Cercle. La maison qui fait coin sur la gauche est à votre disposition pour tout le temps que vous voudrez.

Il y eut quelques instants d'incrédulité muette. Puis Kate s'écria :

– Attendez ! Vous allez trop vite pour nous. Je ne sais pas exactement ce que Sandy compte faire, mais moi je dois rentrer à K.C. dans quelques jours. Vous semblez avoir décidé de faire de moi une résidente à titre permanent !

– Et qui plus est, renchérit Sandy, sur les conseils d'un chien ! Même s'il est modé, je ne vois pas comment...

– Modé ? intervint Horovitz. Non, Natty n'est pas un chien modifié. Je suppose que son arrière-arrière-arrière-grand-père a été tripoté un peu, mais lui a grandi exactement comme il est né. J'admets cependant qu'il est de loin le meilleur de sa portée.

– Vous voulez dire qu'il y en a d'autres comme lui à Précipice ? s'étonna Kate.

– Environ deux cents à l'heure actuelle, expliqua Suzy Dellinger. Ce sont les descendants d'une meute qui est arrivée ici en 2003. Il y avait un jeune mâle accompagné de deux chiennes fertiles, chacune avec quatre chiots. Une vieille femelle stérile les guidait. Elle avait été castrée. Doc Squibbs – c'est notre vétérinaire – a toujours soutenu qu'ils s'étaient échappés d'un centre de recherches quelconque, afin de trouver un endroit où ils seraient mieux traités. C'est-à-dire ici. Ils sont formidables avec les enfants. Ils parlent presque littéralement. Si seulement ils vivaient un peu plus longtemps, ils seraient parfaits. L'ennui, c'est qu'ils ne dépassent pas sept ou huit ans, ce qui n'est pas juste du tout, n'est-ce pas, Nat ?

Elle se pencha pour gratter Natty Bumppo derrière les oreilles. Nonchalamment, il frappa le sol de sa queue touffue.

– Mais nous avons des amis qui travaillent sur cette question, poursuivit-elle. Nous espérons accroître leur longévité.

Nouveau silence. Rompu par Sandy, qui déclara d'un ton décidé :

– Bon. Supposons que vos chiens fassent des miracles. Je ne vois pas en quoi ça vous permet de nous attribuer une maison, sans même nous demander ce que nous comptons faire pendant notre séjour...

Brad Compton éclata soudain d'un rire bruyant. Puis il porta, confus, sa main à sa bouche.

– Ne lui en veuillez pas, dit Horovitz. Mais je pensais que nous avions déjà abordé ce sujet. M'avez-vous mal compris ? Je vous ai dit que nous offrions cent fois plus de services qu'une ville médiévale de notre taille. Ne croyez pas que vous arrivez comme cela, que vous occupez une maison et que vous vivez sur vos rentes fédérales jusqu'à la fin de vos jours, amen. De temps en temps, il y a des gens qui veulent tenter l'expérience. Ils finissent toujours par se rendre malheureux et blasés, et s'en vont.

– Oui, je vois... je comprends bien que vous avez toutes sortes d'activités à nous offrir, mais... ce n'est pas ce qui me préoccupe. Ce que je veux savoir, c'est de quoi peut bien subsister votre communauté.

Les trois Précipiciens sourirent en même temps. Suzy Dellinger demanda :

– C'est moi qui le leur dis ?

– Pourquoi pas ? C'est le rôle du maire, dit Compton.

– D'accord, sourit-elle en se tournant vers Kate et Sandy. Nous sommes à la tête d'une entreprise sans capital, ni actionnaires, ni local, pour ainsi dire. Pourtant, nous recevons des donations qui représentent un revenu annuel quinze fois plus important que l'ensemble de nos compensations légales.

– *Hein ?*

– C'est la stricte vérité, affirma-t-elle d'une voix redevenue plus sobre. Nous fournissons un produit que certaines personnes – qui disposent de puissants moyens financiers – ont trouvé si précieux qu'elles n'ont pas hésité à faire des choses telles que s'engager à vie à nous verser le dixième de leur salaire. On nous a même légué une fois le revenu d'un patrimoine de soixante millions de dollars, et bien que la famille ait fait tout ce qui était en son pouvoir pour que le testament soit invalidé devant les tribunaux... mais je crois que vous venez de deviner qui nous sommes, n'est-ce pas ?

Tremblant, les poings crispés, la bouche si sèche qu'il était presque incapable d'articuler les mots, Sandy balbutia :

– Je ne vois qu'une chose. Mais... Mon Dieu ! Vous êtes vraiment... le *Pavillon d'Eustache ?*

INTERFÉRENCE

– Après quoi je voulus immédiatement savoir comment ils faisaient pour tenir leur incroyable promesse, mais...

– Attendez ! Attendez !

Freeman avait à moitié bondi de son siège et se penchait sur sa console comme si en rapprochant son regard il allait modifier les indications affichées par les instruments.

– Quelque chose qui ne va pas ?

– Nn... non, tout va bien. Je viens seulement de constater un phénomène remarquable.

Freeman se laissa retomber dans son fauteuil et s'épongea le visage avec un air de culpabilité. La sueur avait tout à coup percé à grandes gouttes sur son front. Il y eut un bref moment de silence, puis :

– Merde, vous avez raison! C'est la première fois que vous me transférez du mode régressé au mode présent sans que j'aie besoin d'être réaiguillé sur le même sujet. Fort intéressant en vérité! Inutile de m'expliquer que cela indique à quel point j'ai été affecté; je le sais, et je le suis encore. Ce que j'ai appris lors de cette première conversation à Précipice m'a laissé l'étrange sensation que quelque chose m'échappait, comme si je l'avais sur le bout de la langue. Je me rendais confusément compte que ces gens possédaient la clé d'un problème vital, mais je n'arrivais pas à savoir de quel problème il s'agissait. A propos... j'aimerais que vous me disiez une chose. Je pense que je mérite de savoir ça. Après tout, moi, je n'ai aucun secret pour vous, n'est-ce pas?

Le visage de Freeman était aussi luisant que si on était en train de le passer à la broche devant un feu intense. Il épongea une nouvelle fois sa figure baignée de sueur avant de répondre :

– Allez-y; posez votre question.

– S'il avait été découvert que j'avais appelé le *Pavillon d'Eustache* pour leur parler pendant une heure de Miranda, de Randémont et de moi... est-ce qu'on m'aurait jeté dehors après un petit séjour dans une salle d'opérations?

Freeman hésita. Il plia et replia son mouchoir avant de le remettre dans sa poche. Finalement, il parla avec réticence :

– Oui. Avec un Q.I. de 85, en ayant de la chance.

Et la question suivante, plus calme que précédemment :

– Mais pour le *Pavillon?*

La réponse fut presque inaudible :

– On ne leur aurait rien fait. Vous devez savoir pourquoi.

– Oh! Bien sûr. Excusez-moi... j'avoue que je voulais vous voir embarrassé. C'est que la disproportion est tellement incroyable. Précipice contre le gouvernement des Etats-Unis. Voulez-vous que je continue ?

– Vous en avez envie ?

– Je crois. J'ignore si Précipice agit sur tout le monde, mais pour moi cela a agi. Et il serait grand temps que je regarde en face les raisons pour lesquelles mon séjour là-bas s'est terminé en catastrophe, alors que si je n'avais pas été aussi stupide cela n'aurait peut-être pas eu plus de gravité qu'un simple contretemps.

L'ÉTONNEMENT DES DANAIDES

– C'est un endroit incroyable. Je n'aurais jamais rêvé...

Tandis qu'ils grimpaient le sinueux et raide Chemin des Ecoliers, Kate l'interrompit :

– Sandy, ce chien... Natty Bumppo...

– Il t'a fait peur, hein ? Pauvre chérie.

– Non !

– Mais tu...

– Je sais, je sais. J'ai eu un choc. Mais ce n'était pas parce que j'avais peur. Je n'arrivais pas à y croire. J'étais persuadée que tous les chiens de papa avaient disparu.

– Hein ? fit-il en se tournant pour la regarder dans un mouvement qui lui fit presque perdre l'équilibre. Quel rapport peut-il y avoir entre lui et ton père ?

– Il n'y a que lui qui faisait ces choses merveilleuses sur les animaux. Bagheera aussi était son œuvre, tu sais. La dernière, pratiquement.

Il prit une profonde inspiration.

– Ecoute, Kate, ça ne te ferait rien de commencer par le commencement ?

Le regard troublé et plein de tristesse, elle expliqua :

– Tu as raison. Je me souviens de t'avoir demandé un jour si tu avais entendu parler de mon père. Tu m'as répondu oui, Henry Lilleberg, le neurophysiologiste, et je n'ai pas insisté. Mais c'est un exemple typique de ce que tu disais tout à l'heure sur l'effet thérapeutique de Précipice. Tu colles une étiquette sur quelque chose, et puis ce n'est plus la peine d'en parler. Tu dis « neurophysiologiste », et l'image toute faite qui te vient à l'esprit est celle d'une personne qui dissèque un système nerveux, en fait l'analyse in vitro, publie les résultats et s'en va satisfaite, oubliant que le reste de l'animal a jamais existé. Mon père ne correspond pas à cette définition ! Quand j'étais petite, il ramenait toujours à la maison toutes sortes d'animaux étonnants, qui ne duraient jamais très longtemps parce qu'ils étaient déjà vieux. Ils avaient servi dans ses laboratoires, et il ne pouvait se résoudre à les voir finir dans l'incinérateur. Il disait qu'il leur devait bien un peu de distraction, en contrepartie de ce dont ils avaient été privés quand ils étaient jeunes.

– Quelles sortes d'animaux ?

– Oh, d'abord tout petits, quand j'avais cinq ou six ans : des rats, des hamsters, des gerboises. Plus tard, des écureuils et des marmottes, des chats et des ratons laveurs. Tu te souviens que je t'ai dit qu'il avait un permis spécial pour transporter des espèces protégées d'un Etat à un autre ? Et finalement, les deux dernières années avant la maladie qui l'a obligé à cesser toute activité, il travaillait sur de gros animaux : des chiens, comme Natty Bumppo, ou des pumas comme Bagheera.

– A-t-il fait des recherches sur les mammifères marins, dauphins ou marsouins ?

– Je ne crois pas. Du moins, il ne m'en a pas ramené, fit-elle en retrouvant une partie de son ironie habituelle. Nous vivions en appartement et il n'y avait pas de piscine. Mais pourquoi demandes-tu ça ?

– J'étais curieux de savoir s'il avait quelque chose à voir avec... Bah ! je ne sais pas sous quel nom tu peux en avoir entendu parler. Les projets changeaient d'appellation à mesure qu'ils se terminaient en queue de poisson. Mais la base était en Georgie. Il s'agissait essentiellement d'utiliser des animaux pour parer à une invasion militaire. A l'origine, ils avaient pensé s'en servir comme vecteurs de virus ou saboteurs. Par exemple ces rats dressés à ronger le caoutchouc des pneus ou des gaines isolantes. Plus tard, il y a eu beaucoup de bluff à propos de ces armées d'animaux qui remplaceraient l'infanterie pour qu'on puisse continuer à faire la guerre, avec beaucoup de bruit et de sang, sans que des êtres humains se fassent tuer – enfin, pas tout le temps.

– J'ai entendu parler de ça sous le nom de Projet Parcimonie, mais papa n'y a jamais participé. Ils lui ont demandé plusieurs fois de collaborer, mais papa refusait toujours parce qu'ils ne voulaient pas lui dire exactement ce qu'il aurait à faire. Ce n'est que lorsqu'il contracta la myélite qui devait l'emporter qu'il découvrit à quel point il avait eu raison.

– Le projet fut abandonné peu de temps après, n'est-ce pas ?

– Oui, et pour cause ! Ils travaillaient depuis des années sur le dos de papa. Il était le seul dans le pays, peut-être dans le monde entier, à obtenir des animaux superintelligents qui se reproduisaient vraiment.

– Le seul, tu crois ?

– Oh, même lui avait du mal à le croire. Il publiait pourtant tous ses travaux et jurait qu'il ne cachait rien, mais les autres chercheurs n'arrivaient jamais aux mêmes résultats. A la fin, c'était devenu un sujet de plaisanterie pour lui. Il disait : « J'ai les doigts rouges, c'est tout. »

– Comme un jardinier dit qu'il a les doigts verts ?

– Exactement.

– Quelles étaient ses méthodes ?

La question était plus rhétorique que réelle, mais elle répondit quand même.

– Inutile de me demander. Interroge plutôt un ordinateur. Toutes les informations sont accessibles. Sans doute le gouvernement espère-t-il qu'un autre génie aux doigts rouges va se manifester un jour.

Les yeux fixés dans le néant, il déclara d'un ton songeur :

– La biologie ne m'a laissé que des désillusions, mais je me souviens un peu de la Théorie de Lilleberg. Une subdivision hyperélaborée de la sélection naturelle mettant en jeu une influence hormonale non seulement sur l'embryon, mais également sur les gonades des parents, qui est censée déterminer les points de croisement entre chromosomes.

– Oui. Tout le monde s'est moqué de lui quand il l'a énoncée. Ses collègues l'accusaient de vouloir démontrer qu'après tout c'était Lyssenko qui avait raison. Ce qui – ajouta-t-elle avec animation – est un mensonge éhonté. En réalité, sa théorie pouvait expliquer pourquoi les lyssenkistes s'étaient fourvoyés si longtemps. Peux-tu me dire, Sandy, pour quelle raison un système établi se fossilise toujours si vite ? Je me fais peut-être des idées, mais j'ai l'impression complètement paranoïaque que ceux qui sont aux commandes aujourd'hui ont pour principale politique de s'emparer de toutes les nouvelles idées, soit pour les déformer, soit pour les supprimer complètement. Tu as entendu ce que disait Ted Horovitz sur les bâtons qu'on met dans les roues de ceux qui veulent s'intéresser aux monographies de *Catastropheville,* par exemple.

– Faut-il vraiment que tu poses cette question à propos du gouvernement ? demanda-t-il amèrement. Je croyais que les raisons étaient évidentes. C'est l'équivalent social de la sélection naturelle. Il y a toujours eu à l'intérieur de n'importe quelle société des groupes qui étaient prêts à conquérir le pouvoir à n'importe quel prix et au détriment de tout le reste : morale, respect de soi-même, amitiés personnelles... La masse du public a perdu depuis longtemps tout contact avec le gouvernement. Tout ce que sait l'individu, c'est qu'il a intérêt à ne pas trop s'écarter du droit chemin s'il ne veut pas se faire écraser par le rouleau compresseur. Aujourd'hui, ce ne sont pas les moyens qui manquent pour mettre cette menace à exécution... Oh ! Comme ils doivent haïr Précipice, là-bas à Washington ! Une minuscule communauté dont les citoyens peuvent se permettre de faire un pied de nez à n'importe quel diktat fédéral !

Elle frissonna ostensiblement.

– Mais... les savants ? demanda-t-elle.

– Leur réaction est un problème différent. L'explosion des connaissances humaines a atteint le point où même les cerveaux les plus brillants ne peuvent plus faire face. Les théories se sont rigidifiées en dogme, exactement comme au Moyen Age. Les experts les plus en vue dans chaque domaine se sentent obligés de protéger leur foi contre les hérétiques. Ce n'est pas vrai ?

– C'est certainement vrai dans le cas de papa, fit-elle en se mordant la lèvre. Mais... il a quand même prouvé ce qu'il voulait ! Bagheera est là pour en témoigner, si besoin est.

– Ce n'était pas une réussite isolée, j'imagine ?

– Sûrement pas. Mais c'est la seule à qui papa a pu éviter de finir au cirque de Quemadura. Il venait d'être créé, à l'époque, et ils investissaient des sommes folles pour... Dis donc, regarde ça !

Ils étaient en train de passer devant une petite pelouse au milieu de laquelle deux enfants étaient endormis sur une couverture. A côté d'eux, il y avait un chien – ou plutôt une chienne – de la même couleur que Natty Bumppo, mais un peu plus petite. Elle regardait fixement les deux étrangers, les babines légèrement retroussées sur une rangée de crocs pointus, émettant un grondement sourd, comme interrogateur.

Elle s'avança bientôt vers eux, les poils hérissés. Ils s'arrêtèrent net.

– Bonjour, dit Kate avec un rien de nervosité dans la voix. Nous sommes nouveaux ici. Nous venons de voir Ted et Suzy, qui nous ont dit que nous pouvions habiter dans la maison Thorgrim.

– Kate, tu ne peux pas croire sérieusement qu'un chien va comprendre une aussi complexe...

Il s'interrompit, stupéfait, car l'animal avait aussitôt remué la queue tandis que Kate en souriant lui donnait sa main à flairer. Au bout d'un moment, il fit comme elle.

La chienne sembla méditer un instant, puis hocha la tête d'une manière étonnamment humaine. Elle tendit ensuite le cou pour montrer que sur son collier il y avait une plaque avec quelques mots.

– Brynhilde, déchiffra Kate à haute voix. Et elle appartient à des gens qui s'appellent Josh et Lorna Treves. Eh bien, comment vas-tu, Brynhilde?

Avec solennité, la chienne leur tendit tour à tour sa patte droite, puis retourna prendre sa garde auprès des enfants. Ils continuèrent leur chemin.

– Est-ce que tu me crois maintenant? murmura Kate.

– Merde, je suis bien obligé. Mais comment les chiens de ton père ont-ils pu aboutir ici?

– Comme Suzy te l'a dit, ils se sont probablement échappés d'un quelconque laboratoire de recherche et sont restés ici parce qu'ils étaient bien traités. Je sais que papa en avait fourni à plusieurs centres. Tu crois que la Route du Grand Cercle se trouve encore loin? Peut-être que nous l'avons dépassée. Je ne vois nulle part de nom de rue.

– J'ai remarqué. C'est en accord avec le reste. Ça te force à rester sur le plan de la réalité. Naturellement, c'est quelque chose qu'on ne peut réaliser que dans une toute petite communauté, mais... dis-moi un peu dans combien de milliers de rues tu es passée dans ta vie, sans enregistrer autre chose qu'un simple nom sur une plaque? Je crois que c'est un des facteurs qui contribuent à rendre les gens complètement fous. On a besoin de nourritures perceptuelles solides comme on a besoin d'aliments solides; sans quoi on risque de mourir de constriction d'estomac. Il y a un carrefour devant, tu le vois?

Ils accélérèrent le pas et...

– Oh! Sandy... fit-elle dans un souffle. Est-ce qu'une

telle chose est possible ? Ce n'est pas une maison, c'est un monument ! Quelle merveille !

Au bout d'un long moment de contemplation muette, il murmura, le visage levé vers le ciel... « Ça, c'est chouette alors ! » puis il l'arracha du sol avec exubérance et la porta dans ses bras jusqu'à ce qui n'était pas tout à fait le seuil de leur nouvelle maison.

LA LOGIQUE DES MAIS

– Je me demande pour quelle raison vous avez tellement aimé Précipice, grommela Freeman.

– Je croyais que c'était évident. Les gens de là-bas possèdent exactement ce que Randémont veut détruire.

– Pour moi, cela ressemble tout à fait au style-de-vie banane. Vous arrivez, vous prenez possession d'une maison vide qui vous attend et vous...

– Non, non et *non !* fit-il en un crescendo indigné. La première chose que nous avons trouvée en entrant, c'est une note du précédent occupant expliquant qu'il avait dû déménager avec sa famille parce que sa femme, qui venait de tomber malade, avait besoin de vivre plus près d'un hôpital pour y suivre un long traitement à base de radiations. Autrement, disait-il, ils n'auraient jamais quitté cette maison où ils étaient heureux, et ils espéraient que les prochains occupants s'y plairaient comme eux. Leurs deux enfants nous faisaient de grosses bises. Vous croyez que cela ressemble au style-de-vie banane, dont la principale caractéristique consiste à ne laisser aucune trace de vous quand vous abandonnez un endroit pour un autre ?

– Pourtant, lorsque vous êtes arrivé à GTS, on a immédiatement donné une soirée en votre honneur...

– De grâce, épargnez-moi ! Dans des endroits comme GTS, il faut l'excuse d'une nouvelle arrivée pour organiser une soirée; en réalité, ce n'est qu'une réunion d'affaires, destinée à permettre aux intéressés de se tourner autour et de se flairer le cul comme autant de chiens circonspects ! A Précipice, le concept de réunion fait partie de la structure sociale. Des réceptions, il y en a de toute manière, à l'occasion d'une fête ou d'un anniversaire ou bien tout simplement parce qu'il fait bon et qu'une barrique de vin maison est assez à point pour qu'on la vide ensemble. J'avoue que vous me décevez. Je vous aurais cru capable de voir plus clair dans les manœuvres du gouvernement pour dévisser Précipice et d'aller de vous-même vous référer aux matériaux de source.

Pour la première fois, Freeman parut nettement sur la défensive. Il murmura avec circonspection :

– Euh... naturellement, je...

– Inutile de chercher des prétextes. Si vous vous y étiez intéressé, je n'aurais rien à vous apprendre. Réfléchissez donc un peu ! Les études de *Catastropheville, U.S.A.* constituent littéralement la seule analyse compétente dont nous disposions sur la manière dont les défauts inhérents à notre type de société peuvent se révéler dans un contexte post-cataclysmique. Les autres recherches effectuées dans des camps de réfugiés après la catastrophe ont été superficielles et n'ont donné naissance qu'à de savants lieux communs. Mais les gens de Claes College ne se sont pas contentés d'expliquer que si les victimes du tremblement de terre ne pouvaient plus faire face, c'est parce qu'elles avaient cessé de lutter depuis longtemps, les rênes du pouvoir ayant été abandonnées aux mains d'un groupe de privilégiés jaloux et corrompus. Pour couronner le tout, ils ont eu le culot de déclarer – insulte suprême à Washington – « Et voici comment remédier à cela. » Mais ils ne se sont pas arrêtés là. Ils ont commencé tranquillement à démontrer dans les faits la validité de leurs principes. Qui plus est, en empêchant le gouvernement de leur mettre des bâtons dans les roues.

Il eut un rire amer tandis que Freeman demandait :

– Combien de temps après votre arrivée vous a-t-on parlé de cela ?

– On ne m'en a pas parlé. Je l'ai découvert tout seul le soir même. C'est l'exemple classique de la chose qui est tellement évidente qu'on passe à côté sans la voir. Particulièrement dans mon cas, après le dernier contact que vous savez avec le *Pavillon d'Eustache*, si je n'avais pas inconsciemment fait le vide sur toutes les implications du problème, j'aurais trouvé la solution tout de suite!

Freeman soupira :

– Je croyais que vous deviez défendre votre obsession de Précipice, au lieu de rechercher des excuses à vos imperfections.

– J'adore que vous soyez obligé de me rappeler à l'ordre. Cela prouve que votre emprise est en train de s'effilocher. Laissez-moi agrandir la déchirure. Je vous avertis que j'ai l'intention de vous faire perdre patience avant la fin, quel que soit le nombre de tranquillisants que vous absorbez chaque jour. Excusez-moi; la plaisanterie était de mauvais goût. Mais... je vous en prie, dites-moi sincèrement. Vous n'avez jamais été étonné de voir émerger si peu de données concrètes des suites de la Catastrophe de la Baie, qui fut la plus grande calamité de l'histoire de notre pays?

La réponse de Freeman fusa sèchement :

– C'est aussi l'événement historique sur lequel nous possédons le plus de documents!

– Très bien! Cela implique que nous aurions dû en tirer un grand nombre de leçons, n'est-ce pas? Citez-m'en quelques-unes.

Freeman garda le silence. Une fois de plus, son visage était devenu luisant de transpiration. Ses doigts étaient entrecroisés comme s'il voulait les empêcher de trembler trop visiblement.

– Bon. Je crois que vous commencez à comprendre. Songez-y. Après le tremblement de terre, d'énormes masses de populations ont dû repartir de zéro, et le public en général s'est senti obligé de leur venir en aide. C'était l'occasion parfaite d'établir des priorités; de prendre du recul et d'apprécier ce qui était et ce qui n'était pas indispensable des innombrables produits de notre ingéniosité moderne. Des années, une dizaine dans certains cas, se sont écoulées avant que notre économie soit assez solide pour financer la reconversion des bidonvilles du début en quelque chose de permanent. Les réfugiés eux-mêmes étaient handicapés, soit. Mais les spécialistes de l'extérieur, les planificateurs fédéraux ?

– Ils ont tenu compte de l'avis des réfugiés, vous le savez très bien.

– Mais à quel moment les ont-ils aidés à formuler des jugements de valeur ? Pas une seule fois. Ils estimaient les compensations en termes purement financiers. Si cela revenait moins cher de payer telle ou telle communauté pour qu'elle se passe de quelque chose, c'est de cela qu'elle finissait par se passer. Avec l'espoir douteux qu'elle rendait service à la nation en jouant le rôle de cobaye indispensable. Mais où était le reste ? Quelles sommes ont été consacrées à essayer de découvrir si une communauté sans viphones, ou sans transfert automatique de crédit, ou sans service encyclopédique à domicile, était dans un sens quelconque mieux ou moins bien lotie que le reste du continent ? Aucune, absolument *aucune !* Les rares suggestions timidement présentées ont toutes été impitoyablement massacrées à la session suivante du Congrès. Motif : non rentables. Le seul endroit où on a pu faire quelque chose de constructif, c'est Précipice. Et ce n'est pas la faute du gouvernement !

– Il est facile de prophétiser après la bataille !

– Mais le succès de Précipice est indéniable. Ses fondateurs savaient ce qu'ils voulaient, et ils avaient des arguments solides pour soutenir leurs vues. Le principe qui consiste à changer un des facteurs pour voir ce qui se passe ensuite est bon pour le laboratoire. Dans le monde réel, particulièrement quand on a affaire à des êtres humains qui viennent d'être traumatisés par une cause grave et ont accompli par force un retour aux origines – la faim, la soif et les épidémies

– on n'est pas obligé d'être si simpliste. L'histoire démontre amplement que certaines structures sociales sont viables et d'autres pas. Les gens de Claes College ont reconnu ce fait et ont fait leur possible pour établir les fondations durables d'une communauté nouvelle sans se donner la peine de prédire comment elle évoluerait.

– Evolution, ou... régression ?

– Peut-être un retour en arrière jusqu'à l'embranchement de notre évolution sociale où il semblerait que nous ayons pris le mauvais chemin.

– En invoquant au passage toutes sortes de mauvaises raisons mystico-débiles.

– Par exemple ?

– Cette idée ridicule que nous serions marqués avant la naissance par les structures de la famille primitive, la tribu des chasseurs et des cueilleurs et la version première du village.

– Avez-vous déjà essayé de faire taire un bébé ?

– Quoi ?

– Vous avez entendu. Les êtres humains font des bruits avec leur bouche dans l'intention de provoquer des changements dans le monde extérieur. Personne ne nie plus que même un bébé muet soit programmé à l'avance pour le langage. Il me semble que nos cousins simiens ont suffisamment montré qu'ils connaissent l'usage de la relation son/symbole ! De même, personne ne songerait à nier l'existence de comportements relationnels préétablis mettant en jeu le statut, la domination... Hé ! Attendez une minute. Je m'aperçois que j'ai été manipulé pour défendre votre point de vue contre moi-même.

Freeman se détendit, en s'autorisant un léger sourire.

– Et si vous continuez dans cette voie, murmura-t-il, vous finirez par découvrir une faille importante de votre argumentation. Peut-être que Précipice fonctionne, d'une certaine manière. Mais dans l'isolement. Vous qui avez travaillé dans un cabinet de création d'utopies, vous êtes bien placé pour savoir que si elles sont efficacement protégées du reste de l'humanité, les sociétés les plus insensées peuvent fonctionner parfaitement... pour un temps.

– Précipice n'est pas isolé. Chaque jour, cinq cents à deux mille personnes composent les neuf 9 et... font leur confession.

– Par la même occasion, le tableau qu'ils donnent de l'extérieur doit à coup sûr faire trembler les Précipiciens et leur donner envie de remercier le ciel. Vraie ou fausse, l'impression est sans doute réconfortante.

Freeman se laissa aller en arrière, conscient d'avoir marqué un point. Il poursuivit, d'une voix empreinte de suavité :

– Je suppose que vous avez passé quelque temps à écouter les appels ?

– Oui, et Kate également, sur sa propre demande, car elle n'était pas obligée de le faire puisqu'elle n'avait pas l'intention de rester. Ils prennent leur service vraiment à la lettre. Le central répartit les appels dans les différentes maisons où il y a toujours un adulte de la famille qui est de service pour écouter. Littéralement, il reste à écouter sans rien faire d'autre.

– Et les gens qui sont capables de parler pendant des heures d'affilée ?

– Il n'y en a pas beaucoup. De toute manière, l'ordinateur du central les repère presque toujours avant qu'ils soient allés bien loin.

– Pour une communauté si fière d'avoir échappé au réseau informatique, je trouve qu'ils comptent beaucoup sur les ordinateurs.

– Uhu. Ce doit être le seul endroit de la terre où on s'en sert de manière artisanale. C'est étonnant, ce que ces machines peuvent rendre de services quand on ne les encombre pas d'idioties comme l'enregistrement d'une transaction d'un demi-dollar.

– Il faudra que j'essaye de découvrir un jour à quel endroit vous placez la ligne de séparation : un demi-dollar, cent dollars, cent mille... mais poursuivez. A quoi ressemblaient ces appels ?

– J'ai été étonné de voir qu'il y avait très peu de dingues. En fait, d'après ce qu'on m'a dit, les dingues se découragent quand ils s'aperçoivent qu'ils ne peuvent provoquer la contradiction. Quelqu'un qui est persuadé que tous les défauts de l'homme viennent de ce qu'il s'obstine à porter des chaussures, ou qu'il vient de trouver sur les murs d'un w.-c. public assez de preuves pour faire destituer le président des Etats-Unis désire qu'on lui oppose un désaccord très net. Il y a là un élément de masochisme qui ne peut se satisfaire en donnant des coups de poing dans un oreiller. Mais les gens qui ont de véritables problèmes... ça c'est autre chose.

– Citez-moi quelques exemples.

– D'accord. C'est un lieu commun que vous avez déjà employé avec moi que de dire que l'un des troubles mentaux les plus répandus aujourd'hui est le choc de la personnalité. Mais je ne m'étais jamais rendu compte avant du nombre de gens qui sont conscients de sombrer dans ses premiers stades. Je me souviens d'un pif qui confessait avoir essayé le coup de la Maison-Blanche, et cela avait marché.

– Qu'est-ce que c'est que ce coup ?

– On dit aussi parfois : « aller à la blanchisserie mexicaine ».

– Ah ! Il s'agit de détourner un versement de fonds – pour échapper au fisc ou à des récriminations quelconques – sur une partie du réseau où on ne peut accéder sans autorisation spéciale.

– Précisément. Quand c'est le moment des déclarations d'impôts, on entend partout les gens en parler avec un ricanement d'envie, parce que ça fait partie du folklore moderne. C'est de cette manière que les politiciens et les supercadres des hypercorpos s'en tirent en payant le dixième de ce que vous et moi nous crachons. Eh bien, ce pif dont je vous parle avait ainsi planqué un demi-million de dollars, et il n'en pouvait plus tant il était horrifié. Non pas terrifié, notez bien. Il savait qu'il n'avait aucune chance de se faire prendre. Mais horrifié à l'idée de ce qu'il avait fait. C'était la première mauvaise action de sa vie, disait-il, et si sa femme ne l'avait pas quitté pour quelqu'un de plus riche, il ne se serait peut-être jamais laissé tenter. Mais après l'avoir fait une fois, et constaté comme c'était facile... comment pouvait-il désormais faire confiance à quiconque ?

– Il faisait bien confiance au *Pavillon d'Eustache ?*

– Oui, et c'est l'un des miracles qu'ils accomplissent là-bas. Quand j'étais prêtre, je m'étais résigné à ce que les choucas surveillent en permanence la ligne de mon confessionnal, bien que la cabine proprement dite fût dûment isolée. Et on ne pouvait rien faire pour les empêcher de s'apercevoir qu'un suspect venait de m'appeler, de lui tomber dessus à son départ et de le forcer à répéter tout ce qu'il m'avait dit. Ce genre de malhonnêteté est à l'origine de nos pires problèmes.

– Je ne savais pas que vous reconnaissiez un « pire ». Vous paraissez découvrir quotidiennement de nouveaux problèmes. Mais poursuivez.

– Avec plaisir. Nul doute que si l'écume me monte à la bouche, il y aura une machine toute prête à me torcher le menton... Merde, ce sont les subtilités hypocrites qui me mettent hors de moi ! En théorie, n'importe lequel d'entre nous a accès à plus d'informations que dans toute l'histoire du monde, et cela grâce à une simple cabine de viphone. Mais supposez que vous ayez pour voisin un pif qui vient de se faire élire au parlement de l'Etat, et que six semaines plus tard il dépense cent mille dollars à rénover sa maison. Essayez de savoir d'où provient l'argent. Vous n'aboutirez nulle part. Ou bien essayez de vous faire confirmer que la compagnie pour laquelle vous travaillez va être vendue et que vous risquez de vous retrouver sur le pavé avec trois gosses et des mensualités à payer. D'autres personnes semblent détenir ces informations, mais pas vous. Et le choureur du bureau à côté, qui se met à rire tout d'un coup alors qu'il se lamentait sans cesse ? A-t-il emprunté pour racheter le fonds de la compagnie, en sachant qu'il pourra le vendre deux fois plus cher et prendre sa retraite ?

– Etes-vous en train de citer des appels au *Pavillon d'Eustache ?*

– Oui, ces deux cas sont authentiques. Je fais une entorse à la règle parce que je sais qu'autrement vous m'extorquerez ces renseignements par la force.

– Prétendez-vous qu'ils soient représentatifs ?

– Et comment ! De tous les appels qu'ils reçoivent, près de la moitié – je crois que le chiffre exact est quarante-cinq pour cent – proviennent de gens qui sont angoissés à l'idée que quelqu'un d'autre possède des données auxquelles ils n'ont pas accès, ce qui les met injustement en position d'infériorité. Malgré tout ce qu'on raconte sur le pouvoir « libérateur » du réseau informatique, la vérité est qu'il afflige la plupart d'entre nous d'une nouvelle raison de se précipiter dans la paranoïa.

– Vous vous identifiez de manière étonnante à Précipice, pour quelqu'un qui y est resté si peu de temps.

– Il n'y a là rien de surprenant. C'est un phénomène qu'on appelle « le coup de foudre », et qui peut affecter les lieux aussi bien que les personnes.

– Vous n'avez pas tardé non plus à vous brouiller avec votre premier amour.

– Allez-y; lancez vos piques ! Ne vous gênez pas. J'avais fait quelque chose à l'avance pour me faire pardonner. Petite mais réelle consolation.

Freeman se tendit.

– Ainsi, c'est vous qui êtes responsable !

– D'avoir paré la toute dernière offensive officielle contre le *Pavillon ?* Oui, et j'en suis très fier. Mis à part le fait que pour la première fois j'utilisais mes dons au profit d'autrui sans qu'on me le demande et sans me préoccuper de savoir si je serais récompensé – ce qui en soi était déjà un événement – je dois dire que ce fut un véritable chef-d'œuvre. En le réalisant, j'ai compris tout au fond de moi comment un artiste ou un écrivain peuvent se sublimer dans la création. Le pif qui a composé la couleuvre originale de Précipice connaissait son affaire, mais théoriquement on pouvait l'extirper sans être obligé de fermer le réseau... disons en sacrifiant trente ou quarante milliards de bits d'informations. Je crois que c'est exactement ce qu'ils s'apprêtaient à faire quand je suis arrivé. Mais la mienne, ho là là ! je vous donne ma parole que vous ne pourrez jamais l'enlever sans foutre tout le réseau par terre !

LA FAILLITE DU GOUVERNEMENT REPRÉSENTATIF

SUJET HAFLINGER NICHOLAS KENTON

POSITIONNÉ

PROPOSER FACTEURS EXPLIQUANT ENGOUEMENT DU SUJET POUR COMMUNAUTÉ C L PRÉCIPICE C A

(A) RATIONALITÉ DE FONCTIONNEMENT (B) OBJECTIVITÉ (C) STABILITÉ

DEVELOPPER RÉPONSE (A)

(A) DANS PRESQUE TOUTES LES VILLES D'IMPORTANCE COMPARABLE DE CE CONTINENT LES DÉCISIONS CONCERNANT LES SERVICES COMMUNAUX NE SONT PLUS PRISES PAR CONSULTATION POPULAIRE EN RAISON DE L'EXTRÊME MOBILITÉ DE LA POPULATION ET DE LA RÉTICENCE DES ÉLECTEURS A FINANCER DES SERVICES QUI NE POURRONT PROFITER QU'AUX GROUPES SUCCESSEURS EXEMPLE LES INVESTISSEMENTS LOCAUX CONCERNANT LES ÉCOLES LES SYSTÈMES D'ÉGOUTS ET L'ENTRETIEN DES VOIES PUBLIQUES SONT MAINTENANT ASSURÉS DANS 93 % DES CAS PAR DES CONTRIBUTIONS PATERNALISTES DE L'EMPLOYEUR PRINCIPAL °°° RÉFÉRENCE BARKER PAVLOVSKI & QUAINT LA RÉSURGENCE DES OBLIGATIONS FÉODALES J ANTHROPOL SOC VOL XXXIX PP 2267-2274

DÉVELOPPER RÉPONSE (B)

(B) UNE INTERACTION INTENSIVE DES CITOYENS CONTRIBUE A DÉVISSER LA RÉPARTITION ARBITRAIRE DES RÔLES EXEMPLE LE STATUT RICHESSE/PAUVRETÉ CONFÉRÉ PAR L'EMPLOI ACCENTUE PERSONNALITÉ SOCIABILITÉ INTÉGRITÉ °°° RÉFÉRENCE ANONYME NOUVELLES ET ANCIENNES RESPONSABILITÉS UNE ENQUÊTE SUR LES MODIFICATIONS DE STATUT SURVENUES DANS UN GROUPE DE VICTIMES DU GRAND TREMBLEMENT DE TERRE DE LA BAIE MONOGRAPHIE N° 14 SÉRIE CATASTROPHEVILLE USA

DÉVELOPPER RÉPONSE (C)
(C) LA ROTATION DE LA POPULATION DE PRÉCIPICE BIEN QUE PROCHE DU MOUVEMENT MOYEN EN PÉRIODE DE VACANCES EST LA PLUS BASSE DU CONTINENT ET N'A JAMAIS DÉPASSÉ LE SEUIL DE 1 % PAR AN °°° RÉFÉRENCE RECENSEMENT PERMANENT DE LA POPULATION US
MERCI
A VOTRE SERVICE

...ET LE LOGIS AIMÉ

Les lieux prirent possession d'eux si rapidement qu'il n'arrivait pas à y croire. Stuporifié, il s'efforça – avec Kate, qui était frappée de la même manière – d'identifier les causes.

Le plus important, peut-être, c'était qu'il se passait plus de choses ici que partout ailleurs. Ils avaient une sensation de temps bien rempli, utilisé, mis à profit. A GTS ou à Kansas City, c'était plutôt une question de temps réparti pour chacun; si les segments attribués étaient trop courts, vous n'aviez pas le temps de faire assez de choses; tandis que s'ils étaient trop longs, vous aviez fait moins que ce que vous auriez pu. Ici, c'était tout différent. Pourtant, les Précipiciens savaient flâner.

Paradoxe.

Il y avait tant de gens à connaître. Pas dans le sens où on fait connaissance de nouveaux visages quand on change d'emploi ou de cours à l'université, mais plutôt dans celui où l'on passe, pour ainsi dire, de l'un à l'autre. D'abord Josh et Lorna; lui, ingénieur et sculpteur, elle médecin, organiste et notaire public. Puis Doc Squibbs, vétérinaire et souffleur de verre. Puis Ferdie Squibbs, son fils, technicien en électronique et généticien de plantes vertes. Puis sa petite amie, Patricia Kallikian, programmeuse d'ordinateurs et spécialiste de tout ce qui touchait aux textiles. Puis... ainsi de suite.

La sensation était vertigineuse. C'était aussi la preuve vivante qu'il était rentable d'utiliser les compétences au maximum. Tous ceux qu'ils rencontraient ici paraissaient s'adonner au moins à deux occupations; non pas pour travailler au noir ou bien pour arriver à joindre les deux bouts, mais simplement parce qu'à Précipice ils avaient la possibilité d'exercer plus d'un choix sans que la prochaine flambée des charges y soit pour quelque chose. Les gens de l'extérieur étaient invariablement étonnés de voir que l'énergie était si bon marché dans cette communauté en circuit clos, eux qui avaient l'habitude d'une augmentation annuelle de cinq pour cent au moins de l'électricité, sans compter les années où un réacteur nucléaire fondait, ce qui augmentait la note de dix à douze pour cent car ce genre d'installation avait cessé depuis longtemps d'être assurable et il fallait bien en cas de catastrophe répercuter la perte sur les usagers.

En se promenant un peu partout, Kate et Sandy découvraient l'ingéniosité avec laquelle la ville avait été structurée dès l'origine. Le noyau principal, qui était la Place de l'Ecart-Type, avait pour pendants plusieurs noyaux secondaires qui jouaient le rôle de pôle d'attraction pour trois à quatre cents personnes. Mais aucun n'était isolé ni replié sur lui-même. Chacun renfermait quelque chose d'unique qui incitait les résidents des autres quartiers à venir lui rendre visite de temps à autre. Un parc d'attractions, une piscine, une galerie d'art, un zoo pour les enfants ou bien un panorama merveilleux. Tout cela, leur expliqua Suzy Dellinger, calculé à l'avance par les fondateurs de la ville qui avaient réparti tous les éléments susceptibles de rendre harmonieuse la vie d'une communauté dans les différents secteurs de ce qui n'était primitivement qu'une colonie hétéroclite de tentes, de baraques en planches et de caravanes rouillées. Pendant un an et demi, comme il n'y avait pratiquement pas d'argent, les fondateurs n'avaient utilisé que des matériaux de récupération. Plus beaucoup de bon sens et d'imagination.

Dès leur arrivée, Kate et Sandy s'étaient sentis immédiatement concernés. S'ils s'arrêtaient pour bavarder avec un gros homme bourru en train de réparer un connecteur électrique, il leur demandait sans façon d'aider à remettre en place la dalle de protection; si on leur présentait Eustace Fenelli, qui faisait marcher un restaurant-bar très fréquenté, ils se retrouvaient – « puisque vous allez de ce côté-là ! » – les bras chargés d'une marmite fleurant bon le *minestrone.* S'ils déambulaient tranquillement vers la Place en compagnie de Lorna Treves et passaient devant une maison d'où émergeait, blême, un homme qui s'animait de joie à la vue de Lorna – parce que, disait-il, il venait de lui téléphoner et cela ne répondait pas – ils finissaient sans savoir comment par passer des serviettes stériles et tenir une cuvette pleine de sang tandis que Lorna extirpait délicatement un énorme éclat de verre de la jambe d'une petite fille qui hurlait.

– Je n'avais jamais connu cela, lui murmura Kate plus tard. Ce sentiment que tout le monde est prêt à aider tout le monde. J'avais appris que cela existait, mais je croyais que c'était quelque chose d'archaïque.

– Moi, ce que je préfère, fit Sandy en hochant la tête, c'est cette impression nouvelle qu'il n'y a rien de dégradant à se laisser aider.

Evidemment, parmi les premiers endroits qu'ils demandèrent à visiter figurait le siège du *Pavillon d'Eustache*. Ce fut Brad Compton qui – non sans les avoir prévenus qu'ils n'allaient rien voir de très spectaculaire – les présenta à Sweetwater, la directrice. Sweetwater tout court. C'était une grande femme au visage émacié, âgée de plus de soixante ans, qui portait encore sur la figure et sur les bras les traces presque effacées de ce qui était autrefois – expliqua-t-elle – un motif complexe de tatouages sacrés. Elle croyait à l'époque être la réincarnation d'un grand sachem shawnee, en contact avec les esprits de l'autre monde, et tenait à Oakland un cabinet de voyante extra-lucide.

– Mais – ajouta-t-elle avec un sourire triste – aucun de mes « esprits » ne m'avait prévenue du tremblement de terre. J'avais un fils qui... Oh, c'est de l'histoire ancienne! Mais avant d'être voyante, j'avais travaillé comme standardiste. C'est pourquoi j'ai été parmi les premiers volontaires qui se sont occupés de ce qui est devenu plus tard le *Pavillon d'Eustache*. Vous savez comment tout a commencé? Non? Oh, c'est simple! Partout où des réfugiés avaient été contraints de s'installer en des endroits bien moins agréables que celui-ci, bien que vous auriez dû le voir le jour où nous avons été stoppés à la pointe des fusils par la Milice nationale qui nous ordonnait de nous arrêter là, pas plus loin... Où en étais-je? Ah oui! A ce moment-là, bien sûr, n'importe qui, dès qu'il avait retrouvé un peu ses esprits, voulait avertir sa famille et ses amis qu'il était en vie. Alors, l'armée nous a fourni quelques véhicules équipés de téléphones de campagne, avec le son seulement, vous voyez le genre, et nous avons pu organiser un service d'urgence pour permettre aux gens de parler, pas plus de cinq minutes chacun, avec les autres camps. On avait droit à un deuxième essai si le premier numéro ne répondait pas. J'ai vu des tas de gens retourner plusieurs fois de suite au bout de la queue, parce que leur second appel n'avait rien donné et qu'ils n'avaient pas le droit d'en passer un troisième d'affilée.

Tout en parlant de manière volubile, Sweetwater, suivie de Kate et Sandy, s'éloignait de la bibliothèque publique – le plus grand bâtiment, comme il fallait s'y attendre, de Précipice – pour s'engager dans un étroit passage qu'ils ne connaissaient encore pas.

– Quelle effroyable époque! poursuivit Sweetwater. Mais je ne regrette pas de l'avoir vécue... Bien sûr, dès que le bruit se répandit qu'il existait un service téléphonique, non seulement les Californiens mais le pays tout entier se mirent à encombrer les lignes jour et nuit pour essayer d'avoir des nouvelles des gens qu'ils connaissaient, et cela malgré les appels répétés dans tous les media demandant au public de s'abstenir d'utiliser le réseau pour ne pas gêner le travail des équipes de sauvetage. Il fallut, je me rappelle, isoler complètement certaines villes du circuit. Plus du tout de communications. (Elle secoua la tête d'un air navré.) A la fin, on organisa un système pour filtrer les appels en provenance de l'extérieur. Ainsi, les gens qui recevaient une réponse au lieu du signal occupé avaient tendance à désembouteiller le réseau au moins jusqu'au lendemain. Donc, comme je vous le disais, je me suis portée volontaire pour m'occuper d'un standard. Tout ce que j'avais à dire, c'était : « Vous serez informé si votre fils, ou fille, ou père, ou mère, a survécu, mais en attendant vous gênez les travaux de sauvetage. Que diriez-vous si en ce moment même la personne dont vous demandez des nouvelles était en train de mourir parce que vous encombrez ce circuit ? » J'étais très sèche au début, vous comprenez. Méchante, même. Puis petit à petit j'ai fait une découverte surprenante. Beaucoup d'appels ne provenaient même pas de gens qui essayaient de retrouver la trace d'un parent ou d'un ami disparu. Ils voulaient seulement... je ne sais pas... rester en contact avec la tragédie, j'imagine. Comme si leur ultime consolation était de savoir qu'il existait des gens encore plus mal lotis qu'eux. Alors, parfois, la nuit surtout, je les laissais parler. Ils n'étaient pas trop exigeants. Quelques minutes de catharsis et c'était tout... Et quand les gens de Claes College sont arrivés, à peu près vers cette époque, ils ont découvert la même chose chez les réfugiés. Des gens qui avaient simplement besoin de parler. Pas seulement les vieux, ceux qui avaient tout perdu, leur maison et leurs précieux biens, mais aussi des jeunes. C'étaient les pires, ceux-là. Je me souviens d'une gosse. Dix-neuf ans, vingt ans au plus. Normalement, elle serait devenue un sculpteur célèbre. Elle était si forte qu'ils avaient organisé une exposition rien que pour ses œuvres dans une galerie de San Francisco. Eh bien ! Il a fallu qu'elle s'agrippe à un arbre pour voir la terre engloutir tout ce qu'elle avait préparé, plus sa maison, son atelier, tout. Elle n'a jamais plus rien sculpté. Elle est devenue folle. Et il y en avait tant d'autres... Ils ne demandaient pas de conseils, ils voulaient seulement parler, raconter à d'autres ce qu'avait été leur vie. Les projets qu'ils avaient pour l'agrandissement de leur maison. La manière dont ils voulaient arranger leur jardin, seulement la maison était exposée au nord et le jardin au sud. Le voyage autour du monde qu'ils envisageaient pour l'année suivante. Toutes leurs existences dont le cours était bouleversé par la catastrophe.

Elle s'était arrêtée devant une porte d'aspect banal. Elle la désigna d'un grand geste :

– Le *Pavillon* nous a donné un but commun durant la reconstruction. Ensuite... cela a fait boule de neige.

– C'est pour cela que Précipice a été une telle réussite à côté des autres communes de compensation légale ? demanda Sandy. Parce qu'il offrait un service auquel tout le monde attachait de la valeur au lieu de se contenter d'accepter les deniers et la charité publics ?

– Disons que cela a aidé, acquiesça Sweetwater. De même que l'utilisation rationnelle de nos maigres ressources. Nous voici au central.

Elle les fit entrer dans une pièce aux dimensions étrangement réduites où une douzaine de personnes munies d'écouteurs étaient assises dans de confortables fauteuils. Une douzaine de sièges supplémentaires demeuraient vides. Il régnait en ce lieu un silence de cathédrale que ne troublait que le léger grésillement qui s'échappait des écouteurs. Les regards se tournèrent, les têtes saluèrent mais il n'y eut pas d'autre interruption de la concentration générale.

L'attention des nouveaux arrivants s'était immédiatement rivée sur l'expression d'effarement qui se peignait sur le visage de l'une des auditrices, une femme noire très jolie d'une trentaine d'années. Sweetwater s'avança vers elle en la regardant d'une manière interrogatrice, mais elle secoua la tête, ferma les yeux et serra les mâchoires.

– Un cas difficile, on dirait, murmura Sweetwater en retournant son attention sur les visiteurs. Mais du moment qu'elle pense pouvoir tenir le coup...

– Cela doit être éprouvant pour les nerfs ?

– Oui, fit Sweetwater d'une voix qui était le reflet exact de son physique sec et émacié par le temps. Je puis vous affirmer que lorsque quelqu'un déverse sur vous la haine accumulée de toute une existence et prend bien soin ensuite de vous faire entendre le hideux bouillonnement de sa carotide tranchée avec un couteau de cuisine... c'est éprouvant, oui. Une fois, il a fallu que j'écoute jusqu'au bout tandis qu'une folle aspergeait de vitriol son bébé qu'elle avait attaché à sa chaise haute. Elle voulait se venger du père. Les hurlements que poussait la pauvre petite créature !

– Mais vous ne pouviez rien faire ? bredouilla Kate.

– Une seule chose, écouter. C'est la promesse que nous faisons. Nous l'avons toujours respectée. L'enfer de la solitude n'en est peut-être pas moins infernal, mais il devient un tout petit peu moins solitaire.

Ils méditèrent cela quelques instants, puis Kate demanda :

– Ce sont les seules personnes de service en ce moment ?

– Oh, non ! Ce local ne sert qu'à ceux qui ne peuvent pas prendre leur tour à domicile, à cause des interruptions, surtout quand ils ont des enfants en bas âge. Mais pour la plupart, nous préférons faire ça chez nous. Il faut vous dire qu'en ce moment, c'est une période creuse; mais il faut nous voir à la rentrée, quand les gens qui avaient espéré contre toute attente que l'été apporterait une amélioration à leur vie se rendent compte qu'il y aura bel et bien un nouvel hiver.

– Quand voulez-vous que nous commencions ? interrogea Sandy.

– Oh, il n'y a aucune presse ! Et vous n'êtes pas

obligés de le faire tous les deux. J'ai cru comprendre que Kate ne pouvait rester.

Mais le lendemain soir seulement, elle déclara brusquement :

– C'est décidé.

– Quoi ?

– Je reste. Ou plutôt, je pars pour revenir le plus vite possible. Tout dépend de la licence pour Bagheera.

– Tu parles sérieusement ? fit-il en tressaillant.

– Bien sûr. Tu as l'intention de rester, n'est-ce pas ?

Il resta silencieux un instant. Puis il demanda :

– Tu as écouté aux portes ?

– Non, et ce n'est pas quelque chose que j'ai entendu dire non plus. C'est... simplement ta façon d'agir aujourd'hui. Tout d'un coup, tu as beaucoup plus d'assurance, je le sens. Peut-être que finalement tu as trouvé la force de faire confiance aux autres.

Il soupira. Sa voix tremblait un peu lorsqu'il parla :

– J'espère que je l'ai trouvée. Parce que si j'ai eu tort... Mais c'est toi qui étais dans le vrai, comme toujours. C'est toi qui m'as appris à faire confiance. Sage petite Kate !

– Mais est-ce que c'est un *endroit sûr* ? Un endroit où ils ne pourront pas venir te chercher pour te ramener à Randémont ?

– Ils me l'ont assuré.

– Qui ça ?

– Ted, Suzy, Sweetwater. Brynhilde aussi.

– Hein ?

– Voilà comment ça s'est passé...

Ils avaient été invités à dîner par Josh et Lorna. Josh adorait faire la cuisine; de temps en temps, il remplaçait Fenelli dans son restaurant, pour la gloire, et faisait à manger pour cinquante personnes. Ce soir-là, il s'était contenté d'une dizaine d'invités, mais quand tout le monde alla s'asseoir dans le jardin après dîner, d'autres amis, seuls ou par couples, vinrent se joindre à la compagnie pour prendre un verre de vin ou une chope de bière et finalement ils furent quarante.

Longtemps, il resta seul dans un coin sombre. Puis Ted Horovitz et Suzy Dellinger vinrent dans sa direction pour accueillir, semblait-il, Sweetwater, qui venait d'arriver toute seule. En l'apercevant au passage, Ted lui demanda :

– Sandy, tu comptes rester, c'est sûr ?

C'était l'instant de la décision. Il se décida à la prendre. Carrant les épaules, il sortit de l'ombre.

– J'aurais un mot à vous dire, à tous les deux. Il faudrait que Brad soit là, également.

Ils échangèrent un regard. Suzy déclara :

– Brad ne pourra pas venir. Il est à l'écoute. Mais Sweetwater est suppléante.

– Alors, ça ira.

Il avait la paume des mains moite et l'estomac serré, mais dans sa tête régnait un grand calme froid. Ils trouvèrent quatre chaises un peu à l'écart des autres et s'assirent dans l'ombre.

– Eh bien, qu'est-ce qu'il y a ? demanda finalement Ted de sa grosse voix.

Sandy prit une profonde inspiration.

– Je me suis rendu compte il y a quelques heures que je sais quelque chose sur Précipice que vous ignorez.

Ils attendirent patiemment.

– Mais d'abord, reprit-il, je voudrais que vous me confirmiez une chose. Est-ce que j'ai raison de penser que Précipice est protégé par une couleuvre ?

Après une brève hésitation, Sweetwater répondit avec un haussement d'épaules :

– Il me semble que c'était évident.

– Les Orfeds se préparent à la détruire.

Ces mots provoquèrent une réaction. Les trois interlocuteurs de Sandy se penchèrent brusquement en avant. Ted Horovitz, qui était sur le point d'allumer sa pipe, oublia instantanément ce qu'il faisait.

– Mais c'est impossible tant que... commença Suzy.

– Je ne vous demande pas de détails, interrompit

Sandy. Voici simplement ce que je suppose : vous avez lâché dans le réseau le plus gros serpent ayant jamais existé. Il a pour fonction de saboter automatiquement toute tentative d'espionner une communication adressée aux neuf 9. Si c'était moi qui m'étais occupé de le mettre en place, j'aurais tâché de le concevoir comme un brouilleur à explosion, disons d'une longueur d'un demi-million de bits, avec un facteur virus de réserve et comme dernier recours une queue autoreproductrice à l'infini. Je pense qu'on savait déjà greffer cette sorte de queue sur un serpent dès 2005. J'ignore si le vôtre en a une ou pas, mais là n'est pas la question. Ce qui importe, c'est que lorsque j'étais ratio-système il n'y a pas longtemps chez GTS j'ai eu l'occasion de fourrer mon nez dans le réseau bien plus en profondeur que mes employeurs ne me le demandaient, et j'ai appris une chose dont je réalise seulement aujourd'hui la véritable signification.

Ils étaient maintenant tous les trois pendus à ses lèvres.

– Depuis dix-huit mois environ, reprit Sandy, ils ont entrepris de recopier systématiquement toutes les données de catégorie A* concernant GTS et les autres corpos jouissant d'un indice national hyperprioritaire. Toutes les copies sont aussitôt retirées du réseau pour stockage. J'avais cru jusqu'ici qu'ils en avaient assez du coup de la Maison-Blanche et des autres fantaisies de ce genre inventées par les gros bonnets des hypercorpos et qu'ils voulaient se ménager un système de référence objectif. Je n'avais pas pensé que cela pouvait être le stade préliminaire d'une vaste opération anticouleuvre. A vrai dire, jamais je ne me serais douté qu'un si gros serpent était en liberté dans le réseau. Mais maintenant, les implications sont évidentes pour moi, et j'espère qu'elles le sont aussi pour vous.

Très pâle, Ted déclara :

– Tu as vu juste. Le facteur virus ne sert plus à grand-chose dans ces conditions, et le simple brouillage encore moins. Malheureusement, notre couleuvre ne possède pas le genre de queue dont tu parlais. Nous avions vaguement l'espoir, plus tard, de pouvoir lui greffer quelque chose comme ça, mais... la patience de Washington à l'égard du *Pavillon d'Eustache* devient de plus en plus fragile, et nous désirions éviter d'envenimer les choses.

– Ils doivent nous en vouloir vraiment, murmura Sweetwater. Pour en arriver là, il faut que Washington déteste Précipice à un point..

– Ils ont surtout très peur de nous, rectifia Suzy. Mais... J'ai du mal à imaginer qu'ils envisagent d'affronter le gâchis que ferait notre serpent. D'après ce que j'ai toujours su, il y aurait deux stades : si quelqu'un essaie d'écouter une communication avec les neuf 9, la couleuvre brouille le secteur nodal le plus rapproché; si jamais ils essaient de la tuer, ils se retrouvent avec sur les bras plus de trente milliards de bits d'informations éparpillés au hasard sans qu'il y ait aucune possibilité de savoir quels secteurs ont été touchés. Il faudrait des années avant de pouvoir estimer les dégâts. Nous n'avons jamais eu l'occasion de vérifier si le facteur virus fonctionne vraiment bien, mais le premier dispositif – le brouilleur – est très efficace. Le B.F.I. s'en est aperçu naguère à ses dépens.

– Peut-être, fit Sandy en hochant la tête, mais je sais qu'ils sont prêts maintenant à affronter le facteur virus. Comme je le disais, ils ont retiré du réseau toutes les données qui ont un indinat hyperprio pour pouvoir les réinsérer ensuite.

Il se pencha en arrière et reprit son verre.

– Nous te remercions beaucoup, Sandy, fit Sweetwater après un bref silence. Je pense qu'il ne nous reste plus qu'à essayer de réfléchir à ce que...

Il l'interrompit brutalement.

– Non. Laissez-moi faire. Vous avez besoin d'un serpent d'une structure entièrement différente. Ce qu'on appelle un datophage autoreproducteur. Et la première chose que vous allez lui donner à manger, c'est votre couleuvre originale.

– Un datophage autoreproducteur? répéta Suzy. C'est la première fois que j'entends cela.

– Rien d'étonnant. Ils sont plutôt dangereux. On en a déjà utilisé pas mal dans des situations restreintes. Par exemple, en période électorale, on en glisse un, déguisé, dans le fichier du parti adverse, en espérant qu'ils n'ont pas le double de la liste de leurs membres. Mais à vrai dire, il en existe très peu dans le réseau continental. Le seul qui soit réellement gros est inactif en temps normal. Si cela vous intéresse, il a été conçu dans un endroit qu'on appelle « Chaudron électrique » et son rôle est de saboter le réseau pour empêcher son exploitation par une armée étrangère en cas d'invasion. Ils disent que le travail serait terminé en trente secondes.

Ted fronça les sourcils.

– Comment se fait-il que tu sois si bien renseigné sur ces datophages? demanda-t-il.

– Eh bien... hésita Sandy, avant de faire le grand plongeon... J'en ai un qui me suit depuis plus de six ans maintenant, et il a fait du bon travail. Je ne vois pas pourquoi il n'en serait pas de même pour le *Pavillon d'Eustache.*

– Peut-on savoir à quoi il peut bien te servir?

Faisant un immense effort pour garder le contrôle de sa voix, il leur expliqua tout. Ils l'écoutèrent attentivement. Puis Ted fit une chose étonnante. Portant ses doigts à ses lèvres, il émit un sifflement perçant. De l'endroit où elle était couchée, à l'écart mais sans dormir, Brynhilde se leva et s'approcha tranquillement.

– Est-ce que ce pif nous a menti? demanda Ted.

Elle flaira l'entrejambe de Sandy, avec réserve et réticence, comme si elle regrettait d'avoir à prendre une telle liberté, puis secoua latéralement la tête et s'en alla comme elle était venue.

– C'est bon, dit Suzy. De quoi, exactement, as-tu besoin, et combien de temps est-ce que cela prendra?

– C'est impensable, affirma le Dr Joel Bosch. Il ment nécessairement.

Avec la conscience aiguë de se trouver dans la même pièce, peut-être le même fauteuil, que Nickie Haflinger le jour où il avait vu Miranda, Freeman expliqua patiemment :

– La technique que nous utilisons écarte toute possibilité de mensonge délibéré.

– Il est impossible qu'il en soit ainsi, répliqua froidement Bosch. Je connais parfaitement les travaux de Lilleberg. Il est vrai qu'il a exhibé quelques spécimens spectaculairement anormaux. Mais les explications qu'il a données ont toujours été ambiguës. Nous savons aujourd'hui par quels procédés obtenir ce genre d'effets. Lilleberg, quant à lui, ne prétendait même pas utiliser ces techniques qui n'existaient pas quand il est mort.

– Il y a eu beaucoup de controverses sur la Théorie de Lilleberg, insista Freeman.

– Ces controverses n'existent plus. Elles ont été résolues depuis longtemps ! aboya Bosch, qui ajouta avec un effort ostensible pour être plus courtois : pour des raisons qu'un... non-spécialiste comme vous aurait du mal à suivre, j'en ai bien peur. Je regrette, mais il doit y avoir une faille dans vos méthodes d'interrogation. Je vous suggère de les réviser. Au revoir.

Battu, Freeman se leva pour partir. Soudain, un muscle de sa joue gauche s'était mis à tressaillir : *tic tic tic...*

HIATUS

Dehors, le bruit de ralenti des moteurs tandis que la tribu se rassemble. Dedans, folle d'indécision, elle marche de long en large, de long en large, en se rongeant les ongles jusqu'au sang.

– ... après ça, évidemment, je ne pouvais plus rester vivre avec lui. Vous comprenez. Toujours à se montrer partout sans se soucier de ce que les gens pouvaient...

Le bruit des moteurs s'éloigne. Il y a un viphone dans un coin de la pièce. Elle ne fait pas un mouvement dans sa direction. Pas encore.

– ... rester là sans rien faire ! Comment pouvez-vous ? Moi qui suis toute seule, et c'est le troisième soir de suite, et la semaine dernière c'était pareil pour l'amour de Dieu que quelqu'un vienne n'importe quelle présence sur ce vieux plancher plein de poussière...

S'il s'en aperçoit il me tuera. Je sais qu'il le fera. Mais un jour je les ai appelés et d'une certaine manière je pense que c'est grâce à eux que mon équilibre mental a été préservé. Au moins je suis arrivée jusqu'ici sans me suicider. Ce soir quelqu'un d'autre peut-être... mais Jemmy me tuerait s'il devinait seulement.

– ... ne le boit pas, il l'engloutit, vous saisissez ? Bonté divine ! Si je le surprenais en train de se brosser les dents avec je ne serais pas étonnée et si on vendait un dentifrice à goût de bourbon il serait le premier client non qu'il se brosse les dents souvent son haleine est puante...

Finalement, d'un air fataliste, elle s'approche du viphone. Il lui faut s'y reprendre à deux fois avant de composer le numéro. La première fois, elle avait perdu le compte au milieu. L'écran s'allume.

– Hé! fait-elle dans un souffle, comme si Jemmy pouvait l'entendre à des kilomètres de là. Il faut que vous fassiez vite quelque chose! Mon fils est parti avec la tribu des Blackass et ils vont faire un match avec...

Une tranquille voix féminine l'interrompt.

– Vous avez appelé le *Pavillon d'Eustache* dont la vocation est uniquement d'écouter. Nous n'agissons, n'intervenons ni ne tenons de conversations en aucun cas. Si vous avez besoin d'aide, veuillez vous adresser à l'un des services d'urgence habituels.

Sale petite clitouille! Tant pis pour elle. Je n'ai pas de dette envers eux, après tout. S'ils refusent de l'aide quand on leur en propose...

Mais les tribus doivent être presque là-bas maintenant. Brûlant, pillant, saccageant tout sur leur passage. Je me rappelle mon pauvre frère Archie. Son œil mort qui pendait sur sa joue. Il n'avait que dix-neuf ans.

Un dernier essai seulement. Après, qu'ils aillent rôtir en enfer s'ils préfèrent.

– Par pitié, écoutez-moi cette fois-ci! Je vous appelle pour vous prévenir! Mon fils Jemmy est parti de Quemadura avec la tribu des Blackass et il y a la tribu des Mariachis qui part de San Feliciano pour faire un match avec eux. C'est à qui brûlera le plus grand nombre de maisons à Précipice. Leur sachem a un mortier, écoutez-moi, un vrai mortier de l'armée avec une caisse d'obus!

Elle acheva d'une voix au bord du sanglot :

– Quand il saura, Jemmy va me tuer de coups. Mais je ne pouvais pas ne pas vous prévenir!

HAUT DE FORME ET BAS DE L'AINE

– Allez chercher le shérif!

A ce cri, tous ceux qui écoutaient tranquillement dans le local du *Pavillon d'Eustache*, y compris Kate et Sandy, qui faisaient un stage avant d'avoir le droit de recevoir les appels à la maison, levèrent des yeux furibonds.

– Laisse-nous écouter, dit quelqu'un.

– Il y a deux tribus qui se dirigent sur Précipice pour se battre. Ils ont un mortier de l'armée !

Ce fut suffisant pour galvaniser tout le monde. Mais un peu trop tard. Kate, enfreignant la règle et ôtant ses écouteurs, murmura :

– Il y a un petit moment, j'ai repoussé une communication où il était question d'un match tribal. Je me demande si par hasard...

Il avait commencé à se tourner vers elle quand la première explosion ébranla le calme du soir.

Les autres tressaillaient encore de surprise qu'il acheva son mouvement giratoire en disant :

– Tu as raccroché sur quelqu'un qui voulait nous prévenir ?

La réponse de Kate fut rendue inaudible par un bruit que nul n'avait jamais entendu de toute l'histoire de Précipice ni ne souhaitait jamais plus entendre. On eût dit qu'ils étaient brusquement pris au piège à l'intérieur du plus grand orgue de la terre tandis que l'organiste réalisait un plein jeu avec juste assez de fausses notes pour faire grincer les dents. A mi-chemin entre le hurlement et l'aboiement, c'était le cri de cent cinquante chiens géants répondant à l'appel de leur chef de meute.

Aoooo-arrrgh !

Seuls les jeunes restaient de garde, ainsi que les femelles qui s'occupaient d'une portée. Le reste des forces de Natty Bumppo partit comme une flèche dans la nuit, se guidant sur l'odeur de la peur car ce premier cri à lui seul avait suffi à semer la confusion au sein des attaquants. Il y eut quelques coups de feu et un nouvel obus de mortier fut lâché, mais il tomba loin.

Trente minutes plus tard, les chiens furent de retour, poussant devant eux les tribaux en larmes, en sang et désarmés. On pansa leurs plaies avant de les jeter dans les diverses caves et remises qui fermaient à clef de la ville, faute d'une véritable prison. Deux chiens avaient été blessés par balle, dont un grièvement, et un troisième avait reçu un coup de couteau mais il survécut. Trente-sept tribaux au total, qui n'étaient pas préparés à affronter un ennemi de cette trempe, furent incarcérés. Le plus vieux avait dix-huit ans.

Malgré tout cela, il était quand même trop tard pour sauver la maison au carrefour de la Route du Grand Cercle et du Chemin des Ecoliers.

DOLÉANCES

Il y avait des larmes qui coulaient sur les joues du sujet et les instruments conseillaient le retour au mode présent. Freeman s'inclina et attendit patiemment que l'homme reprît totalement conscience. Puis il attaqua :

– Je trouve étonnant que vous ayez pu être si touché par la destruction d'une maison à laquelle vous n'aviez même pas eu le temps de vous attacher. En outre, même si vous aviez tenu compte de la première communication, vous n'auriez pas pu éviter que l'attaque soit lancée. Et c'est le premier obus qui a détruit la maison.

– Vous n'avez pas d'âme. Et pas de cœur non plus.

Freeman ne répliqua pas.

– Ohhh ! Je sais ! Kate n'avait fait qu'obéir au règlement. Elle s'y était faite plus vite que moi. C'est la procédure standard, au *Pavillon d'Eustache,* de ne jamais prendre une communication où on vous demande de faire quelque chose, parce qu'il y a des services spécialisés pour ça. Et même si cette femme qui a appelé avait pu faire passer son message dans les premières secondes, la réaction aurait quand même été identique. On nous recommandait toujours de dévisser immédiatement tout appel comportant un avertissement à consonance hystérique, parce que neuf fois sur dix il s'agit d'un cinglé appartenant à une quelconque secte religieuse qui nous menace de la colère de Dieu. Nous, c'est-à-dire Précipice. Je le savais très bien sur le moment. Je savais parfaitement bien aussi qu'il ne servait à rien de hurler et de m'en prendre à elle, mais je ne pouvais pas m'en empêcher, devant le spectacle des restes calcinés de la maison, avec l'odeur encore dans mes narines et une douzaine de personnes autour de moi qui essayaient de me raisonner. Rien n'y a fait. Ce fut la grande crise. Je crois que ce qui s'est passé, c'est qu'à ce moment-là j'ai laissé sortir d'un coup tout le potentiel de rage qui s'était accumulé en moi depuis ma plus tendre enfance. Finalement... (Il dut s'arrêter pour déglutir péniblement avant de continuer :) ... J'ai fait quelque chose que je n'avais sans doute plus fait depuis l'âge de dix ans. J'ai levé la main sur quelqu'un.

– Je suppose que c'était Kate.

– Oui, bien sûr. Et... (Il se mit à rire, de manière incongrue car les larmes brillaient encore sur ses joues.) Et je me suis retrouvé une seconde plus tard étalé par terre, avec la grosse patte de Brynhilde posée sur ma poitrine et ses mâchoires près de mon visage. Elle secouait la tête – je vous le jure – comme pour dire : « tss, tss, vilain garçon ! ». Je pourrais souhaiter qu'elle ait été un peu plus rapide, parce que depuis je n'ai plus jamais revu Kate.

Le rire mourut sur son visage, remplacé par le désespoir.

– Je vois, médita Freeman. La perte de la maison vous a affligé parce qu'elle symbolisait vos relations avec Kate.

– Vous ne comprenez pas une parcelle de la vérité. Pas un millième de parcelle. Ne voyez-vous pas que toute la scène, que tout le tableau était *composé* de la notion de perte ? Pas seulement la maison, bien que ce fût le premier endroit où vraiment on peut dire que je commençais à comprendre les connotations du mot *foyer*. Pas seulement à cause de Kate, bien qu'avec elle j'eusse aussi pour la première fois ressenti tout ce que peut contenir le mot *amour*. Non, il y avait encore davantage. Quelque chose qui me touchait de beaucoup plus près. La perte de la maîtrise qui m'avait permis de changer à volonté d'identité. Elle s'était envolée à l'instant où je comprenais que j'avais frappé la dernière personne au monde à qui j'aurais souhaité faire du mal.

– Etes-vous certain qu'elle aurait tenu la promesse qu'elle vous avait faite de revenir de Kansas City? Obtenir un permis pour transporter son puma aurait été incroyablement difficile. Quelles raisons aviez-vous de la croire sincère?

– Entre autres choses, le fait qu'elle respectait une promesse qu'elle avait faite à ce puma. Elle n'est pas du genre à oublier ses promesses. Et puis, à ce moment-là, j'avais trouvé l'autre raison pour laquelle elle n'arrêtait pas de s'inscrire chaque année dans la même université à des cours sans rapport les uns avec les autres. Principalement, c'était pour se créer une perspective. Elle voulait que son image du monde englobe un peu de tout, vu du même point fixe. Elle aurait été prête à continuer pendant dix ans, si nécessaire.

– Mais elle a fait votre connaissance, et vivre avec vous ce doit être toute une éducation. Oui. J'admets facilement l'idée. Dix ans à Randémont, à trois millions par an, cela a dû vous équiper pour transmettre pas mal de données.

– Vous faites de l'esprit comme on fait du cholestérol. Vous est-il jamais arrivé de rire en entendant une histoire drôle?

– Très rarement. Je les connais pratiquement toutes avant.

– Sans doute que parmi les composantes de la personnalité humaine que vous essayez d'analyser, l'esprit est à côté de la douleur sur la liste?

– Juste après. D vient avant E.

Il y eut un moment de silence.

– Vous savez, c'est la première fois que je me demande si vous débraillez ou pas.

– Vous essaierez de résoudre le problème par vous-même, dit Freeman en se levant pour s'étirer. Cela vous occupera l'esprit jusqu'à la prochaine séance.

LE COÛT D'UNE HEURE

Après avoir frappé Kate...

Que son univers ait été repeint aux couleurs de l'amertume n'était pas une excuse. Certains de ses voisins – ses nouveaux amis – étaient assez âgés pour avoir vu pas seulement une maison, mais une cité entière tomber en ruine.

De toute manière, quelle défense pouvait-il trouver dans un contexte où même les chiens étaient capables de faire la distinction entre la force et la violence ? Les tribaux, qui trouvaient amusant de lancer des obus de mortier au hasard sur une communauté paisible, avaient été matés. Certains portaient des marques de morsures, mais elles étaient strictement limitées. Tel bras avait brandi un revolver ou un couteau, par conséquent, il fallait bien que les doigts s'ouvrent pour laisser tomber ce qu'ils tenaient. Telle paire de jambes avait essayé de mettre son propriétaire à l'abri; par conséquent, la cheville avait dû être saisie juste assez pour le faire trébucher. Toujours pour une bonne raison.

Il n'avait pas de bonne raison de frapper Kate. Ils s'évertuèrent à le lui expliquer, patiemment. Sourd à leurs arguments, il leur retourna des justifications oiseuses mêlées à des insultes jusqu'à ce que, de guerre lasse, ils s'éloignent de lui en haussant les épaules.

Il ne faisait pas froid, cette nuit qu'il passa assis sur une souche d'arbre à contempler la carcasse calcinée de la maison. Mais dans son cœur glacé régnait une honte dont il n'avait jamais ressenti l'équivalent depuis qu'il était devenu adulte.

A la fin, il se leva et partit simplement, sans se soucier de savoir où.

Il arriva plusieurs heures plus tard à l'endroit qui avait vomi la tribu des Blackass sur la commune de Précipice. C'était la poussière engluée de sueur d'une journée de marche qui lui rendait odieux le frottement de ses pieds contre ses chaussures, mais elle lui semblait figurer le déchet de la cruauté humaine; une matérialisation de l'appétit de violence, son ectoplasme.

– Je ne sais pas qui je suis, dit-il à un passant indifférent quand il entra dans les rues de Quemadura.

– Je ne sais pas qui vous êtes non plus et je m'en fous, lança l'inconnu en passant son chemin.

Il médita longtemps cela.

IGNORANTIA NIHIL EXCUSAT

Ted Horovitz effectua les changements nécessaires dans le programme lettre papier, enfonça la touche imprimante et lut le résultat à mesure qu'il émergeait de la machine. Dieu merci, c'était la dernière des trente-sept.

Chère madame, votre fils Jabez a été arrêté hier soir sur le territoire de notre commune en possession de quatre armes capables de donner la mort, dont l'une, un revolver, avait été utilisée quelques minutes avant. L'audience est prévue pour demain matin 10 heures. Au cas où vous désireriez vous faire représenter légalement, veuillez remettre le résumé ci-inclus des charges qui pèsent sur votre fils à votre avocat; dans le cas contraire, soyez assurée que Jabez sera défendu par un homme de loi compétent désigné par le tribunal. Sous notre juridiction, la peine dont votre fils est passible pour son délit entraîne un minimum d'une année de réhabilitation surveillée, au cours de laquelle le condamné ne peut quitter les limites de la commune. Il n'y a pas de maximum légal à cette sentence. Votre fils ayant déclaré qu'il ne connaissait pas notre code juridique, nous vous rappelons que nous avons fait nôtre un des plus vieux principes de l'humanité : « Nul n'est censé ignorer la loi. » En d'autres termes, aucune défense ni aucun appel ne pourront être fondés sur cette base. Vos distingués, etc.

Soulagé, il se tourna vers Brad Compton, qui entre autres fonctions occupait celle de conseiller juridique municipal :

– J'espère que c'est tout jusqu'à l'audience, maintenant ?

– Pour moi, oui, grommela Brad. Mais ne te réjouis pas trop vite. Je discutais avec Sweetwater ce matin, et il semble qu'elle ait découvert quelque chose qui...

– *Ted !*

Le cri perçant était venu de l'extérieur. Ted soupira :

– Je suis sûr que cette femme a des dons de télépathe. Oui, Sweetwater ! cria-t-il en tapant sur sa pipe pour la vider. Tu peux entrer !

Elle pénétra dans le bureau de Ted, les bras chargés de feuillets d'imprimante qu'elle déposa bruyamment sur la table. Puis elle se laissa tomber dans un fauteuil.

– Je le savais, dit-elle. Je savais bien que ce que Sandy nous a dit l'autre soir chez Josh et Lorna me rappelait quelque chose. Cela date d'il y a un peu plus de onze ans. Mais une communication comme ça, on en a une fois dans sa vie. Quand j'ai commencé à creuser un peu, je n'ai eu que des confirmations. Regarde.

Ted obéit, les sourcils froncés. Brad fit le tour pour venir lire par-dessus son épaule.

Il y eut un long silence que ne troublait que le froissement des feuillets pliés en accordéon. Finalement, Ted demanda sans relever les yeux :

– A-t-on de ses nouvelles ?

– Non, fit Sweetwater. Et de Kate non plus.

– Kate a quitté la ville, dit Brad. Elle a pris l'autorail de 7 h 30. Mais personne ne sait ce qu'est devenu Sandy.

– Nous savons tous, murmura Ted, ce qu'il va devenir... n'est-ce pas ?

Les deux autres approuvèrent silencieusement.

– Il faudrait appeler Suzy, dit enfin Ted avec un soupir. J'ai une motion à présenter au conseil.

– Faire de Sandy un libre citoyen de Précipice ? suggéra Sweetwater. Faire de nos protections ses défenses ?

– Uhu.

– Naturellement, ma voix t'est acquise, mais...

– Mais quoi ?

– Tu as oublié ? Nous ignorons qui il est. Il nous a dit ce qu'il était, mais il a oublié de dire qui.

La mâchoire de Ted s'affaissa.

– Son code ? demanda-t-il au bout d'un moment.

– J'ai vérifié immédiatement. Il n'existe pas. Supprimé. Et sans doute avec son serpent protecteur.

– Cela nous rend la tâche plus difficile, commenta Brad, mais je pense qu'il faut le faire quand même. Je suis sûr que Suzy n'aura pas d'objection quand elle lira les informations découvertes par Sweetwater.

LA COUR S'EFFONDRE

– Tiens, tiens. Très intéressant. Voilà qui pourrait épargner beaucoup de peine. Hé, Perce !

– Qu'est-ce que c'est ?

– Tu connais ce trou, Précipice CA ? On dirait que le shérif là-bas vient d'aller un peu trop loin.

– Oh, Gerry. Gerry ! Si tu n'étais pas nouveau dans le service, tu saurais que rien ne peut aller trop loin à Précipice. Les pifs de Claes College, quand ils ont signé leur concordat avec Washington, ont fait avaler la plus belle pilule de toute l'histoire au gouvernement américain. Mais pour une fois, vas-y. Vide ton sac. On ne sait jamais.

– Eh bien, ils viennent d'arrêter trente-sept tribaux, et...

– Et alors ?

– Regarde un peu ces condamnations qu'ils ont pondues !

– Ne pas quitter les limites de la commune pendant une année minimum, accepter de se faire escorter par un chien... Eh bien ?

– Merde ! Se faire escorter par un chien ?

– Ils ont de drôles d'animaux, là-bas. Tu ne t'es pas renseigné, hein ?

– Euh... je pense que...

– Laisse tomber. Tu ne t'es pas renseigné. Bon, alors, qu'est-ce que tu espérais au juste tirer de tout ça ?

– Je m'étais dit que peut-être... une suspension ? Fondée sur le motif de cruauté exceptionnelle... ou de rapt d'enfant, peut-être. Un des tribaux n'a que treize ans.

– Il y a quatre Etats où selon l'usage les mineurs de plus de treize ans peuvent relever d'une procédure normale. La Californie est l'un d'entre eux. Je te laisse le soin de compléter ton instruction en découvrant quels sont les trois autres. Quant au grief de cruauté exceptionnelle, tu devrais aussi savoir qu'il existe une ville où on a encore le droit de te brûler vif légalement, à condition de choisir un autre jour que le dimanche. Il y a un bout de temps que cette loi n'a pas été appliquée, mais elle est toujours en vigueur. Interroge n'importe quel ordinateur. Tu ferais mieux de t'occuper de ton boulot. Pendant que tu faisais l'idiot, il y a des chances pour qu'ils t'aient fait passer sous le nez une couleuvre d'un modèle inédit.

Silence.

– Perce !

— Qu'est-ce qu'il y a encore ?
— Tout à l'heure, tu parlais d'une couleuvre ?
— Oh, Mon Dieu ! Je voulais plaisanter. Tu ne vas pas me dire qu'ils nous ont encore craché dans l'œil ?
— Viens voir toi-même. Elle a l'air... euh... féroce, hein ?
— Tu es en dessous de la vérité. Je crois qu'elle va faire sa première victime. C'est toi qui l'as trouvée. Va dire à Hartz qu'il peut abandonner l'offensive contre le *Pavillon*.
— Hein ?
— Fais ce que je te dis. Et préviens tout le monde. Qu'ils s'attaquent à cette chose-là, et... Seigneur ! Le réseau serait livré au chaos en une minute pile, peut-être moins. Fais vite !

LE GRAND CHAT PITEUX

Le ventre creux, la gorge desséchée, il errait dans les rues de Quemadura où la nuit commençait à tomber, sans se rendre compte qu'il faisait partie d'un courant. Les gens et les véhicules convergeaient vers le même point. Il suivait la foule, vide, passif, ignorant la réalité jusqu'au moment où soudain quelqu'un lui parla.
— Alors, quoi, choureur, on est sourd et muet ?
— Hein ?
Il émergea de son cocon de supercharge, clignant des yeux, et prit conscience de l'endroit où il se trouvait. Il l'avait déjà vu à la trivi, mais jamais en réalité. Surtout, il n'en avait jamais respiré l'odeur. Un miasme de peur animale et d'excitation humaine.
De nombreuses enseignes à l'éclat douloureux pour les yeux s'allumèrent et s'éteignirent, confirmant sa découverte. Certaines proclamaient : CIRQUE BOCCONI; d'autres, plus discrètement, faisaient savoir que le spectacle des arènes allait débuter dans 11 minutes. Tandis qu'il regardait en l'air le 11 se transforma en 10.

– Une place à combien ? répéta la même voix pressante. Dix, vingt, trente ?

– Euh...

Il fouilla dans ses poches et trouva quelques billets. Les places étaient vendues, cela faisait partie de l'ambiance, par un être humain. C'était un homme au visage balafré et à la main droite amputée de plusieurs doigts. Quand il vit le papier-monnaie, cependant, il tiqua ; mais la machine qui était sur le côté de la guérite décida que la coupure était authentique et cracha une place à dix dollars.

Tout en se demandant ce qu'il faisait là, il suivit les flèches indiquant $ 10,$ 10, $ 10. Il se retrouva peu après dans l'enceinte, probablement un hangar à avions reconverti. Il y avait des tribunes et des gradins disposés autour d'une fosse et d'une arène. Des machines étaient en train d'accrocher un décor factice constitué de bannières aux slogans en latin mal orthographié et de faisceaux romains en plastique entourant des haches sans éclat de la même substance.

Avec une politesse machinale, il se fraya un chemin jusqu'à une place libre en haut des gradins d'où on apercevait à peine une partie de la piste. Sans vergogne, il tendit l'oreille aux propos de ses voisins, les afis arrivés avant lui.

– Gâcher des crocos sur des gosses, surp ! Je déteste mes enfants autant que n'importe qui, mais quand on a de vrais crocos vivants... merde alors !

– J'espère qu'il y a quelques Blancs au menu. J'en ai marre de marre de voir toujours les mêmes Noirs imiter leurs ancêtres en faisant le coup du lion que je t'attrape par la crinière et que je te balance par la queue. Ils sont bourrés, bourrés de drogue jusque-là !

– De toute façon, tout est truqué. On dit qu'ils mettent des implants radio dans le cerveau des animaux pour qu'ils ne fassent vraiment de mal à personne, à cause des assurances qui coûtent cher et...

Une voix démesurément amplifiée tonna :

– Plus que cinq minutes ! Cinq petites minutes et le

grand spectacle va commencer ! Personne, je dis bien personne, ne sera autorisé à entrer après la fermeture des portes. N'oubliez pas que le cirque Bocconi est le seul, d'un bout à l'autre de la Côte Ouest, à vous présenter un spectacle vivant et en direct ! Mais nous sommes retransmis aussi, pour ceux qui ne peuvent pas venir, sur tout le reste du continent !

Soudain, il se sentit vaguement effrayé et regarda autour de lui comme s'il voulait se lever pour partir. Mais il était prisonnier de la foule qui continuait à arriver en rangs serrés et il n'osait la fendre à contre-courant, d'autant plus qu'une caméra de trivi était braquée dans sa direction. Elle était suspendue à l'extrémité d'un bras de métal articulé comme une patte de mante religieuse qui coulissait sur un rail aérien, et semblait le fixer de son œil double à facettes. Plutôt que d'attirer l'attention en partant, il était plus prudent d'assister au spectacle.

Il croisa les bras en posant les mains sur son corps, comme pour s'empêcher de frissonner.

Après tout, se dit-il pour se consoler, le spectacle ne dure qu'une heure.

Les premiers numéros le laissèrent plus ou moins indifférent, mais l'un d'eux, particulièrement répugnant, fit monter une boule de nausée à la base de son gosier. Importé d'Irak, c'était un authentique avaleur de serpents, un affreux personnage dont le front saillant évoquait l'hydrocéphalie. Il offrit tranquillement sa langue au serpent, le laissa frapper, la rentra et arracha d'un seul coup de dents la tête du reptile qu'il mastiqua longuement puis déglutit avant de se lever en souriant timidement pour recevoir les acclamations du public.

Il y eut ensuite un combat stylisé entre gladiateurs, justification du thème « romain » du spectacle, qui s'acheva lorsque le rétiaire commença à saigner d'une blessure à la jambe tandis que le mirmillon – celui qui portait le glaive et le bouclier – paradait autour de la piste, sans avoir pratiquement rien fait.

Un sourd ressentiment germa dans son esprit.

C'est écœurant. Une boucherie romaine, truquée du début jusqu'à la fin. Abominable. Répugnant. C'est là que les parents apprennent à éduquer leurs enfants qui s'amusent à tribaliser la maison des autres. C'est là qu'on leur apprend : souviens-toi comment tu as tué ta mère. Coupé les couilles à ton père. Mangé le bébé pour que papa et maman ne l'aiment pas plus que toi. Dégueulasse. Complètement dégueu et dingue.

A Randémont, il y avait eu une espèce de culte souterrain pour les jeux du cirque. Quelque chose à voir avec la canalisation des tendances agressives dans des voies socialement acceptables. Le souvenir n'était qu'un vague écho. Il y avait dans sa tête une terrible confusion. Il avait faim, il avait soif et par-dessus tout il était horriblement malheureux.

– Et maintenant une courte interruption afin que nos annonceurs puissent diffuser leur message à travers le monde, tonna le maître des cérémonies d'une voix monstrueusement amplifiée par la sono. Il est temps pour moi de vous présenter une attraction unique de notre spectacle romain. Al Jackson, qui vient de remporter il y a un instant le combat de gladiateurs...

Pause pour une nouvelle salve de cris et d'applaudissements.

– Hé, oui ! Vous savez, c'est dans la famille. Devinez ce que fait son fils, qui marche brillamment sur ses traces... Il est sachem de la tribu des Blackass !

Nouvelle pause, sans résultat cette fois-ci. Comme s'il attendait les vivats et les sifflements des tribaux, qui n'ont pas daigné se déranger.

Il enchaîne expertement :

– Al lance un défi en temps réel. Je répète, un défi au public, en temps réel, sans préparation ni tricherie. Qui veut essayer son adresse contre lui avec le filet et le trident ? N'importe qui peut descendre dans l'arène ! Vous n'avez qu'à vous lever et crier !

Sans préméditation, il se trouva debout.

– C'est le père du sachem des Blackass ?

Il entendit sa propre voix, comme répercutée sur des années-lumière de distance.

– Lui en personne ! Et fier de son fils, Bud Jackson !

– Alors, je vais le mettre en pièces, s'entendit-il crier, en se mettant debout, de tous ses poumons. Je vais le faire pleurer et demander pardon. Je vais lui apprendre tout ce que son fils m'a appris, je vais lui faire cracher ses dents et sa bile. Et il s'en souviendra longtemps après la fin de ce spectacle !

Il y eut un crépitement d'applaudissements tandis que les spectateurs redressaient la tête dans un regain d'intérêt. Quelqu'un lui tapa sur l'épaule au passage en lui souhaitant bonne chance.

TERMINOLOGIE

– Exemple classique d'impulsion suicidaire.

– Foutaise. Je n'avais pas la moindre envie d'être mort. J'avais soigneusement observé ce gros bouffi. Je savais que j'étais capable de l'écraser malgré ma faim et ma colère. Ne l'ai-je pas prouvé ? Il est resté une semaine à l'hôpital, vous savez, et il ne marchera plus jamais normalement.

– Peut-être. Mais d'un autre côté, vous donner en spectacle devant les caméras trivi...

– Oui, oui, je sais.

LES MÉDIA ONT TORT

Par tradition, on défigurait les slogans ou on ajoutait des moustaches sur les affiches dans les rues ou les couloirs du métro. Parfois – surtout dans les zones rurales – on s'entraînait au tir dessus, simplement parce que les yeux ou le bout des seins d'un modèle formaient une cible commode.

Plus tard, lorsqu'il devint courant d'avoir à la maison un gadget consistant en un choix d'écrans transparents (comme ceux qu'on devait utiliser par la suite pour la version électronique du jeu des tringles) à fixer sur le poste de télévision pour jouer au ping-pong ou à d'autres jeux analogues, les spécialistes furent étonnés de voir tout à coup grimper la cote d'amour des émissions publicitaires. Au lieu de changer de chaîne quand la publicité commençait, les téléspectateurs tournaient leur bouton pour rechercher ces émissions.

Quant à l'attention qu'ils prêtaient à leur contenu, c'était une autre affaire. Ce qu'ils voulaient, c'était graver dans leur mémoire les gestes des acteurs pour pouvoir les déformer de la manière la plus hilarante possible avec un crayon magnétique. Pour devenir fort à ce jeu, il fallait avoir les mouvements dans la tête à une demi-seconde près.

Avec une horreur grandissante, les publicitaires et les responsables des chaînes de télévision s'aperçurent que dans neuf cas sur dix les téléspectateurs les plus assidus étaient incapables de citer les noms des produits concernés. Ce n'était plus : « Tu sais, cette réclame pour Truc-chose » ou bien « cette pub pour Machin-tel », mais : « Tu vois ce que je veux dire, celle où elle lui en met un dans les gencives, si tu sais y faire. »

On faisait remonter généralement le point de saturation, ainsi que le début du rendement non proportionnel, au début des années quatre-vingts, à l'époque où le citadin nord-américain était atteint, pour la première fois dans l'histoire, par plus de mille annonces publicitaires en moyenne *chaque jour*.

Par la suite, ils continuèrent quand même à en faire, évidemment. C'était devenu une seconde nature.

GLAIVE, MASQUE ET FILET

En ricanant, Shad Fluckner posa le crayon magnétique à côté de lui. L'intermède publicitaire était fini et l'émission de cirque allait reprendre. Les employés de l'agence Anti-Trauma étaient non seulement invités à regarder les émissions du cirque Bocconi de Quemadura, mais ils y étaient pratiquement obligés. Le cirque était un des meilleurs moyens d'augmenter la clientèle de la corpo. Les parents qui passaient le plus de temps à se repaître de violence par gladiateurs interposés étaient précisément ceux qui avaient le plus peur de voir les instincts agressifs de leurs enfants se retourner contre eux. En fait, plus ils regardaient les jeux du cirque et plus tôt ils avaient des chances de venir inscrire leurs enfants pour une série de séances. La relation, c'était démontré, était linéaire, plus ou moins quatorze pour cent.

Cela ne le dérangeait pas. De toutes les façons, il aimait le cirque depuis toujours. Mais s'ils savaient, les gros bonnets d'Anti-Trauma, ce qu'un de leurs employés avait réussi à faire de leur dernière pub, alors, ho là là ! il y aurait des plumes qui voleraient. La seule chose qui était dommage, c'est qu'il ne pouvait partager sa découverte avec personne. Ses collègues interpréteraient cela comme un manque de loyauté envers l'agence, à part ceux qui avaient décidé qu'il était temps pour eux de se mettre à la recherche d'un autre emploi. D'ailleurs, il caressait lui-même cette idée depuis un petit bout de temps, et rien ne disait qu'il ne mettrait pas sa décision à exécution avant la fin de l'exploitation de la pub. En attendant, il pouvait bien rigoler un peu.

Sans cesser de ricaner, il s'installa confortablement pour regarder la fin de l'émission, celle où le gladiateur lançait un défi à qui voulait l'affronter dans l'arène.

Sûr qu'il n'y avait que des compères, là-dedans. Mais on ne sait jamais...

Ho!

Pas un compère, celui-ci. A moins qu'ils n'aient décidé de surper leur champion, et... Merde, il est en train de hurler, le pif! Il gueule pour de bon. Pour une fois, c'est du sanglant. Superchargeant! Hum... ça alors...

Les yeux protubérants, il se rapprocha de l'écran. Ce sang-là n'était pas juste pour la galerie. Ni ces cris de douleur! Qui pouvait être ce choureur qui malmenait le champion de Bocconi avec une telle...

– Mais c'est mon Lazare! s'écria-t-il soudain, et ses mots résonnèrent étrangement dans la pièce vide. Avec ou sans barbe, je le reconnaîtrais entre mille. Il m'a glissé entre les doigts une première fois, mais maintenant... maintenant, on va voir!

LA PERSONNE SUIVANTE

– Une fois qu'on l'a reconnu à la trivi, ce n'était plus qu'une question de temps, j'imagine, fit Hartz en se rejetant en arrière dans son fauteuil.

Il était assis à son bureau, sur lequel une plaque oblongue indiquait : *Directeur adjoint.* Il appuya sur une touche de sa console pour arrêter le défilement de la bande Haflinger.

– Précisément, répondit Freeman. Le FBI n'a pas été long à lui mettre la main dessus.

– Moins long que vous à le travailler, fit Hartz avec un sourire indolent.

Dans le contexte de son bureau, sur son terrain, il offrait une image différente de celle du visiteur de Randémont. Peut-être était-ce pour cette raison qu'il avait refusé de se déplacer cette fois-ci.

– Je vous demande pardon, dit Freeman en se raidissant. Ma mission était de lui soutirer le plus grand nombre possible d'informations. Il était impossible d'aller plus vite. Néanmoins, à un demi pour cent près, je crois l'avoir remplie.

– Vous êtes peut-être satisfait, mais ce n'est pas notre cas.

– Pardon?

– Je crois m'être exprimé clairement. Après votre interrogatoire prolongé du sujet, nous ignorons toujours ce qui nous intéresse le plus.

– C'est-à-dire...? demanda Freeman d'une voix qui devenait de plus en plus glacée.

– La réponse, je crois, est évidente. Il existe un état de fait intolérable dans les rapports de Précipice avec le gouvernement. Un petit groupe de dissidents a réussi à instaurer un équilibre de dissuasion analogue dans son principe à la position d'un terroriste fou en possession d'une bombe nucléaire qu'il menace de faire sauter. Nous étions sur le point d'éliminer une fois pour toutes cette anomalie. Mais Haflinger – ou Locke, ou Lazare, je ne sais pas comment il se faisait appeler alors – est intervenu dans le jeu et nous a renvoyés à la case Départ. Vous venez de l'interroger pendant des semaines. Dans toutes les montagnes de données que vous avez accumulées, dans les kilomètres de bande que vous avez enregistrés, il n'y a pas le plus petit indice sur ce que nous cherchons.

– Comment dévisser la couleuvre protectrice qu'il a composée pour le *Pavillon d'Eustache?*

– Ah, bravo! Vous avez trouvé tout seul! fit Hartz avec une voix chargée d'un excès d'ironie. Comme je vous l'ai dit, il est absolument intolérable qu'une petite communauté comme Précipice se permette d'empêcher le gouvernement d'exercer son droit de contrôle contre la subversion, la trahison et la désaffection. Il nous faut le moyen de détruire ce serpent!

– Vous demandez la lune, déclara calmement Freeman au bout d'un moment. Haflinger lui-même ne saurait pas le faire. Je suis prêt à engager ma réputation là-dessus.

– C'est votre dernier mot ?
– Oui.
– Je vois. Hum... C'est bien regrettable !

Hartz inclina son fauteuil en arrière en prenant appui d'une seule main sur le bord du bureau. Au risque de se déséquilibrer, il passa l'autre main dans ses cheveux en s'absorbant dans la contemplation du mur opposé de la pièce.

– Et ses autres contacts ? dit-il en revenant brusquement à la position normale. Qu'avez-vous trouvé au sujet de Kate Lilleberg, par exemple ?

– On dirait qu'elle est retournée à son premier projet, soupira Freeman. Elle est à K.C. Elle n'a pas présenté de demande pour transporter son puma dans un autre Etat. En fait, je ne vois guère qu'une seule décision importante qu'elle ait prise depuis son retour.

– Je suppose qu'il s'agit de sa réinscription à l'université. Elle a décidé de choisir l'informatique pour l'année prochaine, c'est bien ça ?

– Euh... oui, c'est ça.

– Etrange coïncidence. Qu'est-ce que vous en pensez ?

– Il y a sans doute un rapport... en fait, c'est vraisemblable. Appeler cela une coïncidence... non.

– Parfait. Pour une fois, nous sommes d'accord sur quelque chose. Mais dites-moi... quelle est votre opinion sur cette petite Lilleberg ? Je sais que vous ne la connaissez pas. Mais vous avez parlé à plusieurs personnes qui sont intimement liées à elle. Sa mère, par exemple, ou son amant, ou certains de ses amis.

– Elle donne l'impression d'avoir beaucoup de bon sens, déclara Freeman après avoir réfléchi quelques instants. J'avoue que ce qu'elle a fait pour aider Haflinger m'impressionne. Ce n'était pas une petite affaire que d'échapper...

Ses mots moururent sur ses lèvres comme si soudain il venait d'entendre à l'avance ce qu'il était en train de dire.

— Continuez, fit Hartz, suave.

— J'allais dire : à une chasse aussi intensive que celle que nous lui livrons depuis plus de six ans maintenant. Depuis qu'Haflinger a déserté, je veux dire. Et elle a paru... eh bien, réaliser tout de suite ce qui était en jeu.

— Elle n'a pas non plus mis en doute ce qu'il lui disait, n'est-ce pas ?

— Rien dans son comportement ne l'indique. Non.

— Je vois. Eh bien... j'ai le plaisir de vous informer que vous allez avoir amplement l'occasion de confirmer ou d'infirmer vos thèses.

Hartz appuya sur une autre touche de sa console. L'écran mural de son bureau s'illumina sur un visage considérablement agrandi.

— D'après les évaluations de nos ordinateurs du BFI, reprit-il, vos techniques, très élaborées, je n'en ai pas le moindre doute, pourraient bénéficier... comment dire... de l'apport d'une nouvelle approche qui pour paraître un peu archaïque n'en a pas moins fait ses preuves en maintes circonstances. Parce que nous avons la ferme intention de détruire ce serpent dont Haflinger a fait cadeau à Précipice ! ajouta-t-il en élevant soudain la voix. Et avant la fin de cette année, en plus. J'ai reçu des instructions personnelles du président à ce sujet.

Les lèvres de Freeman remuèrent sans qu'aucun son n'émerge. Il regardait l'écran d'un air fasciné.

— Même si j'ai pu parfois vous donner l'impression du contraire, continua Hartz, nous sommes très conscients à Washington de la patience et de l'adresse que requièrent vos travaux. Nous ne connaissons personne qui pourrait vous surpasser dans ce domaine. C'est précisément la raison pour laquelle nous avons décidé de vous confier un nouveau sujet.

— Mais... balbutia Freeman en levant un index tremblant vers l'écran. Mais c'est... Kate Lilleberg !

— En effet. C'est bien Kate Lilleberg. Nous sommes persuadés que sa présence à Randémont vous offrira les arguments dont vous avez encore besoin pour tirer à Nickie Haflinger le dernier secret qu'il vous cache précieusement. Et maintenant, si vous voulez bien m'excuser, je n'ai plus de temps à vous accorder. Au revoir.

LIVRE III

LA COURSE AUX ARMES, MAMAN

L'HOMME PROPOSE

– Ce n'est pas comme ça que moi je vois les choses.
– Non mais pour qui il se prend celui-là ?

EN LONG ET EN BREF

C'est un endroit fondamental. Une ferme. Ecoutez-la.
Terre. Maison. Grange. Soleil. Pluie. Neige. Champ. Haie. Mare. Blé. Maïs. Foin. Charrue. Semer. Récolter. Cheval. Cochon. Vache.

C'est un endroit abstrait. Une salle de concert. Ecoutez-la.
Chef d'orchestre. Musiciens. Public. Ouverture. Concerto. Symphonie. Podium. Harmonie. Instrument. Oratorio. Variations. Arrangement. Violon. Clarinette. Piccolo. Timbales. Piano-forte. Auditorium.

Mais considérez aussi :
Harpe. Cor. Tambour. Chanson. Pipeau.
Et de même :
Luzerne. Rutabaga. Engrais. Elévateur. Moissonneuse-batteuse.

Affecter les termes suivants (sans crédit) à l'une des catégories impliquées par les paramètres précédents (1) :

Bit. Enregistrement. Mémoire. Commutation. Programme. Transistor. Bande magnétique. Donnée. Electricité. En ligne. Temps de panne. Imprimante. Lecture. Traitement. Cybernétique.

ARRÊT À LA STATION

Pour la première fois depuis qu'avait surgi sur le seuil de sa porte le... regretté ? Sandy Locke, le communicateur de Kate sonna alors qu'elle n'attendait aucune visite.

Par les temps qui couraient, on n'allait pas voir les gens comme ça, sans les prévenir. D'abord, ça ne valait pas le coup, la plupart du temps, les gens passant chez eux moins de temps que jamais depuis que le monde était monde, du moins à ce que disaient les statistiques, malgré la présence en couleurs réelles et en profondeur simulée de la trivi dans un coin de chaque salle de séjour. Mais surtout, à rendre une visite à l'improviste, on risquait de se voir résillé en moins de deux dans un inextricable et incassable enchevêtrement de fils de plastique, ou peut-être gazé dans n'importe quelle demeure au-dessus du niveau de la plus simple pauvreté.

C'est pourquoi on donnait d'abord un coup de viphone.

En plein milieu de sa plus grande chambre, dont elle redécorait les murs à l'aide d'énormes agrandissements photographiques de micro-circuits (lorsqu'elle les aurait retouchés avec de la peinture métallique, ils

(1) En aucun cas ne donner demain la même réponse qu'aujourd'hui.

constitueraient un ordinateur privé très commode), Kate s'arrêta net pour réfléchir.

Après tout, ça ne peut pas faire de mal si je regarde qui c'est.

En soupirant, elle activa la caméra et vit apparaître sur l'écran le visage d'un homme qu'elle ne connaissait pas : jeune, beau garçon, les cheveux en désordre, la mise négligée.

– Vous devez être Kate ! fit-il en s'animant.

– Et vous ?

– Mon nom c'est Sid. Sid Fesser. J'ai passé mes vacances dans les communes de compensation légale. J'ai fait la connaissance d'un pif nommé Sandy, qui m'a dit de vous dire un petit bonjour en passant par K.C., et comme mon hôtel est juste à quelques rues d'ici... J'aurais peut-être dû appeler d'abord, mais quoi... il fait si beau, et c'est juste à côté !

– Très bien. Montez.

Il sifflotait en grimpant l'escalier. Et quand elle lui ouvrit, il l'immobilisa dans une résille instantanée.

– Bagheera ! eut-elle le temps de crier avant de s'écrouler, les jambes prises dans un entrelacs de plastique.

Pop.

Se ramassant pour accomplir un bond qui aurait pu lui faire franchir d'un coup toute la longueur du couloir qui le séparait de la gorge de l'intrus, le puma tressaillit, gémit, parut vouloir secouer quelque chose qui lui irritait le poitrail, et s'affaissa.

Il était rapide, ce choureur, et très fort. Avant même d'avoir remis le revolver dans sa poche, il collait déjà un morceau de plastique adhésif sur la bouche de Kate pour l'empêcher de hurler.

– Fléchette anesthésique, murmura-t-il. N'ayez aucun souci. On s'en occupera. D'ici deux heures il n'y paraîtra plus. J'ai dû lui mettre la dose maxi, parce que ce n'est pas ma spécialité, de me mesurer avec des bestioles pareilles.

Après avoir refermé doucement la porte, il sortit de sa poche un communicateur et parla :

– C'est bon. Vous pouvez monter la chercher. Mais ne faites pas de bruit. C'est le genre de voisinage, on dirait, où les gens s'intéressent encore aux affaires des autres.

– Tu as neutralisé le puma ?

– Est-ce que je te parlerais dans le cas contraire ?

Il rangea le communicateur. Puis il se tourna tranquillement vers Kate, qui poussait des grognements futiles et furieux :

– Economise tes forces, clitouille. Je ne sais pas ce que tu as fait, mais ce doit être sérieux. J'ai un mandat d'arrestation et de détention sans liberté provisoire signé par le directeur adjoint du Bureau Fédéral d'Informatique, qui est assez haut placé sur le mât totémique de Washington. De toute manière, pas la peine de discuter avec moi, je ne suis que le commissionnaire.

DIFFÉRENCIÉ

Les choses avaient changé. Pas seulement en surface, bien que sa situation fût radicalement modifiée. Au lieu d'être continuellement branché et débranché par des drogues ou par stimulation corticale, il avait pu la nuit dernière pour la première fois depuis longtemps dormir d'un sommeil naturel. En outre, on l'avait mis dans une vraie chambre, un peu nue mais confortable, avec de vraies fenêtres par lesquelles il avait pu s'assurer qu'il se trouvait bien à Randémont comme il le pensait. Pendant toute la durée de son interrogatoire, il était resté dans une espèce de niche de la taille d'un cercueil, environné d'instruments et de machines destinées à maintenir son tonus musculaire pour compenser son immobilité.

Mais à part cela, un changement beaucoup plus significatif s'était produit.

La porte de sa chambre s'était ouverte avec un bruit de serrure. Un homme était entré, l'air débonnaire, vêtu de blanc, armé. Il s'était attendu à être désormais escorté dans tous ses déplacements.

L'homme l'avait conduit le long d'une série de corridors qui n'en finissaient pas. Il y avait eu un escalier à descendre. Treize marches, il les avait comptées. Finalement, il s'était retrouvé dans un étroit passage dont une des parois était faite de verre armé unidirectionnel.

En train de regarder par cette paroi dans une pièce faiblement éclairée, il y avait Freeman.

Quand le nouveau venu se trouva à ses côtés, il le salua d'un signe de tête sans le regarder puis appuya le bout de son index sur la paroi de verre.

De l'autre côté était étendue une fille très maigre, nue et inconsciente. Une infirmière en blouse blanche lui rasait la tête.

Il y eut un long silence. Finalement :

– Uhu. Je m'attendais à ça. Mais vous connaissant comme je vous connais maintenant, je suis prêt à croire que l'idée ne vient pas de vous.

Sur quoi il y eut un nouveau silence, rompu cette fois-ci par Freeman qui s'adressa au garde d'une voix pleine de lassitude :

– Reconduisez-le à sa chambre. Qu'il réfléchisse quelque temps.

BOULE DE BILLARD

Il ne faut jamais perdre de vue que pendant tout le temps que nous avons passé à étudier les chauves-souris, les chauves-souris ont disposé d'une occasion unique de nous étudier.

JE SUIS

Ce qu'il avait dit à Freeman était vrai. Depuis qu'il avait retrouvé, à la fin de la période d'interrogatoire intensif, toutes ses facultés de raisonnement, il s'était attendu à ce que Kate suive le même chemin que lui.

D'ailleurs, ça ne faisait aucune différence. Pas plus que réciter : « Un-deux-trois-jeudi ! J'arrive-au-paradis ! » ne saurait améliorer le sort d'un homme qui est en train de tomber du haut d'une falaise.

Il réfléchissait ainsi dans la chambre où on l'avait enfermé. Sans doute était-il épié par des micros et des caméras nuit et jour, comme s'il était sur une scène devant un vaste public prêt à critiquer le moindre écart qu'il ferait par rapport au rôle qu'il était censé jouer.

Seulement, il y avait maintenant un facteur en sa faveur : après avoir interprété des rôles pendant des années, il était finalement redevenu lui-même.

Toutes les données qu'ils possèdent, se dit-il, *concernent d'autres que moi : le révérend Lazare, Sandy Locke... oui, même Nickie Haflinger. Je ne sais pas qui je suis maintenant, je ne suis plus du tout sûr de mon identité au point où j'en suis; mais ce que je sais, c'est que je ne suis certainement pas Nickie Haflinger !*

Il se mit à dresser la liste de tout ce qui faisait qu'il n'était pas la personne dont il portait le nom. Il s'aperçut que le point le plus important était le dernier.

Je suis capable d'aimer.

Un frisson glacé descendit le long de sa colonne vertébrale tandis qu'il méditait cela. Bien peu d'amour avait été donné ou reçu durant la première partie de la vie de Nickie. Son père ? Indifférent à sa responsabilité parentale, qu'il considérait plutôt comme un fardeau. Sa mère ? Elle avait bien essayé, pendant un certain temps, au moins, mais il lui manquait pour la soutenir une solide base d'affection honnête. D'où sa chute dans la psychose éthylique. Ses parents adoptifs temporaires? Pour eux, un enfant-loue en valait un autre, tant de dollars par semaine en hauteur multipliés par tant de problèmes en largeur.

Ses copains d'enfance à Randémont?

Là-bas, l'amour n'était pas au programme, sinon en pièces détachées, à disséquer. On l'appelait : « engagement émotionnel intense », ou : « interdépendance excessive », ou : « exacerbation typique de la libido chez les adolescents »...

Par contre, lorsque cette nouvelle et étrange personne qu'il était en train de devenir se mettait à penser à Kate, elle le faisait serrer les poings, grincer des dents et plisser les paupières de haine irrésistible.

Toute sa vie, il avait dû apprendre à maîtriser ses réactions profondes : quand il était gosse, parce que sinon il risquait de se faire ordaliser le soir en rentrant chez lui; quand il était ado, parce qu'à chaque instant du jour ou de la nuit à Randémont les étudiants étaient passibles de réévaluation pour que tout le monde soit bien sûr qu'ils étaient dignes de rester, et que les cinq premières années, rester était la chose qu'il désirait le plus au monde tandis que les cinq dernières il ne pensait qu'à se servir de Randémont au lieu d'être utilisé par eux; et enfin, par la suite, parce que le réseau informatique pénétrait désormais si profondément dans la vie privée des gens que la plus petite erreur de sa part pouvait rameuter sur lui tous ses poursuivants.

Il s'ensuivait que céder à des émotions, qu'elles fussent positives ou négatives, lui avait toujours paru dangereux. Il ne fallait pas se laisser aller à trop aimer quelqu'un. Si c'était un enfant, inconstant, il risquait demain de s'engager dans un autre gang et de se retourner, assoiffé de sang et de larmes, contre vous. Si c'était un adulte, il pouvait être amené à changer d'emploi n'importe quel jour et à partir en ne laissant derrière lui qu'un souvenir et un regret. De même, il n'était pas souhaitable de se laisser aller à trop haïr ou redouter quelqu'un. C'était une attitude qui finissait par vous conduire dans des régions où vous ne pouviez plus prévoir ni votre comportement ni celui des autres. *Les tigres sont lâchés !*

Cela n'empêchait pas qu'il eût en lui la faculté émotionnelle, même s'il ne s'en était pas douté pendant longtemps. Il se rappela avec un rien d'ironie comment, en regardant la machine à libérer les tensions dans son appartement provisoire de GTS, il avait éprouvé de la pitié pour ceux qui ne sont capables d'établir avec les autres que des liens affectifs profonds.

C'est de moi-même que j'avais pitié, je suppose. Eh bien, c'est tout ce que je méritais. De la pitié.

A présent, on était en train de le forcer à évaluer la profondeur que ses sentiments pouvaient atteindre, et il y avait une raison bien logique pour encourager le processus.

Les données que Freeman et ceux qui étaient derrière lui avaient mises en conserve provenaient d'un être froid et calculateur – appelons-le M. X moins E; et remplaçons partout par : M. X plus E.

Ce qui va vous tomber dessus maintenant, enfants de putains, c'est ce que vous redoutez par-dessus tout. Une solution unique dans l'irrationnel !

Quelques gouttes de pluie commencèrent à maculer la fenêtre de sa chambre exposée à l'est. Il se leva pour contempler les nuages teintés de rouge parce que le soleil se couchait et que la pluie venait de l'est.

Je suis à peu près dans la situation de quelqu'un qui essayerait de faucher assez de plutonium dans une usine de recherches nucléaires pour construire une bombe. Il faut que je passe la marchandise sans causer une baisse de stock décelable, sans activer les détecteurs périmétriques et sans être brûlé par les radiations. Voilà un problème à trois pipes, mon cher Watson. Peut-être même qu'il me faudra huit ou dix jours, qui sait ?

RÉFLECTEUR, RÉFLECTEUR

Vous vous trouvez en orbite circulaire autour d'une planète. Vous êtes en train de vous faire dépasser par un autre objet, également en orbite circulaire, qui se déplace de plusieurs kilomètres-seconde plus vite que vous. Vous accélérez pour essayer de le rattraper.

A tout à l'heure, accélérateur.

Ou bien jamais, ma sœur.

UNE PAILLE

Dans la chambre d'interrogatoire l'écran trivi avait été remplacé par un miroir grossissant. Pour ne pas avoir l'air de regarder trop longtemps ni trop fixement le corps nu de la fille allongée dans le fauteuil d'acier inclinable, Hartz se contentait de jeter un coup d'œil de temps à autre à son propre reflet. Apercevant une traînée de transpiration sur son front, il sortit de sa poche un grand mouchoir qui délogea par inadvertance sa carte de visiteur qu'il ne fut pas assez rapide pour rattraper au vol.

Freeman se baissa et la lui rendit courtoisement.

Grommelant un remerciement, Hartz la remit en place, souffla bruyamment dans le mouchoir et déclara :

– Je constate que vos rapports sont un peu minces depuis quelque temps.

– S'il y avait du nouveau, je vous en aurais immédiatement informé.

– Mais c'est qu'il y en a ! C'est pour cela que je suis ici ! coupa Hartz en décidant qu'après tout il était ridicule de faire semblant de ne pas regarder cette fille. Maigre et tondue comme elle l'était, avec sa poitrine de gosse impubère, elle ressemblait plus à un rat mutant de laboratoire qu'à un être humain.

– De quoi s'agit-il ? demanda Freeman en se raidissant imperceptiblement.

– Vous l'ignorez, n'est-ce pas ? Vous devriez pourtant vous en douter, fit Hartz, sarcastique. Vous connaissez sa mère. Vous n'avez pas sous-estimé, j'espère, l'influence qu'elle peut avoir grâce à la situation qu'elle occupe chez GTS ?

– Nous avons, répliqua Freeman avec une froide politesse, tracé le profil extensif de sa mère. Il n'existe pas entre elles de lien affectif qui puisse nous gêner.

– Son profil, répéta lourdement Hartz. Je vois. Que pouvez-vous m'apprendre sur son profil ?

– Qu'Ina Grierson n'est aucunement malheureuse que sa fille ait quitté K.C. Elle devient ainsi libre d'accepter le genre de situation qu'elle voudrait trouver ailleurs.

– Bon Dieu. Vous n'êtes pas allé chercher un peu plus loin que ce profil ? Est-ce qu'il vous arrive parfois de mettre le nez dans le monde extérieur ?

– J'ai scrupuleusement respecté mes instructions, éclata Freeman. Et c'est vous qui me les avez données !

– J'attends de mes subordonnés qu'ils utilisent leur cervelle, au lieu de laisser derrière eux un gâchis continental que d'autres doivent nettoyer !

Pendant un long moment, ils se regardèrent dans les yeux. Finalement, Freeman demanda d'une voix radoucie :

– Qu'est-ce qui vous semble clocher ?

– Me semble ? Oh, non ! Ce n'est que trop réel ! fit Hartz en s'épongeant de nouveau le visage. Cette fille est ici depuis une semaine...

– Cinq jours.

– Une semaine entière s'est écoulée depuis son arrestation. Ne m'interrompez pas, dit-il en remettant son mouchoir dans sa poche. Le fait est que si nous n'avions pas les voix du groupe d'anciens de Randémont au conseil d'administration de l'université de

K.C., il y a longtemps que... Oh, zut ! Je ne devrais pas avoir besoin de vous dire cela. Vous devriez le savoir déjà.

– Si c'est quelque chose que vous vouliez que je sache, vous auriez pu me faire transmettre l'information, lui dit Freeman d'une voix tendue. Puisque vous ne l'avez pas fait, expliquez-moi cela maintenant.

Le visage de Hartz devint écarlate, mais il garda pour lui la réponse rageuse qui avait visiblement fait frémir ses lèvres. Faisant un effort pour retrouver son calme, il déclara :

– En dehors des zones de C.L., presque personne ne peut passer vingt-quatre heures sans utiliser son code de crédit. C'est pour cette raison que les déplacements de n'importe quel individu sur le continent peuvent être reconstitués pratiquement pas à pas. Kate Lilleberg est majeure, c'est bien entendu, mais elle est toujours sous la dépendance de sa mère, sa seule famille, avec qui elle n'a jamais coupé les ponts. Depuis qu'elle a disparu de K.C., il y a cinquante ou soixante personnes qui cherchent à savoir ce qu'elle est devenue. La plupart appartiennent à l'université, mais l'une d'entre elles, et non des moindres, est chef de service chez GTS. Faut-il que je continue, ou bien commencez-vous à voir dans quel guêpier vous m'avez laissé me fourrer ?

– J'ai fait quoi ? articula lentement Freeman.

– Il ne vous est donc jamais venu à l'idée que si une semaine passait sans qu'elle utilise son code, cela donnerait naissance à des soupçons ?

– Ce qui ne m'était pas venu à l'idée, rétorqua Freeman, c'est que vous voudriez que je me sente responsable du moindre foutu détail de vos opérations ! Mais puisque vous insistez, je vais prendre le temps de monter une histoire convaincante. Par exemple, un débit sur son code de l'une des communes de C.L., où il faut parfois une semaine avant qu'une information soit inscrite dans le réseau. Mais pour le reste, j'ai bien peur que...

– Laissez tomber. Nous avons déjà essayé cela. A

l'instant même où nous avons compris que vous aviez négligé de le faire. Mais vous avez peut-être oublié le rôle qu'Haflinger prétendait jouer chez GTS ?

Freeman le regarda sans comprendre.

– Quel rapport ? demanda-t-il.

– Seigneur, donnez-moi de la patience ! soupira Hartz. Il assumait les fonctions de ratio-système, n'est-ce pas ? C'est une situation qui lui donnait à peu près autant de liberté d'accès au réseau que je peux en avoir, à condition de tricher un peu sur l'indinat super-prio de GTS. En fait, il a tellement fouiné partout et ça l'accaparait tellement que pour ne pas donner l'impression de négliger son travail normal il a programmé les ordinateurs de GTS pour qu'ils expédient automatiquement les affaires courantes. Vous n'avez pas parlé de ça dans vos rapports, je crois.

Les lèvres de Freeman remuèrent sans qu'aucun son n'en sortît.

– Le plus beau, c'est que le programme est toujours opérant, poursuivit Hartz en élevant de plus en plus la voix, et qu'Ina Grierson a tout découvert ! De plus, il est d'une telle simplicité qu'elle sait parfaitement bien que toutes les entrées que nous avons inscrites sous le numéro de code de sa fille sont truquées !

– Hein ? Comment ça ?

– Comment croyez-vous ? Pourquoi Haflinger tenait-il tellement à se servir des codes volés à GTS ? Pour savoir si son 4 GH était toujours valide, n'est-ce pas ? Et comment aurait-il pu s'en assurer sans avoir le moyen de dévisser un éventuel implant de camouflage mis en place après coup par les autorités fédérales ? Les données concernant les codes 4 GH ne sont pas normalement accessibles au public. Elles sont systématiquement camouflées. Eh bien, Haflinger s'est arrangé pour les faire dépouiller automatiquement, d'une manière à laquelle nos meilleurs experts n'avaient jamais songé ! (Il termina, les poings serrés :) J'espère que maintenant vous comprenez dans quel merdier vous m'avez mis.

Avec un visage de pierre, Freeman répondit :

– Je pense que tout le mérite revient à Haflinger, pas à moi. Je suis sûr qu'il va être ravi de la chose.

– Que voulez-vous insinuer encore ?

– Parmi les nombreuses données que vous avez omis de me fournir figure le fait que vous soyez venu ici pour proférer à mon encontre des accusations injustifiées. Pensant que vous aviez seulement l'intention d'assister à l'interrogatoire de Kate, je n'ai pas décommandé mes ordres habituels qui sont de forcer Haflinger à assister à ces séances dans l'espoir d'éroder sa confiance en lui. Selon vos suggestions, si je puis me permettre de vous le rappeler. (Il regarda sa montre et poursuivit en détachant chaque syllabe :) Ainsi, depuis quatre minutes trente secondes exactement, Nickie Haflinger, qui se trouve derrière ce miroir unidirectionnel, a pu entendre et voir tout ce qui se passait dans cette pièce. Comme je vous le disais, il doit être ravi.

EXTRAIT D'UN BULLETIN D'INFORMATION

– ... un coup porté aux espoirs de ceux qui prédisaient avec une belle assurance que cette année universitaire serait relativement exempte d'agitation. Nous apprenons en effet qu'aujourd'hui même, une foule de quinze cents étudiants convaincus qu'une des leurs, disparue du campus depuis une huitaine de jours, avait été enlevée par des agents fédéraux, a tribalisé plus de la moitié des trente-neuf postes de police et d'incendie de l'université de Kansas City. On ne signale pour l'instant aucun blessé, mais...

Face à Rico Posta, Ina sentit pâlir ses joues, mais réussit à garder le contrôle de sa voix.

— Rico, quoi que le reste du conseil et toi puissiez dire, Kate est ma fille et je ne l'abandonnerai pas. Les données du réseau sur l'utilisation de son code à Intérim sont truquées et...

— Qui a dit qu'elles étaient truquées ?

— Nos propres ordinateurs !

— Hum... nos ordinateurs tels qu'un certain Sandy Locke les a programmés, mais ce Sandy Locke était un faux froc, comme chacun sait maintenant.

— Quand il nous économisait deux ou trois millions par an, tu ne le traitais pas de faux froc. Et je te rappelle que tu as été parmi les premiers à suggérer de le faire permer.

— C'est que je...

Elle se pencha en avant et le regarda avec une insistance presque suppliante :

— Rico, il se passe des choses pas très claires. Tu le sais très bien, même si tu ne veux pas te l'avouer. As-tu essayé récemment d'obtenir des données sur Sandy ?

— Euh... oui, j'ai essayé.

— Et tu n'en as pas eu, n'est-ce pas ? Pas même l'annonce de sa mort !

— Il a peut-être quitté le pays.

— Sans passeport ?

Il y eut un silence craquetant, comme annonciateur d'un orage électrique. Finalement, Ina demanda :

— Est-ce que tu as lu un roman qui s'appelle *1984 ?*

— Oui, je l'ai étudié à la fac, commença Rico en plissant les lèvres et regardant dans le vague. Je vois ce que tu veux dire. Tu crois qu'on l'a... euh... déclaré « non-être ».

— Exactement. Et je crois qu'ils ont fait la même chose à Kate.

– Je... je ne dirais pas qu'ils n'en sont pas capables, avec tout ce qu'ils ont déjà fait. Tu veux que je te dise une chose ? Il m'arrive de temps en temps de faire un cauchemar. Je pointe mon code sur un panneau, et un signal s'allume : « dévissé ! »

– Moi, c'est pareil, déclara Ina. Et cela m'étonnerait que nous soyons les seuls.

LA REPOUSSE

Depuis qu'ils avaient cessé de lui raser le crâne tous les jours, cela le démangeait horriblement. Jusqu'à présent, il avait résisté à la tentation de se gratter mais il fallait qu'il frotte de temps en temps. A ceux qui le regardaient, qu'il ne connaissait pas mais dont il était sûr de l'existence, il devait donner l'impression d'être intrigué par les nouvelles dont il prenait connaissance. Il regardait en ce moment un bulletin d'information à la trivi. Depuis son transfert dans cet endroit plus confortable, il passait la majeure partie de son temps à se remettre au courant de l'actualité.

En fait, il n'était absolument pas surpris par ce qu'il apprenait. Il y avait une nouvelle redistribution des alliances en Amérique latine. Au Yémen, le djihad faisait une autre flambée incontrôlée. Un nouveau produit sur lequel la *Food and Drug Administration* émettait des réserves était apparu sur le marché alimentaire. Il s'agissait d'une substance appelée « granulyseur de groupe AC » qui servait à gonfler les protéines végétales pour les rendre compétitives par rapport à la viande...

Mais les habitudes, naturellement, étaient ancrées. Il murmura, avec un sourire sardonique, en s'adressant aux murs :

– Encore combien de temps, Mon Dieu ? Combien de temps ?

Selon son estimation intérieure : pas très longtemps maintenant.

Comme par hasard, juste à ce moment-là, la serrure cliqueta. Il se retourna. Il s'attendait à voir un des gardes habituels venus pour le conduire quelque part.

A son grand étonnement, il vit que son visiteur était Freeman. Tout seul.

Il referma soigneusement la porte avant de parler, et lorsqu'il parla ce fut d'un ton absolument neutre.

— Vous avez probablement remarqué que j'ai fait porter quelques rafraîchissements dans votre chambre, hier soir. J'ai besoin de quelque chose de remontant. Disons un whisky sec avec un glaçon.

— Je crois comprendre que vous n'êtes pas ici ?

— Quoi ? Oh ! sursauta Freeman en faisant un de ses sourires sinistres qui lui tendaient tellement la peau du visage sur ses os qu'on eût dit qu'elle allait se fendre d'un seul coup. Vous avez raison. J'ai un peu truqué les écrans de monitorage.

— Dans ce cas... toutes mes félicitations.

— Qu'est-ce que ça veut dire ?

— Il vous a fallu beaucoup de courage. La plupart des gens n'ont pas le courage de désobéir à un ordre immoral.

Lentement, en l'espace de plusieurs secondes, le ricanement de Freeman se transforma en sourire.

— Merde, dit-il. Haflinger ou autre... j'ai fait tout ce que j'ai pu pour rester objectif, et ça n'a pas marché. Il se trouve que vous m'êtes sympathique. Je n'y peux rien.

Il fit mine de donner un coup de pied rageur dans le pied d'une chaise, sur laquelle il se laissà tomber.

Quelques instants plus tard, lorsque leurs verres furent pleins :

— Je voudrais savoir une chose. Quel réflexe a été programmé, et par qui, pour déclencher votre réaction ?

Freeman se fit grave.

– Vous êtes encore railleur. Vous n'avez pas besoin de vous attribuer le mérite de tout ce qui se passe à l'intérieur de ma tête.

– Je constate au moins que vous dites mérite et non faute... J'imagine que vous vous êtes aperçu que vous haïssiez les gens qui vous donnent des ordres.

– Euh... c'est à peu près ça. La goutte d'eau décisive a été l'arrivée ici de Kate Lilleberg. Vous aviez raison quand vous disiez que l'idée n'était pas de moi. J'ai fait ce qu'on me demandait, ni plus ni moins.

– Et Hartz vous est tombé dessus pour n'avoir pas été plus malin que lui. Frustrant, n'est-ce pas ?

– Pire. Bien pire que ça, murmura Freeman en serrant son verre entre ses deux mains osseuses. Toute discussion mise à part, je suis intimement persuadé que nous avons besoin de sagesse. Nous en avons un besoin désespéré. J'ai ma conception de la manière dont elle pourrait se manifester. Hartz en est dépourvu. Je pense que ce n'est pas votre cas. Quant à Kate...

– Kate Lilleberg est une personne sage. Cela ne fait aucun doute.

– Je suis bien obligé d'être d'accord, dit Freeman avec un soupçon de défi dans la voix. Et c'est justement à cause de ça que... vous voyez.

– Que voudriez-vous d'autre ? Je ne dis pas ça pour être sarcastique, croyez-moi. Mais de même que mon recrutement à Randémont était inévitable une fois qu'ils avaient appris mon existence, de la même façon son arrestation était à prévoir quand je les ai menés à elle.

Après avoir hésité imperceptiblement, Freeman fit remarquer :

– J'ai l'impression que vous avez cessé de me classer parmi « eux ».

– Vous avez déserté, non ?

– Ha ! Je suppose que vous avez raison. (Il vida son verre et écarta d'un geste l'offre de le remplir.) Non, je m'en occupe. Je sais où... Mais... ce n'était pas juste! Qu'a-t-elle donc fait pour mériter un tel traitement? Détention illimitée, sans jugement. Interrogatoire poussé, jusqu'à ce que son âme soit aussi nue que son corps... Nous n'aurions pas dû en arriver là. Il y a un endroit où nous avons quitté les rails.

– Et vous pensez que j'ai peut-être d'autres voies à proposer?

– Bien sûr, fut la réponse ferme et immédiate. Ces voies-là, je veux qu'on m'en parle. Je ne sais plus où j'en suis. Je n'ai plus de point de repère. Vous n'allez peut-être pas me croire, mais... j'ai toujours eu dans mon univers personnel un article de foi selon lequel la maximisation du flot d'informations est une chose objectivement bonne. En d'autres termes, je crois qu'il faut être franc, sincère, et dire la vérité telle qu'on la voit sans s'arrêter aux conséquences. Un psychiatre de mes amis, poursuivit-il avec un rire âpre, prétend qu'il s'agit d'une surcompensation de la manière dont on m'a appris à cacher mon corps quand j'étais gosse. Je me déshabillais toujours dans le noir, j'attendais que personne ne me voie avant d'entrer ou sortir du cabinet et je courais comme un fou quand je tirais la chasse de peur que quelqu'un, en m'apercevant, ne pense à ce que j'y avais fait... peut-être que ce pif n'a pas tout à fait tort, après tout. Quoi qu'il en soit, je suis devenu plus tard un interrogateur hors pair, spécialisé dans l'extraction de renseignements sans violence physique et avec un minimum de souffrances. Présenté comme cela, c'est un point de vue qui peut se défendre, vous ne trouvez pas?

– Certainement. Mais là où ça ne va plus, c'est lorsque les données que vous mettez à jour sont aussitôt dissimulées de nouveau pour devenir la propriété privée de ceux qui ont le pouvoir.

– C'est cela, approuva Freeman en se rasseyant avec un tintement de glaçons. Lorsque je vous ai pris en charge, vous n'étiez pour moi qu'un cas comme un autre. La liste de ce dont on vous accusait était longue et une chose me tenait particulièrement à cœur : introduction de données falsifiées dans le réseau, bien sûr. Mais d'un autre côté, j'avais déjà entendu parler de vous. Je ne suis ici que depuis trois ans. Je venais de Weychopee, entre parenthèses, l'endroit que vous connaissez sous le nom de « Chaudron électrique ». A cette époque-là encore, les gens de Randémont évoquaient de temps en temps ce mystérieux choureur qui s'était fait la paire et qu'on n'avait jamais repris. Vous étiez devenu une sorte de légende, vous ne le saviez pas ?

– Quelqu'un a imité mon exemple ?

– Ils ont rendu la chose plus difficile, dit Freeman en secouant la tête. Peut-être aussi que personne après vous ne s'est trouvé avoir le même genre de don.

– Si cela avait été le cas, vous auriez été le premier informé. Vous êtes quelqu'un de très important, n'est-ce pas, docteur Freeman ? Ou peut-être monsieur ? Je crois avoir à peu près vos mesures. Je tablerais plutôt pour « monsieur ».

– Exact. Mes diplômes ne sont pas de simples doctorats. J'en ai toujours tiré fierté. Comme ces grands patrons des hôpitaux européens qui s'offusquent quand on leur donne du « docteur Untel »... Mais nous nous égarons, c'est ridicule ! Savez-vous ce qui m'a le plus frappé dans votre description de Précipice ?

– Dites-le-moi.

– La densité de texture de la vie des gens. Elle s'épaissit au lieu de s'affiner. J'ai reçu une formation dans trois disciplines principales; mais au lieu de me développer à partir de là, j'ai concentré tout ce que je savais en un étroit foyer.

– C'est exactement ce qui ne va pas à Randémont, vous ne croyez pas ?

– Je... je crois voir ce que vous voulez dire. Pourriez-vous développer ?

– Il n'y a pas tellement longtemps, vous avez utilisé pour défendre Randémont l'argument selon lequel cet institut serait conçu de manière à offrir un environnement propice à des gens si bien adaptés aux changements rapides de la société moderne qu'ils peuvent se voir confier la responsabilité de gérer non seulement leur propre existence, mais aussi celle des autres. Cela se résumait à peu près à ça. Mais ce n'est pas du tout ce qui se produit, n'est-ce pas ? Pour quelle raison ? Parce que Randémont est encore sous le contrôle prédominant de gens qui, assoiffés de pouvoir, l'ont conquis par la même méthode que celle qu'ils utilisaient déjà... je ne sais pas, moi... du temps de l'Egypte prépharaonique. Pour eux, il n'y a qu'une seule façon de distancer quelqu'un qui veut vous dépasser. Appuyer sur l'accélérateur. Seulement, nous sommes à l'ère spatiale, ne l'oubliez pas. L'autre jour, il m'est venu à l'esprit une métaphore qui résume très bien mon point de vue.

Il lui raconta l'histoire des deux corps en orbite circulaire.

Freeman parut légèrement étonné.

– Mais tout le monde sait... commença-t-il. (Puis il se ravisa :) Non, sans doute pas tout le monde. J'aurais voulu y penser moi-même. J'aurais posé la question à Hartz.

– Je vous comprends. Mais réfléchissez-y. Tout le monde ne sait pas, non. A notre époque où l'information coule à flots d'une manière sans précédent, les gens sont hantés par la conviction qu'ils sont ignorants. L'excuse classique, c'est qu'il y a littéralement trop de choses à savoir.

– C'est la vérité, dit Freeman, sur la défensive, avant de porter son verre à ses lèvres.

– Je vous l'accorde; mais ne croyez-vous pas qu'il existe un autre facteur, qui fait bien plus de ravages ? Est-ce que nous ne prenons pas chaque jour un peu plus conscience de l'existence de données auxquelles on nous refuse l'accès ?

– Vous avez déjà dit quelque chose de ce genre, fit remarquer Freeman, le front plissé à force de concentration. Une cause moderne de paranoïa, c'était cela, je crois. Mais à supposer que j'accepte de vous donner raison... Bon Dieu ! On dirait que vous êtes décidé à dévisser tout ce que nous avons accompli au cours du demi-siècle précédent.

– Oui.

– Mais c'est hors de question ! s'écria-t-il en se raidissant de consternation.

– Non, c'est seulement une affaire de point de vue. Essayez d'envisager les choses sous un angle différent. Prenez la conception holiste, que vous critiquiez. Songez au monde comme à un tout, et aux nations développées – même surdéveloppées – comme à quelque chose d'analogue à Randémont, ou mieux, à Trianon. Imaginez maintenant que les pays qui ont le mieux réussi parmi les moins fortunés sont dans une situation comparable à certaines communautés de compensation légale, qui ont débuté dans des circonstances peu encourageantes mais qui se révèlent aujourd'hui beaucoup plus vivables que la plupart des autres villes du continent. En bref, ce dont je parle, c'est du projet Parcimonie généralisé. Ce que je préconise, c'est l'abandon d'une expérience qui a déjà coûté beaucoup trop cher et qui n'a pas donné de résultat.

Freeman réfléchit sans rien dire pendant un long moment. Finalement, il demanda :

– Si je vous disais que je suis d'accord, au moins partiellement, qu'attendriez-vous de moi ?

– Eh bien... euh... vous pourriez peut-être commencer par nous laisser partir, Kate et moi.

Le silence était lourd d'une lutte intérieure. A la fin, prenant une décision brusque, Freeman vida son verre et se leva. Passant les doigts dans la poche intérieure de sa veste, il en sortit un boîtier plat en plastique gris, de la taille de sa main.

– Ce n'est pas une calculatrice de poche ordinaire, dit-il d'une voix claire. C'est un viphone. L'écran est sous le couvercle. Le cordon et la fiche sont à l'intérieur. Il y a des prises de viphone ici, là et là (en montrant trois coins de la chambre). Mais n'essayez pas de vous en servir avant d'avoir un code.

POINT DE DISSOLUTION

Que disais-je à propos de surcompensation ?

Il y avait eu pas mal de whiskies, évidemment, et il n'avait pas l'habitude de boire.

Suis-je ivre ? Je ne le sens pas. Mais si je n'étais pas à moitié bourré, je ne crois pas que je pourrais supporter le flot d'atroces vérités qui me traverse en ce moment. Tout ce que m'a dit Hartz. Tout ce qu'a failli me dire Bosch, mais il s'est contenu au dernier moment. Je sais très bien ce qu'il pensait à la place de « non-spécialiste ». Pourquoi devrais-je passer le reste de mon existence à baisser la tête devant des menteurs comme Bosch ? Prétendre que les chiens qu'ils ont à Précipice ne peuvent exister ! Les abrutis comme Hartz ne valent guère mieux. Ils voudraient que les gens qu'ils commandent pensent à des choses qu'ils ne sont pas assez malins pour trouver tout seuls, et rejeter ensuite la responsabilité sur eux !

Freeman ferma soigneusement la porte de son appartement à clef, et mit partout des écriteaux : « Ne pas déranger »; un à la porte et un à chaque viphone.

Si je pouvais mettre la main sur l'index des codes réservés qu'ils ont activés quand ils ont surpé tous les 4 GH... De Randémont, il devrait être plus facile que de partout ailleurs de s'en procurer un et de s'arranger pour qu'il ait le statut I-comme-intouchable. Ce serait le meilleur coup à leur faire. Si Haflinger avait eu ça jamais ils ne l'auraient pris.

Un peu papillonnant, mais en pleine possession de ses moyens non négligeables et – chose de beaucoup plus d'importance, sans être obligé de se reposer sur les opérations limitées et potentiellement faillibles d'un viphone de poche comme celui avec lequel, sans aucun doute, Haflinger allait bientôt accomplir quelques miracles de son propre cru – il s'installa à sa console de données. Il composa et recomposa plusieurs fois un programme d'essai qui pouvait être entièrement effacé. A mesure qu'il travaillait, une idée de plus en plus tentante hantait son esprit.

Si je peux leur piquer deux codes, je peux leur en piquer trois.

Finalement, quand il estima que le programme était parachevé, avant de l'introduire définitivement, il s'exclama à haute voix :

– Et pourquoi pas ?

Puis il se renseigna sur le nombre de codes qui étaient en réserve. La réponse était environ cent mille. Cinq départements au maximum avaient dû puiser dans le stock depuis sa constitution, ce qui signifiait que...

Pourquoi pas, après tout, merde ! J'ai bientôt quarante ans, et qu'est-ce que j'ai fait de ma vie ? Je suis doué, intelligent, ambitieux; et tout cela pour rien ! J'espérais pouvoir être utile à la société. J'espérais passer mon temps à démasquer des traîtres et des criminels, et les livrer à l'opprobre des honnêtes gens. Au lieu de cela, les plus fieffées canailles opèrent impunément et ce sont des gens comme Kate qui n'ont jamais fait de mal à personne qui finissent... Bordel ! Il y a des années que j'ai cessé d'être un examinateur. Ce que je fais, maintenant, ça s'appelle de l'inquisition. J'ai perdu la foi dans la justice de ma propre Eglise.

Avec un rire âpre et soudain, il apporta une dernière modification au programme, puis l'introduisit dans le réseau.

À L'ABANDON DE L'ABONDANCE

« Pour le confort des plébéiens paresseux, la distribution de froment mensuelle fut remplacée par une allocation de pain journalière... Quand la clameur populaire dénonça la cherté et la rareté du vin... la sobre austérité fut insensiblement relâchée; et bien que les desseins généreux d'Aurélien ne semblent pas avoir été exécutés entièrement, l'usage du vin fut généralisé de manière libérale... Le plus humble Romain pouvait se procurer, en échange d'une petite pièce de cuivre, la distraction quotidienne d'une scène de luxure pompeuse capable de soulever l'envie de tous les rois d'Asie... Néanmoins, l'amusement le plus vif et le plus splendide de la multitude oisive dépendait de l'exhibition fréquente de jeux et spectacles publics... Le bonheur de Rome paraissait lié à l'issue d'une course. »

Des mots, des mots, toujours des mots, n'est-ce pas, monsieur Gibbon ?

QUE TA TÊTE PENCHÉE IGNORE CE QUE FAIT TA TÊTE DROITE

Après avoir achevé ses préparatifs, il débrancha le viphone qui lui avait été si précieux, referma le boîtier et le dissimula soigneusement dans la poche intérieure de sa veste de pensionnaire. Puis il la suspendit au dossier d'une chaise, se déshabilla normalement et alla se coucher à peu près à son heure normale.

Ce qui suivit fut un abrégé – un microcosme – de son existence qui ne mit pas plus de trente-cinq secondes à se dérouler.

A une heure non identifiée de la nuit, un des gardes en blouse blanche, anonyme et silencieux, vint le tirer de son sommeil pour lui ordonner de s'habiller en vitesse et de le suivre, imperturbable devant cette entorse à la procédure habituelle puisque justement pour lui l'habitude consistait à s'attendre à l'imprévisible. C'était depuis des siècles un moyen simple et bon marché de préparer les détenus à l'interrogatoire.

Il passa le premier et ouvrit la porte d'une antichambre où pour tout mobilier il n'y avait qu'un banc. Après avoir sèchement donné l'ordre de s'asseoir et d'attendre, il sortit. Sa mission n'allait pas plus loin.

Au bout d'un moment de silence complet, l'autre porte de l'antichambre s'ouvrit, livrant passage à une petite femme boulotte qui était en train de bâiller. Elle avait dans les mains une housse en plastique avec des vêtements et une planchette avec un formulaire. D'une voix pâteuse, elle lui demanda de signer, ce qu'il fit en se servant du nom qu'elle attendait, qui n'était pas le sien. Satisfaite, bâillant de plus belle, elle sortit.

Il mit les vêtements qu'elle avait apportés : chemise blanche en jersey, pantalon gris-bleu, veste marine, le tout parfaitement à sa taille, discret, anonyme. Il fit une boule de ses anciens vêtements, les fourra dans la housse et sortit par la deuxième porte. Il se trouva dans un couloir, tourna à droite, dépassa trois portes et arriva devant une bouche de récupération des déchets. Il souleva le couvercle et se débarrassa de son fardeau. Deux portes plus loin, il y avait un bureau, non fermé à clef, équipé entre autres d'un terminal d'ordinateur. Il appuya sur une touche du clavier d'entrée.

Verrouillé par télécommande, un tiroir s'ouvrit dans un fichier voisin. Parmi le contenu de ce tiroir, il y avait une pile de cartes d'identification du genre de celles que devaient porter les personnes de l'extérieur en visite officielle.

Entre-temps, l'imprimante du terminal continuait à bourdonner et une bande de papier en émergeait rapidement.

Dans le même tiroir que les cartes, il trouva un appareil de photo instantané couleur dont il régla le déclencheur à retardement et qu'il posa sur une table à hauteur requise. Il s'assit face à l'objectif, attendit les quelques secondes nécessaires, retira la photo et la fixa contre la carte avec un appareil qui, comme les ordinateurs l'avaient promis, se trouvait également dans le tiroir. Pour finir, il grava son nom d'emprunt ainsi que le grade de major de l'U.S. Army Medical Corps.

L'ordinateur venait d'achever l'impression du document qui lui avait été demandé : une réquisition de transfert, en double exemplaire, de la détenue Kate Lilleberg. Comme elle avait été éditée à l'aide d'une photo-imprimante qui, au contraire des anciens procédés mécaniques, ne se limitait pas à une seule typographie – ni même à un seul alphabet, puisque l'inscription se faisait par rayon laser à puissance minimale – seul un examen microscopique aurait pu révéler qu'il ne s'agissait pas du support RQH de l'U.S. Army, le seul valable pour les transferts de prisonniers de l'autorité civile à l'autorité militaire.

Convenablement équipé maintenant, il remit tout comme il l'avait trouvé, enfonça une nouvelle touche du clavier pour activer la dernière partie du programme qu'il avait laissé en mémoire et sortit sans faire de bruit. Obéissante, la machine reverrouilla le tiroir du fichier et la porte du bureau, puis entreprit selon ses instructions d'effacer de sa mémoire toutes les opérations qu'elle venait d'accomplir, à l'exception de l'entrée d'une donnée concernant la destruction accidentelle d'une carte d'identification temporaire, ce qui expliquait que le stock actuel était inférieur d'une unité au nombre de visiteurs enregistrés récemment.

Au bout du couloir, une porte donnait sur l'extérieur. Il y avait une petite terrasse avec un escalier qui descendait à un parking où était stationnée une ambulance électrique. Le chauffeur, qui portait un uniforme de l'armée avec un badge de soldat de première classe, lui fit un salut incertain.

– Repos, dit l'officier en montrant sa carte et sa réquisition. Désolé de vous avoir fait attendre. Vous n'avez pas eu de mal avec la fille ?

Le chauffeur haussa les épaules.

– Elle ne sait pas ce qui se passe, major. Elle est aussi éteinte qu'un tube de néon usagé.

– C'est mieux ainsi. On vous a donné votre feuille de route?

– Oui, en même temps qu'on m'a amené la fille. Oh, et puis ça aussi. Je suppose que c'est sa carte de code.

Le soldat lui tendit une enveloppe. Il avait à moitié raison. Quand l'officier l'ouvrit, il y trouva non pas une, mais deux cartes de code.

– Merci. Mais je ne crois pas qu'elle en aura tellement besoin, là où elle va.

– Pour ça, non! fit le soldat en éclatant d'un rire âpre.

– Bon, vous avez changé les batteries? Très bien. Allons-y.

L'asphalte sombre se perdait dans le passé sur un accompagnement de chiffres non exprimés. Il avait dû mémoriser les deux codes avant de lancer par viphone interposé son programme de sabotage. Cette évasion, cependant, représentait bien plus que deux codes privés. Il voulait que tout soit réglé comme du papier à musique avant le prochain arrêt de l'ambulance pour se ravitailler en électricité, et l'autonomie du véhicule ne dépassait pas trois cents kilomètres environ.

Ce serait mieux si le chauffeur pouvait s'en tirer sans mal. Mais puisqu'il avait fait la bêtise de se porter volontaire pour le service armé et, pis encore, d'accepter aveuglément les ordres d'une machine...

De toute manière, tout le monde le faisait. Tout le temps. Sinon, rien de tout cela n'aurait été possible.

Oui, mais inversement, rien n'aurait été obligé de se produire.

AUX FINS DE DÉSORIENTATION

A présent et, avec un peu de chance, désormais pour toujours quel que soit le code que j'utiliserai je suis Nicholas Kenton Haflinger. Et si ça ne plaît pas à quelqu'un il faudra bien qu'il se fasse une raison.

RÉVEIL AMBULATOIRE

– Qu'est-ce que... Qui...? C'est toi, Sandy!
– Chut! Ecoute-moi bien. Tu es dans une ambulance militaire. Nous sommes à peu près à trois cents kilomètres à l'est de Randémont, officiellement en route vers Washington. Le chauffeur me prend pour un médecin major qui s'occupe de ton transfert. Je n'ai pas trouvé d'histoire convaincante pour justifier d'autres vêtements que cette robe d'hôpital. De plus, tu as le crâne tondu. Est-ce que tu le sais, ou es-tu restée tout le temps sur le mode régressé?
Elle déglutit péniblement.
– Je n'ai eu que des sortes de rêves depuis... qu'ils m'ont enlevée. Je ne sais plus ce qui est réel et ce qui ne l'est pas.
– Nous éclaircirons cela plus tard. Nous sommes en ce moment en train de changer de batteries. J'ai envoyé le chauffeur chercher du café. Il va revenir d'un instant à l'autre. Je vais tâcher de trouver un autre prétexte pour l'éloigner parce que j'ai vu un distributeur automatique où je pourrai t'acheter une perruque, une robe et des chaussures. Au prochain arrêt, tu devras être prête à filer.
– Qu'est-ce que... qu'est-ce que nous allons faire? Même si ça réussit?
Cyniquement, il plissa les lèvres.
– Ce que j'ai fait durant toute ma vie d'adulte. Nous

faufiler entre les mailles du réseau. Seulement, cette fois-ci, crois-moi, il y aura des accrocs. Et ça ne va pas leur plaire.

Il referma le hayon de l'ambulance et cria au chauffeur qui revenait :

– Ces foutus appareils doivent être détraqués ! Les cadrans indiquaient que les sédatifs avaient cessé d'agir, mais je suis allé voir derrière et elle dort comme une souche. Dites, vous n'avez pas vu des toilettes dans le coin ? J'aimerais pisser un coup avant de reprendre la route.

Le chauffeur répondit, en élevant aussi la voix pour couvrir le bruit des véhicules électriques et à vapeur qui arrivaient et repartaient de la station-service :

– A côté du distributeur automatique, major. Euh... si on ne repart pas tout de suite, j'ai vu qu'ils avaient des tableaux delphiques. Si je pouvais vérifier un pari incertain...

– Bien sûr. Allez-y. Mais disons... pas plus de cinq minutes.

SISMIQUE

– Qu'est-ce que ça veut dire, on ne peut pas le toucher ? Vous êtes bien sûr d'avoir compris à qui je veux parler ? Paul – T comme Tommy – Freeman. Vous voulez que j'épelle ?

» ... Comment, son nouveau code ? Qu'est-ce qu'il a, son nouveau... Vous en êtes certain ?

» ... Mais ils n'ont pas le droit de l'enlever de... Bordel de merde ! Il y a des moments où je me demande qui commande, dans ce foutu pays, nous ou les machines. Eh bien, donnez-le-moi, son nouveau code, qu'est-ce que vous attendez ?

» ... Je me fous complètement de ce qui est marqué devant. Lisez-le-moi, c'est tout ! Si vous en êtes capable !

» ... Ecoutez-moi bien, espèce de borné. Quand je donne un ordre, je veux qu'on m'obéisse. Ce n'est pas un soi-disant expert juridique de mes deux qui va me... Vous êtes en train de parler au Directeur adjoint du Bureau Fédéral de l'Informatique et... Bon; je préfère ça. Je vous écoute.

» ... Ça commence par *quoi ?* Oh, Mon Dieu ! Non, ça va, inutile de répéter. J'ai entendu. Mon Dieu !

ÉCRIRE « VACANCES » MAIS PRONONCER « VA, CASSE ! »

Une ligne d'autoroute tracée entre Randémont et Washington : une ligne qui relie demain à hier via aujourd'hui...

La population la plus mobile de l'histoire de l'humanité. La seule qui soit tellement droguée par le culte du mouvement pour le mouvement qu'elle a su dévisser tous les obstacles. Le coût exorbitant. Les crises successives de l'énergie. La disparition du pétrole. N'importe quoi pour ne pas être en manque. Toujours en déplacement. Même quand la moitié du continent était envahie par le mauvais temps pré-hivernal. Les vents déchaînés, le froid, la pluie qui se transforme en crachin. Même si c'était la saison où, traditionnellement, les gens se sentent portés à s'arrêter de chercher pour commencer à trouver.

Il médita longuement sur tout cela durant le voyage.

Se déplacer, pourquoi ?

Pour trouver un endroit où enfoncer ses racines.

Accélérer pour se placer sur une orbite plus basse ? Ça ne marche pas. Mais placez-vous sur une orbite basse; vous irez plus vite !

Même Freeman avait eu besoin qu'on lui fasse un dessin. Pourtant, obscurément, il savait qu'il n'aurait pas à l'expliquer à Kate. Et elle n'était certainement pas la seule personne capable de saisir la vérité instinctivement.

Washington : hier. L'exercice du pouvoir personnel. Le privilège de la fonction. La réduction du consensus populaire à un unique porte-parole, écho d'une période où les gens d'une même communauté arrivaient à s'accorder parce qu'ils n'étaient pas assaillis par cent versions incompatibles des événements.

(De notre temps l'élu type est investi avec moins de quarante pour cent des suffrages; il n'est pas rare qu'il soit haï par les quatre cinquièmes de ceux qu'il prétend représenter, puisque entre-temps la population de sa circonscription a tourné. Ils le dévisseront à la prochaine occasion. En attendant ils râlent, tandis que ses anciens électeurs sont partis ailleurs renverser quelqu'un d'autre. Les listes électorales sont tenues à jour par ordinateur. Pour être inscrit sous votre nouveau domicile, il suffit d'un coup de viphone, un seul.)

Randémont : demain. D'accord. Mais un mauvais lendemain, il faut l'espérer. Parce qu'il est conçu et dirigé par des gens qui sont nés avant-hier.

Comment faire pour affronter un lendemain qui (a) ne ressemble peut-être pas au véritable demain mais (b) est déjà là alors que vous n'étiez pas prêt à le recevoir ?

Une méthode vous est offerte par la bonne vieille béatitude à tout faire : « Bénis soient ceux qui s'attendent au pire... » D'où les réactions du genre Anti-Trauma et Cie. Il ne pourra vous arriver rien de pire que ce qu'on vous a fait quand vous étiez enfant.

(Mauvais lendemain.)

Une autre est inhérente au style-de-vie banane : quel que soit l'endroit où vous irez, vous trouverez des gens semblables à ceux que vous avez laissés derrière vous, de même que des meubles, des vêtements, des bars servant les mêmes boissons : « Aoh! Exkiousez-moi, voulez-vous ? Mon ami et moi, nous avons fait un pari;

nous sommes au Hilton-Paris, ou au Hilton-Istanbul ? »

(Mauvais lendemain. Il nous offre l'espoir illusoire que demain sera à peu de chose près semblable à aujourd'hui, mais il est déjà là et ce n'est pas ça.)

Encore un autre mensonge pour s'y préparer : l'utilisation des tableaux delphiques, par exemple, pour surveiller ce à quoi les gens sont prêts à s'adapter, ce à quoi ils rêvent de s'adapter et ce à quoi ils ne s'adapteront à aucun prix.

(Mauvais lendemain. Ils ont décidé de laisser les forces traditionnelles du marché exercer leurs pressions sur les décisions. Le favori qui partait vainqueur s'est cassé la jambe au premier obstacle, et la course est loin d'être terminée.)

Encore un autre mensonge dans les zones de compensation légale : vous troquez votre droit aux toutes dernières productions de la technologie moderne contre une allocation modeste qui vous permet de subsister sans travailler.

(Mauvais lendemain. Vous serez rattrapé de toutes les manières et les catastrophes qui balayent les villes font partie du processus.)

Un autre encore consiste à se laisser choper par une drogue « dure », de sorte que rien de ce qui arrive ne puisse vous atteindre vraiment.

(Mauvais lendemain. Arrache l'onguent, *vita brevis.)*

Et ainsi de suite.

La religion ?

Vous êtes obligé de changer d'endroit. La dernière fois, c'était un cadre catholique. Ici, c'est la tendance pentecôtiste œcuménique, et le prêtre est un peu porté sur le Tao.

Les produits chimiques ?

Presque tout le monde plane. Comme des petits soldats se rendant au combat. Frémissants ! Vous entendez les tensions vibrer dans l'air que vos poumons respirent. Vous voudriez que quelque chose bouge, mais seulement pour redescendre sur terre.

Confiance dans l'autorité ?

Mais vous avez le droit, en tant que citoyen libre et égal, d'être aussi autoritaire que n'importe qui d'autre.

Prendre modèle sur une célébrité ?

Mais vous étiez célèbre la semaine dernière. Vous aviez un certificat delphique qui pulvérisait tous les records, ou bien un gosse qui défiait les crocos à la trivi, ou encore vous aviez établi vos pénates une année entière dans la même maison, même que les reporters de la station locale étaient venus vous voir. Pendant dix minutes entières, vous avez été une célébrité vous aussi.

Se laisser aller à la supercharge ?

Cela vous est déjà arrivé. A peu près autant de fois que vous vous êtes alité avec un rhume de cerveau.

Patiemment, après vous avoir laissé essayer chacune de ces voies possibles, ils vous ont reconduit là où vous étiez au début avec un sourire d'encouragement, une petite tape sur l'épaule et un certificat en lettres lumineuses qui annoncent que c'est SANS ISSUE.

Donc, le monde continue de tourner, les pubs de changer, il y a toujours quelque chose à voir à la trivi, quelque chose à acheter au supermarché, de l'électricité à la prise et de l'eau au robinet. Enfin, peut-être pas toujours, mais presque, quoi.

Et il y a presque toujours un ami pour vous répondre à l'autre bout du viphone.

Et il y a presque toujours du crédit à votre code.

Et il y a presque toujours un autre endroit où vous pouvez aller.

Et quand la nuit le ciel se trouve être dégagé, il y a invariablement plus d'étoiles dedans, et qui se déplacent encore plus vite, qu'à la Création. Par conséquent, tout va bien.

Très bien.

Plus ou moins.
AU SECOURS !

Pour ces raisons et pour diverses autres, à leur arrêt suivant pour recharger les batteries, il donna le change au chauffeur et sa changée à Kate et se mêla à la foule qui montait à bord de l'autobus qui faisait la navette avec la station d'adaves. Pour le chauffeur, qui allait certainement être perplexe, il laissa un mot qui disait :

Merci, soldat. Vous m'avez rendu service. Si vous voulez savoir à quel point, pointez ce code dans un viphone.

Le code, naturellement, était sa toute dernière acquisition.

PRÉCEPTE CORNÉ AUX OREILLES DES AGENTS DE LA CIRCULATION DURANT LEUR INSTRUCTION

Vous risquez d'attirer sur vous les foudres du ciel si vous collez une contravention à un véhicule dont le propriétaire étale un code fédéral long comme votre bras.

QUAND LES SOURIS DANSENT SOUS LES PIEDS DES ÉLÉPHANTS

– Où allons-nous ? chuchota Kate.

– J'ai finalement trouvé ma place.

– Précipice ? suggéra-t-elle, mi-confiante, mi-inquiète. C'est sûrement l'endroit où ils iront te chercher en premier.

– Mmm... non, ce n'est pas ce que je voulais dire. Excuse-moi. Je pensais à plusieurs endroits. J'aurais dû le comprendre depuis longtemps. Aucun endroit ne peut être assez vaste. Il faut que je me trouve dans une centaine de lieux différents, mille, même, si c'est possible, en même temps. Ça me prendra peut-être quelques semaines pour mettre ça au point. Mais... oh! disons que dans deux mois nous pourrons nous installer tranquillement pour profiter du feu d'artifice.

– J'ai toujours adoré les feux d'artifice, dit-elle avec le spectre d'un sourire en lui prenant la main.

INTERSECTION À QUATRE VOIES AVEC DES PANNEAUX STOP

A cette époque il était facile de mélanger les noms et les visages. C'est pourquoi il y avait un titre sous chaque division de l'écran multiple, indiquant le nom et la fonction du participant. Hartz lut de gauche à droite :

De Randémont, le chancelier, l'amiral Bertrand Snyder, ascétique, les cheveux gris, très peu loquace, autrefois célèbre sous le sobriquet : « Snyder l'obstiné », durant l'Insurrection d'Hawaii de 2002. Mais c'était avant son entrée dans les hautes sphères de l'administration et dans les brumes du secret.

De la Maison-Blanche du Sud, le conseiller spécial du président pour la sécurité, le Dr Guglielmo Dorsi, portant lunettes et bedaine, inconnu même de ses intimes (bien que malgré tous ses efforts il n'ait pas réussi à le faire disparaître entièrement des dossiers) sous le surnom charmant de Billy le Chour.

Et d'un autre étage du bâtiment où il se trouvait, son supérieur hiérarchique, le directeur en titre du Bureau, Aylwin Sullivan, grand, osseux, les cheveux en broussaille, la mise délibérément négligée. C'était la mode chez les informaticiens quand il s'était lancé dans sa carrière fulgurante. Mais il était quand même drôle de le regarder avec sa chemise au col ouvert, sa poche d'où dépassaient de vieux stylos et ses ongles cernés de noir.

Comme si le passé s'était mis au présent.

Les trois visages sur l'écran regardaient Hartz en fronçant les sourcils. Snyder d'ennui, Dorsi de suspicion, Sullivan d'impatience. L'instinct du poulailler décida qui devrait parler le premier. Sullivan, le plus élevé dans la hiérarchie, demanda :

– Vous êtes fou, ou quoi ? Il y a quelques jours seulement, vous avez insisté pour que nous dévissions tous les codes commençant par 4 GH attribués au FBI, à la CIA et aux Services secrets, et maintenant vous demandez qu'on fiche en l'air le groupe I également ! Vous ne pourriez pas causer plus de ravages si vous étiez payé par la subversion.

– Permettez-moi aussi de vous rappeler une chose, intervint Dorsi. Quand je vous ai demandé ce que nous pourrions utiliser à la place des 4 GH, vous m'avez personnellement assuré qu'il n'y avait aucun moyen connu de détourner un code de la réserve pour lui donner le statut I sans que cela soit aussitôt repéré par les ordinateurs de votre propre bureau. Je suppose que vous n'avez retrouvé aucune trace de cette opération, n'est-ce pas ? J'imagine d'ici la tête du président quand je vais lui rapporter cette histoire incroyable.

– Mais quand je vous ai dit cela j'ignorais que...

– De plus, coupa Snyder, vous avez directement mis en cause mon intégrité et mon efficacité administrative en disant mot pour mot que la personne qui à votre avis aurait commis cet acte de sabotage serait un diplômé de Weychopee qui aurait été muté à Randémont sur ma demande expresse et affecté à des tâches essentielles sur ma recommandation personnelle. Je suis entièrement de l'avis de M. Sullivan. Vous avez dû perdre l'esprit.

– Par conséquent, fit Sullivan, vous allez perdre aussi votre emploi. Pour une durée indéterminée. Eh bien, messieurs, c'est tout ? Parfait. J'ai d'autres occupations qui m'attendent.

AUX FINS D'OFFUSCATION

Je sais foutrement bien que je suis Paul Thomas Freeman, âgé de trente-neuf ans, travaillant au service du gouvernement, diplômé en cybernétique, psychologie et sciences politiques, plus une maîtrise d'informatique. Je sais aussi que si étant gosse je n'avais pas été recruté à peu près de la même manière que Nicky Haflinger, j'aurais probablement fini par devenir un bandit de petite envergure, peut-être fourgueur de drogue ou trafiquant ou bookmaker delphique. Peut-être aussi que je n'aurais pas été aussi malin que je me l'imagine. Peut-être que je serais mort.

Je sais aussi que je me suis laissé manœuvrer brillamment dans une encoignure où j'ai sacrifié tout ce que la vie m'avait apporté sur une impulsion du moment, jeté ma carrière aux orties, risqué – c'est très possible – une condamnation pour haute trahison... sans autre excuse que de préférer Haflinger à Hartz et aux emmanchés qui sont dans son dos. Une encoignure ? Plus probablement le fond d'un trou noir !

Alors, pourquoi bordel est-ce que je me sens si *heureux ?*

POINT D'APPUI

Quand il eut fini d'expliquer comment il avait organisé leur évasion, Kate demanda, incrédule :

– C'est tout ?

– Non. J'ai aussi appelé les neuf 9.

– Ah. J'aurais dû le deviner.

QUESTION DE VÉRITÉ HYSTÉRIQUE

Quand l'éphémère gouvernement Allende fut porté au pouvoir et voulut trouver le moyen d'équilibrer l'économie précaire du malheureux Chili, Allende fit appel à l'expert britannique en cybernétique, Stafford Beer.

Qui annonça qu'il suffirait de dix quantités significatives relayées à partir d'une poignée d'emplacements clés où existaient des moyens de communication adéquats pour ausculter au jour le jour l'économie et la réajuster.

A en juger par ce qui arriva ensuite, cette promesse dut rendre furieux presque autant de monde que la nouvelle selon laquelle le code génétique humain ne comporte que quatre éléments.

COMME ON DIT, OU ON S'ÉCRASE OU BIEN ON REBONDIT

A Ann Arbor, Michigan, le Dr Zoé Sideropoulos, psychologue, eut des invités chez elle pendant une semaine. Elle était spécialisée dans la recherche sur l'hypnose et avait publié une étude célèbre sur le phénomène de régression qui, dans certains cas utiles, permet, sans l'aide d'électrodes ni d'aucun moyen physique barbare, d'extraire du cerveau humain des souvenirs autrement inaccessibles à la conscience du sujet.

Durant toute la semaine, elle fit un usage particulièrement intensif de son terminal d'ordinateur privé. Ou du moins, c'est ce que crurent les machines.

Dès qu'il put se permettre une pause entre deux opérations sur le terminal du Dr Sideropoulos, un modèle très moderne et très efficace, Kate lui apporta une omelette et un verre de « vraie bière », ou du moins l'équivalent le plus proche encore dans le commerce.

– Mange avant que ça ne refroidisse, lui enjoignit-elle. Ensuite, racontc. Sans oublier aucun détail.

– Aucun problème. Nous allons avoir tout notre temps. Dès que j'aurai accompli ce petit travail. J'ai besoin de brouiller quelques circuits, à Canaveral ou ailleurs, encore plus complètement que tu as brouillé ces œufs. L'ennui, c'est qu'il va falloir que je fasse faire aux ordinateurs des choses qui leur sont expressément interdites. Mais ne t'inquiète pas. Ceux qui ont construit leurs circuits de défense ne se doutaient pas qu'un jour ils auraient affaire à quelqu'un comme moi.

Il entreprit de démolir son omelette. En une douzaine de bouchées rageuses, le tour fut joué.

– Mais je ne peux pas m'empêcher de me faire du souci. Es-tu bien sûr que tu peux te fier à Freeman ?

Il repoussa son assiette vide sur le côté.

– Tu te souviens comme à Giron-des-Dieux tu n'arrêtais pas de me faire des reproches parce que je refusais de croire que quelqu'un pouvait être de mon côté ?

– Tu as gagné. Mais je veux quand même une réponse.

– Oui. C'est un homme honnête. Il a finalement compris ce qu'est le mal dans notre civilisation moderne.

– Et quelle est ta définition ?

– Je sais déjà que tu es d'accord avec elle, parce qu'on a discuté d'Anti-Trauma et Cie. S'il existe un phénomène tel que le mal absolu, il consiste à traiter un autre être humain comme un objet.

D'une voix desséchée, elle répondit :

– Je n'ai pas d'argument à t'opposer.

A Boulder, Colorado, le Pr Joachim Yent, de l'Ecole d'administration économique et commerciale, eut des invités chez lui pendant quelques jours. Au cours de cette période, il fut dûment noté qu'il fit un usage exceptionnellement fréquent de son terminal d'ordinateur privé.

– Kate, quand tu éprouves de l'amitié pour quelqu'un, tu accélères ou bien tu ralentis ?

– Si je... quoi ? Ah ! Je vois. Je ralentis, je pense. C'est-à-dire que pour en arriver au point où on communique vraiment, je cesse d'avancer par bonds pendant un moment.

– Et vice versa ?

– La plupart du temps, non. En fait, tu es la seule personne que j'aie jamais rencontrée avec qui ça marche dans les deux sens. Euh... Sandy ? Quel est ton vrai nom ? Je viens de m'apercevoir que je ne le connaissais même pas.

– A toi de décider. Tu gardes Sandy, si tu préfères, ou bien tu prends celui que j'avais au début : Nicholas, Nickie, Nick. Qu'est-ce que ça peut faire ? Je suis moi-même, pas une étiquette.

Elle fronça les lèvres pour lui envoyer un baiser de la main.

– Moi aussi, ça m'est complètement égal. Tout ce que je sais, c'est que je suis bien contente que nous ayons rétrogradé ensemble.

A Madison, Wisconsin, la doyenne Prudence McCourtenay de la Faculté de Droit eut des invités chez elle pendant un long week-end. Il fut également noté qu'au cours de cette visite elle fit un usage particulièrement prolongé de son terminal d'ordinateur privé.

Il commençait à faire très froid. L'hiver s'installait.

– Oui, c'est vrai, ce dont les gens ont besoin, c'est de savoir ralentir pour se mettre à la même vitesse. Avec beaucoup de perte d'énergie cinétique. En fait, dans pas mal de cas, les freins risquent de brûler. Mais c'est ça ou s'envoyer en plein dans le décor.

– Pourquoi ?

– Parce que tout le monde n'est pas encore comme toi.

– Que le monde paraît monotone!

– Dans le sens où les gens n'ont pas tous la même faculté d'adaptation.

Elle se mordit les lèvres :

– Mais... on n'y peut rien! Il y a ceux qui savent et ceux qui ne savent pas. Punir ceux qui ne savent pas est cruel, mais empêcher les autres d'avancer à cause d'eux c'est...

– Notre société est cruelle dans les deux sens, coupa-t-il. C'est vrai qu'elle punit ceux qui ne peuvent pas s'adapter. Nous avons payé nos viphones, notre réseau informatique, nos astéroïdes miniers et tout le reste du sacrifice de ceux qui sont morts ou ont fini dans un asile d'aliénés... Ce qui n'empêche pas, poursuivit-il, le visage soudain assombri, que ceux qui peuvent s'adapter soient ralentis de leur côté. Je suis le meilleur exemple que tu puisses trouver.

– Tu ne donnes pas tellement l'impression d'être ralenti. A voir ce que tu es capable de faire maintenant que tu te donnes à fond, on croirait plutôt le contraire.

– Mais je l'ai été pendant longtemps, quoi! J'ignorais moi-même ce que j'étais capable de faire, jusqu'au jour où je t'ai vue couchée, tondue et sans mouvement, sur une table de laboratoire, comme un animal qu'on s'apprête à disséquer puis à faire disparaître dans l'incinérateur sans autre oraison funèbre qu'une inscription dans un tableau de statistique. Ça m'a forcé à, comment dire... me mettre en surmultipliée mentale.

– Quel effet cela t'a fait?

– Inexplicable; comme un orgasme.

A Shreveport, Louisiane, Le Dr Chase Richmond Dellinger, analyste de la santé publique sous contrat avec la municipalité, reçut chez lui des invités pendant le séjour desquels il fit fréquemment appel à son terminal d'ordinateur privé. Il faisait encore un temps assez agréable dans le Sud, naturellement, bien que cette année fût particulièrement pluvieuse.

– Donc, il fallait absolument que je trouve une issue. Pas seulement pour toi ni pour moi, mais pour tout le monde, tu comprends ? J'avais eu en un clin d'œil la révélation d'un besoin qui se trouvait en moi, et qui était aussi fondamental que peuvent l'être la faim, la peur ou bien le sexe. Je me souviens d'une discussion que j'ai eue avec Paul Freeman...

– Oui ?

– Ce qui en émergeait, c'était l'idée qu'il avait fallu l'avènement de la bombe H pour que soit déclenché chez l'homme le réflexe qui apparaît chez les animaux quand ils sont confrontés avec des griffes ou des crocs plus grands.

– Ou avec une figure dominante de leur cosmos privé. Comme Bagheera qui se frotte contre moi comme un chaton quand je rentre à la maison. J'espère qu'ils s'occupent d'elle comme il faut.

– Ils nous l'ont promis.

– Oui, mais... Excuse-moi. Je n'ai pas fait exprès de détourner la conversation.

– En principe, mon opinion était différente de la sienne, mais il avait de bonnes raisons de dire que c'était aussi bien comme ça, pour autant que nous le sachions. Car si vraiment notre seuil de comportement orienté vers la survie est tellement élevé qu'il faut la perspective d'une extermination totale pour activer des modes de conciliation et de compromis, ne pourrait-il pas exister d'autres moyens de conservation vitale tout aussi efficaces mais relevant de stimuli qu'on ne peut déclencher qu'à des niveaux de conscience largement supérieurs à ceux qu'on peut trouver chez nos cousins à quatre pattes ?

Dans leur ranch du nord du Texas, l'historien politicien Ruth Compton et sa femme Nerice, de quelques années plus jeune que lui et à ses moments conseillère en analyse de marché, reçurent un couple d'invités. Leur terminal d'ordinateur privé fonctionna presque sans interruption durant cette période. Il faisait un temps frais et ensoleillé, avec quelques vives rafales intermittentes venues du nord.

– Une seconde. Et si ce seuil était dangereusement élevé ? Il faut penser au taux de population.
– Bien sûr. C'est même par là que j'ai commencé. Le fait de n'avoir pas de saison fixe des amours a contribué à assurer la suprématie de l'homme, en maintenant une démographie galopante. A partir d'un certain stade, des processus restrictifs apparaissent : la libido masculine est réduite, ou détournée vers des canaux infertiles, l'ovulation féminine devient irrégulière et parfois ne s'opère plus du tout. Mais bien avant d'atteindre ce point, nous trouvons la compagnie de nos semblables si insupportable que nous commençons à nous entre-tuer, ou à nous suicider, en ayant recours à la guerre ou aux affrontements tribaux.
– De sorte que notre avantage évolutionnaire s'est insensiblement transformé en handicap.
– Kate, je t'adore.
– Je sais. Ça me fait plaisir.

Dans sa demeure perdue du Massachusetts, où il vivait seul – depuis qu'il était veuf et à la retraite – avec sa gouvernante, Alice Bronson, le juge Virgil Horovitz reçut des invités et fit usage de son terminal d'ordinateur privé pour la première fois depuis qu'il avait quitté ses fonctions. Une violente tempête avait privé la plupart des arbres qui entouraient sa maison de leur somptueux feuillage roux et les gelées nocturnes rendaient craquantes et cassantes les feuilles tombées à terre dans les allées.

– Mais que veux-tu qu'on fasse d'une intuition comme celle-là ? Des avertissements intuitifs, nous en avons déjà eu, de théoriciens sociaux, d'historiens, de politiciens ou de prédicateurs, et quel bien cela a-t-il fait ? Ton idée de transformer la planète en un vaste asile d'aliénés dans l'espoir de déclencher je ne sais quel réflexe de conservation de la race... c'est impensable. Suppose qu'à un stade précoce de ton programme, un milliard de gens deviennent collectivement fous ?

– C'est le mieux à quoi on puisse s'attendre, et je dis bien le mieux, si on laisse faire les gens de Randémont.

– Je ne crois pas que tu sois en train de plaisanter !

– Oh, peut-être que ça n'atteindrait pas vraiment le milliard, mais disons par exemple la moitié de la population de l'Amérique du Nord. Cent millions et quelques, ce n'est déjà pas mal, non ?

– Comment ça se passerait ?

– En théorie tout au moins, une des forces qui nous gouvernent est la faculté que nous avons, contrairement aux animaux, de décider si nous voulons ou non céder à nos pulsions foncières. Toute l'histoire de nos sociétés ne fait qu'exposer la manière dont nous avons appris à remplacer de simples instincts par un comportement éthique conscient. Tu es bien d'accord, n'est-ce pas ? D'un autre côté, il demeure vrai que la plupart d'entre nous se refusent à admettre l'importance de l'influence de notre héritage sauvage sur notre comportement. Pas directement, bien sûr, parce que nous ne sommes plus à l'état sauvage, mais indirectement, tout simplement parce que la société elle-même est une conséquence de nos prédispositions innées. (Il eut un petit sourire triste, puis ajouta :) Tu sais, une des choses que je regrette le plus, dans tout ce qui s'est passé, c'est que j'aurais pu vraiment aimer ces discussions avec Paul Freeman. Nous avions tant de choses en commun. Mais... je n'osais pas me laisser aller. Je ne pouvais pas. Il fallait à tout prix que je réussisse à ébranler ses vues du monde. Autrement, il n'aurait jamais basculé quand Hartz l'a poussé trop loin.

– Cesse de faire des digressions, veux-tu ?

– Excuse-moi. Où en étais-je ? Ah, oui ! J'étais en

train de t'expliquer qu'à Randémont ils ont le tort de vouloir repousser le moment où ce sont nos réflexes qui prendront la relève. Ils devraient se rendre compte que c'est la mauvaise méthode. Freeman lui-même disait que le meilleur traitement du choc de la personnalité consiste, sans utiliser de drogues ni aucun autre moyen thérapeutique formel, à libérer la victime en la laissant faire quelque chose qu'elle désirait mais n'avait jamais pu accomplir. Malgré des preuves de ce genre, ils continuent à Randémont à rassembler les individus les plus sensibles à nos besoins réels et à les isoler du monde. Alors que ce qu'ils devraient faire au contraire, c'est les relâcher pleinement conscients et en possession de leurs dons, afin que le jour où nous atteindrons l'inévitable point de supercharge, nos réflexes puissent agir dans le sens de nos intérêts et non en sens contraire.

– Je me souviens d'une remarque qui se trouvait dans une des monographies de *Catastropheville, U.S.A.* Je crois que c'était le numéro 6. Dépouillés des biens matériels qui les situaient au sein de la société, un grand nombre de réfugiés qui jouissaient antérieurement de situations enviables et exerçaient des responsabilités sont devenus du jour au lendemain des parasites incapables de faire autre chose que se lamenter. Quand les choses ont été réorganisées, le pouvoir est passé dans les mains de ceux qui possédaient le plus de souplesse. Pas seulement des jeunes, dont l'esprit n'était pas encore sclérosé, mais surtout des adultes qui jusque-là s'étaient fait traiter de rêveurs, d'idéalistes et même de ratés. La seule chose qu'ils possédaient en commun, semble-t-il, c'était une grande imagination, soit due à la jeunesse, soit ayant subsisté jusqu'à l'âge adulte où elle était un handicap dans le choix d'une action quelconque, qu'elle rendait impossible en offrant à l'esprit un trop large éventail de possibilités.

– Comme je connais ça ! Mais ne crois-tu pas que la société d'aujourd'hui aurait besoin, tout de suite, d'une bonne transfusion d'imagination ? D'après moi, nous sommes les victimes d'une surdose de réalité sordide. Un peu de fantaisie ferait office d'antidote.

Dans les environs de Cincinnati, Ohio, Helga Thorgrim Townes, dramaturge, et son mari Nigel Townes, architecte, reçurent des invités chez eux et furent débités d'un temps-machine considérable sur le réseau public. Une neige fine tombait sur la région, mais tout n'était pas encore recouvert.

– Si je n'avais connu des gens de Randémont, je pense que j'aurais du mal à te croire. Mais est-ce que je peux me fonder sur...

– Tu peux être certaine qu'ils sont représentatifs. On les a systématiquement détournés de la plus grande vérité concernant l'humanité. Imagine que tu ratisses le continent pour rassembler les individus les plus doux, les plus généreux, les plus attentionnés que tu puisses trouver. Ensuite, tu passes des années à leur expliquer que leur attitude étant rarissime, ils sont certainement anormaux et qu'il faut donc les guérir.

– De quelle vérité fondamentale parlais-tu ?

– C'est à toi de me le dire. Tu l'as connue toute ta vie. Tu existes selon ses critères.

– Est-ce que c'est en rapport avec la raison pour laquelle je me suis intéressée à toi depuis le début ? Ce qui m'avait frappé, c'étaient les efforts désespérés que tu faisais pour paraître conforme à un moule. J'avais l'impression d'un énorme gâchis.

– Précisément. Il y a un reproche que j'ai fait à Freeman et que je ne retirerai pas. Je l'ai accusé de traiter les gens non pas comme des êtres humains, mais comme des approximations d'un modèle préétabli d'être humain. Je suis vraiment content qu'il ait décidé de perdre cette mauvaise habitude !

– Alors, je sais de quoi tu parles. C'est le principe d'incertitude.

– Bien sûr. Le contraire du mal. Tout ce que peut impliquer l'expression galvaudée : « libre arbitre ».

As-tu déjà entendu parler de « la nouvelle conformité »?

– Oui; c'est quelque chose de terrifiant. A une époque où nous disposons d'un plus grand nombre de choix, d'une plus grande mobilité, de plus d'informations, de plus d'occasions de nous accomplir dans tous les sens du terme, comment se fait-il que les gens préfèrent être tous identiques? Le style-de-vie banane me donne envie de vomir.

– Mais le concept leur a été vendu avec une telle insistance que la plupart des gens redoutent de ne pas admettre que c'est la meilleure façon de rester dans le coup dans un univers chaotique. Comme qui dirait : « Puisque tout le monde le dit... qui suis-je pour discuter? »

– Je suis moi.

– *Tat tvam asi.*

Durant les six semaines que nécessita le processus, environ treize pour cent des familles qui possédaient un terminal d'ordinateur privé en firent une utilisation largement supérieure à la marge de variation normale de plus ou moins dix pour cent. Par rapport au chiffre de l'année précédente, cela représentait globalement un peu moins d'un pour cent d'augmentation, que l'on pouvait mettre sur le compte de la rentrée universitaire.

PRÉMONITORAGE

– Dis donc, cette cote, elle a vite doublé, non?

– Qu'est-ce que ça signifie, tu ne peux pas le toucher? Il a une prio cinq étoiles. Son viphone ne peut pas être coupé. Essaye encore.

– Bon Dieu, regarde-moi ça! Ces frocs ne peuvent donc pas garder la même idée deux jours de suite?

– C'est drôle de recevoir ça un week-end. Mais... oh,

ce n'est pas moi qui vais me plaindre d'avoir à choisir notre nouvel emplacement dans une si longue liste. Ça change un peu, n'est-ce pas, de toutes les fois où on a été obligés de déguerpir ailleurs sans discuter !

— Mais... mais monsieur Sullivan ! C'est vous qui l'avez acceptée... Tout au moins elle porte votre code !

PREMIER FOYER

— Je me sens toute drôle, dit Kate tandis que le taxi tournait au coin de sa rue.

Son regard ne cessait de voler d'un détail familier à l'autre.

— Ça ne me surprend pas. Il m'est arrivé de retourner dans certains endroits, bien sûr, mais jamais pour reprendre un rôle que j'avais quitté. Et cette fois-ci non plus, évidemment. Pas d'objections ?

— Seulement des réserves, peut-être, fit-elle distraitement. J'ai été tellement de personnes différentes en un temps si court que je ne me souviens plus de tous les noms : Carmen, Violette, Chrissie...

— Je t'ai préférée quand tu étais Lilith.

Elle lui fit une grimace :

— Je ne plaisante pas ! Sachant surtout qu'ici plus que partout ailleurs on va sûrement me reconnaître, même si nous avons fait en sorte que les choucas ne viennent pas... Je crois que je n'étais pas tout à fait préparée à ça.

— Ni moi non plus. J'aurais préféré courir plus longtemps et en faire davantage. Mais ce ne sont pas des imbéciles, les gens qui surveillent les Orfeds. Déjà, je suis sûr qu'ils ont leur petite idée de ce qu'ils vont se recevoir sur le crâne. Avant qu'ils aient le temps de réagir, il faut que nous fassions intervenir nos dernières ressources. Tu es encore un cas célèbre à K.C. D'après la première réaction d'Ina, elle bout d'impatience à l'idée de mettre tout le poids d'un code GTS entre nous et la catastrophe.

– Tu as raison, comme toujours. Ta logique est sans faille.

– Toi, tu n'as pas besoin de vivre selon la logique. Tu es quelqu'un de sage. Et la sagesse transcende la logique. Même si après coup ton choix paraît logique.

– J'allais dire : malgré tout, ça va me faire tout drôle de rentrer dans cette maison et de ne pas voir Bagheera venir se frotter à mes jambes.

L'appartement avait été fouillé par des spécialistes. A part ça, il était inchangé, un peu poussiéreux seulement. Kate se baissa pour ramasser le pinceau qu'elle avait à la main quand « Sid Fesser » était venu la voir; avec une grimace, elle contempla les soies durcies.

– Il manque quelque chose? demanda-t-il, et elle fit un bref inventaire.

– Pas grand-chose. Quelques lettres, mon répertoire d'adresses et de codes... des choses dont je peux me passer. La plupart sont encore dans ma tête. Mais... – elle plissa le nez – le courant était coupé, n'est-ce pas? C'est toi qui l'as rétabli?

– Bien sûr. Ils ont dû le couper le jour où tu t'es fait enlever.

– Dans ce cas, dès que j'ouvrirai la porte du réfrigérateur, cet endroit deviendra inhabitable. Je me rappelle qu'il y a deux douzaines d'œufs à l'intérieur. Viens, on a pas mal de nettoyage à faire. Il va y avoir une soirée ici.

– Une soirée?

– Bien sûr. Tu n'as jamais entendu parler de Thomas l'incrédule? Les étudiants, ça aime bien parler. Ce que tu as fait va être dans toutes les mailles du réseau d'ici demain à la même heure. Je veux que ce soit diffusé également de bouche à oreille.

– Mais tu sais très bien que j'ai programmé une conférence de presse...

– A midi le lendemain du jour J, coupa-t-elle sèchement. Ecoute, Sandy, ou Nick, zut, quoi, mon chéri ! Si ça se trouve, l'avalanche que tu espères déclencher nous aura depuis longtemps envoyés tous les deux *ad patres* à ce moment-là. Si tu dois les frapper aussi fort que tu le voudrais, toi et moi nous ne pouvons rien prévoir.

Il médita un long moment ce qu'elle venait de dire. Quand il répondit, ce fut d'une voix un peu tremblante.

– D'accord. Je n'y avais pas suffisamment réfléchi. Bon. Je vais m'occuper du nettoyage. Installe-toi devant le viphone et contacte tous ceux que tu pourras. Tu ferais bien aussi de prévenir Ina. Qu'elle amène du monde de GTS.

– J'y ai déjà pensé, fit-elle dignement.

Puis elle pointa le code de sa mère en premier.

PONDAISON JUSQU'À CE QUE MORT S'ENSUIVE

Avant d'aller dîner chez ses amis, le Dr Zoé Sideropoulos s'arrêta devant son terminal d'ordinateur privé juste assez longtemps pour rendre active une liaison avec le réseau continental et enfoncer trois touches du clavier. Puis elle monta dans sa voiture.

En revenant d'un séminaire du soir, le Pr Joachim Yent se souvint que c'était aujourd'hui la date et appuya sur trois touches du clavier de son terminal.

La doyenne Prudence McCourtenay était alitée avec un de ces rhumes auxquels chaque hiver elle payait tribut. Mais elle avait cinq viphones dans la maison, presque un pour chaque pièce, et il y en avait un, naturellement, à son chevet.

Le Dr Chase R. Dellinger interrompit pour cinq minutes le travail urgent qu'on venait de lui apporter au labo – quelque chose de suspect dans un lot importé de blanc de champignon, peut-être contaminé par une lignée mutante – et n'oublia pas en rentrant de s'arrêter devant un clavier de télécommande pour introduire trois chiffres dans le réseau.

Nerice Compton composa un faux numéro de viphone et jura de manière convaincante. Rush et elle avaient des amis ce soir et ils étaient en train de boire un verre.

Le juge Virgil Horovitz avait eu une attaque cardiaque. À son âge, ce n'était pas tout à fait inattendu. De plus, c'était déjà arrivé deux fois. Mais en rentrant de l'hôpital, la gouvernante n'oublia pas de rendre actif le terminal d'ordinateur et d'appuyer sur les trois touches numériques.

Au cours d'une soirée avec des amis, Helga et Nigel Townes firent la démonstration de quelques tours amusants que l'on pouvait exécuter sur un terminal à distance. Un seul échoua au bout de trois chiffres. Les autres marchèrent parfaitement.

De toute manière, un programme de secours complet était prévu, qui aurait pu accomplir la tâche tout seul en cas de nécessité. Cependant, bien des fois dans l'histoire du *Pavillon d'Eustache,* il avait été prouvé que certaines informations clés devaient de préférence être stockées à l'extérieur du réseau.

Vers 23 h 00 heure de l'est, la couleuvre n'attendait plus que d'être fertilisée pour commencer à pondre ses œufs sans précédent.

– Ça alors ! Paul ! Ça me fait plaisir de vous voir. Entrez donc.

Freeman obéit en clignant timidement des yeux. L'appartement de Kate grouillait de gens, pour la plupart jeunes et vêtus de manière ostentatoire mais mélangés avec quelques groupes plus sobres issus de GTS ou de la faculté de Kansas City. On avait installé un diffuseur portable de musique coley et un trio de danseurs suivaient prudemment les accords d'un blues traditionnel avant de se lancer dans une séquence de variations collectives. Pour l'instant, ils en étaient encore à tâter l'équilibre timbre-couleur de l'appareil.

– Comment avez-vous appris que nous étions ici ? Et que faites-vous à K.C. ? J'avais cru comprendre que vous aviez rejoint Précipice.

– Métaphoriquement, oui, dit Freeman avec un sourire qui lui donnait étrangement l'air d'un petit garçon, comme s'il avait rajeuni de plus de vingt ans en se dépouillant de sa tenue austère de laboratoire. Mais Précipice est un endroit horriblement étendu, poursuivit-il, quand on sait vraiment reconnaître les choses. Non... en fait, il y a des semaines que j'avais prévu votre retour ici, tôt ou tard. Je m'étais demandé à quel endroit j'avais le moins de chances de vous retrouver, et... euh... j'ai remporté le gros lot du premier coup.

– Cela m'inquiète, vous savez, de voir que mon parcours si soigneusement rendu aléatoire était en fin de compte tellement prévisible. Ah ! Voici Kate.

Freeman se raidit, comme s'il s'attendait à être frappé, mais elle fut très cordiale avec lui, lui demanda ce qu'il voulait boire et partit lui chercher une bière.

– C'est sa mère qui est là-bas ? murmura Freeman dont l'œil exercé avait déjà fait le tour de la partie visible de l'appartement. Cette femme en vert et rouge ?

– Oui. Vous vous connaissez, je pense. Et l'homme qui est avec elle...

– Rico Posta, c'est bien cela?

– Exact.

– Hum... Qu'est-ce qui se passe au juste?

– Il y a eu quelques remous parce que, évidemment, dès que la nouvelle s'est propagée que Kate était de retour et qu'elle avait bien été enlevée par un agent du gouvernement, comme les étudiants le pensaient, leur première réaction a été de vouloir tribaliser le campus. Nous avons remisé cette idée au frigo, après pas mal de discussions, en laissant entendre que nous avions mieux. C'est de cela que nous sommes en train de parler pour l'instant. Venez vous joindre à nous.

– Et... qu'est-ce que vous envisagez?

– De commencer par dévisser Randémont.

Freeman s'arrêta net en pleine foulée et une jolie fille entra en collision avec lui en renversant à moitié son verre. Il y eut un échange de civilités, puis Freeman s'exclama :

– Qu'est-ce que vous dites?

– C'est tout à fait normal de commencer par là. Une enquête approfondie du Congrès devrait suivre la publication dans les média des budgets de Randémont et de Val-Crédit. Les autres viendront plus tard, avec Weychopee en dernier parce que c'est le plus gros morceau. Il n'y aura pas que des révélations financières, naturellement. Il y aura des photos de Miranda et de ses successeurs, avec les taux d'accidents chez les enfants expérimentaux. Il y aura aussi...

– Mais on dirait que c'est Paul Freeman! s'écria Ina en se levant de son siège.

Il y avait quelque chose d'inquiet dans sa voix.

– C'est bien lui; un peu désorienté, parce que je viens de lui expliquer ce que nous comptons faire.

Kate arriva avec la bière promise, la lui tendit et s'assit sur le bras du fauteuil de sa mère. Rico Posta était à côté d'elle.

– Désorienté, c'est le moins qu'on puisse dire, murmura Freeman au bout d'un instant de silence. Pourquoi vous en prendre d'abord à Randémont ?

– Pour déclencher une avalanche émotionnelle. Je suppose que, étant issu d'un environnement dédié à la rationalité, vous avez des doutes sur l'efficacité de cette politique. Mais c'est exactement ce qu'il nous faut. Les archives de Randémont sont le meilleur et le plus court moyen d'y parvenir. Parmi toutes les choses capables de mettre le public en colère, la corruption politique et les mauvais traitements délibérément infligés à des enfants sont les plus efficaces. Les premières frappent l'esprit conscient, les autres l'inconscient.

– Oh ! Les deux affectent l'inconscient, intervint Ina. Tenez, Rico et moi, nous venons de découvrir que nous faisions le même cauchemar. Parfois, je rêve que je m'aperçois que quelqu'un a eu accès à mes fiches de crédit et a dévissé les économies de toute une vie. Sans que j'aie aucune chance de retrouver le responsable. Et puis..., hésita-t-elle en se tournant vers Kate, je n'avais jamais osé te le dire jusqu'à maintenant, mais quand j'étais enceinte de toi... j'étais si terrifiée à l'idée que tu pourrais ne pas être... normale... que...

– Tu t'es superchargée quelques années plus tard, et depuis tu t'es fait du souci pour moi jusqu'à l'obsession. Quand j'ai grandi, tu t'inquiétais encore parce que j'étais non conformiste. Et pas jolie. Mais qu'est-ce que ça peut faire ? Je suis vive et je rebondis. Je ferais honneur à n'importe quelle mère. Demande un peu à Nick, ajouta-t-elle avec un sourire malicieux.

Freeman prit un air étonné.

– Nick ? Vous avez finalement surmonté votre préjugé contre ce nom, alors ? Old Nick, saint Nicolas et tout le reste ?

– En même temps que le saint patron des voleurs, saint Nicolas est celui auquel on attribue la résurrection de trois enfants assassinés. C'est un compromis humain acceptable, vous ne trouvez pas ?

– Vous avez changé, fit remarquer simplement

Freeman. En bien des manières. Et... j'avoue que le résultat est assez impressionnant.

– Je vous en dois une grande partie. Si je n'avais pas été arraché au cours que j'ai suivi toute ma vie... Voyez-vous, c'est ça qui ne va pas chez nous au plan public. Nous nous démenons pour essayer de découvrir la meilleure manière de continuer notre petit bonhomme de chemin, au lieu d'orienter nos efforts vers la recherche de solutions meilleures. Notre société tombe, nul ne sait vers quoi, en chute libre, et nous, par voie de conséquence, nous avons contracté une ostéochalcose collective de la personnalité.

– Pour aller plus vite, il faut savoir rétrograder, affirma Kate avec une grande conviction.

Le front de Freeman se plissa.

– Oui, peut-être, mais comment choisir la bonne direction ?

– Ce n'est pas nécessaire. Elle est déjà programmée.

– Comment une telle chose serait-elle possible ?

Rico Posta parla à son tour, d'une voix tendue :

– Moi non plus, je n'arrivais pas à le croire, au début. Mais maintenant, j'y suis obligé. J'ai eu des preuves. (Il porta son verre à ses lèvres d'un geste nerveux.) Regardez-moi, poursuivit-il avec animation. En principe, je suis le vice-président chargé de la planification à long terme d'une hypercorpo qui s'appelle GTS. Eh bien ! Je ne savais même pas que nos projets d'extrapolation sociale débouchaient systématiquement et automatiquement sur des dossiers entiers d'études fédérales à Val-Crédit. Vous ne trouvez pas que c'est complètement dingue ? C'est un système qui a été mis en place par mon avant-dernier prédécesseur, qui s'est évanoui en fumée en négligeant d'avertir le pauvre pif qui a pris sa suite. Nick a mis la main dessus sans trop de mal, et il m'a fait faire une visite guidée de toute une section du réseau dont j'ignorais totalement l'existence. (Il conclut, furieux, en brandissant un index tremblant :) Avec ce viphone qui se trouve là-bas ! J'en étais absolument écœuré. Si un ponte de GTS est dans l'incapacité de savoir ce qui se passe sous son nez, quelle chance a un citoyen ordinaire?

– J'aurais voulu être là, dit Freeman au bout d'un moment. Qu'est-ce qu'il y avait dans ces dossiers de Val-Crédit?

– Oh... fit Posta en prenant une longue inspiration. Plus ou moins ceci : le prix que nous avons payé pour rester en tête dans les domaines de l'économie, du prestige et ainsi de suite, a consisté à faire appel à l'équivalent du « second souffle » des athlètes, qui brûle le tissu musculaire. On ne peut pas continuer ainsi indéfiniment. Et les tissus brûlés, ce sont des gens qui auraient pu nous rendre service, qui seraient devenus des membres talentueux de la société si la pression avait été un peu moins forte. Au lieu de quoi ils se sont tournés vers le crime, ou le suicide, ou la folic.

Freeman parla, en articulant lentement :

– L'idée m'est venue une fois que j'aurais pu facilement finir trafiquant de drogue, ou quelque chose comme ça. Mais comment voulez-vous que je partage votre point de vue? C'est grâce à ceux qui m'ont fait entrer à Weychopee que ma vie ne s'est pas terminée prématurément en prison ou au cimetière.

– La société est-elle bien orientée quand un de ses membres les plus doués ne se reconnaît d'autre issue que le crime si des millions de dollars publics ne sont pas dépensés pour lui chaque année?

Nick attendit une réponse à sa question. Elle ne vint jamais.

Autour de leur groupe, la soirée battait son plein. Les danseurs coley avaient finalement la mesure de l'appareil. Leur nombre avait triplé, sans que cela causât trop de bavures, et leurs motifs harmoniques s'étaient résous en un chorus complet AABA de trente-deux mesures, toujours dans le même ton que le blues original, bien qu'une des filles fût en train d'essayer hardiment de passer au mode mineur. Malheureusement, quelqu'un d'autre voulait imposer la mesure à trois temps. Le résultat était... intéressant.

Tout en regardant les évolutions des danseurs, Freeman déclara lugubrement :

– Quelle différence, que je sois d'accord ou pas ? Je vous ai donné vos codes « I ». Je savais parfaitement que c'était comme si je mettais entre vos mains une bombe H, et pourtant ça ne m'a pas empêché de le faire. La seule chose, c'est que j'aimerais bien pouvoir croire à ce que vous êtes en train d'accomplir. Pour l'instant, vous ressemblez trop à un « économiste », ou pis encore, un nihiliste qui projette de faire s'écrouler les piliers du temple sur nos têtes.

– Le nom de ce que nous sommes en train de faire n'a pas été précisément forgé par un progressiste.

– Parce que cela porte un nom ?

– Bien sûr, dit Kate d'une voix ferme. « Révision déchirante. »

Nick hocha la tête en manière d'approbation.

– Durant tout le temps que j'ai passé à Randémont, on n'a pas cessé de me répéter que je devais rechercher la sagesse. Le commencement de la sagesse, c'est quand on admet qu'on s'est fourvoyé.

Les danseurs coley s'éparpillèrent dans la discorde et dans le rire. Tout en partant à la recherche de rafraîchissements, ils se complimentaient sur la durée réciproque de leurs performances. Un jeune exhibitionniste impatient courut les remplacer et tira des rayons invisibles un numéro original. Après les complexités de la danse à neuf partenaires, il parut creux et superficiel malgré d'indéniables qualités techniques.

– Sweedack, déclara finalement Freeman, dont le front était luisant de transpiration. Je pense que maintenant, il ne nous reste plus qu'à bien nous tenir en attendant le *tsunami.*

LA COURSE ENTRE LE FUSIL ET L'ARMURE

Sur l'arbre de l'évolution, les fleurs de la saison passée meurent et souvent les plus belles sont stériles.

Pendant que le tricératops fourbissait ses trois cornes, pendant que le diplodocus remuait gracieusement la queue, quelque chose qui n'avait pas encore de nom était en train de leur voler leur avenir.

AVIS INQUIÉTANT À TROUVER DANS VOTRE BOÎTE AUX LETTRES ENREGISTREUSE

Origine : Laboratoire bio-expérimental de Randémont.
Référence : K3/E2/100715P
Sujet : Modification génétique in vitro (projet n° 38).
Nature : Croisement contrôlé lors de la fusion des gamètes.
Chirurgiens : Dr Jason B. Saville; Dr Maud Crowther.
Biologiste resp. : Dr Phoebe R. Whymper.
Mère : Volont. anon. GOL ($ 800 p. sem., 1 an).
Père : Volont. pers. WVG ($ 1000 prime fixe).
Embryon : Femelle.
Gestation : 11 j.
Temps de survie : Env. 67 h.
Description : Malformations typiques catég. G0 et G9, c.à.d. cyclopie, palais fendu, fontanelle ouverte, système digestif incomplet, fusion ano-vaginale, déformations pelviennes et absence de tous les orteils. Cf. projet n° 6.
Conclusion : Réussite partielle du programme de croisement contrôlé avec emploi de la solution-mère n° 17K.
Recommandation : Réitérer l'expérience en essayant la même solution sur substrat cristallin (disponible) ou sous forme de gel (disponible).

Elimination des restes : Autorisée.
(Document revêtu des initiales J.B.S.)

AVIS INQUIÉTANT À TROUVER SUR UN DE VOS RELEVÉS DE CRÉDIT

L'examen de documents informatiques vous concernant a révélé que plus de la moitié du crédit porté à votre compte provient de l'exercice d'activités illégales dont le détail a été transmis au Procureur des Etats-Unis. En prévision de poursuites judiciaires à votre encontre, il a été décidé de limiter votre crédit à la Norme de Survie Fédérale, soit actuellement $ 28,50 par jour.

La Commission d'Indigence ayant récemment statué que cette somme était impropre à procurer une alimentation suffisante, nous adopterons la nouvelle norme proposée, soit $ 67,50 par jour, dès que l'aval présidentiel nous aura été accordé.

Ceci est une donnée cybernétique destinée au réseau public.

AVIS INQUIÉTANT À TROUVER SUR VOTRE BUREAU LE LUNDI MATIN

A l'intention de tous les employés de Marmaduke Smith Metal Products Inc.

La décision d'autoriser la construction et le lancement d'une usine orbitale pour le compte de votre société par la Ground-to-Space Industries Inc. (contrat non résiliable) fait suite à la mise en garde du chef comptable J.J. Himmelweiss qui a déclaré que la corpo courait à une banqueroute certaine.

Lors de la même séance du Conseil d'administration, il a été décidé à main levée d'attribuer à tous les membres du bureau un lot de titres égal à cent pour cent du nombre d'actions dont ils sont respectivement détenteurs, ceci afin de leur permettre de s'en défaire à des prix provisoirement gonflés avant l'annonce de la liquidation volontaire de la compagnie, prévue pour la fin du mois prochain.

Ceci est une annonce cybernétique clandestine.

AVIS INQUIÉTANT À TROUVER SUR UNE BOÎTE DE PRODUIT COSMÉTIQUE

Ce maquillage contient un allergène et un cancérigène reconnus. Ses fabricants ont dépensé plus de 650 000 dollars en indemnisations à l'amiable pour éviter d'être traînés devant les tribunaux par des utilisateurs qui vous ont précédé. Ceci est une donnée cybernétique extraite de dossiers non destinés à la publication.

AVIS INQUIÉTANT À TROUVER SUR UNE NOTE MENSUELLE DE PRÉLÈVEMENT AUTOMATIQUE

Avertissement aux clients de l'agence Anti-Trauma.

Une vérification de statut portant sur les cent premiers jeunes traités selon les méthodes de cette compagnie, qui ont tous maintenant cessé les séances de thérapie depuis au moins trois ans, révèle que :

66 absorbent régulièrement des substances psychotropes prescrites par une autorité médicale;

62 sont considérés à la suite de tests comme ayant des aptitudes éducatives inférieures à la normale;

59 se sont plaints récemment d'avoir eu des cauchemars et des hallucinations;

43 ont fait l'objet d'au moins une arrestation par la police;

19 se trouvent actuellement en prison ou sous la tutelle des tribunaux;

15 ont été reconnus coupables d'actes de violence;

15 ont été reconnus coupables de vol;

13 ont été reconnus coupables d'incendie criminel;

8 ont séjourné au moins une fois dans des établissements psychiatriques;

6 sont décédés;

5 ont agressé leurs parents, tuteurs ou proches parents;

2 ont assassiné de jeunes enfants;

1 est en instance de jugement pour avoir exercé des violences sur une petite fille âgée de trois ans.

Le total excède 100 car la plupart figurent sous plus d'une rubrique.

Ceci est une annonce cybernétique destinée à l'information du public.

AVIS INQUIÉTANT À TROUVER AU BAS D'UNE SOMMATION CONCERNANT LE PAIEMENT D'UN IMPÔT EN RETARD

A l'attention de la personne qui doit payer cet impôt.

L'analyse du budget fédéral de l'année dernière montre que :

– 17% de votre contribution se sont évanouis en projets chimériques;

– 13% de votre contribution se sont évanouis en propagande, pots-de-vin et bakchichs divers;

– 11% de votre contribution se sont évanouis en contrats fédéraux passés à des compagnies qui (a) servent de façade à des activités illicites et/ou (b) appartiennent en partie ou en totalité à des personnes qui sont sous le coup d'une inculpation pour crime fédéral et/ou (c) ont des activités préjudiciables à la santé ou à l'environnement.

Vous pourrez obtenir des détails supplémentaires en composant le numéro de code en haut et à gauche de cet imprimé sur n'importe quel viphone. Le programme est d'une durée approximative de 57 minutes.

Ceci est une donnée cybernétique publiée sans l'autorisation du ministère des Finances.

AVIS INQUIÉTANT À ENTENDRE À SON VIPHONE

– Je vous assure, monsieur Sullivan, qu'on ne peut rien faire pour les arrêter ! Jamais il n'y a eu de couleuvre à la tête si dure ou à la queue si longue ! Elle grossit continuellement, vous comprenez ? Déjà elle a passé le cap du milliard de bits, et elle n'a pas fini de grandir. C'est exactement l'inverse d'un datophage. Tout ce qui entre en contact avec elle, elle l'absorbe au lieu de l'effacer... Oui, monsieur ! Je sais très bien que c'est théoriquement impossible ! Mais le fait est qu'il a réussi à le faire... elle a pris de telles proportions qu'on ne peut plus rien faire pour la tuer... à moins de démanteler complètement le réseau...

L'ISSUE DE LA COURSE AUX CERVEAUX (ANALYSE D'ORDINATEUR)

Les premiers seront les derniers et les derniers seront les premiers.

TOUT UN CONTINENT AU BORD DE PRÉCIPICE

La conférence de presse automatiquement annoncée dans le programme de Nick devait se tenir dans le plus grand auditorium de l'université de Kansas City. Les étudiants avaient été ravis d'occuper les locaux. Discrètement, la direction de l'université avait décliné l'offre d'intervention du gouverneur de l'Etat. Parmi les personnes accusées d'avoir travaillé au projet Miranda, il y avait deux membres titulaires de la faculté et ils s'apprêtaient – judicieusement – à passer la journée derrière des portes closes et des volets de fer. L'histoire des bébés anormaux n'avait pas plu aux étudiants.

Pour une fois, depuis plus d'une génération, le gros de l'opinion publique était d'accord avec les étudiants. Chose réjouissante. Si la coupure n'était pas cicatrisée, du moins se trouvait-elle transférée à un endroit plus sain.

Le grand amphithéâtre était plus que bondé, il débordait littéralement de monde. Si la technologie moderne n'avait pas réduit les caméras trivi et l'équipement de prise de son à une taille que les ingénieurs du demi-siècle précédent auraient jugée impossible, les reporters intrigués mais zélés venus couvrir un événement qui promettait d'être sensationnel – quel qu'il fût du reste – auraient été incapables d'enregistrer quoi que ce soit. Même ainsi, ils étaient obligés d'utiliser des perches, des baladeurs électriques et des micros et objectifs à très longue portée parce qu'il n'y avait pas moyen de s'approcher de la tribune. Déjà, les conflits de priorité sur les lignes de visée avaient retardé le début de la conférence, primitivement fixé à midi.

Finalement, au milieu de la confusion générale, Kate monta sur la scène. Elle fut accueillie par une ovation qui n'en finissait plus. Quand au bout de plusieurs minutes il n'y eut plus qu'un brouhaha irréductible, l'orateur apparut dans la volière et aussitôt un silence aussi attentif que possible se fit.

– Je m'appelle Nicholas Haflinger, leur cria-t-il d'une voix claire, capable de remplir l'auditorium même sans l'aide des micros. Vous vous demandez pourquoi je vous ai fait venir ici. La raison est bien simple. C'est pour répondre à toutes – je dis bien toutes – vos questions. C'est le plus grand événement de notre temps. A compter d'aujourd'hui, tout ce que vous voudriez savoir, à condition que cela se trouve dans le réseau informatique, vous est accessible. En d'autres termes, *il n'existe plus de secrets !*

Cette affirmation était si étonnante que l'assistance resta quelques instants comme frappée de stupeur collective. Puis une journaliste assise dans les premiers rangs parce qu'elle avait eu la chance d'arriver de bonne heure parla d'une voix hésitante.

– Rose Jordan, W3 BC... Qu'est-ce que c'est que cette histoire que vous avez diffusée pour nous attirer ici ? Vous prétendez que GTS veut faire un procès au Bureau Fédéral d'Informatique pour avoir fait enlever un de ses employés, ainsi que sa petite amie ?

– Il s'agissait de moi et l'histoire est parfaitement authentique, dit Kate. Mais vous n'aviez pas besoin de venir ici pour connaître tous les détails. Interrogez n'importe quel viphone.

– Hier, vous n'auriez pas pu le faire, appuya Nick. S'il y a une chose dont le BFI a l'art, c'est bien d'empêcher le public de découvrir des vérités gênantes dans les coulisses du gouvernement. Vrai ou faux ?

Murmures d'approbation : venant des étudiants, par principe, mais aussi de quelques journalistes qui, à en juger d'après leur figure lugubre, avaient dû faire personnellement les frais d'une telle politique.

– Eh bien, cela est révolu. Désormais, vous n'aurez qu'à demander pour tout savoir.

– Hé ! s'écria un homme incrédule assis à côté de Rose Jordan. Vous voulez dire que tous ces trucs bizarres qui sont diffusés depuis hier, comme ces femmes qu'ils auraient payées pour qu'elles aient des enfants anormaux, vous voulez dire que tout cela est vrai ?

– Pourquoi en douteriez-vous ?

– Eh bien... euh... j'ai appelé le bureau il y a une demi-heure, et ils disent que toutes les informations sont dévissées par ordre supérieur. En l'occurrence Aylwin Sullivan en personne. Il paraît qu'il y a un saboteur dans le réseau.

– Ce doit être moi, fit Nick en soulevant un sourcil. On ne vous a pas parlé de mesures prises pour arrêter les sabotages ?

– Non.

– Parfait. Au moins, ils ne se rendent pas ridicules en faisant des promesses qu'ils seraient incapables de tenir. Parce qu'ils ne peuvent absolument rien faire. Tout le monde ici sait ce que c'est qu'une couleuvre, j'imagine ?... Bon ! Eh bien, celle que j'ai lâchée dans le réseau hier, c'est la mère de toutes les couleuvres. La mère – j'y reviendrai bientôt – et aussi le père. Elle consiste en un ordre général et irrévocable à toutes les stations imprimantes de publier toutes les données en stock qui sont susceptibles d'améliorer le bien-être physique, psychologique ou social des populations d'Amérique du Nord. En particulier, cela concerne, même en l'absence d'une demande de publication spécifique, toutes les données portant sur une violation majeure des réglementations en vigueur au Canada, au Mexique et aux Etats-Unis dans les domaines – je cite par ordre d'importance – de la santé publique, de la protection de l'environnement, de la corruption de personnalités publiques et de la fraude en matière commerciale disséminées dans tous les media. La notion de « violation majeure » sera définie en l'occurrence par la fixation d'un seuil. N'entreront dans cette catégorie que les délits à l'occasion desquels au moins une personne aura réalisé un bénéfice illicite d'au moins dix mille dollars.

Tout en parlant, il s'était raidi de toute sa hauteur. Il

était maintenant droit comme un piquet de fer et sa voix s'élevait par saccades, résonnant comme un glas lugubre.

– Je disais tout à l'heure que cette couleuvre est la mère et le père de toutes les couleuvres. Elle est en effet d'un modèle que nous appelons parthénogénétique. Ceux qui suivent un peu l'évolution du jargon de l'informatique auront remarqué qu'il fait de plus en plus d'emprunts à une terminologie issue de l'étude des animaux vivants. Et pour cause. Si nous appelons une couleuvre ainsi, c'est parce qu'elle est capable de se reproduire. La plupart des couleuvres électroniques ont besoin pour ce faire d'être fertilisées, c'est-à-dire d'être activées de l'extérieur. Exemple, celle qui empêche les Orfeds de contrôler les conversations avec le *Pavillon d'Eustache;* ou bien celle, plus importante mais d'une conception analogue, qui est gardée en réserve à Weychopee – ou Chaudron Electrique – pour saborder le réseau en cas d'invasion étrangère. Elles sont conçues comme des armes de dissuasion qui ont besoin d'être activées pour commencer à fonctionner. C'est le principe de tous les datophages connus. Par contre, mon nouveau modèle – mon chef-d'œuvre – se reproduit tout seul. En guise de tête, il possède un indice national hyperprioritaire, c'est-à-dire un code prioritaire que j'ai volé à GTS. Il a été attribué à cette hypercorpo parce que, comme toutes les autres hypercorpos, elle est traitée depuis de nombreuses années comme si elle était au-dessus des lois. Imaginez comme il serait embarrassant – c'est pourtant ce qui est en train de se faire – de rendre publics tous les pots-de-vin, dessous de table et autres bakchichs échappant à la fiscalité, qui n'apparaissent nulle part dans les comptes rendus annuels adressés aux actionnaires de GTS... Après ça, il y a un code du groupe I, qui offre à mon ver la même protection qu'aux individus. Le propriétaire d'un code I – comme intouchable – ne peut en aucun cas se retrouver devant un tribunal. Jamais. Même s'il viole en plein jour la fille du maire sur la place publique. Vous ne voulez pas me croire? Demandez à n'importe quel viphone. Demandez l'explication en clair des privilèges attachés au code I. Depuis environ une heure et demie, ces informations sont accessibles à tout le monde... et c'est une lecture fort instructive, croyez-moi.

Comme si elles voulaient suivre à la lettre le conseil de Nick, deux ou trois personnes se levèrent dans la salle et se dirigèrent vers une des sorties. Il s'interrompit un moment en attendant que les remous s'apaisent.

– Après ça, il y a la clé qui ouvre les banques de données de tous les instituts secrets de recherche psychologique, y compris Randémont et Val-Crédit. Puis celle qui donne accès aux dossiers des Finances concernant les poursuites pour fraude fiscale bloqués sur ordre de la Maison-Blanche. Puis celle qui donne accès aux dossiers du même genre détenus par la Justice. Puis celle qui donne accès aux dossiers de la Food and Drug Administration. Et ainsi de suite. A vrai dire j'ignore exactement toute l'étendue actuelle de la couleuvre. Elle s'insinue automatiquement dans des zones du réseau dont je n'aurais moi-même jamais osé soupçonner l'existence. La dernière chose que j'ai découverte avant de venir ici vous parler, c'est la clé du fichier de chantage pour affaires de mœurs de la CIA. Je vous promets qu'il y a là quelques matériaux croustillants dont les familles pourront se délecter cet hiver au coin du feu. (Il se racla la gorge et poursuivit :) Encore un ou deux points avant que quelqu'un d'autre demande la parole. Tout d'abord, ceci est une injustifiable atteinte à la vie privée des gens, n'est-ce pas? Atteinte à la vie privée, certainement; mais injustifiable... Ne pensez-vous pas que non seulement la justice doit être rendue, mais qu'elle doit être rendue aux yeux de tous? Le genre de vie privée à laquelle ma couleuvre doit porter atteinte est précisément celle qui sert de paravent à la justice pour qu'elle soit invisible. Ma couleuvre ne se soucie pas de savoir si le froc qui a encaissé sa récompense par-dessous la table s'en sert pour aller séduire des petites filles; tout ce qui l'intéresse, c'est qu'il a touché de l'argent sans le déclarer en échange d'un service interdit par la loi. Elle ne se soucie pas de savoir si le choureur qui a corrompu un membre du Congrès est homo ou bisexuel, mais seulement du fait qu'un parlementaire a accepté un pot-de-vin. Elle ne se soucie pas qu'un magistrat ait induit le jury en erreur pour éviter de compromettre sa maîtresse, mais seulement que quelqu'un d'innocent soit allé en prison. Quant au deuxième point... non, on ne peut pas la détruire... Elle se reproduit indéfiniment tant que le réseau continue d'exister. Même si une portion du réseau est inactivée, le double de cette portion reste en mémoire dans une autre partie du réseau et la couleuvre envoie automatiquement une tête de rechange chargée de réunir les unités éparses et de les remettre à leur place. J'ajoute que la couleuvre ne peut se développer démesurément, avec pour effet d'embouteiller le réseau et de le rendre inutilisable pour un autre usage. Elle possède des mécanismes auto-limitateurs. Soit dit sans fausse modestie, ajouta-t-il avec un faible sourire, je crois que c'est du beau travail.

Soudain, un homme qui ne devait pas dépasser la trentaine mais qui avait de la bedaine et qui était assis dans le fond de la salle se leva et fendit la foule en hurlant :

– Salaud ! Espèce de vendu ! Sale traître !

De sa main droite, il essayait de sortir quelque chose qui semblait coincé dans la poche de sa veste. C'était un revolver. Il le brandit, en essayant de tirer.

Mais un étudiant qui avait des réflexes allongea la jambe et l'homme s'étala. Une fraction de seconde plus tard, une chaussure lui écrasait le poignet et il était désarmé par la foule.

De la tribune, imperturbable, Nick déclara :

– C'est le premier. Ce ne sera pas le dernier.

ET LA VÉRITÉ TE FERA TOI-MÊME

Q Cet endroit, Randémont, dont vous parlez tout le temps. Nous ignorions son existence.

R C'est un institut du gouvernement fédéral. Mais il y en a plusieurs. Ils sont tous placés sous la direction des héritiers spirituels de ceux qui ont poussé à la prolifération des armes nucléaires. Peut-être devrais-je citer aussi ceux qui gagnaient leur pain en conditionnant les petits garçons à ne pas se toucher.

Q Comment ?

R Vous ne voulez pas croire que ces gens-là ont existé ? Programmez les données concernant les sources de revenu du département des Sciences du Comportement du campus Lawrence de l'université de Kansas City pour les années 1969 et 1970. Vous verrez que ce que je dis est exact.

Q Parlez-nous de Weychopee.

R Ah, oui ! Lorsque je travaillais chez GTS, j'ai eu l'occasion de fouiner pas mal dans leurs banques de données. Il s'agit de l'endroit connu sous le nom un peu mythique de Chaudron Electrique, autrement dit, le centre de défense continentale. Par défense continentale, ils entendent : prendre le contrôle des trains de minerai en provenance des astéroïdes et les envoyer s'écraser sur l'hémisphère et en une pluie de rocs d'un millier de tonnes chacun. J'ignore encore combien de ceux qui ont acheté des capteurs d'astéroïdes chez GTS connaissent l'existence de ce dispositif.

Q Mais c'est complètement insensé !

R Je ne vous le fais pas dire. L'onde de choc résultant de ce genre d'impact raserait toutes les constructions de plus de quinze mètres de haut situées sur notre continent. Mais ils s'en fichent. Ce qu'ils veulent, ce n'est pas le chaos final, c'est le K.O. final. Excusez-moi. Oui ?

Q Les actions de l'agence Anti-Trauma se sont effondrées. Est-ce votre œuvre ?

R Plutôt la leur. Leur pourcentage d'échecs n'est jamais tombé au-dessous de soixante-cinq pour cent, mais ils ont su garder la chose tellement secrète que l'année dernière leur clientèle a doublé. Cela ne se reproduira plus jamais, j'espère.

Q Les cotations delphiques ont connu quelques étranges remous ces derniers temps.

R Je suis heureux que vous mentionniez ce sujet. Les données en provenance de Val-Crédit sont maintenant incorporées au réseau. Veuillez vous y reporter. Un bon nombre d'entre vous possèdent certainement des certificats dévissés pour lesquels ils peuvent réclamer. La législation autorisant les jeux delphiques faisait obligation à leurs organisateurs de verser des dédommagements si la preuve était apportée qu'il y avait eu manipulations. Les organisateurs eux-mêmes ne sont pas censés être à l'abri des poursuites.

Q Mais je croyais que la principale fonction du système delphique était d'informer le gouvernement sur les changements que le public est disposé à accepter. Vous prétendez que ce rôle a été inversé ?

R Allez vous mettre devant un viphone et demandez quel a été le nombre annuel d'interventions fédérales pendant les cinq dernières années.

Q Comment diable avez-vous pu mettre au point une couleuvre si complexe ?

R C'est un don que je possède; comme celui d'un musicien ou d'un poète. Je suis capable de jouer sur un clavier d'ordinateur pendant des heures sans jamais faire une fausse note.

Q Mon Dieu ! Mais tout ce flot d'informations que vous avez libérées, c'est peut-être très bien pour des gens comme vous. Moi, j'avoue que ça me fout la trouille.

R Je regrette que vous ayez peur d'être libre.

Q Comment ça ?

R Et la vérité te fera un homme libre.

Q Vous dites ça comme si vous y croyiez vraiment.

R Voyez-vous, si je n'y croyais pas... ! Est-ce qu'il y en a parmi vous qui font des cauchemars parce qu'ils savent qu'il existe des informations auxquelles certaines personnes ont accès, mais pas eux ? Est-ce qu'il y en a qui souffrent d'anxiété chronique, d'insomnie, de troubles digestifs ou de syndromes généraux de réaction aux stress ? Hum... N'insistons pas. Quant aux causes réelles... si certains d'entre vous jouent parfois aux tringles... oui ?... ils savent à quel point il est frustrant de vous apercevoir subitement que votre adversaire possède déjà un point secret au beau milieu du supertriangle que vous envisagiez. Tous les plans que vous aviez échafaudés longuement s'écroulent d'un seul coup parce qu'il a été plus malin que vous. Mais c'est le jeu. Par contre, quand il s'agit de la vie réelle, ce n'est plus du tout amusant, n'est-ce pas ? Et jusqu'à maintenant, le réseau a été délibérément truqué de telle sorte que nous ne puissions pas y trouver ce que nous avions le plus besoin de savoir.

Q Expliquez-vous.

R Nous savons, nous ressentons au plus profond de nous, qu'il y a continuellement des gens qui prennent des décisions qui risquent de porter atteinte à nos rêves, nos ambitions ou nos relations avec les autres. Mais ces décisions, ils ont intérêt à les garder secrètes, car c'est pour eux le meilleur moyen de maintenir leur emprise sur ceux qu'ils commandent. C'est un miracle que nous ne soyons pas tous devenus gâteux de terreur. Mais pas mal d'entre nous finissent par le devenir, n'est-ce pas ? D'autres s'arrangent pour surnager en refusant – ou refoulant – l'idée qu'il puisse y avoir un risque que tout cela finisse en capilotade. D'autres encore se réfugient dans une passivité bienveillante, ce que quelqu'un a appelé « la nouvelle conformité », de sorte que même s'ils sont subitement déconnectés à un bout du continent pour être reconnectés à l'autre bout, ils pourront continuer sans s'apercevoir du changement. Ce qui est tout à fait pathologique. Est-ce que, en créant le plus vaste système de communication et de transmission de l'information de toute notre histoire, le but était d'offrir à l'humanité une raison supplémentaire de sombrer dans la paranoïa ?

Q Vous pensez que ce que vous avez fait est de nature à résoudre ce problème ?

R Est-ce que j'ai l'air si arrogant ? J'espère que non ! Ce que j'ai fait, au mieux, représente une chance de résoudre le problème, que nous n'avions pas avant. Il vaut mieux avoir

une chance que pas de chance du tout. Pour le reste... cela concerne tout le monde, pas seulement moi.

SIÈGE PÉRILLEUX

Tout était calme aux alentours de chez Kate. Des patrouilles d'étudiants volontaires, heureux d'apporter leur concours au raz de marée vérité, quadrillaient le secteur sur un rayon de plus d'un kilomètre. A l'intérieur, Freeman était au travail devant une console de télétraitement des données fournie par GTS sous l'autorité de Rico Posta et connectée par des lignes de viphone régulières à l'ensemble des immenses moyens informatiques de l'hypercorpo.

Le viphone était calme aussi pour l'instant. Ils avaient reçu tellement d'appels qu'il avait fallu organiser un service de filtrage.

– Qu'est-ce que ça donne, Paul ? demanda Kate en lui apportant du café.

– Demande plutôt à Nick. Il a plus d'informations dans sa tête que moi avec ma console.

Nick travaillait à côté avec une simple calculatrice et un bloc-notes.

– Ça peut aller, dit-il. Il y avait déjà en réserve deux programmes de rationnement d'urgence, dont l'un fonctionne bien. Il est très souple. Le système de mise à jour est particulièrement élégant.

– Meilleur que celui-ci, alors, murmura Freeman. Je viens de découvrir un trou par lequel on pourrait faire passer une usine orbitale. Mais ce n'est pas le plus beau. J'ai mis la main sur quelque chose qui risque de faire de la peine à certains.

– Dis-moi quoi, fit Nick en relevant vivement la tête.

– La preuve que la pauvreté qui existe sur le continent est artificielle, à l'exception de celle qui résulte d'une incapacité physique ou mentale, ou d'un choix personnel. Comme aller défricher un coin du Grand Nord canadien ou... entrer dans un monastère. Cela représente... oh... disons 0,25 pour 100 à tout casser.

Kate le regarda sans comprendre.

– A t'entendre, on dirait que nous sortirions fortifiés, et non diminués, d'une catastrophe continentale, par exemple. Ce qui est absurde !

– Pas forcément, intervint Nick en continuant de faire marcher sa calculatrice. Il y a un exemple qui me revient à l'esprit. Pendant et après la Deuxième Guerre mondiale en Grande-Bretagne, ils avaient réduit les rations alimentaires civiles à un niveau qui semblerait aujourd'hui tout juste suffisant pour crever de faim lentement. Soixante grammes de margarine par semaine, un œuf par mois avec un peu de chance, quelque chose comme ça. Mais à cette époque, ils avaient plus de bon sens que nous aujourd'hui. Ils avaient fait appel à des diététiciens hors pair pour établir les besoins prioritaires. Le résultat, c'est qu'ils ont donné naissance à la génération la plus belle, la plus saine et la plus grande de taille de toute l'histoire de leur pays. Après la fin du rationnement, quand le rachitisme a refait son apparition, tout le pays a été en émoi. Nous avons trop l'habitude de penser qu'abondance et bonne santé vont de pair. Ce n'est pas évident. Pour les maladies cardiaques, par contre, oui.

La sonnerie du viphone bourdonna. Kate sursauta. Mais Nick, qui en était arrivé au moment où il pouvait lire les résultats de ce qu'il avait programmé sur la calculatrice, tendit la main d'un air distrait pour faire pivoter la caméra afin d'être vu par celui qui appelait. Mais il s'écria aussitôt :

– Ted Horovitz !

Les autres se figèrent, oubliant tout le reste.

Le shérif de Précipice poussa un soupir en s'épongeant le front.

– Dis donc, ton service de filtrage est si efficace que j'avais peur de ne pouvoir te joindre à temps. Ecoute-moi bien. C'est une entorse au règlement du *Pavillon d'Eustache,* mais je pense qu'elle se justifie. Tu connais un choureur nommé Hartz ? Il prétend qu'il est l'ancien directeur adjoint du BFI.

Freeman s'avança pour être dans le champ de la caméra.

– « Ancien », première nouvelle, dit-il. Mais pour le reste, ça colle.

– Bon, alors il faut foutre le camp de là où vous êtes. Evacuez l'immeuble, et les rues avoisinantes de préférence. Il dit qu'une action spéciale a été lancée contre vous. Catégorie V, d'après lui.

Freeman émit un sifflement.

– Cela signifie : « A exécuter sans considération de pertes de vies humaines. » En général, ils utilisent des bombes pour ce genre d'opération.

– Ça se tient, dit Horovitz. Nous avons également reçu un appel pour nous prévenir que quelqu'un essaie d'introduire une bombe dans Précipice. Déjà, Natty Bumppo est parti patrouiller avec tous les chiens... mais je vous en parlerai quand vous serez ici.

– Tu peux faire transporter trois personnes ? demanda Nick.

Freeman l'interrompit aussitôt :

– Non. Pas moi. Il faut que je reste à proximité de GTS. J'ai besoin de leur matériel. Inutile de discuter !

Il eut un léger sourire. Il était beaucoup plus détendu, ces temps-ci. Il était capable de sourire sans que ses traits ressemblent à une tête de mort.

– Je ne suis pas très fier de tout ce que j'ai fait dans ma vie, dit-il. Si je peux mener ce travail à bien, cela rachètera tout d'un coup.

Horovitz regarda sa montre.

– Bon. J'ai pris des dispositions pour qu'on vienne vous chercher dans dix minutes. Josh Treves va s'en charger. Il devait vous prendre chez vous, naturellement, mais je l'ai contacté pour lui dire qu'il y avait un changement de programme. Dites-moi où vous serez, et je lui transmettrai toutes les indications.

MICTION DE NUIT

– Ça n'a pas l'air d'être la grande forme, lui dit le chauffeur.

– Tu parles ! Quand tout le continent est en train de partir en morceaux ! fit le passager assis à l'arrière du véhicule électrique tout en tripotant la serrure de sa sacoche. Il n'y a rien qui tourne rond, en ce moment. D'abord, ils me donnent l'ordre d'accomplir ce boulot, ensuite ils disent : c'est annulé, on va envoyer la Garde Nationale, et puis ils reviennent au plan un. Mais pendant qu'ils barguignaient, je peux te dire que les autres ont fait de la casse ! Bon, je pense que ça va aller comme ça.

Le chauffeur, étonné, fit remarquer.

– Mais il y a encore cinq rues avant d'arriver !

– Les étudiants patrouillent dans le quartier. Ils sont peut-être armés.

– Je sais, mais... écoute, j'ai déjà fait des missions de ce genre. Si tu crois que tu as une chance de les toucher d'ici tu...

– Te fatigue pas. Des joujoux comme ça, tu n'en as encore jamais vu.

Il ouvrit la sacoche et commença à assembler posément un objet d'un noir mat, mince et effilé.

– Arrête-toi complètement, reprit-il. Ce truc-là doit être immobile pour fonctionner.

Le chauffeur obéit, en lançant un coup d'œil dans le rétroviseur. Il ouvrit des yeux effarés.

– C'est avec ce petit bidule que tu veux démolir un immeuble ?

– Je t'avais dit que tu ne connaissais pas ça, lui répondit l'autre, agacé, en baissant la vitre pour se pencher au-dehors.

– Mais comment est-ce que ça...

– C'est pas tes oignons. (Puis il se radoucit, en poussant un soupir :) Bah, après tout, quelle différence ? Top secret – défense nationale – ça ne veut plus rien dire depuis que cet enfoiré a lâché sa couleuvre. Demain, n'importe qui pourra avoir les plans de ce gadget en composant un numéro de viphone. Ça s'appelle un oiseau-kappa. Tu connais ce nom ?

Le chauffeur plissa le front.

– J'ai entendu ça quelque part. Il y a deux autres bagnoles dans le secteur, pas vrai ?

– Uhu. Pour faire un fixe sur le toit de la cible.

– Mais quand même... merde, tout un immeuble !

– Tout prend feu instantanément. Il va faire plus chaud qu'à la surface du soleil. Tu veux toujours qu'on se rapproche un peu ?

Devant le sourire narquois de son interlocuteur, le chauffeur secoua énergiquement la tête sans répondre.

– Moi non plus. Bon. Alors voilà. C'est parti. Maintenant, tu fais demi-tour. Direction sud. Sans te presser.

Quelques instants plus tard, une lueur brève mais insoutenable embrasa le ciel gris qui pesait sur cette partie de la ville.

VOS PAPIERS

Au poste-frontière de chaque Etat, le Dr Josh Treves présentait une liasse de documents aux fonctionnaires chargés de contrôler les véhicules : son code-identité, son certificat de statut professionnel, son permis de transport d'espèces protégées, en tant que chercheur en biologie, ainsi que le manifeste pour ce voyage.

La conversation avec les douaniers se déroulait sur un mode à peu près prévisible :

– Vous avez vraiment un puma là-dedans ?

– Uhu. Sous sédatifs, naturellement.

– Ça alors ! Je n'ai jamais vu de puma en chair et en os. Je peux... ?

– Bien sûr. Allez-y.

Invités à faire glisser un panneau d'inspection, les fonctionnaires des douanes apercevaient un spécimen un peu âgé mais tout de même impressionnant de *Felis concolor* qui, malgré l'effet des sédatifs, trouvait la force de retrousser ses babines en signe d'agacement.

Il y avait aussi une violente odeur de fauve. Provenant d'un nébuliseur à usage professionnel. Très pratique, pour inciter les gros chats à se reproduire en captivité...

– Pouh ! J'espère pour vous que la cabine du chauffeur est climatisée !

... Et pour dévisser le nez des curieux.

CONSEIL DE PERFECTIONNEMENT

Pendant quelque temps, Bagheera avait exploré le bureau de Ted Horovitz en flairant tous les coins où devait s'imprégner l'odeur de Natty Bumppo et des autres chiens. Mais aucun d'eux n'était dans les parages pour l'instant et le puma se contenta, après avoir achevé son tour d'inspection, de venir s'allonger aux pieds de Kate, qui le gratifia de quelques tapes affectueuses au sommet du crâne. De temps en temps, il émettait un ronronnement pour montrer sa satisfaction d'avoir retrouvé sa maîtresse. Le problème qui allait se poser quand il s'apercevrait qu'il allait vivre parmi plus d'une centaine de chiens bâtis à son échelle serait réglé plus tard.

Ted Horovitz fit du regard le tour de l'assemblée, qui comprenait Josh et Lorna Treves, Suzy Dellinger, Sweetwater et Brad Compton, puis il déclara :

– Je sais que Kate et Nick voudraient nous poser pas mal de questions. Mais avant, si vous désirez les interroger, je vous prie de le faire brièvement. Oui, Sweetwater ?

– Nick, combien de temps crois-tu qu'ils mettront

avant de s'apercevoir que ton serpent parthénogénétique est un bluff?

Nick écarta les mains.

– Impossible de le savoir. Des gens comme Aylwin Sullivan et ses collaborateurs immédiats soupçonnent sans doute déjà la vérité. Mais... ce n'est pas si simple que ça. Il y a deux facteurs en jeu. Primo, j'ai vraiment composé un serpent qu'ils ne savent pas par quel bout prendre. Il est trop complexe pour eux. Secundo, en se plaçant de leur point de vue, ce serpent d'un type nouveau, même s'il n'est pas parthénogénétique, bien sûr, se comporte exactement comme le ferait une telle couleuvre si elle était possible. Je m'explique. Il existe un théorème un peu sophistiqué dans l'analyse d'un parcours moyen à n dimensions qui laisse entendre qu'à partir d'un certain stade de l'évolution d'un réseau de données, il doit devenir possible d'en extraire des programmes fonctionnels qui n'y ont jamais été introduits.

– Ho! Ho! fit Brad Compton en frappant l'une contre l'autre ses deux mains potelées. Je commence à piger! C'est ce qu'ils appellent le théorème de la conception immaculée, ce n'est pas ça? Tu leur laisses quelques indices, et à eux de se débrouiller pour leur trouver un sens! Ho! Ho! répéta-t-il en battant de nouveau des mains.

– C'est à peu près ça, oui. Mais l'idée n'est pas de moi. Je l'ai volée. Pendant la Seconde Guerre mondiale, les puissances occidentales ont mis le procédé au point. Elles faisaient construire par leurs savants des appareillages complexes qui donnaient l'impression de servir à quelque chose de mystérieux, les installaient dans des boîtes blindées, tiraient dedans avec des munitions prises à l'ennemi, et s'arrangeaient pour qu'ils tombent entre les mains des nazis. Un seul de ces gadgets pouvait paralyser une douzaine d'experts précieux pendant des semaines avant qu'ils n'osent prendre la responsabilité de décider qu'il ne s'agissait pas d'une nouvelle arme secrète.

Une vague d'amusement parcourut le petit groupe.

– De toute manière, poursuivit Nick, qu'ils découvrent ou non que c'est du bluff ne changera pas grand-chose. S'ils veulent arrêter le processus, il faudra quand même qu'ils ferment le réseau.

– Sans aucun doute, approuva Suzy Dellinger. Aux dernières nouvelles, nous avions mis la main sur quatre-vingt-quatorze dossiers des Finances avant qu'ils ne les verrouillent, ainsi que sur soixante dossiers du FBI. Tout cela a été réintroduit dans le réseau au moins dans quarante emplacements différents. Pendant que les Orfeds sont occupés à retrouver leur trace, nous pouvons escompter que d'autres personnes que nous ne connaissons pas en feront des copies à leur tour.

– Des personnes qu'il vaut mieux que nous ne connaissions pas, murmura Lorna Treves, approuvée par un vigoureux hochement de tête de son mari.

– C'est vrai que la situation est embrouillée, admit Suzy. Mais nous disions dès le départ que c'était ce à quoi nous nous préparions. Le fait que nous nous soyons laissés prendre un peu au dépourvu n'est qu'une illustration supplémentaire, j'imagine, de la loi de Toffler, selon laquelle le futur arrive toujours trop vite, et dans le désordre. Nick, à ton avis, combien de temps faudra-t-il pour qu'ils s'aperçoivent que l'appartement de Kate était vide quand ils ont fait sauter l'immeuble ?

– Là non plus, je ne peux rien dire. Je n'ai pas trouvé un moment pour m'arrêter en chemin devant un viphone et me renseigner.

A nouveau, tout le monde sourit.

– De toute manière, intervint Ted, j'ai déjà pris un certain nombre de précautions. Après leur conférence de presse reproduite dans tous les média, Kate et Nick ont le visage le plus connu de tout le continent. Les gens vont donc les reconnaître un peu partout. Et même dans plusieurs endroits à la fois. Nous y veillerons. Nous pouvons amuser ainsi les autorités pendant plusieurs jours.

— Plusieurs jours ! soupira Josh Treves. Enfin... Je suppose que tout cela est soigneusement programmé...

— Ça l'est, dit Brad en hochant la tête. N'oublie pas que nous sommes en train de faire bouger le plus grand système de consultation de type « AMIC » de l'histoire de la planète.

Il y eut quelques instants de silence. Quand elle vit que plus personne ne désirait prendre la parole, Kate s'agita :

— Est-ce que je pourrais poser une question ?

Ted lui fit signe de parler.

— Cela va peut-être vous paraître idiot, mais... j'ai vraiment envie de savoir. Et je crois que Nick pense comme moi.

— Quoi que ce soit, fit Nick d'un ton sec, je l'approuve d'avance. Jusqu'à présent, j'ai opéré à partir de quatre-vingt-dix pour cent d'hypothèses.

— Vous voulez connaître l'histoire de Précipice, grogna Ted. C'est bon. Je vais vous la raconter. Mais les autres feraient mieux de retourner travailler. Entre autres choses, cette crise est en train de mettre le *Pavillon d'Eustache* à la limite de ses ressources. Si nous ne sommes pas capables de faire face...

— Brad peut rester, dit Sweetwater en se levant. Il vient de quitter le travail, et après la dernière communication qu'il a eue je préfère ne pas le revoir pendant un moment...

— C'était dur ? demanda Nick en hochant la tête d'un air compréhensif.

Le bibliothécaire soupira sans répondre.

— A tout à l'heure, fit Suzy en sortant, suivie du reste du conseil.

Brad se renversa dans son fauteuil, les deux mains croisées sur son ventre, et contempla le plafond vert et miroitant.

— Vous savez, commença-t-il, nous n'aurions pas besoin de vous expliquer tout cela si vous aviez suivi le conseil de Polly Ryan le jour où vous êtes arrivés ici.

– Que veux-tu dire ? demanda Kate.

– Que vous auriez pu demander à voir notre édition originale de la série *Catastropheville, U.S.A.* Combien de ces monographies ton père possédait-il ?

– Toute la série, les vingt !

– Et pour lui, bien sûr, comme pour tout le monde, vingt était un beau compte rond et il n'a jamais soupçonné qu'il pouvait en exister une vingt et unième, que nous possédons. Seulement, personne n'a jamais accepté d'éditer le manuscrit tellement il était explosif – c'est le cas de le dire. En désespoir de cause, nous avons décidé de le diffuser nous-mêmes. Nous avions déjà imprimé dix mille exemplaires quand une bombe a éclaté dans le hangar où ils étaient rangés en attendant de partir, et tout a brûlé complètement. Nous avons vite compris que la partie était par trop inégale.

Brad Compton soupira en décroisant les mains. Kate se pencha en avant pour demander :

– Quel était le sujet de cette vingt et unième monographie ?

– Elle comportait des noms, des chiffres et des photocopies de chèques encaissés... tout ce qu'il fallait pour prouver le détournement d'un demi-million de dollars sur les quatre millions de fonds publics attribués officiellement aux sinistrés et dont, bien entendu, ils n'ont jamais vu la couleur.

– Tu ne leur dis pas tout, intervint Ted Horovitz d'une voix calme. Est-ce que tu te souviens, Kate, que dès le premier jour, tu m'as demandé si Claes College avait disparu parce que la plupart de ses membres étaient restés à Précipice ?

Elle hocha affirmativement la tête, les traits tendus.

– La réponse est oui, reprit le shérif de Précipice. Après l'explosion de la bombe, ils sont restés ici pour toujours. Brad et moi, nous avons aidé à creuser leurs tombes.

Il y eut un long silence. Puis Kate demanda :

– Cette monographie... est-ce qu'elle portait un titre ?

– Oui. Assez prophétique, même. Elle s'appelait : *La découverte des racines du pouvoir.*

Il y eut un nouveau silence, si prolongé que lorsque Nick le brisa, ses paroles sonnèrent étrangement dans l'air.

– Je n'avais jamais envisagé les choses ainsi. Il faut que je sois aveugle.

– Je ne ferai pas de commentaire là-dessus, dit le shérif d'une voix grave. Mais tu n'as pas été le seul. Pourtant... avec le recul du temps... Réfléchis. Tu livres à la population de tout un continent une technologie sans précédent qui lui donne accès à l'information, à la mobilité, à un crédit tel que plus personne – à condition que les ressources soient équitablement réparties – n'a plus besoin d'être pauvre. En même temps, tu admets que la guerre ne peut plus rien apporter à personne, parce qu'il y a trop à perdre et pas assez à gagner. Selon l'expression célèbre de Porter, le temps de la course aux cerveaux est venu.

» Mais tu es au gouvernement, n'est-ce pas ? Ton maintien au pouvoir dépend depuis toujours d'un rapport de force fondé sur la sanction ultime : « Si tu n'obéis pas, on te tue. » Peut-être que tu n'avais pas vraiment conscience de cette vérité de base. Peut-être qu'elle n'a commencé à s'imposer à toi, contre ta volonté, qu'au moment où tu as cherché à analyser les raisons pour lesquelles tout ne fonctionnait pas maintenant aussi bien qu'avant. Ces raisons, bien sûr, c'est le passage au second plan du règne des armes au profit de celui de la matière grise considérée comme la clé de voûte de la richesse nationale.

» Mais la matière grise individuelle est capricieuse, imprévisible et difficile à commander ou à utiliser comme un objet. Pratiquement, tu te trouves amené à la conclusion que tu es devenu démodé. Le genre de pouvoir que tu manies ne pourra plus être viable dans un monde moderne.

» Alors, tout d'un coup, tu as une idée. En dehors du

gouvernement, il existe une autre organisation qui exerce un immense pouvoir et a toujours dépendu d'individus bien plus difficiles à discipliner que ceux qui sont en train de te menacer. Dans certains cas, ce sont des psychopathes notoires.

– L'organisation en question, intervint Brad, est aussi déterminée que toi-même à conserver sa place au soleil, et elle est également prête à appliquer la sanction finale à ceux qui lui désobéissent.

Le visage de Kate avait blêmi.

– Je crois que nous commençons à nous faire comprendre, murmura Ted.

– Euh... oui, j'ai bien peur de voir ce que vous voulez dire, fit Kate en serrant les poings. Mais je n'arrive pas à y croire. Nick... ?

– Pour ma part, fit ce dernier d'un ton glacé, depuis qu'ils ont fait sauter ton immeuble, je suis prêt à croire n'importe quoi sur eux. C'est un miracle que nous ayons eu le temps de faire évacuer les rues voisines. Mais au fait, Ted... Je voulais te demander... Il n'y a pas eu de victime ?

Le shérif hocha lugubrement la tête.

– Un certain nombre d'étudiants n'ont pas dû prendre nos consignes suffisamment au sérieux. Il y a eu dix blessés parmi eux. Deux d'entre eux sont morts.

Kate enfouit soudain son visage dans ses mains. Ses épaules tremblèrent convulsivement.

– Qu'est-ce que tu attends, Nick ? demanda Ted. Exprime-le dans tes propres mots. Comme tu le disais hier : la vérité nous fera des hommes libres. C'est toujours vrai, même si la vérité doit être abominable.

– Il n'y avait qu'un pouvoir susceptible de venir à la rescousse du vieux style de gouvernement, grommela Nick, un seul, l'organisation du crime.

Ted se leva et se mit à arpenter nerveusement son bureau.

– Naturellement, dit-il, ce n'est pas tout à fait une nouveauté. Il doit y avoir cinquante ou soixante ans que les grandes fortunes traditionnelles qui servaient à porter tel ou tel parti au pouvoir ou bien se sont désagrégées, ou bien sont passées sous le contrôle de gens que ce jeu n'intéressait plus. La brèche ainsi ouverte a permis à des criminels à la recherche d'un moyen de convertir leurs énormes ressources financières en puissance politique réelle de s'engouffrer comme l'eau à travers les fissures d'un barrage. Ils avaient, il est vrai, déjà été intimement liés au pouvoir au niveau des Etats et des municipalités. Mais pour la première fois, ils voyaient qu'ils avaient une chance d'accéder tout en haut de l'échelle. Leur première tentative, cependant, se solda par un fiasco. Ils n'avaient pas encore suffisamment d'expérience pour pénétrer dans la Maison-Blanche par la grande porte. Ils utilisaient des trucs éventés, par exemple blanchir les fonds destinés à leurs caisses noires en les faisant transiter par le Mexique ou les îles Vierges. Mais ils ont vite compris comment il fallait faire.

– C'est vrai, dit Brad. Ce qui émerge le plus de la fameuse monographie 21, ce n'est pas tant le demi-million dont nous avons réussi à retrouver la trace que le reste du fric qui a été détourné. Bien sûr, nous savions que des trésors de guerre politique se constituaient, mais nous n'avions aucune chance d'en fournir des preuves.

– Surtout dans le contexte du traité de désarmement nucléaire mondial, murmura Ted, nous espérions vraiment quelque chose de mieux.

– Je vous comprends, fit Nick, le front plissé. Mais que c'est bête de ma part ! J'aurais dû soupçonner la vérité depuis longtemps !

– Tu n'étais pas aussi bien placé que nous pour le faire, répliqua Brad d'une voix glacée. Quand on se partageait une tente à douze réfugiés, sans autres vêtements que ceux qu'on avait sur le dos, avec des rations de famine et une eau qu'on osait à peine boire tant elle était croupie, il n'était pas très difficile d'établir la ressemblance entre les *mafiosi* et les agents fédéraux. Ils s'acoquinaient invariablement. Les soupçons que nous avions déjà se trouvaient confirmés à tous les coups.

– J'aurais pu y arriver par une autre voie, insista Nick. J'aurais dû me demander pourquoi, par exemple, les sciences du comportement recevaient des subventions si massives du gouvernement dans les années quatre-vingts et quatre-vingt-dix.

– Un détail important, en effet, acquiesça Ted. Cela s'insère dans tout le reste. Les comportementalistes ont réduit le principe de la carotte et du bâton au même genre de fondement « scientifique » que celui que les nazis utilisaient pour justifier leur prétendue science raciale. Il n'est pas étonnant qu'ils soient devenus les chouchous de l'establishment. Tous les gouvernements comptent sur la menace et le trauma pour survivre. La foule la plus facile à mener par le bout du nez est de préférence faible, pauvre, superstitieuse, terrifiée à l'idée de ce que demain pourrait amener et toujours consciente que l'homme de la rue doit descendre dans le caniveau si un de ses supérieurs daigne le croiser sur le trottoir. Les techniques du comportement offraient un moyen inespéré de maintenir ce genre de situation malgré l'évolution sans précédent du niveau de vie, de culture et de liberté apparente qui caractérise l'Amérique du Nord du XXIe siècle.

– Si vous reconnaissez dans la description que vient de faire Ted une ressemblance quelconque avec la Sicile, murmura Brad, sachez que ce n'est pas une pure coïncidence.

Kate avait maintenant retrouvé son sang-froid. Penchée en avant, les coudes sur les genoux, elle les écoutait attentivement.

– Le réseau informatique a dû représenter pour eux une terrible menace, dit-elle.

– C'est exact, mais il ne leur était pas difficile de s'en protéger, répondit Ted. Jusqu'à ces derniers jours, bien sûr. Ils ont pris toutes leurs précautions. Ils ont mis sur pied le système delphique sur le modèle des jeux et paris déjà contrôlés par la pègre. Oh, je sais bien qu'ils prétendent s'être inspirés de la bourse, mais finalement, quelle différence ? De toute manière, à cette époque, l'une des deux ou trois sources les plus importantes des investissements boursiers était constituée par l'argent provenant de jeux et paris plus ou moins clandestins.

» Ensuite, ils ont systématiquement encouragé les jeunes à se grouper en « tribus » et leur ont accordé une espèce d'immunité tacite, quand ils marchaient les uns contre les autres sur le sentier de la guerre. Le résultat, c'est que les gosses les plus ambitieux, ceux qui avaient à la fois la fureur et l'intelligence, se sont fait tuer ou estropier à vie. C'était automatique. Depuis des temps immémoriaux, les guerres de gangs ont été soigneusement tenues à l'écart du public.

» Enfin, ils ont affecté l'énorme capacité informatique qui était prévue à l'origine pour assurer la sécurité des déplacements humains entre la Terre et la Lune, à la surveillance des mouvements migratoires de toute une population selon un rythme de rotation de vingt pour cent par an. Et ainsi de suite. Est-ce que j'ai besoin de réciter toute la liste ?

— Mais s'ils étaient si bien protégés, comment avez-vous pu... ? commença Kate, puis, se mordant les lèvres : Oh ! Je suis bête. Le *Pavillon,* bien sûr !

— Uhu, fit Ted en s'asseyant de nouveau dans son fauteuil. Notre propre capacité d'ordinateurs, ici à Précipice, nous a permis, depuis maintenant... oh... presque dix-sept ans... de dégager les principales tendances des appels adressés au *Pavillon d'Eustache.* Sans compter, bien sûr, qu'il arrive parfois qu'une seule communication nous ouvre des horizons entièrement nouveaux. La tienne, quand tu étais à Randémont, par exemple, Nick. Nous avons suivi patiemment chacune de ces pistes, ce qui nous a permis d'accumuler toutes sortes de renseignements précieux, comme les clés donnant accès à certaines banques de données fédérales jalousement protégées. Nous avons toujours été convaincus qu'une crise surviendrait un jour, qui sèmerait la panique et la confusion dans le public. Nous savions qu'à ce moment-là, ils auraient besoin de quelqu'un qui leur dise où ils en étaient. Pour nous préparer à cela, nous avons construit le... chemin de fer souterrain que vous avez emprunté pour arriver jusqu'ici : des amis, collègues, partisans, sympathisants, littéralement dans des centaines de domaines professionnels différents.

– Paul Freeman me l'avait bien dit, fit Nick. Précipice est un endroit plus vaste qu'il y paraît.

– C'est sûr ! gloussa Ted. Si tu comptes tous ceux que nous avons faits libres citoyens de Précipice et qui ont droit aux mêmes protections légales que nous, déjà notre population représente cinq à six fois le chiffre des recensements officiels.

– Nous nous sommes inspirés de quelques modèles, fit Brad. Le vieux mouvement hippie, par exemple. Ou la communauté scientifique du XVIIIe siècle. Ou bien une organisation appelée Porte Ouverte, qui était florissante au milieu du siècle dernier. Et ainsi de suite.

– Votre prévoyance a été extraordinaire, murmura Kate avec enthousiasme.

– En effet, admit Ted. Nous ne nous sommes pas trop mal débrouillés. Mais ce que nous n'avions jamais escompté, c'est que la crise revêtirait l'apparence d'un seul homme !

– Pas un, protesta Nick. Plusieurs : déserteur de Randémont, conseil en style-de-vie, prédicateur, champion de tringles...

– Personne privée, ajouta Kate avec force en posant sa main sur la sienne. Au fait, Ted !

– Oui ?

– Je voulais te remercier d'avoir sauvé Bagheera.

– Ça n'a pas été trop dur. Est-ce que vous avez un peu discuté avec Josh Treves, pendant le voyage ? Il vous a dit comment il avait pu organiser tout ça ?

Elle secoua négativement la tête :

– Il nous a mis directement dans le compartiment

secret. Nous n'avons même pas passé la tête au-dehors une seule fois.

– Ça valait mieux comme ça, j'imagine. Mais Josh est un des spécialistes qui travaillent au problème de la longévité de nos chiens. Cela fait partie d'un vaste programme qui a pour but de découvrir le rapport qui existe entre l'agression extérieure et le vieillissement. Tu sais, dès que tu auras le temps, tu devrais discuter avec Josh. Il dit que la théorie de ton père...

Il s'interrompit. Au loin dans la nuit, on entendait une série d'aboiements.

Brad tendait l'oreille, comme pour déchiffrer un message.

– On dirait que Nat a réussi à capturer le porteur de bombe que nous attendions.

– Si c'est bien lui, dit Ted en se levant, je n'aimerais pas me trouver à sa place.

ENTRE AUTRES FACTEURS QUI CONDUISIRENT À LA CHUTE DU GOUVERNEMENT

1 : Merci de votre demande concernant la situation de l'agent des Services secrets Miskin A. Breadloaf. Il se trouve actuellement sous surveillance médicale intensive à l'hôpital de Précipice, CA, à la suite de blessures reçues en résistant à son arrestation effectuée par le shérif Ted Horovitz. Il a été trouvé en possession de six bombes catapultes autoguidées portant le numéro de code de l'U.S. Army QB3, qui lui ont été remises hier à 10 h 10 heure du Pacifique. Ces armes, qui proviennent des Arsenaux de la Garde Nationale de San Feliciano, CA, lui ont été confiées en exécution de la Directive Présidentielle confidentielle n° 919 001 HVW, qui déclare in extenso :

« J'en ai marre du Pavillon d'Eustache. **Débarrassez-moi des enfoirés qui s'en occupent et ne vous souciez pas de la casse. »**

2 : A la suite de l'échec de la mission de M. Breadloaf, la destruction de Précipice, CA, a été autorisée pour demain 01 h 30 heure du Pacifique. L'opération sera confiée à un équipage basé sur l'aérodrome de Lowndes, près de San Diego. Comme des projectiles nucléaires junior seront utilisés, la survie de M. Breadloaf n'est pas envisagée.

(N.B. : L'alinéa 2 du message précédent est une information cybernétique diffusée en contravention formelle au règlement n° 229 RR 3 X 3 du ministère de la Défense, comme étant de nature à troubler le bien-être physique, psychologique et/ou social de la population.)

TRANCHE DE VIE EXTRÊMEMENT SAIGNANTE

– ... Cesse de ricaner comme ça ! Tu savais très bien que la compagnie allait faire faillite et j'ai toutes les preuves !

– ... Précipice ? Ça se trouve où ?

– ... Ma sœur est devenue aveugle, vous m'entendez ? Aveugle. Et le seul maquillage pour les yeux qu'elle utilisait, c'était le vôtre !

– ... Bombarder une ville américaine ? Oh, il doit y avoir une erreur !

– ... C'était mon fric. J'ai sué sang et eau pour le gagner, et tout ça est allé dans ta pourrie de poche !

– ... Précipice ? C'est un nom qui me dit quelque chose.

– ... Mon Dieu ! Regardez ce que vous avez fait à cette pauvre petite clitouille ! Voilà des mois qu'elle n'a pas passé une nuit normale. Elle ne se réveille plus qu'en hurlant, comme si elle avait vu le diable ! Dire que j'ai été assez sotte pour vous la ramener après son premier traitement ! Jamais plus je ne pourrais supporter de voir son visage si je ne vous arrangeais pas le vôtre... ainsi !

— ... Qu'est-ce que vous disiez donc à propos de Précipice ?

— ... C'est vrai que j'ai voté pour lui. Mais si j'avais su alors tout ce que je sais aujourd'hui, ce n'est pas une voix que je lui aurais donnée, c'est un cercueil en bois !

— ... Un bombardement ? Avec des armes nucléaires ? Mon Dieu ! Je sais que le *Pavillon d'Eustache* n'est pas dans les petits papiers du gouvernement, mais de là à...

— ... Jim, je ne sais pas si tu connais mon avocat, Charlie Sweyn. Il a quelque chose à te remettre, Charlie ? Voilà. Tu remarqueras que les dommages et intérêts demandés s'élèvent à cinquante millions de dollars.

— ... Je croyais que nous étions en train de parler d'une ville nommée Précipice.

— ... J'ai lu ce qu'ils disaient sur votre sommation et je vous garantis que si vous remettez les pieds ici c'est une giclée de pruneaux que vous allez recevoir comme paiement !

— ... Vraiment ? Je m'étais toujours demandé à partir d'où ils pouvaient bien opérer.

— ... Précipice ?

— ... *Le Pavillon d'Eustache ?*

— ... Des bombes nucléaires ?

— ... Mais Mon Dieu ! vous croyez qu'ils sont au courant ? Vite, un viphone !

MOINS CINQ

Une heure du matin au quartier général du *Pavillon d'Eustache*. L'heure la plus creuse d'ordinaire car c'est celle à laquelle la plus grande partie du continent est en train de dormir, et seule une petite poignée de malheureux et de désespérés éprouve le besoin d'épancher son cœur auprès d'une oreille anonyme.

Mais aujourd'hui, ce n'était pas la même chose. L'atmosphère crépitait de tension retenue. Le but vers lequel depuis sa fondation Précipice tendait était tout proche. Ils n'auraient jamais cru que ce jour-là arriverait si vite.

Sur le visage de la douzaine de personnes qui étaient présentes se lisait une expression solennelle. La moitié seulement étaient à leur poste d'écoute. Les autres surveillaient l'évolution de la super-couleuvre.

Sans s'adresser à personne en particulier, Nick annonça :

– Des nouvelles de Paul Freeman. Il a mis en route son programme de survie, celui qui consistait à adapter les plans fédéraux de rationnement existant déjà. Il dit que ça n'a pas été commode.

– Ceux qui étaient prévus pour l'après-guerre nucléaire ? interrogea Sweetwater.

– C'est cela, dit Nick en étirant ses grands bras. Ils étaient évidemment conçus de telle sorte que seuls les gens qui plaisent au gouvernement étaient sûrs de se voir attribuer suffisamment de vivres, de vêtements, de médicaments et d'énergie.

– Tu veux dire, s'indigna Kate, que les irresponsables qui nous auraient précipités dans un conflit majeur auraient été les premiers protégés ?

– Pour qu'ils puissent nous baiser encore la fois suivante. C'est exactement ça. Mais Paul s'est arrangé pour éliminer ce facteur en substituant pour moitié une autre base de répartition des crédits. Il a laissé le reste intact, de sorte que le réseau sera piloté de façon encore plus rigoureuse que quand le programme était une arme aux mains de Weychopee. Paul s'y trouvait d'ailleurs lorsqu'il a été écrit. Il avait repéré immédiatement ses faiblesses.

– Comment fonctionne-t-il, maintenant ? demanda Brad Compton.

– Oh, de diverses manières. Si c'est la Proposition Un qui est votée, pas un seul choureur avide ne pourra posséder sa trivi grandeur nature tant qu'une seule personne inscrite dans le réseau sera dans l'impossibilité de manger à sa faim. Personne n'aura le droit de posséder un yacht tant qu'il y aura des gens sans toit. Personne ne fera le tour de la planète en croisière de luxe tant que quelqu'un risquera de mourir d'une maladie que nous savons guérir.

– Pour un début, ce n'est pas mal, fit Sweetwater. Mais de ton côté, Nick, est-ce que tu arrives à rationaliser la législation fiscale ? C'est cela que je voudrais savoir. Quand je pense à ce que les choucas m'ont extorqué, quand j'étais à Oakland, avec ce décret local contre les médiums !...

– Oui, la Proposition Deux promet d'être aussi intéressante que la première, fit Nick en tapant un code rapide sur son clavier. Elle vient de supprimer une ou deux boucles inutiles, et s'il n'y a pas d'autre souche morte... Ah, voilà ! Ça vient dans deux minutes.

Suzy Dellinger murmura rêveusement :

– Vous savez, je me suis toujours demandé quelle pouvait être la vraie odeur de la démocratie. Je crois que finalement je commence à la sentir dans l'air.

– C'est curieux qu'elle nous arrive sous une forme de gouvernement électronique, fit remarquer Sweetwater.

Brad Compton se tourna vers elle :

– Pas tellement, si tu considères l'évolution des libertés dans l'histoire. Petit à petit, les principes ont supplanté les caprices des tyrans. Un grand pas en avant a été franchi le jour où la loi a été déclarée au-dessus des rois. Aujourd'hui, nous entrons dans une nouvelle période. Nous donnons le pouvoir à une plus grande masse de gens que jamais, et...

– Et je ressens la même chose, interrompit Nick, que ce qu'ont dû éprouver les gens qui ont fait démarrer la première réaction en chaîne. Est-ce qu'il existera encore un monde demain matin ?

Il y eut un bref moment de silence, rompu seulement par le bourdonnement des appareils électriques, tandis que tout le monde contemplait le programme continental prévu pour le surlendemain. De 07 h 00 à 19 h 00 heure locale, tous les viphones du continent afficheraient, à intervalles réguliers, les deux propositions, accompagnées d'une version parlée à l'intention des illettrés. La plupart seraient en anglais, mais certaines aussi en espagnol, d'autres dans les différentes langues amérindiennes, d'autres en chinois et ainsi de suite selon les proportions établies par le recensement continental permanent. Après chaque affichage, il y aurait un temps pendant lequel tous les citoyens en âge de voter pourraient pointer leur code sur le viphone en faisant suivre chaque proposition de la mention « oui » ou « non ».

Selon le verdict final, les ordinateurs de tout le continent entreraient alors en action.

La Proposition Un concernait l'élimination de toute pauvreté autre que volontaire. La Proposition Deux...

– La voilà, fit Nick en parcourant des yeux les colonnes de chiffres et les groupes de codes qui apparaissaient sur son écran. Ça commence à prendre forme. Les professions sont réparties en trois grands axes. Le premier : qualification spéciale indispensable, ou don particulier en tenant lieu. Cela comprend les gens qui possèdent un talent créateur exceptionnel, par exemple les artistes. Le deuxième : servitudes spéciales, par exemple heures de travail imprévisibles ou conditions d'exercice pénibles ou dangereuses. Le troisième : utilité sociale.

Brad se frappa bruyamment les cuisses :

– Un monument à la mémoire de Claes College !

– Uhu. Il y aura un appendice à tous les feuillets qui seront imprimés, pour expliquer que si nous avions prêté attention aux travaux de Claes College sur les sinistrés du Grand Tremblement de Terre, nous aurions pu régler ces problèmes depuis une génération... Hum ! Oui, je crois que l'équilibre est bon. Par exemple, un médecin fera un bon score sur les plans de l'utilité sociale et de la qualification, mais il n'aura un revenu élevé que s'il accepte aussi de s'occuper des urgences au lieu de faire de simples heures de bureau. Ainsi, il peut avoir le maximum de points sur les trois tableaux. Un éboueur, qui se trouve au minimum en ce qui concerne la qualification spéciale, sera au contraire bien placé sur les deux autres plans. Les agents des services publics comme les pompiers ou la police seront automatiquement au sommet de l'échelle trois, et souvent de l'échelle deux également. Et puis... décidément, j'aime bien le tour que ça prend. En particulier en ce qui concerne les parasites qui étaient au sommet auparavant et qui désormais seront pénalisés par un impôt à quatre-vingt-dix pour cent parce qu'ils obtiendront zéro sur les trois axes.

– Zéro ? demanda quelqu'un d'un ton incrédule.

– Pourquoi pas ? Les publicitaires, par exemple.

Les sourcils de celui qui avait posé la question se haussèrent.

– Je n'y avais pas pensé, je l'avoue. Mais ça se tient.

– Tu crois qu'ils vont accepter ça ? demanda Kate nerveusement, en caressant la tête de son puma.

Depuis qu'il avait fait la connaissance de Natty Bumppo, il refusait de perdre sa maîtresse de vue, bien que ses relations avec le chien se fussent établies sur un pied de stricte tolérance réciproque, ce qui était le mieux qu'on pût espérer.

– Leur alternative est de l'accepter ou de saborder le réseau, lança Nick en faisant claquer ses doigts. Dans le deuxième cas, ils se suicident purement et simplement. Mais tu parais soucieuse, Suzy.

Le maire de Précipice hocha la tête :

– A supposer qu'ils ne fassent pas sauter le réseau quand ils découvriront qu'ils ne peuvent pas toucher à notre programme prioritaire... Il reste une question beaucoup plus préoccupante.

– Laquelle, Suzy ?

– Je me demande si les gens ont suffisamment peur ?

Le silence qui s'ensuivit fut rompu par le bourdonnement d'un appel. Kate le prit pour elle et mit ses écouteurs.

Quelques secondes plus tard, elle poussa une exclamation étouffée et toutes les têtes se tournèrent vers elle.

Elle se débarrassa de ses écouteurs et fit pivoter son siège. Ses joues avaient une pâleur de cire et ses yeux étaient agrandis de terreur.

– C'est impossible ! s'écria-t-elle. Ça ne peut pas être vrai ! Mon Dieu, il est déjà 01 h 20 ! L'appareil a dû décoller !

– Quoi ? Que se passe-t-il ? fit un chœur de voix angoissées.

– Elle m'a dit qu'elle était la cousine de Miskin Breadloaf, le prisonnier que tu as arrêté, Ted. Elle prétend que Précipice va être bombardé par arme nucléaire à 01 h 30 !

– Dix minutes ! Il est impossible d'évacuer la ville en dix minutes, murmura Suzy en serrant les poings et en regardant fixement l'horloge murale comme si elle espérait lui faire indiquer une heure moins avancée.

– Il faut essayer ! lança Ted en allant à grands pas vers la porte. Nat va s'occuper de réveiller tout le monde, et...

Il se tourna vers Nick, qui s'était soudain lancé dans une activité frénétique, jouant de son clavier à deux mains plus vite qu'un virtuose sur son piano.

– Nick ! Ne perds pas de temps... viens ! On a besoin de tout le monde !

– Laisse-moi ! souffla Nick entre ses dents serrées. Allez réveiller tout le monde, évacuez la ville aussi vite que vous pourrez... *mais laissez-moi tranquille !*

– Nick ! hésita Kate, en faisant un pas vers lui.

– Toi aussi ! Cours ! Je ne suis pas sûr que ça fonctionnera !

– Si tu restes, je...

– Va-t'en gronda-t-il, toujours en pianotant.

– Mais qu'est-ce que tu essaies de faire?
– *Tais-toi-et-va-t'en!*

Soudain Kate se retrouva dehors dans la nuit froide, avec Bagheera à ses côtés, le poil raidi, grondante. Il y avait partout un tintamarre incroyable : les chiens qui aboyaient, Ted qui hurlait dans un mégaphone, les autres qui tapaient sur tout ce qu'ils trouvaient pour faire le plus de bruit possible de façon à réveiller tous les dormeurs.

– Evacuez immédiatement la ville! N'emportez rien avec vous! Partez en courant!

Surgi de nulle part, un chien apparut soudain devant Kate. Elle recula, effrayée. Elle se demandait si elle serait capable de retenir Bagheera si elle prenait peur au point de vouloir bondir.

Le chien remua la queue. Elle reconnut subitement Natty Bumppo.

Le cou baissé dans une attitude inhabituelle, le grand chien s'approcha de Bagheera tout en continuant de remuer la queue pacifiquement. Kate sentit sous sa main le poil de Bagheera se relaxer. Elle laissa Nat lui flairer le museau, bien que ses griffes fussent à demi rentrées.

Que signifiait tout ce manège? Pourquoi Natty Bumppo n'était-il pas avec les autres, en train de réveiller les gens?

Au bout d'un moment, le puma parut se décider. Il tendit le cou pour frotter le côté de sa tête contre le museau de Nat. Ses griffes rentrèrent complètement.

– Kate! s'écria quelqu'un derrière elle.

Elle sursauta. C'était la voix de Sweetwater.

– Kate, qu'est-ce qu'il y a? fit l'Indienne qui arrivait en courant. Pourquoi n'es-tu pas en train de... Oh! Je comprends... Tu as peur de lâcher Bagheera.

Kate prit une profonde inspiration :

– Je croyais que ce serait impossible, mais Nat est venu arranger les choses.

– Hein ? fit Sweetwater en la regardant sans comprendre.

– Si seulement les êtres humains avaient la moitié de l'intuition qu'a ce chien... fit Kate avec un rire semi-hystérique.

Elle lâcha le collier de Bagheera. Aussitôt, Natty Bumppo fit volte-face et s'enfonça d'un bond dans la nuit avec le puma à ses côtés.

– Mais Kate, de quoi parles-tu donc ? insista Sweetwater.

– Tu n'as pas vu ? Nat vient de faire de Bagheera un libre citoyen de Précipice !

– Oh ! Pour l'amour de... Dépêche-toi, Kate, il ne nous reste plus que sept minutes !

Il n'était pas possible d'organiser une évacuation dans l'ordre. Les Précipiciens coururent simplement droit devant eux et se retrouvèrent en rase campagne. Haletante, les pieds meurtris par les ronces et les cailloux, Kate fut dépassée par une chienne qui trottait souplement, une petite fille hurlante sur son dos. Kate crut reconnaître Brynhilde. Quelques instants plus tard, une branche d'arbre lui fouetta le visage et elle faillit perdre l'équilibre, mais un bras la rattrapa fermement, lui fit parcourir encore une dizaine de mètres et la plaqua dans une dépression du sol.

– Inutile d'aller plus loin, dit dans l'obscurité la grosse voix de Ted. Mieux vaut rester ici que se faire prendre en terrain découvert.

Deux autres personnes roulèrent par-dessus le bord du creux. Kate ne connaissait pas la première. La deuxième était Eustace Fenelli, le restaurateur.

– Qu'est-ce que c'est que cette panique ? demanda-t-il avec un soupçon de reproche.

Rapidement, Ted lui expliqua ce qui s'était passé et conclut en jetant un coup d'œil à sa montre :

– Le raid est prévu pour 01 h 30, dans une minute trente secondes.

Pendant un instant, Eustace n'eut pas de réaction. Mais avec une magnifique simplicité, il s'écria :

– Merde alors !

A son propre étonnement, Kate pouffa de rire.

– Je suis heureux que quelqu'un trouve ça amusant, grogna Eustace. Qui est-ce qui... Oh ! C'est toi, Kate ? Salut. Nick est ici aussi ?

– Il a refusé de venir, fit-elle d'une voix aussi peu tremblante que possible.

– Hein ?

– Il est resté là-bas.

– Mais comment... Personne n'a pu le prévenir ?

– Non. Il a... Oh, Ted !

Elle se tourna vers le shérif et trouva son épaule dans l'obscurité. Elle se mit à sangloter sans plus pouvoir se maîtriser.

Au loin, on entendait le vrombissement aigu des superporteurs électriques chargés de conduire sur les lieux de leur mission les bombardiers légers à court rayon d'action. Il s'amplifia.

S'amplifia.

S'amplifia.

LIGNE DE RÉSISTANCE

Au Président des Etats-Unis

URGENT ET TRÈS SECRET

Monsieur le Président,

Vous trouverez ci-joint copie d'un signal reçu ce jour à la base aérienne de Lowndes à 00 h 14. Ce signal, prétendument lancé par vous en tant que commandant en chef des forces armées, ordonnait une attaque nucléaire sur un point manifestement situé sur le territoire continental des Etats-Unis.

Compte tenu du fait qu'il était superficiellement convaincant, étant réglementairement chiffré à l'aide du code éphémère en vigueur ce jour, ce message a été bien près de provoquer une catastrophe, soit la mort de trois mille civils environ dans la ville de Précipice, CA. J'ai le regret de vous informer que la mission était en cours d'exécution quand par miracle elle a été contremandée par un signal en provenance du ministère de la Défense portant le numéro de code 376774 P, qui avertissait toutes les bases navales, aériennes et terrestres que des saboteurs avaient pu avoir accès au réseau.

J'ai déjà pris des mesures pour sanctionner l'officier qui a autorisé le départ de la mission et, sous ma propre responsabilité, j'ai adressé un message donnant un résumé des faits à toutes les bases de la côte Ouest. Je me permets de suggérer qu'il en soit fait de même au plan national, et sans délai.

Croyez, Monsieur le Président, etc.

(signé)
Wilbur H. Neugebauer, Général.

MOINS CINQ PLUS DES POUSSIÈRES

Ils aperçurent l'avion au moment où il fondait du haut du ciel. Ses répulseurs émettaient une irréelle clarté bleutée en aspirant de vastes quantités d'air dans des champs électriques si puissants que si jamais quelqu'un s'était avisé de passer le bras à l'intérieur du cercle luminescent, il en aurait retiré un moignon au bout de quelques secondes.

Ils entendirent quelque chose, aussi : un hurlement strygien propre à glacer le sang.

Mais quand il passa au-dessus de la ville... rien ne se produisit.

Après avoir attendu plus d'une heure, transis, les poings serrés, osant à peine relever la tête de peur que le raid, après tout, n'ait lieu quand même, les habitants de Précipice retrouvèrent un peu d'espoir.

Epuisés, trébuchant dans l'obscurité, accompagnés par un concert d'enfants braillants, ils reprirent le chemin de leurs maisons.

Sans savoir comment ni à quel moment, Kate s'aperçut qu'elle marchait aux côtés de Bagheera et à quelques pas derrière Ted et Natty Bumppo.

Le puma ronronnait doucement.

Comme s'il voulait exprimer sa fierté d'avoir été promu chien honoraire.

Doucement, Ted poussa la porte du *Pavillon d'Eustache* tandis que Kate et Sweetwater tendaient le cou pour regarder par-dessus son épaule. Derrière eux, une demi-douzaine d'autres personnes : Suzy, Josh, Lorna, Brad, tous ceux qui avaient une petite idée sur la nature du miracle qui les avait sauvés, attendaient avec impatience de pouvoir entrer.

Nick était là, affalé devant son clavier, la tête sur ses bras croisés, sans connaissance.

Kate dépassa Ted et courut jusqu'à lui en criant son nom.

Il bougea, passant le bout de sa langue sur ses lèvres sèches, et se redressa en portant ses mains à ses tempes. Il paraissait groggy, mais en voyant Kate il sourit puis étendit son sourire aux autres personnes qui commençaient à remplir la pièce.

– Ça a marché, dit-il d'une voix faible et rauque. Je n'osais pas y croire, mais ça a marché. J'avais tellement peur... j'ai réussi juste à temps.

Ted le considéra en hochant la tête, les mains sur les hanches.

– Comment as-tu fait ?

Avec un gloussement, Nick montra du doigt l'écran qui était devant lui. Il affichait un message d'un certain général Neugebauer au président des Etats-Unis. Le texte défilait continuellement en clair, car il était trop long pour tenir en entier sur l'écran.

– Il s'en est fallu d'un cheveu, soupira-t-il. Heureusement que l'officier de service à Lowndes est habitué à obéir aux ordres sans discuter... Quand j'ai su que l'avion était déjà en route, j'ai failli tourner de l'œil.

Sweetwater, bousculant tout le monde, s'était placée juste devant l'écran.

– Hé ! dit-elle après un bon moment de réflexion. Il y a vraiment eu un signal du ministère de la Défense numéro je ne sais quoi ?

– Bien sûr que non, dit Nick en se mettant debout pour s'étirer et en réprimant un énorme bâillement. Mais la solution la plus courte consistait à l'inventer.

– La plus courte ! s'écria Sweetwater en reculant d'un pas, horrifiée. Pour autant que je sache, il a fallu que tu l'écrives d'abord dans le jargon voulu, ensuite que tu lui trouves un numéro de référence, que tu le chiffres correctement dans le code du jour, que tu le transmettes à Lowndes sur le circuit adéquat...

– Que tu le signales à l'intention du décryptage automatique afin d'éviter qu'il soit mis de côté jusqu'au matin, comme c'est le cas pour la majeure partie du trafic nocturne, intervint Ted. Pas vrai, Nick ?

– Uhu, acquiesça-t-il en refoulant un autre bâillement. Mais ce n'est pas ça qui a pris le plus de temps. C'est de trouver le numéro de viphone privé du général Neugebauer, qui n'est communiqué qu'à partir d'une priorité deux étoiles. Et laissez-moi vous dire qu'il n'était pas content d'être réveillé à cette heure de la nuit !

– Tu as pu faire tout ça en dix minutes ? demanda Kate d'une voix défaillante.

Nick lui fit un sourire timide :

– Maintenant que j'y repense, je me dis que j'avais tout le temps du monde.

Dignement, Suzy Dellinger s'avança vers lui.

– Il n'arrive pas souvent, dit-elle, un peu embarrassée, que le maire de notre ville soit amené à exercer ses fonctions de manière solennelle comme partout ailleurs. En général, nous ne nous embarrassons guère de formalités. Mais ceci est une occasion spéciale. Je n'ai pas besoin de consulter mes concitoyens pour le faire. Quiconque ne serait pas d'accord serait indigne du nom de Précipicien. Nicholas Kenton Haflinger, en ma qualité officielle de maire de cette commune et au nom de tous les habitants de Précipice, j'ai l'honneur et la fierté de te faire part de toute notre gratitude.

Elle fit mine de lui serrer la main, mais ne put achever son geste.

Natty Bumppo qui, comme à son habitude, se tenait à côté de son maître, s'avança soudain en bousculant Suzy, se dressa verticalement et posa ses deux grosses pattes sur la poitrine de Nick en lui râpant tour à tour les deux joues de sa langue rugueuse.

Puis il retourna s'allonger aux pieds de Ted.

– Je... euh... fit Nick, qui dut déglutir avant de continuer : Je pense que c'est ce qu'on pourrait appeler une accolade.

Soudain, tout le monde était en train de rire, sauf lui. Et sauf Kate, qui s'était jetée dans ses bras et pressait contre sa joue son visage baigné de larmes.

– C'est la première fois qu'une chose pareille arrive, Nick ? murmura-t-elle tout doucement.

– A ma connaissance, oui, fit-il.

– Tu as su faire la chose qu'il fallait... la seule chose...

Elle lui saisit la nuque et rapprocha ses lèvres de son oreille pour lui murmurer quelque chose qu'il était seul destiné à entendre :

– *Mon grand sage !*

Sur quoi il l'embrassa, passionnément et longuement.

LE CONTENU DES PROPOSITIONS

UN : Notre planète est riche. Par suite, la pauvreté et la faim en sont indignes, et puisque nous avons les moyens de les supprimer, nous le devons.

DEUX : Nous appartenons à une espèce civilisée. Par suite, nul ne pourra désormais tirer de profit illicite du fait que, tous ensemble, nous savons plus de choses qu'un seul d'entre nous n'en peut connaître.

LE RÉSULTAT DU PLÉBISCITE

Alors... comment avez-vous voté ?

Le maître du Haut Château (567★★★★)
L'occupation des U.S.A. par le Japon et l'Allemagne après leur victoire en 1947.
Simulacres (594★★★)
Le pouvoir était-il détenu par des hommes ou des simulacres animés électroniquement?
A rebrousse-temps (613★★★)
Le sens du temps s'est inversé : les morts commencent à renaître.
Ubik (633★★★)
Le temps s'en allait en lambeaux. Une bouffée de 1939 dérivait en 1992. (nov. 82)
Les clans de la lune alphane (879★★★)
Cette ancienne colonie terrienne n'est plus peuplée que de malades mentaux.
La vérité avant-dernière (910★★★)
Enterrés depuis quinze ans, ils attendent la fin de la guerre atomique.
L'homme doré (1291★★★)
L'essentiel des nouvelles de Dick. Inédit.
Le dieu venu du Centaure (1379★★★)
Palmer Eldritch: on connaît ses yeux factices, son bras mécanique, ses dents en acier, mais qu'y a-t-il au delà? (nov. 82)

FARMER Philip José

Des rapports étranges (712★★)
Sur une planète isolée, un géant barbu, qui ressuscite les morts, déclare être Dieu.
La nuit de la lumière (885★★)
C'est un arbre, c'est aussi un homme.

FOSTER Alan Dean

Alien (11153★★★)
Avec la créature de l'Extérieur, c'est la mort qui pénètre dans l'astronef.
Le trou noir (1129★★★)
Un maelström d'énergie les entraînerait au delà de l'univers connu.
Le choc des Titans (1210★★★★)
Un combat titanesque où s'affrontent les dieux de l'Olympe. Inédit. Illustré.
Outland... loin de la Terre (1220★★)
Sur l'astéroïde Io, les crises de folie meurtrière et les suicides sont quotidiens. Inédit. Illustré.

HARNESS Charles

L'anneau de Ritornel (785★★★)
C'est dans l'Aire Nodale, au cœur de l'univers, que James Andrek trouvera son destin.

HARRISON Harry

Appsala (1150★★★)
Jason dinAlt tombe de Charybde en Scylla.

HEINLEIN Robert

Une porte sur l'été (510★★)
Pour retrouver celle qu'il aime, il lui suffit de revenir 30 ans en arrière.

HERBERT Frank

La ruche d'Ellstrom (1139★★★★)
Ou l'enfer des hommes insectes.

KLEIN Gérard

La loi du talion (935★★★)
Elle seule régit ce monde où s'affrontent cinquante peuples stellaires.

LARSON et THURSTON

Galactica (1083★★★)
L'astro-forteresse Galactica reste le dernier espoir de l'humanité décimée.

LEINSTER Murray

La planète oubliée (1184★★)
Des hommes s'efforcent de survivre sur une planète peuplée d'insectes géants.

LEVIN Ira

Un bonheur insoutenable (434★★★)
Programmés dès leur naissance, les hommes subissent un bonheur uniforme.
Les femmes de Stepford (649★)
Ces jeunes femmes trop parfaites ne seraient-elles que des robots?

MacDONALD John D.

Le bal du cosmos (1162★★)
Traqué sur Terre, il se voit projeté dans un autre monde.

MOORE Catherine L.

Shambleau (415★★★)
Parmi les terribles légendes qui courent l'espace, l'une est vraie : la Shambleau.

PADGETT Lewis

L'échiquier fabuleux (689★)
Un homme venu du futur intervient dans une guerre du présent.
Kid Jésus (1140★★★)
Il est toujours dangereux de prendre la tête d'une croisade. Inédit.
Nos armes sont de miel (1305★★★)
Après mille ans dans le non-temps, ils parviennent enfin au but. Inédit.

SADOUL Jacques

Les meilleurs récits de:
Astounding Stories (532★★)
Wonder Stories (663★★)
Unknown (713★★)
Famous Fantastic Mysteries (731★★)
Startling Stories (784★★)
Thrilling Wonder Stories (822★★)
Fantastic Adventures (880★★)
Astounding Science-Fiction (988★★)
Une quintessence des revues de S-F aux Etats-Unis de 1910 à 1955.

SILVERBERG Robert

Les monades urbaines (997★★★)
70 milliards d'humains dans des tours de 1000 étages.
Trips (1068★★★)
Corps d'emprunt, temps parallèles, tissu urbain proliférant...: huit drôles de trips.
L'oreille interne (1193★★★)
Télépathe, il sent son pouvoir décliner.
L'homme stochastique (1329★★★)
Carjaval connaissait tout de l'avenir, même sa propre mort.
Les chants de l'été ((1392★★★)
Silverberg est aussi un maître de la nouvelle. Inédit. (déc. 82)

SIMAK Clifford D.

Demain les chiens (373★★★)
Les hommes ont-ils réellement existé? se demandent les chiens le soir à la veillée.
Au carrefour des étoiles (847★★)
Sur Terre, une station secrète où transitent les voyageurs de l'espace.
Projet Vatican XVII (1367★★★★)
Curieuse entreprise pour des robots sans âme: créer un pape aussi électronique qu'infaillible. Inédit. (oct. 82)

SPIELBERG Steven

Rencontres du troisième type (947★★)
Le premier contact avec des visiteurs venus des étoiles.

SPINRAD Norman

Jack Barron et l'éternité (856★★★★)
Faut-il se vendre pour l'immortalité?

STEINER Kurt

Brebis galeuses (753★)
Un monde où les maladies servent à punir.
Ortog et les ténèbres (1222★★)
La science permet-elle de s'aventurer dans le domaine de la mort?

STURGEON Theodore

Les plus qu'humains (355★★)
Ces enfants étranges ne seraient-ils pas les pionniers de l'humanité de demain?
Killdozer - le viol cosmique (407★★★)
Des extra-terrestres à l'assaut des hommes.
Les talents de Xanadu (829★★★)
Visitez le monde le plus parfait de la galaxie.

VAN VOGT A.E.

Le monde des Ã (362★★★)
Gosseyn n'existe plus: il lui faut reconquérir jusqu'à son identité.
La faune de l'espace (392★★★)
Au cœur d'un désert d'étoiles, le vaisseau spatial rencontre des êtres fabuleux.
Les joueurs du Ã (397★★★)
L'enjeu de ce siècle éloigné dans le futur, c'est la domination des mondes.
Les armureries d'Isher (439★★★)
Lorsque McAllister entra dans la boutique d'armes, il se trouva dans le futur.
Les fabricants d'armes (440★★★)
La Guilde des Armuriers a condamné à mort Robert Hedrock, mais il est immortel.
La guerre contre le Rull (475★★★)
Seul Tevor pouvait sauver l'humanité de son plus mortel ennemi, le Rull.
Destination univers (496★★★)
De la Terre jusqu'aux confins de la galaxie.
Invasion galactique (813★★★)
Deux races galactiques s'affrontent sur la Terre.
Le Silkie (855★★)
Surhomme ou démon électronique?
L'horloge temporelle (934★★)
Les nouvelles les plus récentes du grand écrivain américain.
Rencontre cosmique (975★★★)
Celle d'un vaisseau corsaire de 1704 et d'un astronef du futur.
Les monstres (1082★★)

ZELAZNY Roger

L'île des morts (509★★)
Qui avait bien pu ressusciter plusieurs ennemis défunts de Francis Sandow? (oct. 82)